WINNIE M LI
NEIN

ROMAN

Aus dem Englischen von Volker Oldenburg

Die Originalausgabe erschien 2017 unter dem Titel
Dark Chapter bei Legend Press Ltd., London

ISBN 978-3-7160-2771-4

Deutsche Erstausgabe
1. Auflage 2018
© der deutschsprachigen Ausgabe
2018 by Arche Literatur Verlag AG, Zürich–Hamburg
© 2017 by Winnie M Li
Dieses Werk wurde vermittelt durch die Pontas Literary & Film Agency
Lektorat: Angela Volknant
Alle Rechte vorbehalten
Gesetzt aus der Utopia
Satz: Greiner & Reichel, Köln
Druck und Bindung: GGP Media GmbH, Pößneck
Printed in Germany

www.arche-verlag.com
www.facebook.com/ArcheVerlag

Dieses Buch ist ein Roman.

NEIN ist inspiriert von der Geschichte der Autorin, die unter ganz ähnlichen Umständen vergewaltigt wurde. Die Zeichnung der beiden Hauptfiguren orientiert sich vage an der Autorin und ihrem Bild vom wahren Täter. Die Beschreibungen des Lebens, das sie außerhalb der Tat führen, sind jedoch rein fiktiv und entspringen der Fantasie der Autorin.

Die in der Danksagung erwähnten Freunde und Helfer sind real. Alle anderen Freunde der beiden Hauptfiguren sowie ihre Familienangehörigen und deren Lebensumstände sind frei erfunden. Das gilt insbesondere für die Personen aus Johnnys sozialem Umfeld.

Der geschilderte Prozess hat nie stattgefunden, weil der reale Vergewaltiger seine Tat vorher gestanden hat. Alle anderen Personen und Institutionen in diesem Buch sind frei erfunden. Etwaige Ähnlichkeiten mit lebenden oder verstorbenen Personen und realen Institutionen sind unbeabsichtigt und rein zufällig.

*Für die Opfer und Überlebenden –
und die vielen unter uns, die beides sind.*

PROLOG

Man sagt, dass so ein Erlebnis dich für immer verändert. Dass dein Leben nie mehr so sein wird wie am Tag davor. Oder gar zwei Stunden davor, als ich an der Falls Road in Belfast auf den Bus Richtung Westen wartete. Ist es übertrieben dramatisch, wenn ich mir das, was mir passiert ist, so vorstelle? Als tiefen Riss, der die ersten neunundzwanzig Jahre meines Lebens von allen Jahren danach trennt? Ich blicke über diesen ungewollten Einschnitt in meinem Leben und möchte meinem jüngeren Ich zurufen, das ahnungslos auf der anderen Seite dieser Kluft steht. Sie ist nur ein verschwommener Fleck. Aus meiner Sicht wirkt sie verloren, sie aber glaubt genau zu wissen, wo es langgeht. In der Hand hat sie einen Wanderführer, und sie folgt einem Weg: Er führt diesen Hang hinauf und von da, entlang einer Hochebene, zu den Hügeln über der Stadt. Sie weiß nicht, dass sie verfolgt wird. Sie denkt nur an die Wanderung, die vor ihr liegt. Aber manche Dinge lassen sich nicht vorhersehen.

Ich stehe diesseits der Kluft und wünsche mir, ich könnte mein früheres Ich vor der Gestalt warnen, die sich von Busch zu Baum stiehlt. *Halt!*, will ich ihr zurufen. *Das ist es nicht wert! Lass die Wanderung sausen und kehr um.* Aber sie würde sowieso nicht auf mich hören. Sie ist zu eigensinnig, fest entschlossen, ihre Wanderung an diesem schönen Frühlingstag bis zum Ende durchzuziehen. Und jetzt ist es zu spät. Die Gegend hier ist einsam, und selbst wenn sie sich entschlösse umzukehren, würde sie ihm begegnen, denn er ist direkt hinter ihr. Beobachtet sie.

Sie hat den Aufstieg gemeistert und den schmalen Pfad gefunden, der zwischen einer sonnigen Weide und dem steilen Hang hindurchführt. Sie verschnauft kurz, lässt die Schönheit der Umgebung auf sich wirken. Die Bäume beschatten den Weg mit ihren Zweigen, zu ihrer Linken erstreckt sich die leuchtende Wiese. Sie ist dem Trubel der Stadt entkommen. Hier beginnt die wahre Natur. Einen letzten friedlichen Augenblick lang fühlt sie sich wie in einem kleinen Paradies. Aber sie ist ganz nah am Abgrund, rechts von ihr geht es steil abwärts in die Schlucht.

Der Fluss unten ist ein fernes Rauschen. Die Luft riecht nach Dung, Sonne und warmem Gras, unter den Bäumen schwirren Insekten träge im gedämpften Licht. Doch als sie einen Blick in den bewaldeten Abgrund zu ihrer Rechten wirft, sieht sie eine Gestalt, die sich im Buschwerk zu verbergen sucht, den Berghang hinaufsteigen. Ihr stockt kurz der Atem. Und erst dann begreift sie, dass sie verfolgt wird.

Jetzt, Jahre später, ist es, als würde ich meinem früheren Ich nachstellen. Ihm überallhin folgen wie ein zu spät gekommener Schutzengel. Sie teilt die Zweige vor sich, und ich mache unsichtbar dasselbe. Sie geht schneller, um den Abstand zu ihrem Verfolger zu vergrößern, und ich halte Schritt. Sie weiß instinktiv, dass sie auf offenes Gelände kommen muss, bevor er sie einholt, und so eilt sie auf die Stelle zu, wo der Weg gut einsehbar auf den Bergkamm führt. Ich will den kleinen Mistkerl mit unsichtbarer Hand aufhalten, mich auf ihn stürzen wie ein Rugbyspieler und ihr zurufen, sie soll weglaufen, den Weg verlassen und über die Wiese bis zu der stark befahrenen Landstraße rennen, die Wanderung vergessen und nach Hause fahren. Aber ich kann ihr nicht helfen. Alles muss genauso ablaufen wie damals.

Die Vergangenheit ist unsere Vergangenheit. Und so sitze ich diesseits der Schlucht und muss machtlos zusehen, wie er sie einholt. Den Rest will ich nicht sehen. Zu oft schon haben sich diese Szenen vor meinen Augen abgespult. Könnte ich den Film nur an dieser Stelle anhalten – in diesem letzten Augenblick zwischen der sonnigen Wiese und dem gähnenden Abgrund –, wäre alles so wie früher. Aber dann wäre es nicht mein Leben. Es wäre der schöne Frühlingsspaziergang einer anderen Frau durch die irische Natur. Mein Weg aber sollte ein bisschen davon abweichen.

EINS

Sie sitzt im Behandlungszimmer ihrer Therapeutin und wartet, während Dr. Greene mit der Videokamera hantiert. Der Raum ist klein, schmucklos und eng. Die deckenhohen Bücherregale sind vollgestopft mit Fachliteratur über Traumabewältigung, Patientenüberwachung und verschiedene Methoden der kognitiven Verhaltenstherapie. Rechts an der Pinnwand hängen handgeschriebene Dankesbriefe und eine Ansichtskarte mit einer einsamen Palme an einem weißen Sandstrand. Sie wendet den Blick zum Fenster und sieht hinaus in den grauen Himmel. Südlondon im November. Über den Sozialbausilos, die sich wie ein Betondschungel von Denmark Hill über Elephant and Castle bis zur Themse erstrecken, thront der Bogen vom London Eye.

Die Videokamera blinkt. Dr. Greene nimmt zufrieden Platz, streicht sich über das weizenblonde Haar und sieht ihre Patientin an.

»Und jetzt erzählen Sie mir alles noch einmal. So genau wie möglich.«

Damit hat sie gerechnet, aber sie kann die Frustration nicht ganz verbergen. Sie unterdrückt ein Seufzen. »Muss das wirklich sein?«

»Ich weiß, wie anstrengend das für Sie ist. Aber das ist Teil der Therapie. Nehmen Sie sich so viel Zeit, wie Sie brauchen.«
»Ohne Gefühle?«
»Konzentrieren Sie sich nur auf die Tatsachen. Den genauen Ablauf. Gefühle werden hochkommen, und das ist in Ordnung.«
Dr. Greene ist geduldig und bewertet nichts, und das mag sie an ihr. Genau wie ihren bibliothekarinnenhaften Kleidungsstil und den närrischen Katzenfimmel, den man bei einer schlanken, blonden Frau in den Dreißigern absolut nicht erwarten würde. Von einer anderen Therapeutin hätte sie sich möglicherweise einschüchtern lassen, aber bei der zurückhaltenden, verschrobenen Dr. Greene verspürt sie nur stille Unterstützung und das hingebungsvolle Interesse, ihre Patienten zu verstehen.

Sie blickt erschöpft in die Videokamera. Alles noch einmal zu erzählen, ist das Letzte, was sie will. Das macht sie jetzt seit Monaten: bei der Polizei, ihren Ärzten, dem Krisenintervensionszentrum, der Frau vom Mental Health Board, die darüber entscheiden musste, ob sie psychologische Betreuung benötigt, und nun – zum wiederholten Male – bei ihrer Therapeutin. Jedes Mal mit kleinen Abweichungen. Mitunter geht es eher um die medizinischen Aspekte: Welche Verletzungen hat sie erlitten, wozu wurde sie gezwungen? Dann wieder um den Täter: Wie hat er ausgesehen, wie hat er gesprochen? Aber immer taucht dieselbe Szene auf: der schöne Frühlingstag, das Sonnenlicht, das durch die Bäume fällt, die Gestalt im weißen Pullover, die den Hang hinaufkommt.

Wahrscheinlich könnte sie das alles mittlerweile im Schlaf wiedergeben, und genau das macht ihr Unterbewusstsein seit einiger Zeit: Jede Nacht denkt es sich in ihren Träumen unzählige neue Versionen aus. Manchmal tauchen darin Leute von früher auf, vergessene Gesichter von längst erwachsenen Sportskanonen aus der Schulzeit. Manchmal passiert es an einem Fantasieort – in einer futuristischen Landschaft, die womöglich aus irgendeinem Film stammt, den sie mal gesehen hat. Doch immer gibt es die Stelle, wo Wald und Wiese aufeinandertreffen, diesen Übergangsort, der sich wie eine sichere, helle Schutzzone jenseits der Bäume ausnimmt. Aber das ist eine Täuschung, denn die leuchtende Wiese bot keinen Schutz, und so schimmert dieser Ort an den Rändern ihres Bewusstseins und sucht sie jede Nacht im Schlaf heim.

Das rote Lämpchen an der Videokamera blinkt. Die Palme winkt einladend von ihrer Postkarte.

Sie räuspert sich und fängt noch einmal von vorn an.

Eine Stunde später geht sie den Denmark Hill hinunter zum Camberwell Green. Der Ablauf ist immer gleich. Dienstagnachmittag: mit dem Bus nach Camberwell fahren, die Sitzung bei Dr. Greene hinter sich bringen. Auf dem Rückweg vielleicht kurz in dem chinesischen Supermarkt vorbeischauen, bevor es mit dem Bus wieder nach Hause geht.

In letzter Zeit fühlt sie sich permanent schlapp und antriebslos. Das Haus länger als drei Stunden zu verlassen, stellt eine nicht zu bewältigende Überforderung dar. Die merkwürdige lähmende Platzangst, die sie in den ersten Wochen nach dem Vorfall gequält hat, droht jederzeit zurückzukommen. Manchmal ist die Sonne zu hell oder der Wind zu rau, manchmal sind die vielen Menschen auf der Straße zu laut und nicht zu verstehen. Warum sich also der Gefahr aussetzen, nach draußen zu gehen?

In ihrer Wohnung, in ihrem Schlafzimmer, in ihrem Bett ist sie immer in Sicherheit.

Als sie an diesem Nachmittag vom Maudsley Hospital aufbricht und sich in die reale Welt begibt, erscheint ihr das heimische Bett besonders einladend.

Konzentriere dich nur auf die Tatsachen. Gefühle werden hochkommen, und das ist in Ordnung.

Das Problem ist nur, dass es keine Gefühle gibt. Seit Monaten schon empfindet sie überhaupt nichts mehr. Partys kommen und gehen, Freunde verloben sich, ihre Mutter redet am Telefon auf sie ein – und sie fühlt nichts. Nur eine sonderbare Distanz zur Welt, als wäre sie ein Geist, der sich durch das Land der echten Menschen bewegt: Sie beobachtet und registriert, wie die Lebenden ihr Leben leben, dann schwebt sie weiter. Sie verspürt nicht einmal Wut oder Trauer darüber, dass sie nichts empfindet. Da ist nur blanke emotionale Leere. Keine Gefühle, keine Reaktionen. Nichts.

Sie betritt den chinesischen Laden. Wang's Supermarket. Sie kann die Etiketten auf den Waren nicht lesen, sich auch nicht mit den Angestellten auf Mandarin oder Kantonesisch unterhalten, aber es hat etwas Tröstliches, durch die Gänge mit den Lebensmitteln zu schlendern, die sie an ihre Kindheit erinnern. Massen von Instantnudelsuppen für dreißig Pence, eingeschweißt in glitzerndes Plastik, in den Geschmacksrichtungen Curry Prawn, Spicy Beef und Imperial Chicken. Wasserkastanien, Strohpilze und Lotuswurzeln in riesigen Dosen. Lebensmittel, die sie noch vor einem Jahr nie gekauft hätte, aber früher oft gegessen hat, in Gerichten aus dem Wok ihrer Mutter oder in einer Winterbrühe.

Warum sie diese Sachen jetzt kauft, weiß sie nicht. Sie lassen sich nicht einfacher zubereiten als ein Fertiggericht von Tesco. Doch auf dem Weg zu ihrem ersten Gesprächstermin im Maudsley Hospital war sie an Wang's Supermarket vorbeigekommen, und es hatte dort genauso gerochen wie in den chinesischen Lebensmittelläden ihrer Kindheit.

Aus den Lautsprechern tönt ein chinesisches Lied, ein Ach und Weh, das sich anhört, als sänge eine selbstmordgefährdete Frau mittleren Alters von Liebe und Schmerz. Ihre Mutter hört vielleicht solche Musik, aber ihr bedeutet sie nichts, sondern weckt wie alles Chinesische, das ihr in ihrem Erwachsenenleben begegnet, ein unbehagliches Gefühl von Vertrautheit.

Sie nimmt vier Päckchen Instantnudeln aus dem Regal, eine Dose Babymais und eine große Flasche Sojasauce. Sie bezahlt mit einem Fünfpfundschein und tritt mit der chinesischen Musik im Ohr aus dem muffigen Laden hinaus auf die Straße.

Eine Schar Jungen in Schuluniform drängt sich lärmend an ihr vorbei. Sie sind zu fünft, schwarz, Teenager, vielleicht zwölf oder dreizehn. Sie beachtet sie nicht. Geht ungerührt weiter.

An der Bushaltestelle lungern ein paar andere Jungen herum. Es sind drei, alle weiß, und sie beobachten zwei Mädchen auf dem Bürgersteig. Machen kichernd eine Bemerkung, die sie nicht verstehen kann.

Beim Einsteigen in den Bus streift sie einen der Jungen mit der Schulter. Er dreht sich um und sieht sie an. Sie kann den Ausdruck in seinen stahlblauen Augen nicht deuten – pubertäre Geilheit, Wut, vielleicht ist er auch einfach nur genervt. Aber sein Blick durchbohrt sie auf fast vertraute Weise, und ihr dreht sich der Magen um. Der Schweiß steht ihr auf der Stirn. Sie wankt die Treppe hinauf, setzt sich hin, kämpft gegen den aufwallenden Brechreiz. Die Jungen trotten die Straße hinunter. Sie blickt ihnen nach. Sie weiß, dass er nicht der Täter ist, nur irgendein Jugendlicher, der ihm entfernt ähnlich sieht.

All das ist so unglaublich demütigend. Dass selbst die flüchtige Begegnung mit einem Schüler sie so aus der Fassung bringt.

Übelkeit steigt wieder in ihr auf, aber sie ringt sie nieder, hält sie auf einem erträglichen Level. Sie wird sich nicht übergeben. Ist nur unruhig. Sie zieht die Knie an die Brust, schlingt die Arme um ihre Beine, macht sich ganz klein und blickt, als der Bus anfährt, aus dem Fenster.

*

Einen Augenblick lang weiß er nicht mehr, wie er nach Hause gekommen ist. Er trägt noch die Klamotten von gestern Abend, ihm dröhnt der Schädel. Wahrscheinlich auf der Couch eingepennt. Später Vormittag, die Sonne scheint hell durchs Fenster, zu hell. Irgendwo zwitschern Vögel.

Sein Dad ist unterwegs, sein Bruder auch.

Dann fällt es ihm wieder ein: Noch vor ein paar Stunden hat er mit Gerry und Donal in der dunklen Gasse gestanden und billigen Whiskey aus der Flasche getrunken. Sie hatten Pillen eingeworfen. Und was geraucht. Die Jungs und er waren in irgendeinen Pub spaziert, aber der Wirt hatte sie rausgeschmissen. Dann waren sie zu Gerry rübergegangen und hatten einen Porno geguckt.

Den kannte er schon. Die Stelle, wo sie sich vorbeugt, um dem Typen einen zu blasen, und man alles sieht, *alles*. Das klaffende rosa Loch zwischen ihren Beinen, so abgefahren und fremd. Wie das Maul eines Aliens in einem Science-Fiction-Film, aber bei dem hier waren Titten dabei, riesige Titten, so riesig, dass du einen Ständer kriegst, wenn du nur dran denkst.

Er denkt an die Titten, und schon regt sich was bei ihm.

Noch zu früh, denkt er. Auch wenn er den Wohnwagen für sich allein hat.

Er sieht sich um. Dad und Michael sind auf alle Fälle weg. Egal, heb's dir für später auf. Außerdem hat er rasende Kopfschmerzen und tierisch Kohldampf.

Er torkelt verkatert in die enge Küche. Macht den Kühlschrank auf, die Schränke, findet einen Rest Kekse.

Kekse. Scheißkekse zum Frühstück.

Auf der Arbeitsplatte steht ein halb voller Becher Wasser. Er trinkt es, schlingt die Kekse runter und lehnt sich gegen die Platte. Durchsucht noch mal die Schränke, aber da ist nichts, nur schimmliges Brot.

Sein Magen gluckst, er ist hungriger als vorher.

Was hat Dad gesagt, wie lange er weg ist? Vier Tage, oder?

Er setzt sich auf die Couch, verschränkt die Hände hinter dem Kopf. Vielleicht wirken die Pillen noch. Vielleicht ist er noch drauf und hält es die nächsten paar Stunden ohne Essen aus. Wäre nicht schlecht.

O Mann, was für ein geiler Abend. Das Gesicht vom Wirt, als sie sich mit lauter Chipstüten unterm Arm durch die Hintertür dünngemacht haben. Das Brennen des Whiskeys in seiner Kehle, die wirbelnde Nachtluft, als er das E eingeworfen hat.

Er muss grinsen bei dem Gedanken, wünscht sich, einer von den Jungs wäre jetzt bei ihm. Aber er kann sich nicht erinnern, wo sie abgeblieben sind oder wie er von Gerry nach Hause gekommen ist.

Stille. Sonnenschein. Ein Kieselstein fliegt gegen den Wohnwagen.

Das ist der kleine Spacko von nebenan.

Tatsächlich zerschneidet eine Kinderstimme den Vormittag. Seine Mutter ruft ihm aus dem Wohnwagen irgendein Schimpfwort zu. Der nächste Kiesel landet am Wohnwagen.

Er presst die Zähne zusammen und merkt, dass sein Kiefer noch von letzter Nacht wehtut.

Wieder ein Kiesel. *Pling.*

Er stürzt gereizt aus dem Wohnwagen, die Sonne sticht ihm in den Augen, und er schnauzt den Kleinen an.

»Hör sofort damit auf!«

Der Kleine kichert und läuft auf ihn zu. Braune Locken und dämliche, weit auseinanderstehende Augen, die ihn einfach nur auslachen. Als ob das ein blödes Spiel wäre.

Er macht ein böses Gesicht, hebt die Hand, als würde er gleich zuschlagen, und diesmal nimmt der Kleine kreischend Reißaus.

Schnaubend blinzelt er in die zu grelle Sonne. Es ist wärmer geworden. Zehn Wohnwagen leuchten weiß auf dem grünen und braunen Feld, darüber der Frühlingshimmel, der an diesem Aprilvormittag knackig und klar über dem Horizont thront.

In diesem Moment spürt er seinen Kater kaum noch, und er riecht das gemähte Gras und die umgegrabene Erde. Schöne Gerüche, aber darunter mischt sich der Dieselgestank von irgendeinem Wagen auf dem Nachbarfeld. Die Sonne scheint ihm auf die Lider, und er verharrt ein, zwei Minuten, mit geschlossenen Augen, nur er und das Feld. Bald ist Sommer, und mit ihm kommen die langen, sonnigen Tage, an denen man im T-Shirt rausgehen kann und unter den entspannten Touristinnen leichte Opfer findet. Warme Abende, Mädchen in dünnen Kleidern, Mädchen, die angefasst werden wollen.

Eine Kinderstimme reißt ihn aus seinen Gedanken.

»Dein Dad ist nach Armagh gefahren.«

Er macht die Augen auf. »Weiß ich.«

Der Kleine lehnt ein paar Meter weiter an der Ecke des Wohnwagens und beobachtet ihn.

Mann, du kannst hier nicht mal pissen, ohne dass es gleich jeder mitkriegt.

Apropos: Zeit zum Pinkeln. Er dreht sich um und steuert auf den Rand des Feldes zu.

»Wo willst du hin?«

Er antwortet nicht. Geht einfach weiter, spürt den Blick des Jungen im Rücken. Nach zwanzig Metern erreicht er den höchsten Punkt der Hochebene und zieht den Reißverschluss runter.

Der Wind schiebt jetzt Wolken über den Horizont, und Belfast breitet sich vor ihm aus, eine Masse aus grauen und braunen Häusern, die sich aus dem hässlichen Knäuel der Innenstadt erhebt und sich weiter bis zum Meer zieht.

Zwischen ihm und der Stadt windet sich unterhalb von Wohnsiedlungen und Feldern das Tal. Das Rauschen des Bachs, angefüllt vom Frühlingsregen, dringt zu ihm herauf, als er die letzten Tropfen abschüttelt.

Er atmet die Frühlingsluft ein. Eine coolere Aussicht beim Schiffen gibt's auf der ganzen Welt nicht.

*

»Der West Highland Way. Das ist der letzte.«

Sie stößt die Pinnnadel in die Karte, mitten hinein in die Berge irgendwo nördlich von Glasgow, und setzt sich zufrieden hin.

»Ach, nur fünf Fernwanderwege?«, sagt Melissa mit einem Hauch von Sarkasmus.

»Fünf«, sagt sie und nickt. »Die schaffe ich. Irgendwann im Leben.«

»Heißt das, du willst noch wandern gehen, wenn du fünfzig bist?«

Sie lacht. O Gott, fünfzig. »Ich hoffe, mit fünfundzwanzig habe ich sie alle abgehakt. Spätestens mit dreißig.«

Sie ist achtzehn und sitzt in ihrem Zimmer im Studentenwohnheim auf dem Bett. Melissa lässt sich neben sie fallen, und ihre braunen Haare breiten sich auf der dunkelgrünen Tagesdecke aus. Einen Augenblick lang betrachten sie schweigend die Europakarte mit den bunten Pinnnadeln.

»Das ist doch verrückt, Viv. Willst du die alle wirklich ganz allein gehen?«

Sie zuckt die Achseln. »Hab ich noch nicht drüber nachgedacht, aber warum nicht?«

Geht es beim Wandern denn nicht ums Alleinsein? Thoreau lebte einsam in einer Hütte am Walden Pond. Walt Whitman saß unter einem Baum und schwärmte von Grashalmen, während sein Bart im Lauf der Jahre immer länger und zotteliger wurde. Edward Abbey fuhr im amerikanischen Südwesten mit dem Floß allein durch einen riesigen, steilen Canyon, und es gab nur ihn und die atemberaubende Natur.

»Du hast sie nicht alle«, sagt Melissa und schüttelt den Kopf. »Ich wäre schon zufrieden, wenn ich Danny Brookes dazu bringen könnte, sich mit mir auf einen Kaffee zu verabreden.«

»Echt? Stehst du immer noch auf ihn?«

»Na ja, solange kein Besserer vorbeikommt, in den ich mich verlieben kann.«

Sie lächelt in sich hinein. Zurzeit gibt es auf dem ganzen Campus nicht einen Jungen, der sie interessiert. Vielleicht sieht sie ab und zu mal einen, der nachdenklich am Rand steht und sich von den anderen abhebt. Aber im Moment hat sie für Jungs mit ihren blöden Witzen und ihrem Drang, im Seminar den Macker zu markieren, nicht viel übrig.

Melissa schnattert einfach weiter. »Charlie Kim hat im BWL-Kurs ein paarmal zu mir rübergeguckt.«

»Ist der denn was für dich?«

»Ich find ihn irgendwie interessant. Und ich hab noch nie einen Asiaten geküsst.«

»Ich auch nicht!«

Beide fangen an zu kichern.

»Würde deinen Eltern das nicht gefallen?«, fragt Melissa.

»Was? Dass ich einen Asiaten küsse? Ganz ehrlich, ich glaube, meinen Eltern wäre es am liebsten, wenn ich vorerst überhaupt keinen Jungen küsse.«

»Du Glückliche.« Melissa streckt die Hand aus und streicht ihrer Freundin übers Haar. »Meine Mutter macht ständig diese peinlichen Bemerkungen. *Hast du schon einen netten Jungen kennengelernt? Gibt es jemanden in deinem Leben?* Ich meine, wir sind erst seit vier Monaten am College.«

»Ich bin froh, dass meine Mutter mich nicht mit solchen Fragen nervt.«

Wieder Schweigen. Es ist Freitagabend, und auf dem Flur versammeln sich ein paar Studenten, um zur lautesten Party mit dem meisten Alkohol zu ziehen. Die Jungs grölen, das Mädchen im Zimmer nebenan schreit, sie sollen leise sein. Irgendjemand hat seine Anlage voll aufgedreht, und Oasis dröhnt durch die Wände.

»Du hast wirklich tolle Haare«, sagt Melissa. Sie fährt mit den Fingern durch Vivians dicke schwarze Mähne.

»Die sind doch nichts Besonderes. Die wachsen einfach so.«

»Ja, aber guck mal, was bei mir wächst!« Melissa zeigt auf ihr dünnes, kraftloses Haar. »Wenn ich solche Haare hätte …« Sie lässt den Satz in der Luft hängen und streicht weiter über Vivians lange schwarze Strähnen.

»Was dann?«, fragt sie neugierig. »Was würdest du tun, wenn du meine Haare hättest?«

»Ich würde ... ich würde ... keine Ahnung, ich würde mir die tollsten Frisuren machen. Jeden Tag eine andere!«

»Viel zu aufwendig«, sagt sie lachend.

Aber Melissa springt aufgeregt vom Bett. »Komm, wir probieren es aus! Hast du Haarspray und Klemmen?« Sie sieht hinüber zur Kommode, aber die Auswahl an Stylingprodukten und Accessoires ist spärlich.

»Macht nichts. Mir fällt schon etwas ein. Ich zaubere dir eine umwerfende Frisur.« Sie kniet sich aufs Bett und bürstet ihrer Freundin das Haar. »Du kannst sie später zur Sigma-Chi-Party tragen.«

Und einen Augenblick lang gefällt ihr diese Vorstellung. Sie ist nicht mehr das unsichere Mädchen, das erst seit zwei Jahren Kontaktlinsen trägt. Und vielleicht trifft sie dort einen netten, stillen Jungen, der nicht nur Sport im Kopf hat. Einen, der ihr Herz höherschlagen lässt.

Ihre Kopfhaut ziept unter Melissas kräftigen Bürstenstrichen, und sie zuckt zusammen. Aber als die Freundin ihr mit den Händen durchs Haar fährt, es teils zu Zöpfen flicht, teils mit Gummis hochbindet, entspannt sie sich. Sie harrt geduldig aus und betrachtet die Karte an der Wand. Der West Highland Way. Der Jakobsweg. Der GR15. Wege, die sich über Berge und durch Täler schlängeln, irgendwo am anderen Ende der Welt.

Sie ist acht, als sie das Buch zum ersten Mal bei Barnes and Nobles sieht. In der Edgewood Hills Mall in New Jersey. *Irische Märchen und Sagen.* Auf dem Einband sind ein Steinkreis, ein grüner Berghang und ein Vollmond zu sehen. Ein Weg im Nebel. Ein einsamer Wanderer, der im Mondlicht am Steinkreis vorübergeht.

»Mommy«, sagt sie. »Kaufst du mir das? Bitte, bitte! Es kostet nur zwei Dollar.«

Und weil es ein Buch ist und außerdem noch billig, kann Mommy natürlich nicht Nein sagen. Bücher sind gut für dich. Davon wirst du schlau.

Sie lächelt, als sie in dem Buch blättert, sich zuerst die Bilder ansieht, bevor sie die Geschichten liest. Stell dir vor, du wärest der Mensch auf dem Einband und würdest auf diesem Weg wandern. Irgendwo in Irland. Ganz allein. Das Mondlicht silbern auf den großen Steinen. Wäre das nicht himmlisch?

*

»Dein Bruder Michael bringt mich noch ins Grab.« Mam weint, wie meistens, und er möchte ihr eine runterhauen, damit sie endlich still ist. So wie Dad es immer macht. »Kaum ist er raus aus dem Gefängnis, sitzt er wieder drin. Und er ist noch so jung. Ich bin jedes Mal ganz krank vor Sorge, wenn ich an ihn denke.«

Er sagt nichts dazu. Sie regt sich ständig über Michael auf. Peinlich, dieses ewige Geflenne.

Er guckt aus dem Fenster, auf die Felder vorm Wohnwagen. Sie haben sich hier in Cork einen guten Platz ausgesucht. Nur wenige Häuser in der Nähe. Nur wenige glotzende Sesshafte. Jede Menge Platz zum Herumtoben für ihn und die anderen Traveller-Jungs.

»Ich geh raus«, sagt er. »Nur kurz. Solange es noch hell ist.«

»Sei brav, Johnny«, sagt Mam und will ihm die Wange streicheln.

Er zieht den Kopf weg. Er ist doch kein Baby mehr. Sie soll ihn nicht so anfassen. Was würden die Jungs dazu sagen?

*

In der zweiten Klasse, sie ist sechs, kommt eine Logopädin an die Schule und redet mit allen Kindern, die merkwürdig sprechen. Darunter auch sie.

Ein Kind nach dem anderen geht in das Zimmer mit der Sprechtante. Sie hat kurzes Haar und heißt Jason. Komisch, dass eine Frau heißt wie ein Mann und auch wie einer aussieht.

»Und wie heißt du?«

»Vivian.«

»Das ist aber ein hübscher Name.«

Die Sprechtante bittet sie, ihr ein paar Sätze vorzulesen. Dann zeigt sie ihr verschiedene Bilder, und sie soll sagen, was darauf zu sehen ist. Rabe, Rot, Lama, Ball, Giraffe, Salat.

Dann soll sie die Wörter wiederholen, ganz langsam diesmal.

Sie sagt alle noch einmal auf. Raaaaaa-be. Rrrrr-ot. Laa-ma.

Die Sprechtante nickt.

»Prima«, sagt sie. »Du kannst sehr gut vorlesen.«

Zum nächsten Besuch bei der Sprechtante ist Mommy mitgekommen. Auch Mommy muss ein paar Wörter sagen. Dieselben. Rabe. Rot. Lama.

»Ah«, sagt die Sprechtante. »Das hast du von deiner Mutter.«

Mommy lacht. »Wirklich?«, fragt sie.

Die Sprechlehrerin sagt, sie muss am r und am l arbeiten. Und vielleicht ein kleines bisschen am s.

Im Moment spricht sie das r nicht richtig aus.

»Das liegt daran, dass deine Mutter aus einem anderen Land kommt. Darum spricht sie englische Wörter anders aus.«

Ihr ist nie aufgefallen, dass sie oder ihre Mutter anders sprechen als die Menschen um sie herum.

»Wir treffen uns ab jetzt jeden Dienstag und machen gemeinsam Spiele, um dein r und dein l zu verbessern, und schon bald hast du ein schönes, rundes amerikanisches r. Hört sich das gut an?«

Sie nickt. Ja, das hört sich gut an, aber sie stellt fest, dass außer ihr nur die Transusen (die aus der schwächsten Lesegruppe) zu der Sprechtante müssen. Dazu Priya, die Inderin ist, und Mo, die von den anderen gehänselt wird, weil ihre große Schwester ein Kopftuch trägt.

Sie findet es ein bisschen peinlich, mit den Transusen zusammen zu sein. Aber die Sprechtante ist nett.

Jede Woche gibt ihr die Sprechtante Hausaufgaben auf. Merkwürdige Aufgaben, zum Beispiel muss sie sich einen Pfefferminzbonbon auf die Zungenspitze legen und die Zunge dann fünf Mal zurückziehen. Das soll bewirken, dass ihre rs nicht mehr so flach klingen.

Oder sie muss die Zungenspitze an die Schneidezähne legen und laut l sagen. l-l-l.

Jeden Dienstagnachmittag heißt es r-r-r und l-l-l, fünf Monate lang.

Ihre Zunge wird müde dabei, aber sie gibt nicht auf. Zieht sie zurrrück. Berührt mit der Spitze den Gaumen.

Und dann, an einem Frühlingstag, sagt die Sprechtante, dass sie nicht mehr zu kommen braucht.

»Dein r klingt wunderschön! Du hast es geschafft!« Sie überreicht ihr eine Urkunde mit aufgedruckter Schleife, einer blauen für den ersten Platz, und dazu ein Bild mit einem großen r und einem Raben, das sie rot ausmalen darf.

»Und jetzt sag es noch einmal für mich: Rachel der Rabe ist rot.«

»Rachel der Rabe ist rot.«

Die Sprechtante klatscht in die Hände. »Du kannst sehr stolz auf dich sein!« Sie nimmt sie in die Arme.

Sie sieht die Sprechtante nie wieder. Der Sprechunterricht am Dienstagnachmittag mit den Transusen ist zu Ende. Sie sitzt wieder in ihrer Klasse, und ihre rs hören sich anders an. Wie die rs von allen anderen. Ihre Zunge hat vergessen, wie es war, flach in ihrem Mund zu liegen, sie zieht sich ganz von selbst zurück.

Zurrrückziehen. Ab jetzt macht sie nur noch wunderschöne runde rs, genau so, wie sie klingen sollen.

*

Er ist drei, und dies ist seine früheste Erinnerung: Musik. Gelächter. Knisterndes Lagerfeuer. Nachts auf einer Wiese. Er blickt hinauf zu den Sternen. Zittert vor Kälte. Atmet weiße Wolken in die Luft. Spielt im Matsch zwischen den Wohnwagen Verstecken. Kichert mit Claire, seiner kleinen Schwester. Michael ringt ihn zu Boden, dann zeigt er ihm, wie man richtig zuschlägt. Grandad wirft ihn hoch, sein Ring glänzt im Feuerschein. Wenn es nachts zu kalt wird, kuschelt er sich an Mam.

Der Geruch des Whiskeys, der herumgereicht wird. Lachende Erwachsene. Das Feuer verglüht.

Später im Wohnwagen schreit Dad Mam an, und Mam schreit zurück. Wenn sie sich streiten, verkriecht er sich unterm Tisch. Dad schlägt Mam, immer wieder. Dad schläft ein. Mam sitzt zusammengekauert in der Ecke und weint.

Sie blickt zu ihm hoch, ihr Gesicht ist dunkel und nass. Er krabbelt zu ihr hin. »Komm, Johnny. Ab ins Bett mit dir.«

*

Jeden Sonntagmorgen liegt sie bäuchlings auf dem Küchenfußboden und liest Zeitung. Ihre Haut klebt an den Fliesen, besonders im Sommer, weil ihre Mutter aus Sparsamkeit darauf verzichtet, die Klimaanlage anzustellen.

Aber das macht ihr nichts aus. Die Sonntagszeitung ist ein großer, ziegeldicker Packen aus dünnem Papier. Sie wird bald dreizehn, und sie kann stundenlang darin lesen, während Serena Klavier übt. Mit aufgestützten Ellbogen und angewinkelten, schwingenden Beinen blättert sie durch die verschiedenen Ressorts.

Mom geht um sie herum und spült das Frühstücksgeschirr. Dad liest immer nur den öden Wirtschaftsteil. Für ihr Fach Zeitgeschehen am Montagmorgen muss sie einen Artikel aus dem Hauptteil heraussuchen und vor der Klasse darüber sprechen. Einmal hatte sie sich für einen Bericht über eine Frau entschieden, die man tot aus dem Passaic River gezogen hatte. »Nackte misshandelte Frauenleiche entdeckt.« Die Jungs hatten gekichert, und der Lehrer schrie sie an, weil das Thema so gewalttätig war. Offenbar sollte sie lieber über Friedensverhandlungen, eine Entscheidung des Obersten Gerichtshofs oder etwas ähnlich Langweiliges berichten.

Den Reiseteil verschlingt sie von vorn bis hinten. Ferienziele, Kreuzfahrt-Sonderangebote in die Karibik, Bahnrouten durchs norwegische Bergland – alles fasziniert sie. So viele Fragen geistern ihr durch den Kopf: Wie fliegt man in die Türkei? Worin unterscheiden sich die vielen karibischen Inseln? Wie lange braucht man, um den Appalachian Trail zu wandern?

Die Zeitung berichtet über North Jersey, und manchmal schreibt jemand über eine Ausstellung oder ein Theaterstück. Dann sieht sie nach, in welchem Ort sich das Museum oder das Theater befindet, breitet einen Faltplan von New Jersey auf dem Fußboden aus und sucht ihn.

Die Karte zieht sie magisch an, sie könnte sich den ganzen Vormittag hineinvertiefen. An den Falzkanten ist das Papier brüchig und ausgefranst, und sie muss sich vorsehen, dass die Karte nicht auseinanderreißt. Die Orte liegen alle dicht beieinander, manche sind nur durch einen Fluss oder eine große Verkehrsstraße getrennt. Sie versucht herauszufinden, wie man von Edgewood zu dem Museum oder dem Theater kommt, folgt mit dem Finger den bekannten Straßen und dann dieser oder jener Autobahn, bis sie am Ziel ist.

Sie weiß, dass ihre Eltern nie mit ihr dorthin fahren werden. Sie haben zu viel mit ihrer Reinigung zu tun und nicht genug Geld für solche Ausflüge. Aber wenn sie ihrem Wunsch doch einmal nachgäben, könnte sie ihnen sofort den Weg erklären. Zu wissen, wie man ans Ziel kommt, ist fast so schön wie tatsächlich hinzufahren. Das erfüllt sie mit stiller Zufriedenheit.

Oft sieht sie sich auf der Karte die Parks an. Die State Parks, riesige, grün eingefärbte Flächen, die Regionalparks, die Flüsse und Seen. Versucht die Punkte auf der Landkarte mit den Orten abzugleichen, an die sie sich von Ausflügen mit ihren Eltern erinnert. Aber jede Karte geht weit über die ihr bekannte Welt hinaus. Und je länger sie hinsieht, desto mehr staunt sie darüber, wie viele Städte es in ihrem Bundesstaat gibt, wie viele Seen und dass Autobahnen über die Grenzen von New Jersey nach Pennsylvania, Delaware und New York führen. Und das ist nur ein winziger Teil der USA. Sie denkt an die vielen Straßen, die alle Bundesstaaten, all die Parks, Seen und Gemeinden miteinander verbinden. So viele Orte, die sie nie im Leben sehen wird.

Nachts kann sie oft nicht einschlafen, weil sie an die Karten und die Orte hinter den Grenzen denkt. Wenn du einmal durchs ganze Land fährst, kommst du an die Plätze, über die John Steinbeck geschrieben hat. Wenn du durchs halbe Land fährst, kommst du nach Kansas, wo Dorothy vom Wirbelsturm nach Oz getragen wurde. Und ganz in der Nähe, in New York City, ist Holden Caulfield nachts zu Fuß einundvierzig Blocks in sein Hotel zurückgelaufen.

So viel gibt es zu entdecken, wenn sie erst älter ist. Sie liegt in ihrem schmalen Bett zwischen Wand und Klavier und stellt sich vor, wie sie über die Straßen auf der Karte fährt. Straßen, die überallhin und noch weiter führen. Der Schlaf kann warten, sie ist zu sehr mit Träumen beschäftigt. Sie saust eine Autobahn hinunter, und massenweise Ortschaften rauschen vorbei. Sie steht auf einem Bergrücken wie in den Fernsehsendungen über Pioniere, und unter ihr breitet sich das Tal aus.

*

Er geht mit Mam zur Polizeiwache von Kilkenny, oberhalb der Kathedrale. Frauen mit Einkäufen eilen vorbei. Ein paar alte Männer sitzen auf Bänken.

Mam marschiert im Stechschritt auf den Eingang zu. Sie wollte ihn bei der Hand nehmen, aber er trödelt hinterher. So kann er die Leute besser beobachten.

Sie drückt die blaue Tür auf und dreht sich ungeduldig zu ihm um.

Drinnen brennt helles Licht, und es ist gemütlich warm. Aber sie fühlen sich hier nicht willkommen. Hinter dem Tresen sitzen ein paar Männer. Michael nennt sie Schweine. Sie sehen ihn und Mam grimmig an. Steif und fies wirken sie in ihren Uniformen.

»Kann ich etwas für Sie tun?«, fragt einer. Er ist ungefähr so alt wie Dad, dunkles Haar mit grauen Strähnen.

Mam zögert. Dann redet sie. »Ich, äh ... Ich suche meinen Sohn. Sie haben meinen Sohn hier.« Ihre Hände zittern, und sie klammert sich an ihr rotes Taschentuch.

Das Schweinegesicht verändert seinen Ausdruck – nicht zum Guten. Er grinst irgendwie, sieht zu den beiden anderen Schweinen rüber und wendet sich wieder Mam zu.

»Und wie kommen Sie darauf?«

»Sie ... Sie haben ihn in dem Sportgeschäft in der Ormonde Street erwischt. Er heißt Michael Sweeney. Er ist vierzehn, braune Haare. So groß ungefähr.«

Sie hält sich die Hand über den Kopf.

»Mi-chael Swee-ney.« Der Polizist spricht den Namen absichtlich langsam aus. Er fragt seine Kollegen. »Haben wir einen Jungen hier, auf den die Beschreibung passt, Sergeant?«

»Michael Sweeney«, sagt der andere. »Mal überlegen ...«

Er merkt, dass sie Mam verarschen. Sie halten sie hin, um sie zu verunsichern. Und es funktioniert. Mam wickelt sich hektisch das Taschentuch um den Finger.

»Bitte, Sir, sagen Sie mir einfach, ob er hier ist.«

»Dann sind Sie wohl Mrs Sweeney?«

»Ja, ja, die bin ich.«

»Und der da ist Michael Sweeneys kleiner Bruder?«

Das Schwein dreht sich zu ihm und starrt ihn an. Dieser Blick gefällt ihm nicht.

»Ja, Ja. Das ist mein Johnny. Er ist erst acht.«

Er starrt zurück, versucht, kalt und gemein zu wirken.

»Erst acht?« Der Polizist nickt den anderen zu. »Sagen Sie, Mrs Sweeney ... Sind Sie wohnhaft in Kilkenny?«

»Ich ... wir ...« Mam verstummt nervös. »Wir leben zurzeit hier.«

»Zurzeit ... und das heißt?«

»Wir sind vor ein paar Wochen hergekommen.«

»Und das heißt, dass Sie Kilkenny bald wieder verlassen?«

»Nein, also, äh ... wir wissen es noch nicht.«

»Ah, dann reisen Sie herum?«

»Ja, das stimmt. Wir ... wir leben gern so.«

»Wir – leben – gern – so«, wiederholt das Schwein genüsslich. »Verraten Sie mir noch eins, Mrs Sweeney ... Gehört zu diesem Leben, das Sie so gern führen, auch, dass Ihr Sohn rechtschaffene, fleißige Leute bestiehlt? *Buffer*, wie Ihresgleichen zu sagen pflegt? Leute, die, im Gegensatz zu Ihnen, sesshaft sind?«

Mam weiß nicht, was sie antworten soll. Wenn sie jetzt wieder anfängt zu heulen, hier, direkt vor den Polizisten, stirbt er vor Scham.

»Antworten Sie! Finden Sie es richtig, dass Ihr Sohn in unseren Geschäften stiehlt, weil er sich langweilt und ungebildet ist? Weil Sie nicht in der Lage sind, Ihre zwölf Kinder mit der nötigen Strenge zu erziehen? Finden Sie es richtig, dass wir pausenlos unter Kesselflickerpack wie Ihresgleichen leiden müssen?«

Mam zittert.

»Mrs Sweeney«, herrscht das Schwein sie an. »Finden Sie das richtig?«

Mams Atem wird ruhiger, und sie findet ihre Stimme wieder.

»Nein, nein, natürlich nicht. Nein, das ist nicht richtig! Ich will nicht, dass mein Sohn das tut, ich will, dass er anständig ist, ich weiß auch nicht, warum er solche Sachen macht. Es tut mir leid, und ich entschuldige mich aufrichtig für ihn.«

Irgendwie kotzt ihn Mams Verhalten an. Er will raus, vergessen, dass sie hier ist. Andere buckeln nicht so vor den Schweinen.

Das Schwein schnaubt verächtlich. »Ihre Entschuldigungen nützen nichts. Wir sind diejenigen, die sich mit Kriminellen wie Ihrem Sohn befassen müssen. Seit Sie in die Stadt gekommen sind, ist er der Schrecken aller Einzelhändler. Er hat auch in anderen Läden gestohlen und Handtaschen geklaut. Wir sind froh, dass wir ihn endlich geschnappt haben.«

Mam macht ein entsetztes Gesicht, aber er hat es die ganze Zeit gewusst. Seit Michael ein paarmal atemlos nach Hause kam, mit der Beute in einem schwarzen Müllsack. Geldbeutel, Handys, Schminkzeug, Schals und all das Zeug, was Frauen so herumschleppen.

»Das geht kinderleicht«, hatte Michael ihm erklärt. »Wenn du den Bogen raushast. Guck nach Frauen mit Kinderwagen. Die können dir nicht hinterherrennen. Oder alte Frauen. Wenn ein Mann dabei ist, Finger weg. Zu riskant.«

Wenn Münzen oder Süßigkeiten unter der Beute waren, gab Michael sie ihm. »Bis du selber welche klauen kannst«, sagte er dann mit einem Augenzwinkern.

Die Scheine steckte Michael selber ein. Die Handys machte er auf, nahm die SIM-Karten raus und warf sie mit den Kreditkarten weg. Alles andere war noch zu gebrauchen: Handys, Geldbeutel, Schlüsselringe, Schals, sogar das Schminkzeug. Michael wischte alles ab, warf die Beute zurück in den schwarzen Müllsack und knotete ihn fest zu.

»Was machst du damit?«, hatte er ihn gefragt.

Michael zwinkerte ihm zu. »Das verrat ich dir, wenn du alt genug bist.«

Natürlich hat er Dad und Mam nichts davon gesagt, und jetzt steht Mam betroffen und fassungslos hier auf der Polizeiwache.

»Mein Michael?«, fragt sie mit Tränen in den Augen. »Er war immer ein schwieriges Kind, aber kriminell?«

»Machen Sie endlich die Augen auf, Mrs Sweeney. Ihr Sohn ist nicht schwierig. Er ist ein ausgemachter Dieb. Wir haben ihn dabei erwischt, als er zwei Paar teure Turnschuhe in seinem Mantel verschwinden ließ. Von wem hat Ihr Sohn das wohl gelernt?«

»Nicht von mir! Ich gehe mit ihnen zur Kirche. Ich bringe ihnen bei, gut zu sein.«

»Na, das hat ja offensichtlich nicht geklappt. Vielleicht wäre es das Beste für ihn, wenn wir ihm eine kleine Jugendstrafe aufbrummen.«

Mam sieht aus, als kriegte sie keine Luft mehr. Er will sie weiter anstarren, aber er hält es nicht aus. »Mein Michael ins Gefängnis? Nein, bitte nicht, Sir ...« Jetzt fleht sie ihn sogar an.

Das Schwein guckt ungerührt. »Jugendgefängnis ist das Beste für Ihren Sohn, Mrs Sweeney.«

»Nein, das würde er nicht überleben. Das wird schrecklich für ihn.«

»Ach, jetzt übertreiben Sie mal nicht. Der kleine Scheißer braucht eine Lektion.«

»Bitte, geben Sie uns noch eine Chance. Schicken Sie ihn nicht weg. Ich werd es ihm eintrichtern. Ich bring ihm bei, ein besserer Mensch zu sein.«

»Sie wollen ihm das beibringen? Ich glaube, Sie hatten Ihre Chance, Mrs Sweeney. Wenn Sie aufhören würden, ständig herumzuziehen, und sich stattdessen eine richtige Arbeit suchen und ihre Kinder zur Schule schicken ...«

Er hasst diesen Polizisten wie die Pest. Konnte ihn von Anfang an nicht ausstehen, aber jetzt kocht eine Mordswut in ihm hoch. Er ballt die Fäuste, so wie Michael es ihm beigebracht hat.

»Für ... für wie lange wollen Sie ihn wegschicken?«

»Darüber entscheidet das Gericht. Es gibt natürlich Zeugen, und bei so einem Delikt ... ein paar Monate vielleicht? Es ist sinnvoll, sie frühzeitig zu bestrafen. Zur Abschreckung, damit sie später nichts Schlimmeres anstellen.«

»Bitte, glauben Sie mir. Er wird so etwas nie wieder tun. Das verspreche ich.«

Das Schwein lacht nur. Die beiden hinter dem Tresen lachen mit.

»Sie haben ja keine Ahnung, Mrs Sweeney.«

Mam verstummt.

»Die Strafanstalt befindet sich nördlich von Dublin. Sie dürfen ihn einmal wöchentlich besuchen. Vielleicht hält Sie das ja davon ab, ständig weiterzuziehen. Sehen Sie es einfach positiv: Dort bekommt er wenigstens drei anständige Mahlzeiten am Tag. Wahrscheinlich mehr, als er, äh, zu Hause kriegt.«

Er sieht Mam durchdringend an, und sie erstarrt.

Die zwei anderen Schweine sortieren grinsend die Papiere auf ihrem Schreibtisch.

»Kommen Sie, Mrs Sweeney. Ich bringe Sie kurz zu Ihrem Sohn. Es hat keinen Zweck, um ihn zu weinen, er ist auf die schiefe Bahn geraten. Jetzt müssen wir abwarten, ob wir ihn wieder auf den rechten Weg bringen können.«

Der Polizist geht links zu einer Tür. Schließt sie mit einem klimpernden Schlüsselbund auf und sieht sie ungeduldig an. Mam bedeutet ihm, ihr zu folgen. Aber bevor er durch die Tür geht, wirft er dem Polizisten noch einen kalten, hasserfüllten Blick zu. Er wünscht sich, das Schwein würde auf der Stelle tot umfallen.

*

Sie etikettiert gereinigte Kleidungsstücke und tackert Rechnungen an Plastikhüllen, als sie die große Neuigkeit erfährt.

Es ist April, sie ist dreizehn und muss täglich zwei Stunden in der Reinigung ihrer Eltern arbeiten. Danach wird eine Stunde Klavier geübt, dann sind die Hausaufgaben dran. Dad sitzt hinten und macht die Buchhaltung. Mom ist schon die ganze Woche lang ganz hibbelig. Die Elitehochschulen verschicken gerade ihre Zulassungsbescheide, und Mom läuft jeden Tag zum Briefkasten, sobald der Postbote da war.

Serena hat schon Zusagen für Yale, Princeton, Georgetown, Cornell, von der UPenn und der Rutgers University (dem sicheren Notnagel). Sie hat sich an insgesamt zehn Unis beworben, und die einzige, von der sie noch nichts gehört hat, ist Harvard.

Seit sie denken kann, spricht Mom schon von Harvard. Im vergangenen Sommer sind sie eine Woche lang durch New England gefahren und haben die großen Ivy-League-Unis besichtigt. Das war die erste Urlaubsreise seit Jahren. Sie fand es großartig, auf den großen grünen Rasenflächen des Universitätsgeländes herumzuspazieren, war fasziniert von den ehrwürdigen Gebäuden mit Spitzbögen und weinberankten Fassaden. Alles kam ihr so ruhig und friedlich vor. So alt. Die Campusführer erzählten den Reisegruppen Wissenswertes über die Architektur, aber eigentlich hätte sie sich die prächtigen Häuser mit den Steinsäulen und Treppenaufgängen lieber allein angesehen.

Sie kann verstehen, dass Serena unbedingt nach Harvard will. Der Campus liegt direkt am River Charles, und die Gebäude dort sind die ältesten von allen. Nach der Besichtigung hatten sie Sandwiches gekauft und sich direkt am Wasser auf den Rasen gesetzt. Hinter ihnen ragten Türme mit Kuppeln und Uhren auf, und sie kam sich vor wie in einer anderen Welt, einer verwunschenen Welt aus einer fernen Zeit, so ganz anders als die zu Hause in New Jersey.

Die Tür geht auf, und Mom und Serena stürmen mit strahlenden Gesichtern in den Laden.

»Sie hat es geschafft! Sie hat es geschafft!«, kreischt Mom.

Dad kommt von hinten herbeigeeilt, und Serena hüpft vor Freude. »Ich habe einen Studienplatz in Harvard!«

»Ich wusste, dass du es schaffst!«, ruft Mom begeistert.

Dad drückt Serena an sich. »Seht ihr, ich weiß gar nicht, warum ihr zwei euch solche Sorgen gemacht habt.«

Auch sie freut sich riesig und umarmt Serena. Ist das wahr? Harvard? »Echt super«, sagt sie.

Serena zuckt die Achseln. »Na ja, mal sehen, für welche Uni ich mich entscheide.«

»Für Harvard natürlich«, sagt Mom, als wäre das überhaupt keine Frage. »Jetzt, wo sie dich genommen haben.«

In diesem Moment geht die Tür auf, und Mrs Weissman, eine Stammkundin, betritt die Reinigung. Mrs Weissman ist eine Frau in den Sechzigern mit kurzem, orange gefärbtem Haar und runzligen Händen. Mom berichtet ihr die große Neuigkeit. »Ist das zu fassen? Meine Große geht nach Harvard! Sie hat es gerade eben erfahren.«

Mrs Weissman klatscht vor Freude in die Hände. »Ich habe immer gewusst, dass du ein kluges Köpfchen bist. Sie müssen stolz auf Ihre Tochter sein.«

»Das bin ich, das bin ich. Sehr stolz sogar«, sagt Mom. Trotz der vielen Einsen, der gewonnenen Klavierwettbewerbe und der tollen Prüfungsergebnisse sagt Mom so etwas nur ganz selten. Spitzenleistungen werden einfach vorausgesetzt. Mom wendet sich von Serena und Mrs Weissman ab und sieht lächelnd zu ihr. »Jetzt muss ich nur noch dafür sorgen, dass sie hier es genauso weit bringt.«

*

Er ist neun und geht seit ein paar Wochen in Dublin zur Schule. Traveller-Kinder gemischt mit Buffer-Kindern, aber nicht so richtig. Mitten über den Schulhof verläuft ein dicker Strich. Die Traveller spielen auf der einen Seite, die Buffer auf der anderen.

Wegen ein paar Raufereien ist er gleich am ersten Tag in der Klasse mit den richtig bösen Jungs gelandet, den Jungs, um die sich die Lehrer nicht mehr kümmern. Von denen kann er noch einiges lernen, sogar von den Buffern.

Einer von ihnen, Joe, ist ganz bestimmt reich. Das erkennt man an seinen Klamotten und den glänzenden Schuhen. Joe ist immer rotzfrech zu den Lehrern. Macht nie, was sie von ihm verlangen. Redet mit ihnen, als wären sie Dreck, und das hassen sie.

Insgeheim findet er das toll. Wünscht sich, er könnte genauso mit den Lehrern reden.

Aber Mams Worte gehen ihm nicht aus dem Kopf: »Bring bloß keine Schande über uns, wenn du in der Schule bist. Benimm dich. Hör auf deine Lehrer.«

Aber warum auf die hören? Die sind langweilig und können ihn sowieso nicht ausstehen.

Joe stellt ihm lauter Fragen: wo er herkommt, wie lange sie schon in Dublin sind, was Traveller so essen. Joe sagt, sie hätten Glück, dass sie nicht in die Kirche gehen und mit Nachbarn reden müssen. Noch nie hat ein Buffer zu ihm gesagt, dass er Glück hat.

»Ihr habt's echt gut. Ihr könnt einfach abhauen, wenn euch danach ist.«

Außerdem weiß Joe alles über Mädchen. Hat immer etwas Neues zu erzählen.

»Hast du Schwestern?«, fragt er ihn einmal, als sie nach der Schule auf der Straße abhängen.

»Ja, zwei. Claire und Bridget.« Er spuckt die Namen aus wie das eklige Zeug, das er bei der Schulkrankenschwester einnehmen musste.

»Wie alt?«

»Claire ist sieben und geht mir auf den Geist. Bridget ist noch ein Baby. Fängt gerade an zu laufen.«

»Ah, noch klein also. Das heißt, du hast ihre Titten noch nicht gesehen, weil sie noch keine haben.«

Er schluckt ein Lachen herunter. »Warum soll ich mir die Titten meiner Schwestern ansehen? Das ist doch krank.«

»Nee«, sagt Joe. »Titten sind geil. Als ob du eine Kuh melkst, bloß dass sie ganz weich und schwabbelig sind und sich gut anfühlen. Wie ein Wasserbett.«

Wasserbett? Was soll denn das sein? Aber er lässt die Frage stecken und fragt etwas anderes.

»Hast du schon mal 'ne Kuh gemolken?« Ein Stadtkind wie Joe? Joe nickt. »Ja, ein Mal. Bei meinem Onkel in Wexford. Aber vergiss die Kühe, ich rede von Titten. Titten sind richtig geil.«

Titten. Geil. Er denkt an die Hefte, die Michael immer mit nach Hause bringt, er hat sie unter der Matratze gesehen. Einmal war eins aufgeschlagen, und die großen, prallen Titten einer blonden Frau hatten ihn angeglotzt. Er kapierte nicht so richtig, wie eine Frau mit etwas so Riesigem vorn dran herumlaufen kann, ohne hinzufallen.

»Kriegst du 'nen Ständer, wenn du an Titten denkst?«, fragt Joe.

Er sucht nach einer Antwort. Wahrscheinlich soll er Ja sagen, aber die Blonde in dem Heft hatte ihm irgendwie Angst eingejagt. Ihr Blick war ganz anders, als er es von Mam, seinen Schwestern und Tanten kennt.

»Wenn nicht, bist du 'ne Schwuchtel«, sagt Joe.

»Ich bin keine Schwuchtel.«

»Dann musst du ab jetzt öfter an Titten denken, weil Titten einfach der Hammer sind.«

Er nickt, als wäre er derselben Meinung.

»Schon mal welche angefasst?«

Bei dem Gedanken läuft ihm ein Schauer über den Rücken.

Joe schnaubt und lacht. »Das müssen wir! Wenn du einem Mädchen an die Titten fasst, wird er hart, ich schwör's dir.«

Sie sind um die Ecke gebogen und außer Sichtweite der Schule. Joe zieht ihn in eine Gasse. Autos rasen vorbei.

»Und wo kriege ich ein Mädchen her, dem ich an die Titten fassen kann?« Claire ist flach wie ein Brett, und Dad würde Hackfleisch aus ihm machen, wenn er es bei ihr versuchen würde.

Joe lacht. »Das ist der Vorteil, wenn man ältere Schwestern hat.«

Joe zieht eine Schachtel Zigaretten aus der Tasche und dreht sie in der Hand. Die durchsichtige Folie glänzt verführerisch. »Also, meine Schwester Helen ist sechzehn. Und sie hat Mordsdinger. Komm doch mal vorbei, dann kannst du sie dir angucken.«

Wie? Er stellt sich Joes schickes Zuhause vor, glänzende Holzfußböden, der Kühlschrank voll mit Coca-Cola und Eis. Da soll er hin? Um sich Titten anzusehen? Vergiss es.

»Du verarschst mich bloß«, sagt er. Die würden nie einen Pavee-Jungen, einen vom fahrenden Volk, in ihr Haus lassen.

»Nein!«, sagt Joe.

Er glaubt ihm nicht.

»Ich schwöre. Bei der Muschi meiner Mutter«, beteuert Joe. »Aber dafür musst du etwas für mich tun.«

Was kann er schon für einen Jungen tun, der alles hat?

»Was meinst du?«

»Ich werde dich um etwas bitten, und wenn du es machst, darfst du nach der Schule zu uns nach Hause kommen. Und ich garantiere dir ... ich garantiere dir, du bekommst die Titten meiner Schwester zu sehen.«

Ga-ran-tieren. Joe spricht es total deutlich und vornehm aus. Er hat das Wort schon mal irgendwo gehört. Irgendein Schnösel im Radio hat es benutzt.

»Was soll ich denn für dich tun?«

Joe zuckt lächelnd die Achseln. »Keine Ahnung. Muss ich noch drüber nachdenken.«

»Was?« Er hatte es noch nie mit einem so gerissenen Buffer zu tun.

Joe hebt verschwörerisch die Hand. »Sweeney, mein Freund, wart's einfach ab. Mir fällt schon etwas ein, verlass dich drauf.« Er klopft ihm auf die Schulter. »Für einen Pavee bist du echt in Ordnung, weißt du das?«

Niemand mag es, wenn ein Buffer ihn Pavee nennt. Aber er sagt nichts.

»Du, ich muss los. Hier, der ist für dich. Meine Mutter gibt mir so viele, ich kann sie gar nicht alle essen.«

Joe zieht einen Schokoriegel aus der Tasche. Er ist ein bisschen warm, aber noch zu. Ein Lion, in leuchtend oranger Hülle. Er hat noch nie so einen gegessen.

Er steckt ihn ein.

»Ich muss nach Hause zum Essen«, sagt Joe. »Meine Scheißfamilie. Alle nerven ständig mit Essen hier, Essen da. Bis morgen. Und vergiss nicht.«

Joe grinst, dann geht er über die Straße.

Er sieht zu, wie Joe sich zwischen den Autos durchschlängelt. Sieht zu und befühlt dabei die knittrige Plastikfolie. Dann reißt er sie auf, stopft sich den halben Riegel in den Mund und macht sich auf den Weg.

Die Mädchen zu Hause in den Heften. Guck sie dir heute Abend noch mal an, sagt er sich.

Vielleicht erzählen sie dir was Neues.

Blätter, blätter, blätter, machen die Mädchen und ihre Titten.

*

Im Grunde hat sie Jungs nie richtig verstanden, jedenfalls nicht, wenn es um Sex geht. In manchen sieht sie einfach gute Kumpel, mit denen sie sich über Filme und Politik unterhalten, Bier trinken und herumalbern kann, doch dann, wenn sie überhaupt nicht damit rechnet, sind sie plötzlich auf etwas anderes aus.

Falsches Spiel ist nicht der richtige Ausdruck. Diese Jungs sind schließlich ihre Freunde. Aber manchmal glaubt sie unter der Oberfläche eine unheimliche Kraft zu spüren, die jederzeit hervorbrechen kann, selbst wenn sie sich auf sicherem Boden wähnt.

Da ist zum Beispiel dieser Abend Ende Juni in Cambridge, kurz nach Beginn der Semesterferien. Sie hängt mit ein paar anderen Harvard-Studenten ab, die, wie sie, das erste Studienjahr abgeschlossen haben und in den Ferien für gemeinnützige Uni-Projekte oder im Büro der Summer School jobben. Während der Vorlesungszeit wurden in den Wohnheimen wilde Partys gefeiert, aber in den heißen, schwülen Sommern New Englands wirken sie wie ausgestorben. Die Handvoll Studenten, die geblieben sind, treffen sich zum Picknick am Fluss, essen zusammen Fertiggerichte aus der Mikrowelle und trinken mit gefälschten Ausweisen gekauftes Bier.

An jenem Abend sitzt sie mit fünf Kommilitonen, die sie nur flüchtig kennt, in einem der Gemeinschaftsräume im dritten Stock. Im aufregenden ersten Jahr am College ist jeder ein potenzieller Freund, mit dem man sich unterhalten und von dem man etwas lernen kann. Mit dabei ist ein Pärchen, ein rothaariges Mädchen aus Illinois und ein Latino aus der Bronx. Sie sitzen einander gegenüber auf der Fensterbank und blicken hinunter in den menschenleeren Harvard Yard. Ihre Füße berühren sich.

Die anderen drei sind ein Schwarzer aus Texas, ein Mädchen mit koreanischen Wurzeln aus Connecticut und eine Weiße aus Kalifornien, die im letzten Semester mit ihr im Ethnologie-Einführungskurs war. Sie sitzen auf dem kühlen Fliesenboden und trinken Cider aus der Flasche.

»Lasst uns doch zu Herrell's gehen«, schlägt die Koreanerin vor. »Ich will die neuen Eissorten probieren.«

Klingt nicht gerade aufregend. Wenn nicht alle in der Gruppe einen gefälschten Ausweis haben, kann man an einem Mittwochabend in Cambridge erstaunlich wenig unternehmen.

Aber die Entscheidung, wie sie den Abend gestalten sollen, kann warten. Das Pärchen verzieht sich Händchen haltend, wahrscheinlich in irgendein Zimmer, um sich woanders zu berühren als an den Füßen. Die Übrigen unterhalten sich über ihre Kurse im letzten Semester, darüber, welche sie im Herbst belegen wollen und welchen Aktivitäten sie außerhalb des Lehrplans nachgehen. Sie fragt Tom, den Schwarzen, über Texas aus, die weiten Strecken, die man in diesem Bundesstaat zurücklegen muss.

Eine warme Brise weht durchs Fenster, und aus dem Park dringt Grillenzirpen herauf.

»Wir kümmern uns mal um den Abwasch«, sagen die beiden anderen Mädchen und verschwinden mit dem Geschirr ins nächste Badezimmer.

Die zwei kommen nicht wieder. Sie wundert sich ein bisschen, wo sie abgeblieben sind, aber sie ist gerade mit Tom in ein Gespräch über Fitzgerald und Hemingway vertieft. Er ist ein netter Typ und hat viel zu sagen. Aber er mag Hemingway, den sie nicht ausstehen kann.

Sie sind allein, und kurz darauf bietet Tom an, ihr den Rücken zu massieren.

»Echt?«, fragt sie. Damit hat sie nicht gerechnet.

»Klar«, sagt er. »Ich massiere dich gern.«

Sie gehen in sein Zimmer, und er setzt sich auf den Boden. Sie rutscht zwischen seine gespreizten Beine, nicht zu nah, und lässt sich von ihm die Schultern kneten. Kein erregendes Kribbeln; dieser Junge ist nur ein Freund für sie. Die Massage ist rein platonisch.

»Vielleicht ist es besser, wenn du dich aufs Bett legst«, sagt er.

Sie findet das ein bisschen sonderbar, aber schließlich ist sie noch nie von einem Jungen massiert worden, und sie streckt sich auf dem Bett aus, ohne groß darüber nachzudenken. Männer und Frauen massieren sich nun mal, das hat bestimmt nichts zu bedeuten.

»Willst du nicht dein T-Shirt ausziehen?«, fragt er.

»Nein, nicht nötig«, sagt sie. »Ich behalte es lieber an.«

»Okay.«

Seine kräftigen Männerhände wandern unter dem T-Shirt langsam ihren Rücken hinauf und schieben sich unter ihren BH. Für sie hat das nichts Erotisches. Es ist nur ein bisschen ungewöhnlich.

»Ich mag deinen BH«, sagt er, während er weiter ihre Muskeln bearbeitet.

»Was gefällt dir daran?«, fragt sie, wobei ihr aufgeht, dass er ihn durch das T-Shirt ja gar nicht sehen kann.

»Er ist niedlich.«

Dann massiert er schweigend weiter, und sie kann nicht einmal sagen, ob ihr das besonders gut gefällt. Es ist einfach ungewohnt, von jemandem, den sie gar nicht kennt, so angefasst zu werden.

Plötzlich hält er inne. Seine Hände bleiben auf ihrem Rücken liegen.

»Danke«, sagt sie, und als er nichts erwidert, setzt sie sich auf.

Sie sitzen nebeneinander auf dem Bett, und sie fragt sich, warum das Gespräch verstummt ist. Sie hat das Gefühl, sich auf unbekanntem Terrain zu bewegen. Aus einer zwanglosen Unterhaltung ist eine Art Ritual geworden, das sie nicht versteht. Ein Ritual aus ungeschriebenen Regeln und stummen Signalen. Sie überlegt, ob sie irgendetwas tun oder sagen muss.

Aber dann beugt er sich zu ihr hin, als wollte er sie küssen. *Küssen.* Sie weicht erstaunt zurück.

Tom sieht den verwunderten Ausdruck in ihrem Gesicht, und sein Mund verzieht sich zu einem breiten Grinsen. Er schüttelt ungläubig den Kopf.

»Tut mir leid«, sagt sie, auf einmal beschämt. »Ich dachte, wir hängen bloß zusammen ab.«

Ist er tatsächlich davon ausgegangen, dass sie sich küssen würden? Sie erschrickt bei dem Gedanken. So läuft das also, wenn Leute miteinander rummachen ...

Beide lachen verlegen.

»Komm«, sagt er und steht auf. »Wir gehen zu den anderen.« Er zieht sie vom Bett hoch, sie verlassen das Zimmer, gehen die leere Treppe hinunter und treten hinaus in den dunklen grünen Harvard Yard.

Im Nachhinein wird ihr bewusst, wie naiv sie auf ihn gewirkt haben muss.

Doch als sie den Vorfall ganz nüchtern und rational analysiert, stellt sie fest, dass bei ihr keine Spur von sexueller Erregung im

Spiel war. Für sie war das Ganze nur ein nettes Gespräch mit irgendeinem Jungen. Nie im Leben würde sie auf die Idee kommen, jemanden zu küssen, den sie eben erst kennengelernt hat.

Sie ist froh, dass sie Tom an dem Abend zurückgewiesen hat. Warum deinen ersten Kuss an einen Jungen verschwenden, von dem du gar nichts willst?

Aber sie kommt langsam dahinter, dass es eine Sprache jenseits der verbalen Kommunikation gibt, kaum hörbar, aber dennoch vorhanden. So wie Hunde Töne hören können, die das menschliche Ohr nicht wahrzunehmen vermag. Sie fragt sich, warum sie taub für diese Sprache ist, was mit ihr nicht stimmt, dass sie ihr verborgen bleibt. Vielleicht muss sie beim nächsten Mal einfach besser hinhören.

*

Er ist elf, als seine Eltern sich trennen. Michael ist kein bisschen überrascht, findet sogar, dass es so am besten ist, aber Michael ist auch kaum noch da. Die Hälfte der Zeit sitzt er in dem Knast für Jugendliche.

Er fühlt sich einsam ohne Michael. Zu Hause gibt es keinen, mit dem er richtig reden kann. Seine Schwestern interessieren sich nur für Mädchenkram, Dad geht arbeiten, und wenn er nach Hause kommt, ist er betrunken und streitet mit Mam. Was bedeutet, dass sie alle eine Abreibung kriegen, wenn er mit Mam fertig ist.

Neuerdings hängt er oft mit den anderen Jungs auf dem Traveller-Platz herum. Er kann sich schlecht Namen und Gesichter merken. Aber ihn scheinen alle zu kennen.

»Du bist doch der kleine Schläger. Mick Sweeneys Jüngster, stimmt's?« Das macht ihn jedes Mal ein bisschen stolz. Michael kennen sie auch. »Sag mal, wann kommt denn dein großer Bruder aus dem Bau?«

Kurz darauf ist Michael wieder draußen. Beim Essen ist es still und öde, Bohnen auf Toast und dazu dieser Saft mit Zitronengeschmack, der im Hals brennt. Einen ganzen Monat lang ist Michael weg gewesen. Claire spült das Geschirr, und er hofft, dass sie nicht das ganze Wasser aufbraucht, damit er nicht noch mal zur Pumpe latschen muss.

Dad, der sich sonst immer verdrückt, sitzt auch mit am Tisch. Irgendwie wirkt er nervös, und Mam und er werfen sich die ganze Zeit komische Blicke zu. Jedenfalls besser als Streit. Als Claire fast mit dem Spülen fertig ist, streckt Mam die Hand nach ihr aus.

»Lass mal, Schätzchen. Setz dich zu uns. Wir haben euch etwas zu sagen.«

Anfangs ist er aufgeregt. Vielleicht kaufen sie sich einen neuen Wohnwagen, einen größeren, bei dem die Tür nicht halb kaputt ist. Aber als er in die Gesichter seiner Eltern blickt, weiß er, dass es keine guten Neuigkeiten sind. Ist schon lange her, dass Mam sich über irgendwas gefreut hat.

»Was ist denn?«, fragt Claire. Mam streicht ihr übers Haar.

Mam will etwas sagen, aber dann geht ihr Blick zu Dad. »Fängst du an, Mick?«

Dad mosert, aber dann beugt er sich vor und räuspert sich. »Also, Kinder ... Wie es aussieht, werden eure Mutter und ich ...« Er zögert, Mam guckt ihn böse an, und er spricht weiter.

»Wir werden ab jetzt nicht mehr zusammenleben.«

Claire ist geschockt und er auch, aber er lässt sich nichts anmerken. Claire zittert und bricht in Tränen aus. Er verdreht die Augen. Mädchen. Ständig am Flennen.

»Wie meinst du das?«, fragt Claire.

»Also, äh ...«, sagt Dad. »Äh, das heißt –«

»Das heißt, dass wir uns trennen«, unterbricht ihn Mam.

Keiner kann fassen, wie brutal sie es ausspricht. Mam, die zu Claire (aber nicht zu ihm) immer so nett und sanft ist, wirkt auf einmal so erbarmungslos, als würde sie einem Huhn den Kopf abhacken.

»Aber wieso denn?«, fragt Claire mit Tränen in den Augen.

Mam und Dad gucken sich wieder an. Mam wütend, Dad irgendwie traurig.

Scheint so, als könnte Dad sich ausnahmsweise mal nicht herausreden. »Eure Mutter –«, setzt er an, aber Mam fällt ihm erneut ins Wort.

»Euer Vater muss mit dem Trinken aufhören, weil wir euch sonst kein gutes Zuhause geben können.«

Ein sonderbarer Ausdruck liegt auf Dads Gesicht. Den hat er erst ein Mal gesehen, als Dad losfuhr, um Michael aus dem Knast abzuholen.

»Dann ... dann geht Dad weg von uns?«, fragt Claire.

In Claires Augen sieht er so etwas wie einen Hoffnungsschimmer aufflackern. Als ob sie sich das die ganze Zeit gewünscht hätte. Und falls das stimmt, hasst er sie dafür. Claire, die ständig nur jammert und flennt. Als sie noch kleiner war, kauerte sie sich jedes Mal, wenn Dad besoffen nach Hause kam, in die Ecke und plärrte. Wahrscheinlich ist das der Grund. Mam hat gesehen, wie verängstigt Claire war. Darum hat sie beschlossen, Dad wegzuschicken.

»Äh, nicht ganz, Liebling«, sagt Mam. »Dein Vater und deine großen Brüder gehen weg. Bridget, Sean und du, ihr bleibt bei mir.«

Schweigen. Er wird also mit Dad und Michael als Familie zusammenleben. Und wer übernimmt das Kochen? Wer macht die Wäsche? Hoffentlich nicht er, aber er ist der Jüngste, und er kann sich kaum vorstellen, dass Dad oder Michael Bock darauf haben.

Claire fängt wieder an zu weinen, und Bridget, die noch nicht begreift, worum es geht, heult mit. Mam wirkt müde und leer, wie ein Ballon, aus dem man die Luft rausgelassen hat.

»Na, Johnny«, sagt Dad zu ihm, »was hältst du von der neuen ... Regelung?«

Er sieht seinen Vater an. Heute stinkt sein Atem mal nicht nach Whiskey.

»Ist in Ordnung«, sagt er. Endlich müssen sie sich nicht mehr Mams und Claires Gejammer anhören.

Mam sieht ihn an, als würde sie gleich anfangen zu weinen. Er schüttelt sich innerlich und will woanders sein.

»Mein Baby«, sagt sie und versucht ihn an sich drücken.

Er windet sich aus ihren Armen. »Ich bin nicht mehr dein Baby, Mam«, sagt er mit fester Stimme. »Du hast Bridget und Sean, und Claire benimmt sich auch wie ein Baby.«

Mam macht große Augen, dann wendet sie den Blick ab.

Dad legt ihm den Arm um die Schulter. Ausnahmsweise ist seine Berührung sanft. »Deine Mutter will dich bloß trösten.«

Er zieht den Arm seines Vaters fester um sich. »Mich muss keiner trösten. Ich bin schon groß.«

Dad sieht ihn merkwürdig an, dann wendet er sich Mam und Claire zu, die beide heulen. Wie ätzend und armselig das ist. Michael, Dad und er können froh sein, dass sie die anderen bald los sind.

»Wann geht es los?«, fragt er Dad.

»Wir warten bis nach der Hochzeit deiner Cousine. Bevor sich unsere Wege trennen, werden wir es noch mal ordentlich krachen lassen.«

Er nickt mit unbewegter Miene, wie er es sich bei Dad abgeguckt hat.

»Und wo gehen wir hin?«

Mam hebt den Blick. Ihre Augen sind gerötet.

Dad trommelt mit den Fingern auf seine Schenkel. »Ich hab mir gedacht, nach Belfast.«

»Belfast?«, fragt er. Er ist schon zwei-, dreimal dort gewesen, kann sich aber kaum an die Stadt erinnern. Er weiß nur noch, dass sie da komisch reden. Und dass Dad gemeckert hat, weil man in Pfund bezahlen musste. Durch leere Straßen sind sie gelaufen. Überall bemalte Mauern mit großen bunten Bildern.

»Wir haben Cousins dort«, erklärt Dad. »Und gute Arbeit gibt es auch.«

Ihm gefällt die Aussicht, etwas Neues kennenzulernen. Keine Buffer-Jungs mehr, die ihn Kesselflicker nennen und Steine nach ihm werfen oder ihn wegen seines Bruders beschimpfen. Vielleicht muss Michael in Belfast nicht so oft ins Gefängnis. Vielleicht gibt's dort mehr Reiche, die man beklauen kann.

Mam hat sich ein bisschen beruhigt und setzt sich neben ihn. Legt ihm die Hände auf die Schultern, sieht ihn an. Ihr rechtes Auge ist vom Weinen leicht verschmaddert.

»Du kannst mich so oft besuchen, wie du willst«, sagt sie.

»Heißt das, du kommst uns nicht in Belfast besuchen?« Es klingt wütender, als er will.

Mam druckst herum. »Ich muss mich um Bridget und das Baby kümmern. Das ist nicht so einfach.«

Er sieht sie an.

Mam streicht ihm über die Wange. »Bitte sei brav«, sagt sie. »Werde nicht so wie dein Bruder. Deine Mutter möchte stolz auf dich sein.«

Bevor er etwas erwidern kann, schlingt sie die Arme um ihn und drückt ihn ganz fest an sich. »Versprichst du mir das?«

Er spürt ihr Gesicht an seinem Hals und weiß nicht, was er sagen soll.

»Versprichst du mir das?«

Er nickt und hofft, dass ihr das genügt. Aber sie klammert sich weiter an ihn.

»Ich versprech's«, sagt er schließlich. »Ich werde anständig sein.«

Sie löst sich von ihm, hält ihn aber an den Armen fest und sieht ihn durch ihre feuchten Augen an. Mit suchendem, fast hoffnungsvollem Blick. Ihre Nase ist ganz rot, und ein Lächeln huscht über ihr Gesicht.

Ihm wird ganz komisch dabei, und er reißt sich los. Er braucht dringend frische Luft.

Ein Stoß gegen die Wohnwagentür, und er ist draußen auf der

Wiese. Es regnet, aber scheiß drauf. Er rennt durch den Matsch, Regen patscht ihm ins Gesicht und mischt sich mit den Tränen, die keiner sehen soll.

*

Sie steht am Bahnhof von Oberstdorf, dem südlichsten Zipfel Deutschlands. Sie ist neunzehn und soll für einen amerikanischen Verlag einen Reiseführer schreiben. Anfangs hatte sie ein bisschen Bammel, weil sie erst seit fünf Monaten an der Uni Deutsch lernt. Aber jetzt ist sie schon vier Wochen unterwegs, und sie kommt prima zurecht.

Es wird ein Reiseführer für Rucksacktouristen, und entsprechend knapp ist ihr Budget: Der Verlag zahlt ihr für alle Ausgaben fünfundvierzig Dollar pro Tag. Das reicht nur für die Jugendherberge. Inzwischen ist sie ziemlich geübt darin, an jeder Station ihrer Reiseroute zur Jugendherberge zu finden. Karte besorgen, sich orientieren, losgehen. Jeden Tag ein neuer Ort und mindestens sieben, acht Kilometer Fußmarsch.

Sie hat sich angewöhnt, immer einen Kompass in der Hosentasche zu tragen. Der Kompass verfügt über einen Spiegel mit einem senkrechten Mittelstrich, und sie nutzt ihn nicht nur zur Orientierung, sondern auch, um sich darin zu begutachten. Nicht dass sie besonders eitel wäre, aber der Spiegel erinnert sie daran, auf ein gesittetes Äußeres zu achten.

In Deutschland erntet sie mehr Aufmerksamkeit, als sie gewöhnt ist. Nichts allzu Anzügliches. Einmal haben ihr die türkischen Männer in einem Dönergrill einen Döner ausgegeben und ihr zugezwinkert. Ein andermal hat ihr ein Zugschaffner übertrieben ausführlich erklärt, welchen Anschlusszug sie nehmen muss. Das Gespräch verlief auf Deutsch, und zum Schluss sagte er mit breitem Akzent: »I hope we meet again.«

Das bezweifelt sie sehr. Aber es ist schon aufschlussreich, wie

Männer auf sie reagieren: eine junge, allein reisende Frau, ganz offensichtlich Ausländerin, mit langen, dunklen Haaren und dunklen Augen.

Es ist ein einsamer Job. Immer auf Achse, immer damit beschäftigt, Informationen zu aktualisieren. Und selbst wenn sie sich mal nett mit jemandem unterhält, Anschluss findet – ihr straffer Reiseplan zwingt sie, am nächsten Tag weiterzufahren. Jeden Sonntagabend sucht sie sich eine Telefonzelle und ruft ihren Lektor und ihre Mutter an. So hat sie wenigstens regelmäßigen Sozialkontakt.

Trotzdem ist ihr Job unschlagbar aufregend. Jeden Tag sieht sie einen neuen Ort, darf alte Kirchen besichtigen, barocke Plätze beschreiben, Wanderwege erkunden. Das hat sie sich immer gewünscht, all die Jahre in der amerikanischen Provinz.

Vorhin hat sie sich nett mit drei Deutschen unterhalten, denen sie zufällig auf der Landstraße begegnet ist. Vor ihnen erhoben sich riesenhaft die Allgäuer Alpen, mit schneebedeckten Gipfeln, wie auf den Ansichtskarten. Die Deutschen machten in Oberstdorf Urlaub, kamen jeden Sommer hierher; und sie gaben ihr Wandertipps. Eine zwanzigminütige Unterhaltung – auf Deutsch! Hinterher jubelte sie innerlich über ihre Sprachkenntnisse.

Aber jetzt am Bahnhof stellt sie fest, dass sie sich zu lange mit den Deutschen aufgehalten hat. Der letzte Bus zur Jugendherberge ist vor dreizehn Minuten abgefahren, und zu Fuß ist der Weg zu weit. Sie liegt am Berghang, in einem Dorf namens Kornau.

Ihre gute Laune weicht der Besorgnis. Irgendwie muss sie zu der Herberge kommen. Sie blickt hinauf zum Berghang, aber es dämmert schon, und das Dorf ist nicht zu erkennen. Die Berge werfen lange Schatten übers Tal. Seit dem späten Nachmittag türmen sich Gewitterwolken auf, und es fängt an zu regnen.

Ein Taxi hält am Vorplatz, und sie fragt den Fahrer auf Deutsch, wie viel die Fahrt nach Kornau kostet.

»Vierzehn Mark«, sagt er. Ungefähr sieben Dollar. Zu teuer.

Sie wendet sich ab und gerät in Panik. Es wird immer dunkler, es regnet, und die Jugendherberge scheint unerreichbar. Sie könnte sich auf die Suche nach einem Hotelzimmer in Oberstdorf machen, doch um diese späte Uhrzeit ist das wahrscheinlich aussichtslos. Und leisten kann sie es sich auch nicht. Wie konnte ich nur so blöd sein und den Bus verpassen?

In diesem Augenblick steigt jemand anderes in das Taxi, und der Fahrer fährt los. Sie steht unschlüssig auf dem Vorplatz und ringt mit den Tränen. Erst jetzt merkt sie, wie müde sie vom vielen Laufen ist.

Vor ihr parkt ein Auto, und die Scheibe fährt herunter. Ein Mann lehnt sich aus dem Seitenfenster.

»Brauchst du Hilfe?«, fragt er auf Deutsch.

Sie taxiert ihn, unsicher, wie viel sie von sich preisgeben soll. Er ist noch jung, glatt rasiert. Blond, blauäugig wie fast alle hier. Aber sie ist dankbar, dass jemand da ist, der sich Sorgen um sie macht.

»Ich, äh, ich habe den letzten Bus zur Jugendherberge verpasst«, antwortet sie ebenfalls auf Deutsch.

»Es kommt sicher bald ein Taxi«, sagt er und zeigt auf den leeren Taxistand.

»Ich habe nicht genug Geld«, sagt sie ehrlich. Zumindest wird er jetzt nicht versuchen, sie auszurauben.

Er zögert einen Moment. »Ich kann dich fahren, wenn du möchtest.«

Sie kann ihr Glück kaum fassen. Oder ist das kein Glück? Kann sie diesem Mann vertrauen?

»Wirklich? Es ist ziemlich weit.« Sie erklärt ihm, dass sie in ein anderes Dorf muss.

Er nickt. Kein Problem, er fährt sie gern.

»Äh ... einen Moment bitte.«

Was hat man ihr in ihrer Kindheit eingetrichtert? Steig nie zu fremden Männern ins Auto. Aber was, wenn man im Ausland ist, kein Geld hat und es keine andere Möglichkeit gibt, zur Jugendherberge zu gelangen?

Sie schaut sich um. Nicht ein Mensch auf der Straße. Sie späht durchs Fenster auf den Rücksitz. Spielsachen, eine Rassel, Stofftiere, sogar ein Kindersitz. Er ist Vater. Also wird er ihr nichts tun.

Sie nickt. Einverstanden. Der Mann steigt aus und verstaut ihren Rucksack im Kofferraum. Sie überlegt, ob es klug ist, das zuzulassen, aber es wäre unhöflich, Einspruch zu erheben.

Sie steigt auf der Beifahrerseite ein, und sie fahren in die Dämmerung. Regentropfen sprenkeln die Scheibe, und er macht die Scheibenwischer an.

»Bist du Chinesin?«, fragt er auf Deutsch.

»Ich bin Amerikanerin«, antwortet sie. »Meine Eltern stammen aus Taiwan.«

Die Konversation verläuft schleppend. Er möchte sich offensichtlich anspruchsvoll unterhalten, aber ihre Ausdrucksmöglichkeiten im Deutschen sind begrenzt. Wie weggewischt das Selbstvertrauen von vorhin, als sie sich vor dem herrlichen Bergpanorama mit den deutschen Touristen unterhalten hat. Jetzt sitzt sie angeschnallt im Wagen und blickt zwischen den Scheibenwischern hindurch in die Dunkelheit.

Zehn Minuten lang fahren sie durch düstere Landschaft, bergauf auf leeren Straßen.

Oberstdorf taucht unter ihnen auf, ein kleines Lichtermeer tief im Tal.

Sie fragt ihn, was er beruflich macht, und er erklärt es ihr, aber ihr Deutsch reicht nicht aus, um es zu verstehen. Irgendwas mit Technik. Oder Wissenschaft.

»Bist du allein unterwegs?«, fragt er.

»Nein«, antworte sie. »In der Jugendherberge wartet ein Freund auf mich.«

Die Leute vom Verlag haben ihr eingeschärft, das zu sagen. Als allein reisende Frau soll sie sich zu ihrer Sicherheit an folgende Regeln halten: Freunde erfinden, den Rucksack immer auf den freien Platz gegenüber stellen, nicht trampen.

Sie vergleicht die Hinweistafeln am Straßenrand mit ihrer Karte und sagt ihm, wie er fahren muss. Er folgt stumm ihren Anweisungen.

Dann kommen sie an einem Schild vorbei. Sie könnte schwören, dass es die Abzweigung nach Kornau gewesen ist. Es ist jetzt stockfinster, und sie hält angestrengt Ausschau nach der nächsten Abfahrt.

Ein paar Minuten später leuchtet das nächste Schild im Scheinwerferlicht auf. Von Kornau steht nichts darauf.

Ihre Unruhe wächst. Soll sie etwas sagen? Weiß er, wie er fahren muss? Vielleicht wartet sie noch bis zum nächsten Schild ...

»Hey«, sagt sie. »Ich glaube, wir haben die Ausfahrt verpasst.«

Er sieht sie an. »So?«

»Ja«, sagt sie entschieden. Sie nähern sich einer Abzweigung mit einer großen Hinweistafel. »Können Sie da vorn kurz halten, damit wir mal nachsehen?«

Er wirkt leicht amüsiert.

»Klar, kein Problem.«

Er hält bei dem Schild. Sie steigt aus und vergleicht die Ortsnamen mit der Karte. Ja, sie sind zu weit gefahren.

Sie steigt wieder ein und erklärt ihm anhand der Karte, wo sie sind und wo sie hinmüssen. Der Mann sieht sie die ganze Zeit an. Die Karte beachtet er gar nicht.

Sie fühlt sich unbehaglich, aber sie redet einfach weiter, behält ihren sachlichen Ton bei, um ihre Anspannung zu verbergen.

»Ist das okay für Sie? Wir müssen nur umdrehen und die Abzweigung von vorhin nehmen.«

Er nickt grinsend. Warum lässt er den Wagen nicht an?

Er fummelt am Zündschlüssel. Dann dreht er sich zur Seite und fragt sie etwas. »Hast du Lust, mit mir zu schlafen?«

Sie übersetzt den Satz ins Englische, und ihr bleibt fast das Herz stehen. Hat er das tatsächlich gesagt? Was soll sie darauf antworten? Verdammt, worauf hat sie sich da nur eingelassen?

»Nein«, sagt sie schroff. Gott, wenn sie doch nur besser Deutsch könnte. »Ich habe keine freie Zeit.«

Anders kann sie es in der fremden Sprache nicht ausdrücken.

»Ich bin in der Jugendherberge mit meinem Freund verabredet.«

Er nickt. »Ich bezahle dich auch …«

Sie ist zutiefst schockiert, und sie hat Angst, aber sie muss jetzt einen kühlen Kopf bewahren.

»Nein«, wiederholt sie auf Deutsch. »Ich habe doch gesagt, ich habe keine freie Zeit, ich muss in die Jugendherberge, mein Freund wartet da.«

Er wendet den Blick nicht von ihr ab.

Sie macht ein grimmiges Gesicht und blickt starr nach vorn durch die Windschutzscheibe. Tritt entschlossen auf, zeig ihm, dass du genau weißt, was du willst. Innerlich aber schäumt sie vor Wut, und sie geht rasend schnell ihre Handlungsmöglichkeiten durch. Sie könnte aussteigen und zu Fuß weitergehen. Nein, ihr Rucksack liegt noch im Kofferraum.

Draußen gießt es, und der Regen prasselt auf die Windschutzscheibe.

Schließlich gibt er sich geschlagen. »Wie du willst.« Er lässt den Motor an, wendet und fährt in die Richtung, aus der sie gekommen sind.

Sie sitzt wie auf glühenden Kohlen, während sie durch die Dunkelheit fahren. Rechnet jede Sekunde damit, dass er über sie herfällt. Sie könnte auf ihn einschlagen, ins Steuer greifen und versuchen, den Wagen in eine bestimmte Richtung zu lenken, aber was würde das bringen? Sie könnte auch die Tür aufmachen und sich aus dem fahrenden Auto rollen lassen …

Nein, das Beste ist, sie bleibt angeschnallt sitzen und wartet ab, was er im Schilde führt.

Aber er fährt in die richtige Richtung, und ein paar Minuten später biegt er im strömenden Regen ab nach Kornau, so wie sie es ihm gerade erklärt hat. Und dann halten sie wie durch ein Wunder vor einem großen Haus, das weiß und makellos in der Dunkelheit schimmert.

Noch nie ist sie beim Anblick einer Jugendherberge so erleichtert gewesen.

Einen Augenblick später macht er den Kofferraum auf und gibt ihr den Rucksack. Sie setzt ihn auf und bedankt sich bei ihm. Wofür eigentlich? Dass er sie unterwegs nicht brutal vergewaltigt hat? Dass er sie am Leben gelassen hat?

Sie will nicht weiter darüber nachdenken. Geh schnell ins Haus und dreh dich nicht um. Der Mann, dem sie eine Abfuhr erteilt hat, wirkt plötzlich verlegen. »Ich wünsche Ihnen noch eine schöne Reise«, sagt er und gibt ihr die Hand. Sie schüttelt sie.

Sie wartet nicht, bis er weggefahren ist, sondern verschwindet schnell in der Jugendherberge. Drinnen ist es warm und hell, und sie hofft, dass der Empfang noch besetzt ist. Sie geht zum Tresen, drückt die Klingel und wartet mit nassen Haaren und drückendem Rucksack ungeduldig, dass jemand kommt. Sie kann noch gar nicht fassen, dass sie in Sicherheit ist, dass sie heil aus dem Auto gekommen ist, diesen Typen nie wiedersehen muss. Ihr Herz hört auf zu rasen.

Jemand tritt hinter den Tresen. »Na, vom Gewitter überrascht worden?«

Sie blickt auf. Ein junger Mann grinst ihr entgegen, blaue Augen, blondes Haar. Die deutsche Ausgabe von Leonardo di Caprio. Und *der* arbeitet hier? Eben noch das Horrorerlebnis im Auto, und jetzt ...

»Ja«, sagt sie und erwidert sein Lächeln. Sie antwortet auf Deutsch. »Ich habe mich ein bisschen verspätet. Aber ich habe für heute Nacht gebucht.«

»Weiß ich«, antwortet er. »Wir haben schon auf dich gewartet.« Er strahlt sie an.

»Dann kann ich noch einchecken?«

»Aber sicher.«

Sie schaut sich im Empfangsbereich um, und ein verwegener Gedanke kommt ihr in den Sinn. »Verkauft ihr hier zufällig Bier? Ich könnte jetzt wirklich eins brauchen.«

Der junge Mann beugt sich verschwörerisch vor. »Eigentlich ist das verboten, aber du kannst eins aus meinem Vorrat haben.«

»Echt?« Sie weiß nicht, woran es liegt, ob am Adrenalin von vorhin oder an der Erleichterung, entkommen zu sein, aber irgendetwas löst sich in ihr, und sie ist mutiger, als sie es normalerweise in einer solchen Situation wäre. Sie sieht ihm direkt in die blauen Augen.

Er weicht ihrem Blick nicht aus. Und sie denkt: Was habe ich schon zu verlieren? Morgen reise ich sowieso weiter.

»Danke«, sagt sie. »Aber eigentlich würde ich es ungern allein trinken.«

*

Sie sind in Belfast, und er beneidet Michael und die älteren Jungs, weil sie an die ganzen Schlampen rankommen. Die Mädchen mit knallroten Lippen und engen Klamotten, die ihre Titten rausschieben, bis du vom vielen Glotzen einen Steifen hast.

Wenn er es bei denen versuchen würde, würden sie ihm bloß ins Gesicht lachen. Ein Mal ist ihm das schon passiert, als er ein Mädchen im Flanagan's angequatscht hat.

»Ist dein kleiner Bruder etwa scharf auf mich?«, hat die Tussi Michael gefragt. Ihre riesigen runden Ohrringe baumelten über ihren Titten.

Gerry, Donal und die anderen lachten ihn aus, und er hätte sich am liebsten Michaels Bierglas geschnappt und es ihnen nacheinander in die Fresse gerammt.

»Wie alt bist du?«, fragte sie. Ihre Augen waren schwarz geschminkt, und sie trug ein tief ausgeschnittenes Oberteil. Er versuchte nicht hinzusehen.

»Wie alt schätzt du mich denn?«
Michael und die anderen lachten nur. Sie auch.
»Keine Ahnung, sechzehn?«
In Wahrheit war er damals erst dreizehn. Michael hat ihm noch ein Bier ausgegeben und gesagt, er würde ihm noch früh genug beibringen, wie man mit den Weibern fertigwird. Und nicht nur mit denen.

Die oberste Regel lautet, mach dich immer älter, als du bist, und alle werden dir glauben. Das Schöne am Traveller-Leben ist unter anderem, dass niemand weiß, wo du herkommst. Sie können dich nicht zuordnen, verbinden dein Gesicht nicht mit einem Namen und können nicht abschätzen, wie alt du bist. Du bleibst für sie unsichtbar und kannst sein, wer du willst.

Du machst dich mit Charme und witzigen Sprüchen an sie ran. Und dann bist du weg. Mit ihrer Geldbörse. Und vielleicht ihrem Handy.

Er lernt, diesen Vorteil für sich auszunutzen. Er belauscht die Gespräche der Sesshaften, merkt sich die Namen der Orte, Autos und teuren Sachen, auf die sie so stolz sind. Um irgendwann selbst damit anzugeben. Man kann gar nicht genug aufschnappen.

»Also, Mallorca ist wirklich ein Traum. Die Strände, das Essen, die Berge. Ich könnte den ganzen Sommer dort verbringen.«

»Absolut. Mallorca ist viel schöner als Ibiza.«

Eine Gruppe von schicken Leuten in den Zwanzigern sagt das, an einem Juniabend vor einer Weinbar am Victoria Square. Die Männer tragen blaue Hemden, schicke Ledergürtel und Wichserschuhe. Die Frauen Kleider, die sich an ihre Hüften und Titten schmiegen. Ohrringe und Armbänder, die bei jeder Bewegung glitzern, Designerhandtaschen mit fetten Logos.

Er steht unauffällig in der Nähe, überlegt, welche Handtasche sich am leichtesten klauen lässt. Nicht die rote – die Besitzerin lässt garantiert nicht los. Die große braune auch nicht, sieht zu schwer aus. Er nimmt die letzte Frau ins Visier, die besoffene Blonde, die schwankend an der Mauer lehnt. Ihre Handtasche ist weiß und steht offen auf dem Pflaster, geradezu eine Herausforderung.

Guck dir immer die Betrunkenste, die Schwächste aus. Noch so eine Faustregel, auf die Michael und die Jungs schwören.

Sie wird immer betrunkener und rückt näher an die Männer heran. Ihre Handtasche bleibt auf dem Gehweg stehen. Einen Schritt hinter ihr, dann anderthalb.

Er stellt sich vor, was wohl darin ist – eine Börse mit hundert Pfund? Zweihundert? Ein Handy. Ein iPod mit schmalziger Musik. Kreditkarten, die wertlos für ihn sind. Ein Lippenstift, den er einem Mädchen schenken kann, bei dem er landen will.

Hör auf zu träumen. Tu's einfach.

Er presst die Zähne aufeinander, wirft noch einmal einen schnellen Blick hinüber zu der Gruppe. Sie heben die Gläser, um auf irgendetwas anzustoßen, die Blonde kehrt ihm den Rücken zu. Ihm wird ganz heiß – er holt tief Luft, spürt die vertraute Erregung.

Jetzt.

Er rennt los – in fünf Sätzen ist er bei der Tasche, schnappt sie sich und ergreift keuchend die Flucht.

Nicht schnell genug.

Eine Hand packt ihn an der Schulter, und er wird zurückgerissen.

»Ey, was machst du da?«, schreit einer aus der Gruppe.

Die Betrunkene kreischt: »Meine Handtasche!«

Er will weglaufen, aber ein Mann – dunkelhaarig, kantiges Superheldgesicht – hält ihn fest und holt zum Schlag aus. Er duckt sich, rammt dem Typen den Ellbogen in den Bauch und versucht erneut zu türmen. Er umklammert immer noch die Handtasche, doch dann klingelt plötzlich das Telefon darin, und er gerät kurz aus dem Konzept. Der Klingelton ist irgendein beschissener Dance-Hit, den er aus den Clubs kennt.

Die Männer gehen wieder auf ihn los. Ein anderer – kleiner, mit rotblonden Haaren und Sommersprossen – packt ihn und hält ihn fest, während Superheld zu einem mörderischen Schlag ausholt.

Das wird wehtun.

Sein Kopf kippt nach hinten, er hat das Gefühl, als würde sein rechtes Auge in die Höhle gedrückt, seine Wange pocht. Er lässt die Tasche fallen. Die ätzende Partyhymne verstummt.

Der Schmerz ist wie zuckende Stroboskopblitze auf LSD.

Aber das ist er gewohnt. Dad schlägt viel brutaler zu. Der Sommersprossige lässt ihn los, und er taumelt ein, zwei Schritte nach vorn, streckt die Hand nach der Tasche aus.

»Ruft die Polizei«, kreischt die Blonde.

Superheld will noch mal zuschlagen, aber er verpasst ihm einen Kopfstoß.

Aua.

»Ist schon unterwegs«, ruft eine Frau.

Scheiß auf die Tasche, höchste Zeit, abzuhauen.

Dreh dich nicht um, zeig ihnen nicht dein Gesicht.

Er rennt benommen die Straße hinunter und an der nächsten Kreuzung rechts um die Ecke. Das Blut rauscht ihm in den Ohren, das Herz schlägt ihm bis zum Hals.

»Verdammtes Pack«, ruft ihm ein Mann hinterher.

Er rennt, so schnell er kann, obwohl er bezweifelt, dass sie ihm auf den Fersen sind. Er ist fix und wendig, noch nie ist er geschnappt worden. Er weiß, wann man abhauen und wann man sich verstecken muss.

Er läuft weiter. Los, noch ein paar Meter, jetzt wird er langsamer, damit er Luft holen kann. Dann ist er am Flussufer und verschwindet in der Dunkelheit.

Unter einer Brücke bleibt er stehen. Er beugt sich vor, stützt die Hände auf die Knie und verschnauft. Es ist still hier am Wasser, kein Trubel wie in der Innenstadt.

Das erregende Gefühl ist weg. Jetzt fühlt er den Schmerz, er strömt in seinen Kopf, in sein Gesicht. Das gibt ein blaues Auge, so viel ist sicher.

Alles für die Katz, Mann.

Sein Vater wird ihn windelweich prügeln. Von den Jungs wird es auch Dresche geben.

Er geht am Fluss entlang. Hier und da taucht eine Straßenlaterne den Gehweg in hellgelbes Licht, aber ansonsten ist es stockfinster. Irgendwo an der Ufermauer lacht ein Mädchen, und eine tiefe Stimme sagt etwas, was er nicht verstehen kann, irgendetwas Männliches und Romantisches, damit sie sich kichernd an ihn schmiegt und er die Hände auf ihre Titten legen kann.

Manche Idioten haben immer Glück. Er nie.

»Fünf? Leg dich nie mit so vielen Leuten an.«

Michael tupft ihm mit einem feuchten Lappen das Gesicht ab. Er zuckt vor Schmerz zusammen.

»Sie war so besoffen, die hätte gar nicht gemerkt, dass ihre Tasche weg ist.«

»Kann sein, aber ihr Typ hat's gemerkt. Und hat dir ordentlich eins auf die Fresse gegeben.«

Michael wringt den Lappen aus und beugt sich über ihn.

Er dreht das Gesicht weg. »Hör auf. Das tut sauweh.«

Michael grinst höhnisch. »Sei nicht so eine Memme. Sonst wächst dir bald eine Muschi, und du willst zu Mam nach Dublin.«

Er schweigt.

Michael wirft den Lappen in die Spüle und hält ihm sein Carlsberg hin. »Hier. Trink. Du könntest in die Notaufnahme gehen, damit du was gegen die Schmerzen kriegst, aber dann weiß jeder, dass du Dresche bekommen hast.«

Er stürzt das Bier hinunter. Warm und abgestanden, aber besser als nichts. Er hofft, dass der Schmerz durch den Alkohol nachlässt.

»Dad wird dich sicher danach fragen, wenn er nach Hause kommt.« Michael zeigt auf das blaue Auge.

»Ich sage ihm einfach, ich hätte mich geprügelt.«

»Mit wem?«

Er zuckt die Achseln. »Keine Ahnung.«

Michael kriegt mal wieder seinen Predigerton. »Nicht mit einem Buffer. Mit denen wollen wir keinen Ärger haben. Und du weißt genau, dass wir uns untereinander nicht schlagen.« Mann, manchmal ist er schlimmer als der Papst.

»Na gut. Dann hab ich mich eben mit ein paar Touristen geprügelt.«

»Schon besser. Aber du weißt ja, was er sagen wird: »Wenn du dich schon prügelst, dann sorg dafür, dass die anderen ein blaues Auge kriegen.«

Michael kann das betrunkene Lallen und die ungelenken Bewegungen ihres Vaters ziemlich gut nachmachen, und er muss lachen. Wodurch der Schmerz in seinem rechten Auge wieder aufflammt.

Er stellt die Bierdose auf den Tisch. »Schätze, ich hab noch Luft nach oben.«

Michael grinst. »Könnte man so sagen.«

Er steht auf und blickt durch das kleine viereckige Fenster hinaus in die Dunkelheit. Stille, nur das Pfeifen des Windes. Kein Auto auf der Straße.

»Glaubst du, ich muss mir Sorgen wegen der Polizei machen?«

Michael überlegt kurz und zuckt die Achseln. »Die Bullen? Ach was.«

»Meinst du?«

»Es ist ja schließlich nichts weggekommen. Außerdem sind sie durch die Pubs gezogen. Die haben sicher keinen Bock, Anzeige zu erstatten. Warum sich einen tollen Abend versauen?«

Er lacht.

»Was lachst du?«, fragt Michael.

»Diese feinen Pinkel. Die haben's echt bequem. Durch mich hatten die doch einen richtig aufregenden Abend. Stell dir vor, wie leicht ich es ihnen gemacht habe, heute Nacht ihre Weiber zu bumsen, jetzt, wo sie die großen Helden sind und so. Eigentlich müssten sie mir für dieses Extravorspiel Geld geben.«

Beide brechen in Gelächter aus.

»An dem Tag, an dem sie einen Traveller dafür bezahlen, dass er sie ausraubt, sind wir gemachte Leute.«

»Darauf trinke ich.« Er führt die Bierdose zum Mund, aber sie ist leer. Nur metallisch schmeckender Schaum.

Er schließt die Augen und lässt den Schaum in seinen Mund sickern. Und dabei denkt er: Mallorca ist wirklich ein Traum.

Draußen peitscht der Wind gegen den Wohnwagen.

Ein Jahr später. Er ist gerade in Dublin.

Seine Erste ist ein dürres Mädchen mit braunen Haaren. Sie kommt von einer Geburtstagsparty, als sie ihm über den Weg läuft, irgendwo in der Nähe einer Wohnsiedlung in Westdublin. Er ist vierzehn, und seit zwei Jahren küsst er Mädchen. Sie ist schätzungsweise in seinem Alter. Eine Sesshafte. Es ist noch hell draußen, ein Frühsommerabend, und sie ist allein unterwegs.

Er sieht sie, lange Haare, dünne Beine, Hände in den Jackentaschen. Aus der Entfernung ist nicht auszumachen, ob sie hübsch ist, aber das ist ihm egal. Ein Mädchen zum Üben. Um die Tricks auszuprobieren, von denen ihm die Jungs erzählt haben.

Er schlendert auf sie zu. Ganz lässig, als wäre er rein zufällig hier.

»Hallo«, sagt er, als er fast bei ihr ist.

Sie bleibt stehen und sieht ihn an. Sie wirkt gelangweilt und ein bisschen traurig. Ihre braunen Haare sind strähnig, aber sie hat ganz hübsche Augen.

»Hi«, sagt sie. Nicht besonders freundlich. Aber das wird er ändern.

»Wo kommst du gerade her?«

Sie antwortet nicht sofort, wirkt verunsichert.

»Von der Party meiner Freundin.«

»Wie heißt deine Freundin?«

»Niamh.«

»Und wie heißt du?«

»Sarah.«

»Sarah ...«, sagt er, als würde er ein schweres Parfüm einatmen, genauso wie Michael es immer macht, wenn er ein Mädchen anbaggert. Das entlockt ihr ein kleines Lächeln.

»Hallo, Sarah, ich bin Donal.«

»Hi, Donal.«

Die Abendsonne wirft ihre langen Schatten auf den Weg.

»Warum bist du nicht mehr auf der Party, Sarah?«

Sie zuckt die Achseln und senkt den Blick. »Die waren irgendwie blöd zu mir. Haben mich gar nicht beachtet. Niamh hat die ganze Zeit bloß von ihrem Freund erzählt, und die anderen Mädchen auch.«

»Und du – hast du keinen Freund?«

Sie schüttelt den Kopf und starrt ihre Sneakers an, als ob ihr das peinlich wäre.

Bingo. Ab jetzt ist es ein Kinderspiel.

»Also, ich lass eigentlich keine Party aus. Aber ich bin froh, dass du gegangen bist, Sarah, weil ich es hier mit dir viel schöner finde.«

Sie hebt den Blick. Er sieht ihr an, dass sie ihm nicht glaubt, aber seine Worte gefallen ihr.

Sie wird rot und geht mit gesenktem Blick weiter.

»Wo willst du denn hin?«

»Ich glaube, ich muss nach Hause,« sagt sie, leicht geziert diesmal. Als wollte sie, dass er ihr folgt.

Und das tut er.

»He, jetzt lauf doch nicht weg. Wir haben uns doch gerade erst kennengelernt.«

Diesen Spruch hat Michael schon zig Mal zu irgendwelchen Mädchen gesagt. Meistens hat es geklappt.

Bei ihr klappt es auch. Sie geht langsamer und sieht ihn neugierig an.

Er lächelt.

»Komm mit, Sarah. Ich will dir was zeigen.«

Sie bleibt stehen, fühlt sich geschmeichelt. »Nein, ich gehe lieber.«

Er nimmt ihre Hand – spielerisch, als wollte er sie mit sich ziehen. »Es ist gleich da drüben.«

Er kennt sich in dieser Gegend nicht besonders aus, muss sich irgendwas aus den Fingern saugen. Aber er weiß, dass es irgendwo hinter der Siedlung ein Waldstück gibt.

Er braucht nur einen netten, ruhigen Ort finden. Und darauf achten, dass sie ungestört sind. Das weiß er von Donal und Michael. So einfach ist das mit dem Mädchenaufreißen.

Er schaut sich um – niemand zu sehen. Die Familien sitzen zu Hause beim Abendessen oder vor der Glotze. Und auch sonst treibt sich niemand draußen rum. Die Luft ist rein.

Sie erschrickt, als er ihre Hand nimmt, aber sie geht mit ihm mit. Sie lächelt sogar.

»Wo bringst du mich denn hin?« Sie kichert fast dabei.

»Wart's ab.«

Er quatscht sie voll, während sie sich auf die Bäume zubewegen. Alles Lügen, aber er weiß, dass sie ihm glaubt. Er ist erst kürzlich mit seiner Familie nach Dublin gezogen. Aufgewachsen ist er in der Grafschaft Tyrone. Sein Vater ist Arzt. Er hat drei Schwestern.

»Lebst du gern hier?«

»Ist schon okay. Ich kenne es nicht anders.«

»Wo bist du überall im Urlaub gewesen?«, fragt er.

»Ein Mal in London. Und ein Mal in Spanien. Aber immer mit meinen Eltern, das war ein bisschen langweilig.«

Er ist schon drei Mal in London gewesen. Außerdem hat er einen Onkel in Frankreich und einen in New York.

»Wow, New York.«

New York ist geil, die Wolkenkratzer, die vielen Menschen, die Freiheitsstatue.

»Bist du oben gewesen?«, fragt sie mit großen Augen.

»Na klar. Ist toll da oben, die Sonne glitzert auf dem Wasser, und du hast einen Blick über ganz New York.«

Wie heißt noch mal der Hauptteil von New York? Manhattan.

»Manhattan ist wirklich ein Traum.«

»Wow«, sagt sie wieder. Er weiß, dass sie beeindruckt ist. Sie ist nicht mehr so ängstlich.

Er hält immer noch ihre Hand, und bis zu dem kleinen Waldstück sind es nur noch ein paar Meter. Er weiß noch nicht, wie er es anstellen soll, aber ihm wird schon etwas einfallen.

»Hier lang.«

Er steigt über einen entwurzelten Baum und quetscht sich durch die Lücke in einem Zaun.

Sie bleibt auf der anderen Seite stehen. »Was ist da drinnen?«

»Keine Angst, dir passiert nichts.«

Er zieht sie an der Hand, und als sie sich vorbeugt, um durch die Lücke zu schlüpfen, wirft er einen Blick auf ihre Titten. Platt wie ein Brett.

Trotzdem regt sich was bei ihm. Jetzt sitzt sie in der Falle. Und kein Mensch in der Nähe.

Sie klopft Schmutz von ihrer Jacke und blickt auf. Er starrt sie an.

»Sarah«, sagt er.

»Was?« Ihr Kichern klingt angespannt.

Er antwortet nicht, sondern lehnt sich gegen den Zaun, damit sie nicht entwischen kann.

»Was willst du mir denn zeigen?«, fragt sie und blickt zwischen den Bäumen umher.

»Ich hab ein bisschen gelogen.«

Sie ist nervös, das sieht er ihr an, und er genießt es beinahe.

»Warum hast du mich hierhergeführt?« Er hört die Furcht in ihrer Stimme.

»Ich hatte einfach Lust dazu.«

Und dann beugt er sich vor und küsst sie.

Sie weicht zurück und starrt ihn an. Er küsst sie noch mal, und diesmal wehrt sie sich nicht, versucht sich an den Kuss zu gewöhnen.

An eines musst du immer denken: Insgeheim will jedes Mädchen von einem Jungen geküsst werden. Du musst nur dafür sorgen, dass du dieser Junge bist. Das haben Michael und Donal ihm eingeschärft.

Und wenn du sie lange genug geküsst hast, kannst du andere Sachen mit ihnen machen.

Ihr Mund schmeckt nach Brause und Tortilla-Chips, und als genug Zeit verstrichen ist, löst er sich von ihr. Sie wirkt verstört, ihre Wangen sind gerötet.

»Gefällt dir das, Sarah?«

Sie sagt nichts, aber sie scheint ihm auch nicht böse zu sein.

»Bist du schon mal geküsst worden?«

Sic schüttelt verlegen den Kopf.

»Für mich ist es auch das erste Mal.« Er beugt sich vor und küsst sie wieder.

Das war natürlich gelogen. Er hat schon ein paar Traveller-Mädchen geküsst, aber inzwischen hat er gecheckt, dass es einfacher ist, mit sesshaften Mädchen rumzumachen. Das Risiko, dass ihre Eltern Wind davon kriegen und Stress machen, ist viel geringer.

Eins ist jedenfalls sicher, ältere Mädchen küssen besser. Sie wissen, wie ihre Zunge mit deiner spielen muss, mal verführerisch, mal wild, und er wird jedes Mal hart dabei. Die jungen, schüchternen sind dagegen stocksteif und machen gar nichts mit der Zunge. So wie die hier.

Er hält sie jetzt an den Schultern. Ihr Mund und der Chipsgeschmack langweilen ihn, und er schiebt eine Hand unter ihre Jacke. Sie schreckt zurück, aber seine linke Hand liegt fest auf ihrer Schulter.

»Hat dir das nicht gefallen?«

»Ich ... ich weiß nicht.« Sie ist wie die Kaninchen auf dem Rasen vor dem Wohnwagen, die in Schockstarre verfallen, wenn man Steine nach ihnen wirft.

»Wollen wir noch mal?«

Ohne ihre Antwort abzuwarten, beugt er sich vor und legt ihr die Hand auf den Hinterkopf. Drückt sich an ihre Titten, aber da ist alles flach, und er weiß nicht, was er machen soll.

Sie dreht das Gesicht weg.

»Bitte, ich will nach Hause. Ich will das nicht.«

Aber dafür ist es längst zu spät.

Er zerrt hektisch am Reißverschluss ihrer Jacke, um an ihre Titten zu gelangen. Sie ist in Panik, versucht, seine Hand wegzuschieben, aber sie ist konfus, und sein Schwanz schwillt an und treibt ihn weiter. Die Jacke ist offen, und er fühlt durch das T-Shirt ihre Brust. Ein kleiner Hubbel mit einer knopfartigen Brustwarze, aber das genügt, und sein Schwanz wird noch härter.

Und jetzt mit der Hand nach unten ...

»Hör auf, bitte.« Sie ist den Tränen nahe, ihre Stimme ist ein wimmerndes Betteln, und das macht ihn noch geiler. Mädchen, so leicht zu durchschauen. Erst wollen sie geküsst werden, und dann möchten sie plötzlich, dass du aufhörst.

»Bitte nicht.« Sie fängt an zu weinen, ein schreckliches, keuchendes Schluchzen, und er darf nicht riskieren, dass sie solchen Lärm macht, also schlägt er sie ins Gesicht. Ein Mal, fest.

»Halt's Maul, Schlampe.«

Sie verstummt.

Schluss jetzt. Er hat die Grenze überschritten, und diesmal wird er bekommen, was er will.

*

Mit dreiundzwanzig wandert sie allein auf der Beara-Halbinsel im Südwesten Irlands. Die Landschaft fasziniert sie. Die kahlen Felshänge und die dichte grüne Vegetation, die Cottages und Dörfer, die sich ausnehmen wie Tupfen auf dem Fell eines riesigen wilden Tieres, das über den Bergen, Tälern und Flüssen liegt.

Sie hat ein renommiertes Stipendium erhalten und studiert seit einem Jahr in Cork Irische Literatur. Vor ein paar Monaten hat sie auf ein WG-Inserat in der Zeitung geantwortet und wohnt jetzt zusammen mit einem Achtzehnjährigen in einem aufgestockten, hellhörigen Haus in der Innenstadt, direkt über einem Pub. Die Wohnung liegt mitten im Ausgehviertel, und wenn die Clubs an den Wochenenden um zwei Uhr nachts schließen, zieht betrunkenes Partyvolk durch die Straßen.

Im Sommer sitzt sie oft auf der Dachterrasse und blickt hinunter in den Durchgang. Spätabends torkeln regelmäßig Männer in die unbeleuchtete Gasse und pinkeln im Schutz der Dunkelheit an die Hauswand. Es hat schon eine gewisse Komik, dass diese Typen sich in betrunkener Hemmungslosigkeit erleichtern, ohne im Mindesten zu ahnen, dass ihnen von oben jemand zusieht.

Gelegentlich fällt ein Liebespaar übereinander her. Wildes Knutschen und Fummeln, manchmal lautes Stöhnen. Die Frau lehnt an der Mauer, der Mann drückt sich an sie, Hände langen fiebrig unter Oberteile und Röcke. Sie hat jedes Mal ein schlechtes Gewissen, wenn sie sie dabei beobachtet. Irgendwie findet sie es abstoßend, dass Menschen sich so schamlos in der Öffentlichkeit aufführen, aber es fasziniert sie auch. Sie guckt eine Weile zu, dann wendet sie verstört den Blick ab.

Wenn sie morgens an dem Durchgang vorbeigeht, weht ihr der Gestank nach Urin entgegen. Manchmal entdeckt sie ein benutztes Kondom, das jemand in die Ecke gekickt hat, um es unauffällig loszuwerden.

Jamie, ihr Mitbewohner, lässt sie in Ruhe. Er führt sein eigenes Leben, hat seine eigenen Freunde, sammelt Tupac-Poster und hat eine Freundin, Emer. Die beiden sind seit vier Jahren ein Paar.

»Emer ist schwanger«, verkündete er, als sie einmal zufällig beide zu Hause waren.

»Was?« Sie konnte ihre Erschütterung nicht ganz verbergen. Dieser achtzehnjährige Bengel – ein Vater? »Wie ist das für dich, dass du bald Papa wirst?«

»Och, ganz okay.«

Jamies und Emers Freunde sind auch schon mit siebzehn, achtzehn Eltern geworden. Von ihnen werden sie die alten Babysachen erben. Als alleinstehende Mutter kann Emer gutes Geld vom Staat kassieren. Sie werden schon irgendwie zurechtkommen.

Sie kann nicht begreifen, wie man sich so gleichmütig in ein vorgezeichnetes Leben fügen kann. Mit achtzehn Eltern werden. Und sich auch noch darauf freuen.

Es ist Ende September, der perfekte Zeitpunkt, die Stadt, die stinkenden Gassen und minderjährigen Eltern für zwei Tage hinter sich zu lassen und allein aufs Land zu fahren.

Sie hat sich für die Beara-Halbinsel entschieden, weil sie in ihrem Lonely-Planet-Wanderführer über eine spektakuläre Wanderung gelesen hat. Die Route führt von Glengarriff durch ein Naturschutzgebiet und weiter ins Coormarkane-Tal, dessen oberer Teil völlig unbewohnt ist. Am Ausgang des unberührten Tals befinden sich zwei Seen: Lough Derreenadavodia und Lough Eekenohoolikeaghaun.

Es muss herrlich sein, zu zwei Seen mit so unaussprechlichen, märchenhaften Namen zu wandern.

Also ist sie gestern mit dem Bus hierhergefahren, hat in der Jugendherberge übernachtet und ist heute früh zu der geplanten Wanderung aufgebrochen. Der steinige Weg schlängelt sich einen Hang hinauf, und mit den festen Wanderschuhen kommt sie gut voran. Links unter ihr stehen ein paar verfallene Cottages. Die Dächer sind eingestürzt, und in den Ecken, wo früher Kinder spielten, wachsen jetzt Bäume. Sie weiß, dass es in Irland zuhauf verfallene Cottages gibt, vor allem in abgelegenen Gegenden wie dieser.

Sie hat gelesen, dass Irland vor zweihundert Jahren noch viel dichter besiedelt war und über acht Millionen Einwohner zählte. Aber das war vor der großen Hungersnot, in deren Folge massenweise Iren nach Amerika, Kanada, Australien und Neuseeland auswanderten. Und natürlich nach England.

Auch sie wird bald nach London ziehen. Dank der unschlagbar günstigen Flüge von Ryan Air ist sie im vergangenen Jahr mehrere Male dort gewesen. Schon ein paar Tage London sind ein berauschendes Abenteuer. Die vielen Theater und Geschäfte, die Museen, die Menschenmengen auf dem Trafalgar Square, in Covent Garden und an der Themse. Sie fand es sogar aufregend, im McDonald's in der Oxford Street Pommes zu essen und sich dabei den Strom aus schwarzen, weißen, asiatischen und arabischen Gesichtern anzusehen, der draußen am Fenster vorbeizog. Touristen, Berufstätige, Schüler, Obdachlose und sie. Ein anonymes Gesicht, das alles beobachtete.

Jede Reise ins multikulturelle London ist eine echte Wohltat. Anders als in Cork starrt sie dort niemand an, niemand fragt sie, woher sie so ausgezeichnet Englisch spricht, und die Londoner Männer machen keine Bemerkungen über ihr »besonderes Aussehen« und bitten sie dann um ihre Telefonnummer, als wäre das irgendwie schmeichelhaft. Es macht sie wütend, nur nach ihrem Äußeren beurteilt zu werden.

Ein paar Mal hat sie es mit irischen Männern versucht, aber ohne Glück. Spätestens nach ein paar Wochen war jedes Mal Schluss. Das war ungewohnt nach der langen Beziehung mit Hendrick, mit dem sie in den letzten beiden Jahren auf dem College zusammen war. Der treue, aufmerksame Hendrick, der ihr den Wanderführer von Lonely Planet geschenkt hatte. Sie hatte sich von ihm getrennt, als sie nach Irland ging, weil ihr klar war, dass ihr das Land fremd bleiben würde, wenn sie in Gedanken ständig bei einem Mann verweilte, der auf einem anderen Kontinent lebte. Als frischgebackener Single war sie zunächst freudig überrascht gewesen, dass sie in Irland so viele Blicke auf sich zog und in Bars ständig von Männern angesprochen wurde. Aber jeder dieser Männer entpuppte sich auf die eine oder andere Weise als Enttäuschung und bereitete ihr Kummer. Die meisten riefen einfach nicht mehr an, nachdem sie beim zweiten Date nicht mit ihnen geschlafen hatte. Oft fragt sie sich, ob diese Typen sie wegen ihres »exotischen« Aussehens für sexuell besonders freizügig hielten.

Beziehungen sind ein Minenfeld. Nicht vorhersehbar, zu viele Möglichkeiten, verletzt zu werden.

Und darum ist sie froh, all dem für ein, zwei Tage zu entkommen, in dieses Tal, in dem sie, seit sie die Jugendherberge heute Morgen verlassen hat, nicht einem einzigen Menschen begegnet ist. Die Menschheit hinter sich lassen und einen Weg vor sich haben, der erkundet werden will.

Der Weg führt den Hang hinunter in das grüne Talbecken. Sie schaut auf die Wanderkarte. Am Ende des Coomarkane-Tals liegen die beiden traumhaften Seen: Derreenadavodia und Eekenohoolikeaghaun. So ursprünglich, romantisch und atemberaubend schön wie ihre Namen.

Zum Ausgang hin verjüngt sich das Tal und schmiegt sich zärtlich um die beiden Seen. Zu den Seiten erheben sich schroffe, mit Gras und Heide bewachsene Felswände. Gras wächst auch am Ufer der Seen, die blau und silbern in der Sonne glitzern. Mit jedem Hauch streift der Wind über das Gras und kräuselt dann die Wasseroberfläche, ein stummes, kurzweiliges Schauspiel. Sie sieht ein paar Minuten lang gebannt zu, wie Wolkenschatten und Sonnenschein abwechselnd über die Landschaft ziehen.

Weit und breit nicht eine Menschenseele, nicht einmal weidende Schafe.

Sie muss unwillkürlich lächeln. Sie kann ihr Glück kaum fassen. Einen so schönen, verlassenen Ort zu finden und ihn ganz für sich allein zu haben. Vor Freude bricht sie in Gelächter aus.

Am liebsten möchte sie über die grünen Wiesen stürmen, aber der Weg verläuft im Nichts, und das Gras wächst zu wild, um hindurchzurennen. Mit scharfem Auge erblickt sie eine undeutliche Tierfährte, und sie folgt ihr in Richtung der Seen. Zu gern wüsste sie, wann wohl das letzte Mal ein Mensch in diesem Tal gewesen ist.

Die Fährte führt hinunter zu einem Bach, der aus dem unteren der beiden Seen strömt. Wassermassen sprudeln zwischen Steinen hindurch, und sie muss vorsichtig von einem Stein zum nächsten hüpfen, um sicher auf die andere Seite zu gelangen.

Sie geht es zu eilig an und springt auf einen losen Stein. Der Stein gerät ins Rutschen und schlittert gegen ein paar Felsen. Sie taumelt, aber dann spannt sie geistesgegenwärtig ihre Muskeln an und entgeht mit knapper Not einem Sturz.

Keine gute Idee, sich hier draußen in der Einsamkeit den Knöchel zu verstauchen.

Noch ein Hüpfer und ein Sprung, dann ist sie drüben.

Sie dreht sich zum Bach um. Eigentlich nur ein flaches Gewässer, nichts, wovor man sich fürchten müsste. Es ist schon eigenartig, dass einem die kleinsten Hindernisse Angst einjagen, wenn man allein unterwegs ist.

Am Seeufer stößt sie im hohen Gras auf ein Schafsgerippe. Sie ist jetzt vorsichtiger. Anfangs ist der Weg relativ einfach. Von den Hängen strömen mehrere schmale Bäche hinab und münden in den See. Doch als die Hänge steilen Felswänden weichen, rauscht das Wasser fast senkrecht ins Tal, sodass sie förmlich über Wasserfälle springen muss.

Sie weiß nicht, ob der See tief ist, aber sie kann nicht richtig schwimmen. In ihrer Kindheit hatte sie kaum Gelegenheit, es zu lernen, und so ist das Springen über glitschige Steine für sie als einsame Wanderin alles andere als ungefährlich.

Nachdem sie mühsam mehrere Wasserfälle überwunden hat, gelangt sie zur Spitze des Sees, und sie erkennt, dass es besser wäre, die Wanderung abzubrechen. Ab hier ist das Gelände einfach zu unwegsam, und sie bezweifelt, dass es viel bringt, sich weiter zu quälen. Trotzdem lässt sie den Blick sehnsuchtsvoll über die herrliche Landschaft schweifen.

Nein, sie wird hierbleiben, ihren Proviant auspacken, die Aussicht genießen, sich auf die Schulter klopfen, dass sie es so weit geschafft hat, und dann umkehren. Sie blickt auf die Uhr. Viertel nach vier. Sie will den Sechs-Uhr-Bus von Glengarriff nach Cork nehmen, und sie hat ein ordentliches Stück zu laufen.

Um halb sechs eilt sie an den verfallenen Cottages vorbei Richtung Dorf. Unterwegs wird ihr bewusst, dass sie dieses Tal wohl nie wieder sehen wird. Wie wahrscheinlich ist es schon, dass sie noch einmal in diesen entlegenen Winkel im äußersten Südwesten Irlands kommt? Nein, in ein paar Monaten wird sie weiterziehen. Das steht bereits fest. Die Mieten in Cork sind zwar unschlagbar günstig, aber im pulsierenden London tobt das Leben. Als unbezahlte Praktikantin beim Cork Film Festival hat sie Kontakte zur Londoner Filmbranche geknüpft. Eine Regisseurin hatte ihr ihre Karte gegeben und gesagt, sie solle anrufen, wenn sie in London sei.

Ein paar Monate später traf sie sich mit der Frau im Soho House zum Mittagessen.

»Wenn ich mit dem Studium fertig bin«, hatte sie vorsichtig geäußert, »würde ich gern nach London ziehen und beim Film oder fürs Fernsehen arbeiten.«

Die Regisseurin versprach ihr, mit ein paar Produzenten zu reden. Vielleicht brauchte ja jemand eine Assistentin.

Das hörte sich verlockend an, eine Chance, die ihr ganz neue Wege eröffnen könnte.

Doch wenn sie ihre Träume vom Leben in der spannenden Metropole verwirklichen will, muss sie erst einmal zurück nach Cork. Ein Blick auf die Uhr verrät ihr, dass der letzte Bus in zwanzig Minuten fährt. Aber bis zur Haltestelle sind es noch über zwei Kilometer. Das ist kaum zu schaffen, es sei denn, es gelingt ihr, ein Auto anzuhalten.

Das dürfte in dieser abgelegenen Gegend ausgesprochen schwierig werden.

Sie läuft strammen Schrittes die Landstraße hinunter, denn sie möchte nicht noch eine Nacht allein in dem winzigen, verschlafenen Dorf bleiben.

Das Adrenalin treibt sie voran, und sie verwünscht sich dafür, dass sie nicht früher umgekehrt ist. Doch nein – die beiden Seen waren das Ganze auf jeden Fall wert.

Plötzlich hört sie ein Auto, es fährt den Hang hinunter Richtung Zivilisation.

Bitte mach, dass ein normaler Mensch am Steuer sitzt. Bitte mach, dass ein normaler Mensch am Steuer sitzt.

In der Ferne erkennt sie eine silberne Limousine.

Die Angst, die sie auf ihrer Deutschland-Tour ausstehen musste, ist immer noch präsent. Eigentlich wollte sie nie wieder trampen, aber manchmal verbünden sich Zeit, Natur und Fahrpläne, um dich in eine Notlage zu bringen.

Die Limousine fährt an den Cottages vorbei.

Jetzt oder nie, denkt sie, und hält den Daumen raus.

Der Wagen wird langsamer und hält an.

Das Seitenfenster wird heruntergelassen, und sie atmet erleichtert auf. Eine junge Mutter sitzt am Steuer und daneben wahrscheinlich ihre Tochter. Hinten sitzen noch zwei kleine Mädchen.

»Brauchen Sie Hilfe?«, erkundigt sich die Frau.

»Ja. Ich muss den Bus um sechs in Glengarriff kriegen. Könnten Sie mich vielleicht an der Bushaltestelle absetzen?«

Die Frau wirft zögernd einen Blick nach hinten zu ihren Töchtern. »Klar, kein Problem. Annie, Deirdre«, sagt sie streng, »macht der jungen Frau ein bisschen Platz.«

»Ach, super, vielen Dank. Sie sind meine Rettung.«

Die beiden Mädchen rücken zusammen, und sie quetscht sich mit ihrem Rucksack auf den Knien neben sie auf die Rückbank.

Ihr ist bewusst, wie fremd sich ihr breiter amerikanischer Akzent anhören muss. Außerdem ist sie von der Wanderung völlig verdreckt, und sie entschuldigt sich dafür. Die Frau sagt, sie solle sich keine Gedanken machen. Sie lächelt ihren kleinen Sitznachbarinnen zu. »Hallo.«

Die beiden starren sie stumm und ungläubig an.

Wahrscheinlich halten sie mich für ein Ungeheuer, das aus irgendeinem Sumpf gestiegen ist. Sie fragt sich, ob die beiden in diesem abgelegenen Tal in Irland überhaupt schon mal eine Asiatin zu Gesicht bekommen haben.

Die junge Mutter hat weniger Berührungsängste. »Woher kommen Sie?«, fragt sie.

»Amerika«, antwortet sie. »Aus New Jersey bei New York.«

Sie fragt die Frau, ob sie schon einmal in den USA gewesen seien. Die Frau schüttelt den Kopf. Weiter als bis England sind sie noch nicht gekommen.

»Sind Sie auf der Durchreise?«, fragt die Frau.

»So ähnlich.« Sie erzählt, dass sie momentan in Cork studiert und extra hierhergefahren ist, um sich die beiden Seen anzusehen, über die sie in ihrem Wanderführer gelesen hat. »Waren Sie schon mal dort?«, fragt sie.

»Nein«, antwortet die Frau. »Da geht eigentlich niemand hin.«

Sie ist verblüfft – da hat man eine so spektakuläre Sehenswürdigkeit vor der Haustür und hat sie sich noch nie angesehen? Wie sonderbar muss es den Einheimischen vorkommen, dass sogar Leute aus dem fernen Amerika in ihr vergessenes Tal kommen und gewissermaßen durch ihren Garten laufen?

Die Mädchen starren sie weiter mit großen Augen an, aber sie sind schon auf der Hauptstraße und nähern sich dem Zentrum von Glengarriff. Es gibt ein paar Pubs, eine Post, eine Kirche, eine Schule, ein paar Hotels, die schon Saisonpause haben, einen Laden. Und die Bushaltestelle.

»Ich lasse Sie hier raus«, sagt die Frau, als sie bei dem Schild mit Bus Éireann sind.

»Tausend Dank, das war wirklich nett.«

»Kein Problem.« Die Frau lächelt freundlich. »Viel Glück und gute Fahrt.«

»Danke.« Sie lächelt den beiden Mädchen zum Abschied zu. »Also tschüs dann.«

Die beiden nicken stumm, und die Jüngste winkt ihr schüchtern zu. Sie winkt zurück, und der Wagen fährt weiter.

In den Straßen von Glengarriff ist nichts los. Sie guckt auf den Fahrplan und dann auf die Armbanduhr.

Zwei Minuten vor sechs. Noch reichlich Zeit.

Es ist Halloween, nachts kurz nach drei, sie ist fünfundzwanzig und feiert auf einer Kostümparty im Londoner Zentrum.

Ihr Kostüm ist nicht besonders ausgefallen.

Ein Cheongsam, das sie von ihrer letzten Taiwanreise mitgebracht hat, zum Dutt hochgestecktes Haar mit ein paar Essstäbchen darin, die Lippen etwas röter geschminkt als sonst, und fertig ist die Bilderbuchchinesin.

Kinderleicht. Bediene die Klischees, wenn es dir gerade in den Kram passt.

Die Halloweenparty wird jedes Jahr von einem in London lebenden amerikanischen Paar ausgerichtet und ist heiß begehrt. Jede Menge Alkohol, tolles Büfett, DJ und eine pulsierende Mischung aus dynamischen, gut aussehenden jungen Menschen aus aller Welt.

Vorhin hat sie sich mit Alex unterhalten, einem ziemlich süßen Engländer, der bei Morgan Stanley arbeitet und als Vampir verkleidet ist. Sie standen in der Küche am Büfett und machten sich mit nächtlichem Heißhunger über die Reste der Käseplatte her. Sie hat zu viel getrunken, ein paarmal an dem ein oder anderen Joint gezogen, der herumgereicht wurde. Die Stäbchen sind ihr aus dem Haar gerutscht und stecken in ihrer Handtasche, das schwarze Haar fällt ihr offen über die Schultern.

Die meisten Gäste ziehen weiter zu einer Party in West Hampstead, aber das ist ihr zu weit im Norden. Außerdem weiß sie, dass es dort auch nicht viel anders sein wird, außer dass die Leute noch mehr Drogen konsumieren. Nein, sie fährt nach Hause.

Sie schwankt in das Zimmer mit den Mänteln und wühlt in dem riesigen Stapel nach ihrem Trenchcoat aus dem Secondhandladen.

Auf dem Weg zur Tür fasst sie jemand am Arm. Alex.

»Hey, wir nehmen uns ein Taxi nach Hause. Du wohnst doch auch in Südlondon, oder? Willst du mitfahren?«

Bei ihm steht sein Freund, Mitbewohner, was auch immer. Tim, in einem Piratenkostüm. Piraten-Tim hat seine Augenklappe verloren, und sein schwarzer Eyeliner ist verschmiert.

»Wohin fahrt ihr?«, fragt sie. Taxi klingt gut. Dann muss sie nicht frierend auf den Nachtbus warten und neben irgendeinem Besoffenen sitzen.

»Clapham. Wir können dich unterwegs absetzen, aber du kannst auch gern noch auf einen Drink mit zu uns kommen.«

Sie versteht den Wink. Sie wird darüber nachdenken. Der Typ ist süß, obwohl er, wie alle in London, im Finanzwesen arbeitet. Sie weiß nicht, warum, aber die meisten Leute finden es »echt cool«, dass sie fürs Fernsehen arbeitet. Ihr Gehalt würden sie wahrscheinlich nicht so cool finden.

»Wir haben Koks zu Hause«, fügt er hinzu, als zusätzlichen Anreiz sozusagen.

Sie halten ein Taxi an, und als hätten die beiden Männer es vorher abgesprochen, steigt Tim vorn ein, und sie und Alex landen auf dem Rücksitz. Kurz hinter dem Trafalgar Square schiebt Alex die Hand hinter ihren Rücken und legt sie sanft auf ihre Taille.

Sie ist kein bisschen überrascht. Noch hat sie sich nicht entschieden. Sie ist betrunken. Er ist süß und offenkundig interessiert.

Er rutscht näher.

»Können Sie bitte über die Vauxhall Bridge fahren?«, ruft sie dem Fahrer zu. »Dort steige ich wahrscheinlich aus.«

»Bist du sicher, dass du nicht noch mit zu uns willst?«, fragt Alex, der jetzt ganz nah ist. Mit der freien Hand wischt er ihr eine Strähne aus dem Gesicht.

Sie lässt es zu.

»Jetzt sei nicht so, das wird lustig. Wir trinken was und ziehen ein paar Lines.«

Das Kokain interessiert sie überhaupt nicht, aber bevor sie etwas sagen kann, presst er den Mund auf ihre Lippen.

Sie erwidert den Kuss – darauf lief es schließlich von Anfang an hinaus. Sie schließt die Augen, lässt seine Zunge gewähren. Er küsst gar nicht schlecht, aber sein Mund schmeckt nach den Käsewürfeln vom Party-Büfett. Er rutscht noch ein bisschen näher, stöhnt leise. Seine Hand rutscht von ihrer Schulter, gleitet über den bestickten Stoff ihres Cheongsams und legt sich auf ihre Brust.

Mit einem Auge vergewissert sie sich, wo sie sind. Sie fahren die Millbank hinunter. Sehr gut.

Er drückt sich an sie, und sie spürt seine Erektion an ihrem Schenkel.

Gott, dieser Typ schmeckt nach Käse. Sie merkt, wie hungrig sie ist, und sie weiß jetzt schon, wie es bei ihm zu Hause aussieht. Bestimmt hat er nichts zu essen im Kühlschrank, und er ist nur darauf aus, zu koksen und ihr an die Wäsche zu gehen.

Sie schläft nie mit einem Mann, den sie gerade erst kennengelernt hat. Es ist immer anstrengend, den Typen das klarzumachen.

Irgendwo bei der Tate Britain löst er den Mund von ihr und verschnauft. Sein Arm liegt noch um ihrer Taille.

»Dann kommst du mit, ja?«

Er berührt sanft ihre Lippen und schiebt ihr wieder die Zunge in den Mund.

Als sie auf der Vauxhall Bridge sind, windet sie sich aus seiner Umarmung. Nein. Das genügt.

»Können Sie bitte hinter der Brücke halten?«, fragt sie den Taxifahrer.

»Was, du steigst aus?«, fragt Alex erstaunt.

»Tut mir leid, ich … ich steh nicht auf Kokain«, sagt sie.

Das Taxi fährt an den Bordstein, und sie macht die Tür auf. »Ich, äh, war schön, dich kennenzulernen«, sagt sie und berührt ihn am Arm.

Kalte Oktoberluft strömt in den Wagen.

Er gibt nicht auf. »Bist du sicher?«

»Ganz sicher«, sagt sie, und er macht ein verdutztes Gesicht. Und dann schlägt sie die Autotür zu. Sie hat Gänsehaut von der Kälte, aber sie muss nur noch über die Brücke gehen und ist zu Hause.

Sie lächelt. Einfach so aus dem Taxi auszusteigen, hat etwas Befreiendes. Was hatte er denn erwartet? Dass sie mit zu ihm kommt, Kokain schnupft und dann aus Dankbarkeit für die Drogen mit ihm schläft? Keine besonders verlockende Vorstellung.

Sie überlegt, bei wie vielen Frauen er es wohl mit dieser Masche schon versucht hat. Bestimmt hat sein Ego jetzt einen Dämpfer bekommen.

Na, wenn schon, Hauptsache, sie kann heute Nacht in ihrem eigenen Bett schlafen. Dennoch ist sie ein bisschen traurig, als sie die menschenleere Brücke überquert. Irgendwie läuft es immer auf dasselbe hinaus – feuchtfröhliches Anbaggern, fadenscheiniges Locken mit Kokain, eine Hand auf ihrer Brust und schließlich betrunkenes Knutschen mit einem mehr oder weniger fremden Mann. Abschleppen lassen kann man sich in London überall und jederzeit.

Sie mag keine One-Night-Stands, versteht auch nicht, was das bringen soll, aber eine andere Form des Kennenlernens ist in dieser Stadt offenbar nicht möglich. Sie geht über die Straße. Es ist halb vier Uhr morgens, nicht ein einziges Auto ist unterwegs. Die kalte Themse plätschert gemächlich dahin, und ihre Absätze hallen auf dem gleichgültigen Asphalt.

*

Der Traveller-Platz, auf dem ihr Wohnwagen steht, liegt auf einem Hügel am äußersten Rand von Belfast, fast schon auf dem Land. Nein, verdammt, er *ist* auf dem Land. Ziemlich öde für einen normalen Fünfzehnjährigen. Es gibt Kühe und Schafe, und wenn der Wind aus der falschen Richtung kommt, stinkt es nach ihrer Scheiße. Drum herum sind Felder, aber wenn man darüber hinweg in eine bestimmte Richtung guckt, sieht man Belfast und das Meer. Republikaner, Unionisten, Mauern mit »Verpisst euch«-Graffiti, Pakis, Schlitzaugen, Touristen und wer sich sonst noch so in der Stadt rumtreibt.

In Belfast geht es völlig anders zu als im Süden, so viel steht fest. Aber es gibt einen Ort, wo man alldem entfliehen kann. Unter ihm, quasi direkt zu seinen Füßen, wenn er sich an den Rand des Steilhangs stellt, von dem aus man die Stadt sieht. Ein Tal mit einem kleinen Fluss und Bäumen, zwischen denen man sich verstecken kann. Die Leute hier nennen es »The Glen«. Am besten gefällt ihm der verwilderte Teil, wo sich fast nie jemand herumtreibt. Nur Bäume und Wasser, und man ist wie abgeschnitten von der Welt. Ungestört. Keiner geht einem da unten auf den Sack.

Aber wenn man ein bisschen am Fluss entlanggeht, weitet sich das Tal. Die Bäume werden weniger, und es gibt große Wiesen, wo Leute spazieren gehen. Wenn man sich langweilt, kann man sich dort gut die Zeit vertreiben. Man kann Leute beobachten oder sich im Gebüsch mucksmäuschenstill auf die Lauer legen und warten, bis jemand vorbeikommt.

*

Mittwochabend nach halb zehn, und sie ist immer noch im Büro.

Sie ist neunundzwanzig, und ihr Leben besteht nur aus Arbeit. Der Job ist interessant – neue Stoffe entwickeln, Projekte pitchen, laufende Fernsehproduktionen betreuen. Die Abende verbringt sie in der Postproduktion, bei Screenings oder auf Branchenevents. Aber er raubt ihr so viel Kraft und Energie, dass sie kaum Zeit für sich selbst hat. Sogar die Wochenenden gehen meistens für die Arbeit drauf, Skripte lesen, sich andere Produktionen ansehen, um auf dem Laufenden zu bleiben.

Gestern Nachmittag hat sie sich ein Herz gefasst und ihrer Chefin Erika erzählt, wie überlastet sie sich fühlt.

»Ich habe so viel zu tun, ich weiß gar nicht, wie ich das alles schaffen soll.«

Erika war sehr verständnisvoll. Nachdem sie sich Vivians To-do-Liste angesehen hatte, bot sie ihr an, einige Aufgaben selbst zu übernehmen und den Rest ihrer Assistentin zuzuteilen. »Erledige noch die paar Punkte hier, und dann ab mit dir. Ich wünsche dir eine gute Reise, in ein paar Wochen wird es hoffentlich wieder ein bisschen ruhiger.«

Das hoffen sie schon seit Monaten, aber bislang kann keine Rede davon sein. Außerdem ist viel Arbeit ein gutes Zeichen in der Fernsehbranche. Wer nichts zu tun hat, produziert auch nichts. Arbeit sorgt für mehr Arbeit; eine gelungene Produktion führt zu weiteren Produktionen. Das ist schließlich das Ziel, oder?

Sie schaut aus dem Fenster und bemerkt, dass es draußen bereits dunkel ist. Alle anderen sind schon vor Stunden nach Hause gegangen, aber sie steckt im üblichen Vorurlaubsstress: Mails verschicken, Budgets nachkalkulieren, Präsentationen freigeben und zu guter Letzt die große Abschluss-Mail an ihre Chefin.

Das Telefon klingelt.

Sie blickt finster auf die Uhr und weiß sofort, dass das nur eine Person sein kann: ihre Mutter.

Na toll. Jetzt dauert es noch eine Stunde länger, bis sie aus dem Büro kommt.

Seufzend nimmt sie den Hörer ab. »Eagle Entertainment«, sagt sie mit ihrer Bürostimme.

»Hallo, Eagle Entertainment«, sagt ihre Mutter betont heiter. »Du klingst sehr beschäftigt.«

»Hi, Mom. Ja, ich, äh … ich muss heute Abend noch eine Menge erledigen. Ich fahre morgen für ein paar Tage weg.«

»Gut so. Es ist gut, hart zu arbeiten. Ich wollte nur mal hören, wie es dir geht, weil wir schon so lange nicht mehr telefoniert haben.«

So lange nun auch wieder nicht. Das letzte Telefonat ist vielleicht zwei Wochen her.

»Ja, entschuldige. Ich bin viel unterwegs gewesen und hatte einfach keine Zeit, dich anzurufen.«

»Hauptsache, du machst deine Arbeit gut«, ermahnt ihre Mutter sie.

Seufz. Diesen Spruch hat sie schon unzählige Male gehört. Die meisten Eltern würden ihre Kindern auffordern, endlich Feierabend zu machen, wenn sie sie zu so später Stunde noch im Büro erreichen.

»Wohin fährst du denn?«

»Nur zu einer Jubiläumsfeier. Vor zehn Jahren wurde der Nordirlandkonflikt beendet.« Sie sagt es, als wäre das nicht der Rede wert. Dabei war sie ziemlich baff, dass sie bei einem so bedeutenden Ereignis dabei sein darf, nur weil sie vor Jahren in Irland studiert hat.

»Es sind alle ehemaligen Mitchell-Stipendiaten eingeladen«, erklärt sie ihrer Mutter. »Erinnerst du dich noch an Barbara, die das Washingtoner Büro der US-Ireland Alliance leitet? Sie organisiert das Treffen.«

»Ach, dann fliegst du nach Dublin?«

»Nein, nach Belfast in Nordirland. Der Friedensprozess ging vom Norden aus.«

»Ach so … hat das was mit deiner Arbeit zu tun?«

»Jein. Ich habe ein paar Termine dort gemacht, um berufliche Kontakte zu knüpfen.«

Das Treffen geht von Donnerstagmittag bis Freitagabend. Am Samstag hat sie frei. Sonntagabend ist sie in London zur feierlichen

Premiere eines Films eingeladen, bei dem sie an der Skriptentwicklung beteiligt war. Also hat sie den Rückflug für Sonntagmittag gebucht. Nach Hause fahren, kurz hinlegen und sich für den roten Teppich fertig machen.

Eigentlich hat sie keine Lust, zu dem Treffen zu fahren, das nur aus Small Talk, Stehempfängen und Abendessen besteht. So was hat sie schließlich jeden Tag. Sie muss nur bis Samstag durchhalten – dann hat sie endlich Zeit für die Wanderung, die sie sich vorgenommen hat.

Ganz hinten auf ihrem Schreibtisch liegt ihr Lonely-Planet-Wanderführer, den sie als heimlichen Ansporn mitgebracht hat, um ihre Aufgabenliste abzuarbeiten. Darin ist eine elf Meilen lange Wanderung am Rand von Belfast beschrieben. Sie beginnt an einem Ort namens Glen Forest Park und führt Richtung Norden über hügeliges Gelände mit schönen Ausblicken auf Belfast zum Cave Hill. Sie stellt sich vor, wie sie oben auf den Hügeln steht und den herrlichen Blick auf die Stadt genießt. Allein dafür wird sich die Reise lohnen.

Halt durch bis Samstag, dann wird alles gut.

»Ich komme am Sonntag zurück, und am Abend ist dann die große Filmpremiere samt rotem Teppich.«

»Ach, wie aufregend«, sagt ihre Mutter. »Und wie geht es dir sonst so?«

»Außer viel Arbeit ist nicht viel los.« Natürlich hat sie ein reges Sozialleben. In sechs Jahren London schließt man viele Freundschaften – es gibt ständig Geburtstagspartys, Einweihungspartys, Abschiedspartys und in letzter Zeit auch Verlobungspartys. Sie fragt sich, ob ihre Mutter eine Vorstellung davon hat, wie ihr Alltag aussieht, welche Freunde sie hat, wie sie ihre Freizeit verbringt, was sie gern anstellen würde, wenn sie mehr Zeit zur Verfügung hätte.

»Ach, ich hatte gehofft, du würdest dich nicht melden, weil du ...«

Sie weiß, worauf ihre Mutter hinauswill, und ein Hauch von Verärgerung schleicht sich in ihre Stimme. »Weil ich was?«

»Weil du vielleicht jemanden kennengelernt hast?«, fragt ihre Mutter mit verschmitzter Neugier.

»Nein«, sagt sie bestimmt. »Hab ich nicht. Das weißt du doch. Frag mich bitte nicht mehr danach. Wenn es etwas Neues gibt, sag ich dir Bescheid.«

Ja, nach sechs Jahren London gestaltet sich die Partnersuche schwieriger denn je. Die Stadt ist voll von Männern, aber jeder scheint eine andere Ausrede auf Lager zu haben, wenn es darum geht, sich auf etwas Festes einzulassen: *Ich bin noch nicht über meine Ex hinweg, im Moment ist es einfach nicht der richtige Zeitpunkt für mich, mir ist klar geworden, dass ich seit einer Ewigkeit in eine andere verliebt bin.* Und so weiter und so weiter. Dem Rausch einer gemeinsamen Nacht folgen unausweichlich falsch verstandene Signale, nicht beantwortete SMS, und am Ende bleibt sie mit gebrochenem Herzen zurück.

Sie sagt nichts weiter, aber ihre Mutter ist mit dem Thema noch nicht fertig. »Ach, ich verstehe das einfach nicht. Deine Schwester war mit siebenundzwanzig schon verheiratet.«

Ihr Blick wandert hinüber zu dem Wanderführer, und das Bild auf dem Einband weckt vertraute Sehnsüchte: ein einsamer Wanderer auf einer Landzunge, grün-graue Klippen fallen steil ab ins schäumende Meer.

Halte durch bis Samstag.

Ihr Bildschirm zeigt 21:56 an.

Sie blickt auf ihre Liste.

»Mom, ich muss jetzt weiterarbeiten.«

Das soll ein Wald sein?

Na ja, in Belfast vielleicht. Überall liegt Müll herum: Plastikflaschen, Fish-and-Chips-Tüten, zerdrückte Pappkartons, leere Bierdosen.

Nicht gerade, was man sich unter unberührter Wildnis vorstellt.
Sie versucht, den Müll zu ignorieren.
Im Park wird es bestimmt besser.
Der Glen Forest Park. Dort beginnt der elf Meilen lange Belfast Hills Walk, der in ihrem Wanderführer beschrieben ist. Sie kann es kaum erwarten, den langweiligen städtischen Teil der Wanderung hinter sich zu lassen. Doch selbst diese traurige Ausgabe von Natur wirkt auf sie erholsam. Sie atmet den Duft der Bäume ein, und als sie zu einer sonnigen Stelle kommt, zieht ein breites Lächeln über ihr Gesicht.

Sie blickt auf die Armbanduhr. Kurz nach eins. Der ganze Nachmittag gehört ihr. Die Temperaturen sind mild für April, vielleicht der erste Tag in diesem Jahr, an dem es warm genug zum Wandern ist. London und der Stress der letzten beiden Tage, der Small Talk während der Feierlichkeiten zum zehnten Jahrestag und das Händeschütteln mit nordirischen Politikern, die am Friedensprozess beteiligt waren – all das fällt jetzt von ihr ab und ist vergessen. Es gibt nur noch sie, die Bäume und den Weg.

Sie schlägt die Seite über die Belfast Hills auf, die sie mit einem Eselsohr markiert hat: *Gut befestigte Wege führen von der Touristeninformation in den jungen Mischwald.*

Einsam ist es hier nicht gerade. Zahlreiche Einheimische haben sich an diesem warmen Samstagnachmittag aufgemacht, um das schöne Wetter zu genießen. Sie geht an einem Vater mit zwei kleinen Kindern vorbei.

Die drei nicken ihr lächelnd zu, und sie lächelt zurück.

Es hat etwas, außerhalb der Stadt zu sein. Alle sind sofort freundlicher, als wollten sie einander ihre Freude an der Natur zeigen.

Wir halten uns am linken Flussufer und gehen an der kleinen Hängebrücke vorbei. Nach etwa einem Kilometer kommen wir zu einer weiteren Brücke, die wir überqueren.

Sie folgt der Beschreibung, bis der Weg sich gabelt. Sie nimmt die linke Abzweigung, vielleicht, weil dort keine Menschen sind. Ein paar herrliche Minuten lang ist sie allein. Dann kommen ihr zwei junge Männer mit Bierdosen entgegen. Sie unterhalten sich und gehen vorbei, ohne ihr Beachtung zu schenken.

Zu ihrer Linken gurgelt ein Bach. Sie tritt ans Ufer und schaut zu, wie das Wasser im Sonnenlicht über die Kiesel plätschert. Ein Schwarm Eintagsfliegen tanzt über der Wasseroberfläche, und das Gras auf der anderen Seite ist mit kleinen weißen Blumen übersät.

Sie erfreut sich lächelnd an dem Anblick, dann geht sie zurück auf den asphaltierten Weg.

Der Weg führt bergan durch ein dichtes, farnreiches Waldstück und bringt uns zu einer Brücke, auf der die A501 verläuft.

Die Brücke ist noch nicht zu sehen, aber der Wald wird eindeutig dichter. Unter den Bäumen wippen Farnwedel.

Ein Vater im grün-weißen Celtic-Trikot kommt ihr mit seiner Tochter und seinen beiden Söhnen entgegen. Alle vier sind rothaarig, die Kinder klein und rotgesichtig. Einer der Jungs führt einen Jack-Russel-Terrier an der Leine, und der Vater lächelt ihr zu.

»Hallo«, sagt sie.

»Hallo«, erwidert die Familie ihren Gruß.

Sie gehen vorbei, dann ist sie wieder allein.

*

Er ist hier im Tal unter lauter Sesshaften. Noch high von den Pillen von gestern Abend. Aber er hatte nichts Besseres zu tun, also ist er runtergegangen.

Er schleicht herum. Hält Ausschau.

Nicht viel zu holen hier.

Alle alt und hässlich. Oder mit kreischenden Bälgern.

Frauen sind eh kaum dabei. Da geht ein Paar, aber sie ist bestimmt schon Oma, so alt, wie sie ist. Und potthässlich.

Ein Mann mit Hund. Ein Mann mit Frau und Hund. Ein Mann mit Kindern und Hund.

Öde.

Da, ein Mädchen, aber es sind zwei Jungs bei ihr. Starke Jungs, die schlagen ihm die Fresse ein. Sie lachen und haben eine Kiste Bier dabei – ha, ha, was haben die Buffer für einen Spaß. Er hasst sie, alle. Er guckt genauer hin. Ihre Titten hüpfen unter dem engen pinken T-Shirt, und sein Ständer hüpft ebenfalls und ... jetzt sind sie weg, in die andere Richtung verschwunden.

Was machen, was machen?

Stell dich an den Rand der Wiese, dort fällst du nicht auf. Alle viel zu sehr mit ihrem tollen Sesshaftenleben beschäftigt. Mit dem Hund rausgehen. Mit den Kindern spielen. Frische Luft schnappen. Den Pavee auf dem Rasen beachten sie gar nicht. Der tut schon nichts.

Ha!

Guck dir die Spaziergänger an. Ein Mann mit seinen Söhnen. Ein Paar mit seinem Hund. Und wer ...

Wer ist das Mädchen, das da den Weg runterkommt? Allein.

Eine Frau. Allein.

Geh näher ran, kneif die Augen zusammen. Guck genau hin.

Nicht schlecht, oder? Anders. Anders angezogen. Blaues Shirt, lange Ärmel, schade, alles bedeckt. Aber sieh dir die Titten an, die sich unter dem Shirt abzeichnen, die schlanke Figur. Sie ist winzig, schmale Taille und so. Und lange schwarze Haare. Schöne lange schwarze Haare.

Ein Schlitzauge.

Und ziemlich hübsch.

Mit so einer hat er hier nicht gerechnet.

Stell dir vor, du packst sie an den langen schwarzen Haaren ...

Jemand bei ihr? Nein, sie kommt näher. Sie geht schneller als die anderen. Als müsste sie irgendwohin.

Buch in der Hand?

Ha, sie bleibt stehen. Bückt sich, um das Buch in ihren Rucksack zu packen. Was ist da drin? Wie viel Geld? Wo kommt sie her? Nicht von hier.

Finde es raus.

*

Sie tritt aus dem Schatten der Baumkronen, und der Weg führt sie in offenes Gelände. Eine grüne Wiese im Sonnenlicht. Die Sonne scheint ihr warm ins Gesicht, und sie möchte stehen bleiben und genüsslich die Glieder recken, aber sie traut sich nicht. Zu viele Leute. In diesem Teil des Parks ist deutlich mehr los. Ein Paar schiebt einen Kinderwagen, daneben tapst ein kleines Kind. Eine Frau führt zwei Hunde aus: einen großen Schäferhund und einen Labrador. Beide zerren an ihren Leinen, als ein Mann mit Cockerspaniel vorbeikommt.

Der Weg führt an einer großen Wiese entlang, und etwa in der Mitte erblickt sie eine einsame Gestalt.

Es ist ein junger Mann, und er wirkt wie ein Fremdkörper ... aber warum? Wegen seiner Kleidung. Leuchtend weißer Reißverschluss-Pullover, enge Jeans. So was trägt man vielleicht, um abends auszugehen, aber nicht an einem sonnigen Tag im Park. Alle anderen sind in T-Shirts und Jogginghosen unterwegs.

Er steht da wie festgewachsen. Hände in den Hosentaschen, ein weißer Fleck auf dem grünen Gras.

Komischer Typ, denkt sie und geht weiter.

Der Wanderweg lockt, bald kommt die Brücke, die sie unterqueren muss, und dann der obere Teil des Tals.

Der junge Mann in Weiß rührt sich. Er bewegt sich auf sie zu.

Bitte nicht, denkt sie.

Das hat ihr gerade noch gefehlt. Sie will in Ruhe wandern.

*

Er schlendert langsam auf sie zu, und jetzt kann er sie besser sehen. Ja, die Braut ist heiß. Schwarze Haare, braune Haut, Schlitzaugen. Wie alt?

Scheiß drauf. Auf jeden Fall ist sie schlank. Keiner von den Fettärschen, die durch Glengoland watscheln.

Mit »Hi« kommst du nicht weiter, nicht bei der. Dafür wirkt sie zu zielstrebig.

Denk dir was Besseres aus. Gleich bist du bei ihr. Lass den Sweeney-Charme spielen.

Was soll ich bloß sagen? Sie hat ein Buch dabei, sie hat irgendwas nachgeguckt.

Schnell, denk nach.

Mach auf unschuldig, stell dich blöd.

»Hallo, ich ... ich glaub, ich hab mich verlaufen. Ich weiß nicht, wo ich bin.«

Geschafft. Das war der Anfang.

Wart ab, was sie sagt.

*

Was?

Im ersten Augenblick ist sie verblüfft. Spricht er mit mir? Offenbar. Außer ihr ist niemand in der Nähe.

Aber dann ist sie wieder die hilfsbereite, erfahrene Reisende, auch wenn ihr die Situation etwas seltsam erscheint.

»Wo willst du denn hin?«

Der Junge – und er ist tatsächlich noch ein Junge, jünger, als es ihr aus der Ferne schien – wirkt zögerlich und unsicher. Fast noch ein Kind, dürr, mit rotbraunen Haaren und Sommersprossen. Irgendwie ist er neben der Spur. Sie fragt sich, ob er betrunken ist.

»Ich hab mich verlaufen. Ich ... ich weiß nicht mehr, wo ich bin«, wiederholt er.

Vielleicht ist er gestern Nacht versackt, aber es ist schon fast Nachmittag. Wie ist er bloß in diesem Park gelandet?

Das ist wirklich das Letzte, was sie im Moment brauchen kann, aber sie bemüht sich, ihren Unmut zu verbergen. »Du musst mir schon sagen, wo du hinwillst.«

Er fasst sich an die Stirn, als ob er überlegen müsste.

»Ich ... ich will nach Andersonstown«, nuschelt er mit verschwommenem Blick. »Können Sie mir sagen, wie ich nach Andersonstown komme?«

Andersonstown. Ein Vorort, sie hat ihn auf der Karte gesehen. Und vorhin ist sie mit dem Bus durchgefahren. Also kann sie ihm ein bisschen weiterhelfen.

Aber mal ehrlich. Hier sind so viele Leute unterwegs. Warum spricht er ausgerechnet mich an, obwohl ich ganz offensichtlich nicht von hier bin?

»Wenn du nach Andersonstown willst, gehst du am besten da lang.« Sie zeigt in die entsprechende Richtung. »Nach einer Weile kommst du an eine große Straße, dort kannst du den Bus nehmen.«

Sie sieht ihn kühl und teilnahmslos an.

Kurz, verständlich, damit ist die Sache hoffentlich erledigt. Und jetzt lass mich bitte in Ruhe wandern.

*

Amerikanerin, oder? Und sie spricht tief wie ein Mann.

Mit so einer Stimme hast du nicht gerechnet.

Was soll's, sie ist eine Frau. Nur etwas sonderbar.

Er betrachtet eingehend ihr Gesicht. Sie ist hübsch. Schöner Mund. Nein, nicht auf die Titten glotzen, noch nicht. Sieh ihr bloß ins Gesicht.

Frau Frau Frau Frau Frau ... so nah, dass er spürt, wie sein Ding zuckt.

Du musst nur die Hand ausstrecken und ...
Nein, zu viele Leute hier. Scheißsesshafte mit ihren Kötern und Kindern und wachen Augen. Da, guck mal, der Pavee quatscht mit dem Schlitzauge.
Aber sie ist Amerikanerin. Keine Irin. Nicht von hier. Ganz allein.
Und sie redet mit ihm. Beantwortet sogar seine Fragen und tut nicht so, als wäre er unsichtbar, wie all die anderen Buffer.
Vielleicht hat er da was aufgetan.

*

Warum bleibt er stehen? Ich habe ihm doch den Weg gezeigt.
Sie wendet sich ab und geht weiter. Ein klares Zeichen, dass das Gespräch beendet ist.
Irgendetwas stimmt nicht mit diesem Jungen.
Und jetzt geht er auch noch neben ihr, als würden sie einander kennen. Fast, als wollte er sie anmachen, aber das kann nicht sein, er ist viel zu jung.
»Wie alt sind Sie?«
Sie ist genervt, doch sie bemüht sich, freundlich zu bleiben, ohne das Ruder aus der Hand zu geben. »Für wie alt hältst du mich?«
»*Für wie alt hältst du mich?*«, äfft er sie nach.
Hat dieser Bengel sie nicht alle?
»Und wie alt bist du?«, kontert sie.
»Ich bin einunddreißig.«
Oh, bitte!
»Red keinen Stuss«, sagt sie gereizt.
»Sie haben recht. Ich bin nicht einunddreißig.«
»Und wie alt bist du wirklich?«
»Zwanzig.«
Sie sieht ihn spöttisch an.
»Okay, okay, bin ich nicht. Ich bin dreiundzwanzig.«

Er grinst sie an, und sie wird zunehmend gereizter. Sie geht weiter.

»Wo kommen Sie her?«, fragt er.

»New Jersey«, sagt sie abweisend. »Und du?«

Lass nicht zu, dass er das Gespräch bestimmt. Beantworte jede Frage mit einer Gegenfrage.

Aber ehrlich gesagt hat sie überhaupt keine Lust, sich mit ihm zu unterhalten.

»New Jersey kenne ich. Da bin ich schon mal gewesen.«

Sie verlangsamt kurz ihren Schritt. »Ach ja? Nein, bist du nicht.«

»Bin ich wohl.«

»Und wo in New Jersey bist du gewesen?«, fragt sie noch spöttischer als eben.

»In Morristown.«

Damit hat sie nicht gerechnet. Morristown ist eines dieser langweiligen Provinznester, die es zuhauf in New Jersey gibt. Kaum ein Mensch dürfte je davon gehört haben.

»Alles klar«, sagt sie, um ihr Erstaunen zu überspielen. »Und wo kommst *du* her?« Immer schön den Spieß umdrehen.

Er zuckt die Achseln. »Von hier und da. Von überallher eigentlich. Ich bin oft in Armagh. Manchmal wohne ich in Dublin.«

Aus Belfast ist er jedenfalls nicht, er spricht mit einem anderen Akzent. Gut möglich, dass er aus Dublin kommt. Vielleicht hat er sich wirklich verlaufen.

Wie auch immer, sie will sich nicht länger mit ihm unterhalten.

*

Siehst du, siehst du?

Du musst nur Onkel Bernies Morristown erwähnen, und schon denkt sie: Vielleicht ist der Junge doch ganz nett.

Gut gemacht, Alter.

Aber diese Tussi ist eine harte Nuss, Mann. So amerikanisch

und direkt. Die anderen Mädchen kichern blöd, aber die lässt sich nichts gefallen.

Das macht es umso spannender. Wie wollen wir diese Nuss knacken?

Er schaut sich um. Überall Buffer. Die beiden da zum Beispiel, das fettärschige Ehepaar. Sie gehen an ihm und der Tussi vorbei, ohne sie zu beachten.

Zu viele Leute. Wart ab, wo sie langgeht.

»Und was machen Sie hier?«, fragt er.

»Ich gehe spazieren.«

»Und wohin?«

»Zu den Belfast Hills und wieder zurück.« Sie zeigt aus dem Tal hinaus.

Sieh einer an! Sein Gebiet.

Unterhalt dich weiter mit ihr. Halt sie bei Laune.

»Warum gehen Sie da hin?«

Sie zuckt die Achseln. »Ich will mir die Landschaft ansehen.«

Ich glaub, ich spinne. Welche Tussi läuft denn ganz allein in der Gegend rum? Oder ist sie auf was ganz anderes aus?

Er nimmt sie genauer ins Visier, aber er kann ihren Gesichtsausdruck nicht deuten. Vielleicht. Eine Tussi, ganz allein im Wald. Vielleicht.

»Ich war auch schon woanders. Nicht nur in Morristown.«

»Zum Beispiel?«

Da vorn ist die Brücke mit der A501. Auf der anderen Seite ist weniger los. Gleich sind sie da.

*

Seit zehn Minuten unterhält sie sich jetzt mit dem Jungen, und allmählich reicht es ihr.

Er hat nicht mal etwas Interessantes zu erzählen. Er versaut ihr nur die Wanderung.

Sie gehen unter der stählernen Brücke hindurch, die im Wanderführer erwähnt wurde. Über ihnen rumpelt der Verkehr, und sie fröstelt im Schatten.

»Ach, ich ... ich mach nur ein bisschen Spaß«, sagt er.

Sehr witzig. Wie werde ich ihn bloß los?

Sie verlassen die Unterführung, und sie stellt überrascht fest, dass der Park menschenleer ist. Der Weg wird schmal und uneben und verläuft zwischen dichtem Gestrüpp. Dann führt er rechts eine steile Böschung hinauf, und sie sind jetzt auf der Höhe der Straße, die sie eben unterquert haben. Ein dünner, grauhaariger Mann geht mit seinem dünnen, grauen Hund spazieren. Er kommt auf sie zu.

»Hör mal«, sagt sie, »es war nett, mit dir zu reden, aber ich muss jetzt eine Freundin anrufen.«

Er weicht nicht von ihrer Seite. Offenbar versteht er sie nicht. Oder er will sie nicht verstehen.

»Also, äh, ich setze mich jetzt mal hin und telefoniere.« Sie zeigt auf einen großen Stein am Straßenrand.

»Ah, heißt das, ich soll gehen?«, fragt der Junge.

»Ja, wenn es dir nichts ausmacht.« Bitte kapiere es endlich.

Der Mann mit dem Hund geht an ihnen vorbei, und sie nickt ihm zu. Der Mann nickt zurück.

»Klar, na dann«, sagt der Junge. Er zuckt die Achseln und zieht davon, und sie ist froh, ihn endlich los zu sein.

Ohne abzuwarten, wohin er verschwindet, setzt sie sich auf den Stein und nimmt ihr Telefon. Sie will einen möglichst beschäftigten Eindruck erwecken. Sie ruft Julia an. Aber sie hat keinen Empfang. Das Signal ist zu schwach zwischen den vielen Bäumen. Sie überlegt, ob das ein Problem sein könnte.

Nein, sie macht sich nur unnötig Sorgen.

Trotzdem wählt sie erneut Julias Nummer und spricht laut in das stumme Telefon.

»Hi, Julia. Ich bin's, Vivian, ich wollte nur kurz Hallo sagen. Es ist

kurz nach halb zwei, und ich bin in Belfast auf einer Wanderung. Morgen fliege ich zurück nach London. Also, bis dann.«
Sie beendet den fingierten Anruf.
Auf der Straße fährt ein Auto vorbei, und sie bleibt noch einen Augenblick nachdenklich sitzen.
Der Junge ist nirgends zu sehen. Auch sonst ist niemand unterwegs. Auf der Straße ist es ruhig. Es gibt nur noch sie und den Weg durch den Wald.
Endlich. Sie ist allein.

*

Ha, war ja klar, dass das passiert. Die Tussi macht auf nett, und dann ist sie plötzlich hochnäsig und sagt, du sollst dich verpissen.
»So, würdest du jetzt bitte gehen?«
Schlampe. Sie wird schon sehen, was sie davon hat.
Mich schickt keiner weg.
Ja, am besten erst mal verstecken. Hock dich zwischen die Bäume und warte. Du weißt ja, wo sie hinwill. In die Belfast Hills. Bleib ihr einfach auf den Fersen.
Er späht hinter einem Baum hervor. Schlank und dunkel sitzt sie auf dem großen Stein. Telefon am Ohr.
Kein schickes iPhone, aber immer noch okay.
Egal, du bist auf was ganz anderes aus.

*

Nicht eine Menschenseele in der Nähe, und plötzlich gehört der ganze Wald ihr. Die Wanderung kann beginnen.
Sie schaut wieder in ihren Führer.
Von hier aus geht es auf einem unbefestigten Weg durch eine herrliche ursprüngliche Waldlandschaft, die uns rasch vergessen lässt, dass wir uns am Stadtrand von Belfast befinden.

Der Weg ist eher ein Trampelpfad. Das Tal verjüngt sich, der Wald wird dichter, und die Felswände werden höher und steiler. Der Bach ist jetzt breit und flach und plätschert gemächlich dahin, an Sandbänken vorbei. Im Wanderführer ist die Rede von einem Holzsteg, aber im Wasser stehen nur ein paar morsche Pfähle. Sie geht die verwilderte Uferböschung auf und ab und hält vergeblich Ausschau. Offenbar gibt es keinen Weg hinüber.

Das Wasser ist flach genug, um hindurchzuwaten, aber dann hätte sie für den Rest der fünfstündigen Wanderung nasse Füße. Ein zweites Paar Socken hat sie dabei, aber nasse Schuhe ... Das sollte sie unbedingt vermeiden.

Es hilft nichts. Sie wird barfuß durchs Wasser gehen müssen.

Leicht verstimmt klettert sie die steile Böschung hinab und tritt ans kiesbedeckte Ufer. Dort zieht sie Schuhe und Strümpfe aus.

»Hallo«, sagt eine Stimme von oben. »Ich weiß, wie man da rüberkommt. Ist kinderleicht.«

Schon wieder dieser kleine Klugscheißer. Verdammt, was hat der hier zu suchen? Kommt wie aus dem Nichts hinter einem Baum hervorgesprungen. Sein weißer Pullover leuchtet oben auf der Böschung.

Sie verspürt Ärger und vielleicht einen Hauch von Unbehagen, aber sie schiebt das Gefühl weg.

»Ach, wirklich?«, sagt sie herausfordernd. Wieder das alte Spiel.

»Ja«, sagt er. »Da, da und da.«

Er zeigt nacheinander auf drei flache Trittsteine. Theoretisch könnte man darüber auf die andere Seite springen, aber das wäre nicht einfach.

»Ich habe mir schon Schuhe und Strümpfe ausgezogen, ich gehe lieber durchs Wasser.«

Der Junge klettert zu ihr hinunter.

Er grinst und führt eine Art Freudentanz vor ihr auf.

Was hat dieser Bengel eigentlich für ein Problem?

Er springt über die drei Steine und gelangt trocken ans andere Ufer.

»Nicht schlecht«, sagt sie widerwillig. »Ich nehme lieber den langen Weg.«

Moment mal, hat er nicht vorhin gesagt, er habe sich verlaufen? Dafür kennt er sich hier ziemlich gut aus.

Sie watet durch den Bach. Das kalte Wasser schwappt über ihre Fesseln, und ohne den Jungen, der sie nicht aus den Augen lässt, würde sie es genießen.

Als sie drüben ist, setzt sie sich auf einen Stein, trocknet sich die Füße ab und zieht sich Socken und Schuhe an.

Ihr entgeht nicht, dass er die ganze Zeit auf ihre nackten Beine starrt. Er ist noch ein Kind ...

Aber in ihrem Bauch regt sich ein mulmiges Gefühl.

*

Ha – hast du den Ausdruck in ihrem Gesicht gesehen?

Wetten, sie hat nicht damit gerechnet, dich noch mal wiederzusehen? Der nette Pavee ist hier, um dir zu zeigen, wo es langgeht.

Mann ... zieht sich die Schuhe aus, um einen winzigen Bach zu überqueren. Schiss vor Wasser, oder was?

Die Tussi wird noch vor ganz anderen Sachen Schiss haben, wenn ich mit ihr fertig bin.

Na, wer hat jetzt das Sagen? Wer weiß, wie man über den Bach kommt?

Aber hübsche Beine. Schön und glatt. Wie wird es wohl sein, ihre Beine zu streicheln, sie auseinanderzudrücken, dazwischen zu greifen ...

Guck dir alles an, aber nicht zu auffällig. Siehst du, jetzt hat sie es gemerkt.

Die ist tough. Die wird nicht so einfach nachgeben.

Sag was. Sie hat die Schuhe wieder an, kann's kaum noch erwarten, weiterzugehen.

»Sehen Sie, ich bin leichter rübergekommen.«

»Schön für dich«, sagt sie.

Red weiter. Sei ein bisschen frecher. Wir sind allein hier. Kein Mensch in der Nähe.

»Wir können ja zusammen gehen.«

*

So habe ich mir diesen Tag nicht vorgestellt. Ich wollte wandern, allein. Nicht in Begleitung eines nervenden Jungen.

»Also, das ist wirklich nett gemeint, aber ich würde die Wanderung gern allein machen.«

Einen Augenblick lang ist er still. Er nickt und starrt sie stumm aus seinen eisblauen Augen an.

»Sicher? Ich kann Ihnen den Weg zeigen.«

Vor zehn Minuten hattest du dich noch verlaufen, und jetzt willst du mir die Gegend zeigen? Verdammter Lügner.

»Nein, danke, ich möchte lieber allein sein.«

Er zuckt die Achseln. Sie stehen am sandigen Bachufer, und sie wendet sich zum Gehen. Aber sie sieht nirgends einen Pfad. Wahrscheinlich oben auf der Böschung. So steht es im Wanderführer.

Sie will nicht, dass der Junge ihr nachläuft. Sie dreht sich wieder um und nimmt eine abwartende Haltung ein, um ihm zu signalisieren, dass er kehrtmachen soll.

»Ladies first«, sagt er bestimmt und gibt ihr ein Zeichen, dass sie losgehen soll.

Sie ist kurz davor, die Augen zu verdrehen, aber sie wirft ihm nur einen missmutigen Blick zu. »Von mir aus.«

Was sollen diese albernen Spielchen? Sieh zu, dass du ihn loswirst.

Sie teilt das Buschwerk am Fuß der Böschung. Ihre silberne

Armbanduhr glitzert im Sonnenlicht, und sie ertappt ihn dabei, dass er auf ihr Handgelenk starrt.

Das mulmige Gefühl kehrt zurück.

Aber sie steigt die Böschung hinauf. Ihr bleibt nichts anderes übrig. Es gibt keinen richtigen Weg, und so stapft sie durchs Gestrüpp, um den Jungen so schnell wie möglich abzuschütteln.

*

Die Scheißchinesentussi lässt dich abblitzen.

Glaubst du, du hast hier was zu melden, Schlampe?

Verpass ihr einen Denkzettel.

Hast du die schöne Uhr gesehen? Bei der gibt's viel zu holen. Die Uhr, das Telefon, die Beine, ihre Muschi.

Alles deins. Kein Mensch kommt je hierher, nicht so weit ins Tal, sie gehört ganz allein dir.

Lass sie vorgehen. Sie hat keine Ahnung, dass du ihr folgst. Also sei leise, pirsch dich an sie ran.

Das ist die Gelegenheit.

Das Pochen in seiner Hose wird stärker, gleich, gleich ist es so weit.

Das ist immer der beste Teil. Das Aufgeilen, bevor du zuschlägst. Bis du das Gefühl hast, du hältst es nicht mehr aus.

Schleich dich ran.

Jetzt.

*

Irgendetwas veranlasst sie, einen Schritt zuzulegen. Dieser Teil der Wanderung ist kein gemütlicher Spaziergang. Sie kämpft sich durchs Gebüsch, tritt Farne nieder, Dornenzweige verfangen sich in ihren Haaren. Aber sie will weg, einfach nur weg, so schnell wie möglich.

Je schneller sie offenes Hügelland erreicht, desto besser.

Also geht sie stramm bergauf, eine andere Möglichkeit gibt es nicht. Falls es einen Weg gibt, hat sie ihn verfehlt.

Was stand noch mal im Wanderführer? Dass der Pfad sich oberhalb des Baches hinaufschlängelt und eine herrliche Aussicht auf eine Schlucht bietet.

Den steilen Anstieg spürt sie ganz schön in den Oberschenkeln, ihr Herz schlägt laut, und sie ist leicht außer Atem, aber sie ist gleich oben, nur noch ein paar Schritte ... und dann hat sie es geschafft. Ruh dich aus. Schau dich um.

Von dem Jungen keine Spur, oder?

Nein, überall friedliche Stille. Sie befindet sich am Rand einer Hochebene. Noch schöner, als sie es erwartet hat.

Sie verschnauft. Genießt die herrliche Luft.

Danach hat sie sich gesehnt. Nach einem abgelegenen Ort, fern von der Hektik der Stadt. Durch die Baumkronen schimmert grünes Sonnenlicht. In der Ferne sieht sie Kühe. Insekten summen, es riecht nach Kuhfladen, unten im Tal plätschert der Bach. Sie lächelt, könnte vor Erleichterung laut auflachen. Sie ist ihn los, ihn und die Stadt.

Sie findet zurück auf den Weg und setzt die Wanderung mit frischer Kraft fort: zu ihrer Linken der Wald, zu ihrer Rechten der steile Abhang. Geradeaus eine Lichtung. Dort muss der Weg ins offene Gelände führen, die Belfast Hills. Gleich ist sie da.

Sie blickt sich um und erfreut sich an der Umgebung. Blumen, Bäume, die Schlucht und ... Was ist dieser weiße Fleck dort unten auf dem Hang?

Sie bleibt stehen und sieht genau hin.

Das ist er. Der Junge in seinem leuchtend weißen Pullover. Er kommt hinauf, huscht aus dem Gebüsch hinter einen Baum.

Er will sich verstecken, aber sie hat ihn entdeckt.

Sie hat ihn entdeckt.

Er verfolgt sie, daran besteht kein Zweifel.

Es ist, als bliebe ihr das Herz stehen.
Aber es schlägt weiter.
Und dann hat sie nur noch einen Gedanken.
Lauf.

*

Die Schlampe haut ab.
Muss mich entdeckt haben. Los, hinterher, hinterher. Jag sie wie einen Hasen, schneid ihr den Weg ab, wie deine Kumpel und du es bei den Maguire-Jungs gemacht habt. Gleich spürst du es, gleich spürst du es. Das heiße Kribbeln, die vertraute Erregung.
Sie gehört dir, egal, wie schnell sie rennt. Hier oben hilft ihr niemand.
Den Hang hinauf und auf den Pfad, lass sie nicht aus den Augen.
Da läuft sie. Wehende schwarze Haare, ihr Rucksack hüpft. Schneller, du kriegst sie.
Scheiße, sie ist schon fast am Waldrand. Schnapp sie dir, du musst sie schnappen.
Außer Atem, aber du hast sie gleich. Das E wummert noch in deinem Schädel.
Raus aus dem Wald, raus aus dem Wald. Sonne, Sonne, kurz verschnaufen, jetzt über die Wiese, und da ist sie. Da ist sie.
Sie dreht sich zu dir um. Sie dreht sich …

*

Geschafft, der Wald liegt hinter dir, jetzt komm wieder zu Atem.
Aber wo bin ich hier?
Eine Art Niemandsland. Menschenleer. Unebenes Gelände, stellenweise asphaltiert, Müllberge und sonst nichts.
Sie hört fahrende Autos, die Geräusche kommen von der an-

deren Seite der Wiese, aber sie kann keine Straße sehen. Soll sie trotzdem in diese Richtung gehen, damit sie diesen Bengel endlich abhängt?

Aber dafür ist es zu spät.

Ein Rascheln im Gebüsch, und da ist er. Außer Atem. Der Ausdruck in seinen Augen hat sich verändert.

Sie dreht sich couragiert um. Schluss mit den guten Manieren. Ihr Ärger ist Wut gewichen, ihre Verunsicherung Angst. Ihre Stimme ist schneidend und kalt, um die Panik zu überspielen, die sie ergreift und Übelkeit in ihr auslöst.

»Was willst du?«

*

Du weißt genau, was ich will.

Aber sag noch nichts. Geh auf sie zu.

»Ich ... ich suche den Weg nach Andersonstown.«

Die Schlampe ist wütend. Hab den Spruch wohl einmal zu oft gebracht. Geh auf sie zu, geh so nah ran, dass du zuschlagen kannst.

»Ich habe dir doch schon erklärt, wie du dorthin kommst. Dreh um, geh zurück ins Tal und nimm den Bus.«

Sie ist der herrische Typ, will dich rumkommandieren. Aber sie hat Schiss. Man kann es riechen.

Frag sie. Jetzt.

»Stehst du auf Sex im Freien?«

*

Die Worte treffen sie wie ein Fausthieb in den Magen. Sie weiß jetzt, dass sie in Schwierigkeiten steckt.

Stehst du auf Sex im Freien?

Aber er ist noch so jung. Ich verstehe das nicht.

»Nein«, erwidert sie scharf. »Und ganz sicher nicht mit dir.«

Sie verspürt Furcht, Empörung, und ihr Selbsterhaltungstrieb schaltet sich ein. Sie dreht sich um in Richtung Straße. Sieh zu, dass du wegkommst.

»Keine Bewegung, Schlampe!«, schreit der Junge.

Damit hat sie nicht gerechnet. Sein freundliches Getue ist wie weggeblasen, er wirkt roh und aggressiv, und in seinen eisblauen Augen flackert unbändige Wut. Er streckt drohend den Arm nach ihr aus.

»Bleib, wo du bist. Ich will nur deine Muschi lecken.«

Was für ein perverses ... Ist dieser Bengel nicht ganz dicht?

Instinktiv spannt sie die Muskeln an und nimmt eine unerschrockene Haltung ein. Sie ahnt, dass er noch mehr von ihr will.

Was soll ich nur tun?

Du musst es zur Straße schaffen.

»Wehe, du rührst dich! Ich hab ein Messer!«

Er hält die linke Hand hinter dem Rücken, und sie versucht zu erkennen, ob dem tatsächlich so ist.

»Ich hab ein Messer! Ich schlitz dir die Kehle auf! Ich stech dich ab!«

Hat er wirklich ein Messer? Und meint er seine Drohungen ernst?

Es ist, als hätte er einen Schalter umgelegt. Und irgendwie hat sie den Eindruck, dass er nur Theater spielt.

Trotzdem rast ihr Herz wie verrückt, und Angst und Adrenalin rauschen durch ihre Adern.

Kann ich es mit ihm aufnehmen? Ihn überwältigen? Oder soll ich einfach wegrennen?

Sie tendiert zur Flucht, aber sie weiß, dass der schwere Rucksack sie behindern wird. Kann sie ihm dennoch entkommen?

Er kommt näher, sein Atem geht schnell und schwer, aber sie kann sich nicht entscheiden: weglaufen oder sich wehren ... Was soll ich tun?

Sie hört Motorgeräusche. Ein Auto, ganz in der Nähe.
Der Junge hört es auch, er blickt nervös in Richtung des Geräuschs.
Kommt da jemand?
»Hilfe!«, schreit sie. Und noch einmal, lauter. »Hilfe!«
Und dann fällt er über sie her.

Halt dein verdammtes Maul, Schlampe, denk nicht mal dran. Wenn einer vom Traveller-Platz uns entdeckt ... Wehe du versaust es, Dreckschlampe. Komm her.

Er packt sie mit erstaunlicher Kraft am Arm, stößt sie hinüber zu den Bäumen.
»Hilfe!«
Sie wehrt sich, entwischt ihm, aber er packt erneut zu. Sie versucht, seine Hand von ihrem Arm zu lösen.
»Hilfe!«

»Halt's Maul, ein Wort noch, und ich schlitz dir die Kehle auf.«
Drück ihr die Hand auf den Mund, bevor sie wieder schreit – zerr sie ins Gebüsch, bevor jemand uns sieht.

Nichts wie weg hier, zieh seine Hand von deinem Mund, reiß dich los.
Es gelingt ihr, sich zu befreien, aber sie rutscht auf dem losen Kies aus, und er kriegt sie zu fassen und zerrt sie zurück zu den Bäumen. Kies knirscht unter ihren Sohlen.

Sie gerät ins Straucheln
   verliert das Gleichgewicht
   und fällt.

Setz dich auf sie, drück ihr die Kehle zu. Halt die verdammte Schlampe fest. Halt sie fest, damit sie dir zuhören muss.

»Hör auf zu schreien, oder ich mach dich kalt!«

Scheiße. Ich liege am Boden, direkt am Rand des Abgrunds.

Der Rucksack drückt sich in meinen Rücken. Eine Wasserflasche rollt heraus, sie fällt hinunter in die Schlucht. Er will mich schlagen...

Nimm die Hände hoch, versuch ihn abzuwehren. Er packt meine Hand, biegt zwei Finger nach hinten – au, ein heftiger Schmerz, dieser Junge ist irre. Kalter, stechender Blick.

Schlag sie, feste, immer schön auf den Kopf. So wie Dad, der berühmte Mick Sweeney. Wie er es früher bei Mam gemacht hat und jetzt bei dir. Los, zeig's ihr. Verpass ihr einen Denkzettel. Sorg dafür, dass sie dir zuhört.

»Hör auf zu schreien!«

Er hat mich geschlagen ... Scheiße, es tut höllisch weh, noch nie hat mich jemand geschlagen.

Ja, gut so, siehst du, wie sie zuckt? So nah, so nah dran an ihrer schönen, weichen Muschi. Schlag sie, schlag sie noch mal. Leg ihr die Hände um den Hals. Würg sie, würg die Scheißschlampe.

»Ich stech dich ab!«

Er sitzt auf mir ... würgt mich ... Hilfe, ich krieg keine Luft ... Wo ist das Messer? Ich kann nicht atmen ... Ich brauche Luft.

Drück zu, drück fest zu. Na, jetzt ist Schluss mit Schreien, was, Schlampe?

Los, nimm den dicken Stein ...

»Ich schlag dir den Schädel ein!«

Er schnürt mir die Kehle zu … Keine Luft.

Nimm den Stein und zertrümmer ihr das Gesicht, wenn's sein muss.

Versuch zu atmen … Es geht nicht … Ich brauche Luft …

Sieh zu, dass die verdammte Schlampe dir zuhört.

Nein, nicht der Stein … Nicht ins Gesicht …

Eisenhart, kann's kaum abwarten, ihn reinzurammen.

Luft … Dieser Junge wird mich umbringen …

So ein Rohr hatte ich noch nie.

Ich ersticke …

Keine hat sich so gewehrt. »Ich will deine verdammte Muschi lecken.«

Ich … Bitte, lass mich leben … Gib auf … Das ist es nicht wert … Luft.

»Lass mich deine verdammte Muschi lecken.«

Mach, was du willst.

»Lass mich –«

Lass mich … es tut so verdammt weh. Matsch. Er zerquetscht mich. Wie komme ich hier lebend raus? Bitte, lass mich atmen.

*

Sauerstoff strömt in deine Lunge ... aber was passiert jetzt, und was kannst du tun, um dein Leben zu retten ... du weißt nicht, wie dieser Junge tickt, wozu er fähig ist – so, Schlampe, jetzt gehörst du mir ... jetzt kommt das Beste, fetter zuckender Schwanz, gleich ist es so weit – wenn er mir den Slip runterreißt ... nein ... verhandle mit ihm, mach ihm ein Angebot, denk nach ... denk nach ... »Ich kann dir einen blasen« ... versuch's einfach, vielleicht kommt er dabei – Bingo, die Schlampe hat's gecheckt, nimm ihn in den Mund, lutsch ihn – das ist so ekelhaft ... wenn ich ihn nur mit ein paarmal Lecken befriedigen könnte, aber das schaffe ich nicht – wozu hast du eine Zunge, leck mir den Schwanz ... ja ... so ist gut – egal, mach einfach weiter – »Ich will deine Muschi lecken, ich will deine Muschi lecken« – wenn er dir den Slip runterreißt, weißt du, was dir blüht ... nein, bitte nicht – »SCHLAMPE!« – Scheiße, er hat mich wieder geschlagen ... halt ihn ab, halt ihn davon ab, gib ihm das Gefühl, dass du es gern tust ... Igitt, er leckt mich, verdammt, was soll ich bloß tun, wir sind mitten im Wald – geil, geil, so schmeckt also eine Chinesenmöse, mach sie schön nass, dann will sie es, dann will sie, dass du sie durchfickst ... du kannst nicht länger warten ... »Yeah, jetzt fick ich dich, jetzt fick ich dich« – ich kann das alles nicht glauben, wie kann das sein ... das ist so ekelhaft ... mein Slip ist unten, ganz unten, er drückt mich in den Matsch, er ist in mir drin, sein ekelhaftes Ding ist tatsächlich in mir drin, aber ich spüre ihn kaum, verdammt, tu einfach, was er verlangt, und bring es hinter dich – ja, besorg's ihr, steck ihn der Schlampe rein, »geile enge Asiamuschi« – hat er das wirklich gesagt ... das ist wie ein böser Traum – stoß zu, stoß tief rein in die geile enge Asiamuschi, ja, so ist's gut – ich liege auf dem steinigen Boden und blicke in die Bäume ... er ist abgelenkt, vielleicht kannst du dir einen Stein schnappen und ihm den Schädel einschlagen ... aber was würde das bringen, er ist schon in dir drin, es ist zu spät, und er würde bloß wieder zuschlagen ... warte einfach, bis er fertig ist, dann hast du es überstanden – neue Stellung, Schlampe, »ich will, dass du oben liegst – okay, ich bin oben, sieh ihm in die Augen, du hast keine Angst, du hast keine Angst, du wirst dich nicht mehr wehren, du willst nur, dass er endlich kommt – siehst du, sie ist eine geile Schlampe, und sie will mich, ich hab's gewusst, ich hab's gewusst, und ich fick sie hart, pack sie an den Titten – hat er gerade meinen BH zerrissen ... Scheiße, mein Lieblings-BH ... egal, Hauptsache, er kommt und du hast es hinter dir ... Rede mit ihm, Dirty Talk, dann glaubt er, du willst es auch, und dann ist es vorbei ... »Du kannst bestimmt die ganze Nacht« ... habe ich das wirklich gesagt? ... das kann nicht wahr sein – ja, geil, siehst du, ich hab doch gewusst, dass sie es will, die Schlampe war von Anfang an versaut ... »Ich will dich von hinten ficken. Ich will dich von hinten ficken« – dieses perverse Arschloch ... ich bin auf allen vieren, spitze Steine schneiden sich in meine Haut – richtig hart von hinten reinstoßen ... noch härter ... Scheiße, er ist rausgerutscht, steck ihn wieder rein ... »Leg dich auf den Rücken« ... Scheißstellung, ich komm nicht richtig rein ... was ist los mit der Schlampe ... wie war das, wie war das, wie war das noch in den Pornos ... dein Schwanz wird hart, wenn du bloß dran denkst ... »Ich will dich in den Arsch ficken! Ich will dich in den Arsch ficken!« – nein nein nein nein, nicht anal. Ich habe es noch nie anal gemacht, das wird höllisch wehtun – yeah, geil, wo ist das Loch, wo ist das verdammte Loch, stoß einfach zu – er bekommt ihn nicht richtig rein, rutscht immer wieder raus – da, da ist es, stoß ihn rein! Stoß ihn rein! Bis zum Anschlag ... Fuck, wieder rausgerutscht – geht es denn nie vorbei? – leg dich wieder auf sie drauf ... nein, das ist irgendwie langweilig ... warum komme ich nicht ... warum komme ich nicht – ist er so weit? ... er sieht gelangweilt aus, gar nicht mehr gefährlich ... komm endlich, bitte, komm – »Willst du nach Hause?«

Was? Was meint er mit nach Hause? Dass wir getrennte Wege gehen oder dass er mit in mein Hotel will? Spielt das eine Rolle? Er meint, wir sollen aufhören ... es ist vorbei ... vorbei.

»Ja, das wäre schön.«

Und dann ist er endlich aus mir raus, und wir sitzen einfach da. Im Matsch.

Was hat die Schlampe mit mir angestellt? Warum komme ich nicht? Keinen Bock mehr. Es ist vorbei. Was war das gerade? Ist das wirklich passiert? Warum bin ich nicht gekommen? Warum bin ich nicht gekommen? Warum bin ich nicht ... Ach, scheiß drauf, du warst in ihr drin, und das zählt.

*

Sie hat sich wieder angezogen und sitzt am Wegesrand. Der zerrissene schwarze BH ist unter ihrem blauen Wandershirt verschwunden. Die verdreckte Wanderhose verbirgt die Kratzer und Blutergüsse. Sie hat sich in sich selbst zurückgezogen wie eine Schnecke in ihr Haus, angespannt, wachsam, geschützt.

Er ist noch da.

Auch er hat sich wieder angezogen und plappert irgendwelchen Unsinn.

»Ich pendle zwischen Belfast und Armagh ...«

Das interessiert sie nicht. Warum erzählt er ihr das? Sie beißt die Zähne zusammen und hofft, dass er bald verschwindet.

»Wo kommst du noch mal her?«

»New Jersey.« Ihre Stimme klingt hohl. Jede Empfindung ist erloschen.

»Ach ja. Und wie heißt du?«

Sie zögert. Das Beste wäre, ihm einen falschen Namen zu nennen, aber sie weiß nicht mehr, ob er schon vorhin im Park danach gefragt hat. Das ist erst eine Stunde her, doch es kommt ihr vor wie eine Ewigkeit.

Sie muss es drauf ankommen lassen.

»Jenny.«

Er nickt. Entweder hat sie vorhin dasselbe gesagt, oder er hat ihren Namen vergessen.

Sie könnte lachen und weinen zugleich. Die ganze Situation wirkt auf sie wie die traurige Parodie eines One-Night-Stands. *Hey, das war toll. Wie heißt du noch mal?*

»Und wie heißt du?«, fragt sie ihn.

»Frankie«, antwortet er.

Sie glaubt ihm nicht. Aber sein Name interessiert sie auch nicht. Sie will nur, dass er geht.

Und dann ist plötzlich Schluss mit Small Talk. Seine Stimme bekommt wieder den drohenden Klang von vorhin, als er sie auf der Wiese gestellt hat.

Er beugt sich zu ihr vor und zeigt in die Richtung, aus der sie gekommen ist. Wut flackert in seinen eisblauen Augen.

»Ich will, dass du denselben Weg zurückgehst.«

Aber sie hat keine Angst mehr vor ihm. Was soll er schon mit ihr anstellen? Sie vergewaltigen?

Tut mir leid, Kleiner, den Trumpf hast du schon ausgespielt.

Sie zuckt die Achseln. Wenn sie geht, dann ganz bestimmt nicht dort entlang. Wanderer gehen nie denselben Weg zurück. Und sie wird ihm ganz sicher nicht den Rücken zudrehen. Wer weiß, was er vorhat. Sie den Abhang hinunterstoßen? Ihr mit dem Stein den Schädel einschlagen? Nein, sie wird kein Risiko mehr eingehen.

»Nein, ich glaube nicht«, sagt sie.

Er wirkt leicht erstaunt, dass sie sich nicht fügt, scheint nicht so recht zu wissen, was er jetzt tun soll.

Er versucht es noch einmal. Starrt sie aus seinen eisblauen Augen finster an und zeigt mit drohender Miene auf den Weg.

»Du musst aber da lang gehen.«

Sie will ihm ins Gesicht lachen, aber das wäre unklug. Sie sieht ihn an, ohne etwas preiszugeben. »Gleich. Ich möchte mich noch ein bisschen ausruhen.«

Sie weiß, dass ihr keine Gefahr mehr von ihm droht. Er ist nur noch ein verwirrtes Kind, das den Erwachsenen spielt, und das ziemlich jämmerlich.

Sie will, dass er zuerst geht. Um Zeit zu gewinnen, holt sie die verbliebene Wasserflasche aus dem Rucksack – die andere, daran erinnert sie sich genau, ist beim Kampf mit ihm aus der Seitentasche gerollt und den steilen Abhang hinuntergefallen. Vermutlich liegt sie jetzt irgendwo am Grund der Schlucht: ein Stück schimmerndes, durchsichtiges Plastik, unauffindbar zwischen Farnen und dichtem Gestrüpp.

Sie trinkt ein paar Schlucke und reicht ihm die Flasche.

»Willst du auch?«

Er schüttelt den Kopf.

Sie hält ihn weiter hin. Holt seelenruhig einen Apfel aus dem Rucksack und beißt hinein.

Er steht unschlüssig herum. Warum ist er immer noch hier? Sie wird so lange sitzen bleiben, bis er verschwindet. Ihr Herz schlägt noch wie wild. In ihrem Inneren ballt sich Wut zusammen, hart und massiv wie ein Stein auf dem Grund eines Sees. Aber über der Wasseroberfläche hängt ein Nebelschleier der Ruhe.

»Wie alt bist du, hast du gesagt?«, fragt sie. Sie zwingt ihrer Stimme einen lockeren Plauderton auf.

»Achtzehn.«

Sie weiß genau, dass er vorhin im Park etwas anderes behauptet hat.

»Nein, bist du nicht«, sagt sie und lacht, halb spöttisch, halb desinteressiert.

»Für wie alt hältst du mich denn?«

»Siebzehn«, sagt sie. Sie hat keine Ahnung, Hauptsache, er fühlt sich geschmeichelt.

»Ich bin sechzehn.«

Ihr wird schlecht. Sie hatte gerade Sex mit einem Sechzehnjährigen. Ekelhaften Sex im Matsch, den sie nicht wollte.

»Hör zu«, sagt er. »Tut mir leid. Ich mache das ständig.«

Was macht er ständig? Im Park über fremde Frauen herfallen? Mit älteren Frauen schlafen? Hat er sich gerade entschuldigt?

Sie erwidert nichts. Lass ihn weiterschwafeln, vielleicht plaudert er irgendetwas aus, das nützlich sein könnte, um ihn später aufzuspüren.

»Ich habe in diesem Wald schon drei-, viermal ein Mädchen vergewaltigt. In Dublin habe ich mehrere Prostituierte vergewaltigt.«

Meint er das ernst?

»Tatsächlich?«, sagt sie, nicht, um ihn zum Weiterreden zu ermuntern, sondern als Provokation, mit der sie offen seine Glaubwürdigkeit anzweifelt.

»Ja«, fährt er fort. »Ich mach das andauernd.«

»Keine Angst«, sagt sie. »Ich werde es niemandem erzählen.«

Sie überlegt, wie glaubhaft das klang. Sie will ihn beruhigen, ihm das Gefühl geben, dass es einfach so passiert ist, ganz spontan, dass sie einverstanden war und er sich keine Sorgen machen muss. Alles, um zu verhindern, dass er wieder brutal wird, ihr noch Schlimmeres antut.

Er hört nicht auf zu reden. »Ich kenne die Gegend sehr gut ...«

Hau. Endlich. Ab.

»Ich komme ständig hierher. Mache es hier ständig mit Mädchen.«

Schön für dich. Und jetzt verpiss dich.

Aber sie wiederholt nur ihre Worte von eben. »Ich werde es niemandem erzählen.«

Er rührt sich nicht vom Fleck. Sie isst ihren Apfel.

Er tritt nach einem Stein. Dreht ihn mit seinem weißen, dreckigen Turnschuh um. Zieht seinen iPod aus der Hosentasche und wickelt die Kopfhörer ab. Wickelt sie wieder auf.

Sie kaut weiter ihren Apfel.

»Ich ... ich glaub, ich geh jetzt mal«, sagt er.

Sie wirft ihm einen kurzen Blick zu, ohne etwas zu erwidern.

Er sieht sie nicht an.

»Tut mir leid«, nuschelt er. »Tut mir leid.« Dann eilt er mit hochgezogenen Schultern und gesenktem Kopf in die Richtung, aus der sie vorhin gekommen ist.

Schnelle Schritte, der weiße Pulli blitzt zwischen den Bäumen auf, dann ist er fort.

Sie wartet, um sich zu vergewissern, dass er nicht zurückkommt.

Blickt auf die Armbanduhr. Fünf nach halb drei. Wie lange ist er jetzt fort?

Wartet noch eine Minute, blickt den Weg hinunter, aber er ist nirgendwo zu sehen. Er kommt nicht zurück.

Und dann ... löst sich ihre Anspannung.

Und sie kann endlich weinen. Warme Tränen laufen ihr übers Gesicht, sie ist durcheinander, versucht sich klarzumachen, was da gerade passiert ist. Hatte sie wirklich Sex mit einem merkwürdigen Jungen? Verdammt, wie konnte das passieren?

Und die Wanderung? Sie könnte sie einfach fortsetzen. Weinend denkt sie darüber nach. Sie hat noch genügend Zeit für die restlichen ... wie viel? ... neun Meilen. Neun Meilen. Überleg es dir. Über hügeliges Gelände bis zum Cave Hill im Norden von Belfast. Saubere Luft, klare Sicht, ein herrlicher Frühlingsnachmittag. Vergiss den surrealen Albtraum, den du gerade durchlebt hast, lass diesen Ort aus aufgewühlter Erde, umgedrehten Steinen und abgeknickten Zweigen hinter dir. Sie schließt die Augen und stellt sich vor, wie sich der Weg bis zum Horizont erstreckt: Nach dieser Freiheit hat sie sich gesehnt, als sie heute Morgen zu ihrer Wanderung aufgebrochen ist.

Aber da ist der Stein auf dem Grund des Sees. Die stille, verborgene Wut, die in ihr wächst wie ein inoperabler Tumor.

Ihr Verstand sagt ihr, dass sie ärztliche Hilfe benötigt.

Sosehr sie es sich auch wünscht, sie kann vor dem, was gerade passiert ist, nicht davonlaufen. Dieser Nachmittag ist real, ob sie will oder nicht.

Du musst dich damit auseinandersetzen.

Also steht sie auf.

Sie geht nicht sofort weiter. Sie späht in die Schlucht, um abzuschätzen, wie steil es hinuntergeht. Nicht, um sich aus Verzweiflung in die Tiefe zu stürzen. Es geschieht eher aus Neugier: Wie knapp ist sie im Kampf dem Abgrund entronnen? Und was wäre passiert, wenn sie abgestürzt wäre? Vielleicht hält sie beiläufig Ausschau nach der verlorenen Wasserflasche, die sich im Dickicht wie ein Fremdkörper ausnehmen müsste. Aber sie sieht nichts – nur den unversehrten, dicht bewachsenen Felshang. Nichts deutet auf den heftigen Kampf hin, der sich hier vor ein paar Minuten zugetragen hat, genau dort, wo sie jetzt steht.

Der Apfel ist aufgegessen. und das Gehäuse liegt in ihrer Hand, ein skelettartiges Gebilde aus Kernen und braun angelaufenem Fruchtfleisch.

Sie tritt einen Schritt zurück, holt mit dem rechten Arm aus wie ein Outfielder beim Baseball und schleudert den Griebs mit aller Kraft in den Abgrund. Er landet unsichtbar irgendwo im Gestrüpp, ein weiterer Eindringling, den die undurchdringliche Natur verschluckt.

Und dann setzt sie ohne weiteres Zögern den Rucksack auf und entfernt sich vom Ort der Tat.

Den Weg hinauf bis zur Wiese, wo sie fahrende Autos hört.

ZWEI

Er läuft den Weg zurück, sein Herz macht immer noch babamm, babamm, von den Pillen und vom Sex mit der scharfen Tussi. Ist das wirklich passiert?

Ja, er hat sie gefickt. Er will grinsen, aber er kann nicht. Irgendwas ist verkehrt.

Sonne und Bäume verschwimmen, der Boden schwankt unter seinen Füßen. Er geht langsamer, stützt sich an einem Baum ab. Sein Blick fällt auf seinen Ärmel – überall Matschflecken. Scheiße. Der weiße Pullover, das ist sein bester, den hebt er sich für die Clubs auf. Die Turnschuhe sind auch dreckig, an den Rändern klebt überall Matsch.

Mach sie sauber. Sonst gucken die Leute dich komisch an.

Er steigt die Böschung hinunter zum Bach. Wäscht sich im Wasser den Dreck von den Schuhen.

Scheiße. Nasse Füße.

Verdammter Idiot.

Schalt dein Hirn ein.

Nasse Füße, hämmernder Schädel, also, was jetzt?

Er setzt sich ans feuchte Ufer. Wasser sickert durch seine Jeans, und er bekommt einen nassen Arsch, aber scheiß drauf. Komm zu dir. Denk nach, denk nach, denk nach.

Sie wollte es, oder? Klar wollte sie. Alle Frauen wollen es.

Und dann erinnert er sich plötzlich.

Die Frau hat um Hilfe geschrien, und da hat er zugepackt, ihr Hals war so weich, als könnte er mit bloßen Händen das Leben aus ihr rausquetschen.

Hat sie es vielleicht doch nicht so richtig gewollt?

Sein Schwanz ist immer noch leicht hart. Was hat sie gesagt?

»Keine Angst. Ich werde es niemandem erzählen.«

Aber er wird es nicht los, dieses dunkle, bohrende Gefühl in seinem Kopf. Es ist wie ein Wurm, der sich unter der Haut durch dich hindurchfrisst. Er kratzt sich. Auf einmal juckt es ihn am ganzen Körper. An den Armen, den Beinen, am Hals, an seinem Schwanz. Mann, sieh zu, dass du von hier verschwindest.

Ein Geräusch lässt ihn hochschrecken. Er blickt nervös hinauf zum Weg auf der Hochebene. War das eine Polizeisirene?

Quatsch, alles nur Einbildung. Das ist nur der Wind in den Bäumen, der rauschende Bach.

Los, geh endlich. Du musst dich verstecken.

Das Bohren lässt nicht nach, sein Schwanz pocht wütend, sein Herz rast.

Geh nicht zum Wohnwagen, das ist zu gefährlich. Nimm die andere Richtung. An der nächsten Biegung stößt er fast mit einer dicken Frau und einem Mann in Jogginganzügen zusammen. Sie sehen ihn an, und sein erster Gedanke ist wegzurennen.

Nein, geh ganz normal weiter. Sie schöpfen sonst Verdacht.

Verhalt dich unauffällig. Geh zur Straße und folge ihr bis in die Stadt.

Wenn er doch Flügel hätte. Dann könnte er sich in die Lüfte schwingen und so lange fliegen, bis Belfast, der beschissene Wald und die Hügel nur noch winzige Punkte in der endlos weiten Landschaft sind.

*

Sie hat den Wald und das Dickicht hinter sich gelassen und geht über die Wiese. Die Wiese, über die sie vorhin fliehen wollte.

Der Wanderweg führt nach rechts am Tal entlang, aber sie biegt scharf nach links. Direkt auf die stark befahrene Landstraße zu.

Es ist erst Nachmittag. Dennoch kommt es ihr vor, als hätte sie in der vergangenen halben Stunde einen ganzen Tag durchlebt. Die Sonne blendet, das grüne Gras flimmert. Ihre Knie zittern vor Erschöpfung, und einen Augenblick lang spielt sie mit dem Gedanken, eine Pause einzulegen. Nein, geh erst zur Straße. Entferne dich so weit wie möglich von diesem Ort.

Irgendwie verbindet sie die Straße mit Sicherheit. Anonymität. Menschen in geschlossenen Fahrzeugen, unterwegs zu fernen Orten.

Ein Stück weiter Richtung Straße stehen mehrere Wohnwagen auf der Wiese. Es sind sogar ein paar Leute zu sehen. Eine Frau hängt Wäsche auf, daneben tapst ein kleines Kind. Ein dunkelhaariger Mann schaufelt etwas in einen Eimer. Sie ist überrascht; sie hat nicht damit gerechnet, so schnell auf Menschen zu treffen. Fast ist sie versucht, zum Wanderweg zurückzugehen. Wer sind diese Leute? Kann sie ihnen trauen? Sie unbedenklich um Hilfe bitten?

Die Frau und der Mann unterbrechen ihre Tätigkeit, und sie fühlt ihre abweisenden Blicke. Sie macht einen kleinen Schlenker, hält diskret Abstand. Ihr ist bewusst, dass sie hier auffällt, und wahrscheinlich fühlen sich diese Leute von ihr gestört. Sie trampelt ja praktisch durch ihren Vorgarten. Trotzdem möchte sie am liebsten zu ihnen laufen und die Frau an der Wäscheleine um Hilfe bitten. Ihr alles erzählen. Es laut aussprechen.

Hilfe. Bitte helfen Sie mir.

Ich bin ...

Ich bin gerade vergewaltigt worden.

Ist das das Wort? Ist sie wirklich vergewaltigt worden? Er war doch noch ein Junge.

Sie geht weiter. Spürt instinktiv, dass sie hier nicht willkommen ist. Diese Leute sind bestimmt nicht scharf darauf, sich die Probleme einer weinenden Ausländerin anzuhören.

Die Tränen schießen ihr in die Augen, und sie bewegt sich mit gesenktem Kopf auf die Straße zu.

Alles ist so grell in der Sonne. Sie muss sich unbedingt ausruhen, aber sie kennt sich in dieser Gegend nicht aus, weiß nicht mal, wie die Straße heißt. Sie ist irgendwo im Westen von Belfast, ganz in der Nähe vom Glen Forest Park. Ihr Atem ist schwer und unregelmäßig. Halb fertige Gedanken schwirren ihr durch den Kopf und verflüchtigen sich wieder: Was soll sie tun? Was zuerst, was danach?

Sie braucht einen Plan.

Du bist Filmproduzentin. Du bist Rucksacktouristin. Du schaffst das. Überleg dir eine Strategie. Hör auf zu weinen. Hol tief Luft. Geh weiter. Geh weiter bis zur Straße. Und wenn du dort bist, ruf Barbara an.

Sie lässt die Wohnwagenkolonie hinter sich. Bis zur Straße sind es nur noch zehn, fünfzehn Meter.

Aber so lange kann sie nicht warten. Wenn sie nicht sofort mit jemandem redet, wird sie es nie einem anderen Menschen erzählen. Sie muss es in Worte fassen, damit es real wird. Es laut aussprechen, um sich selbst bewusst zu machen, was gerade passiert ist.

Sie bleibt stehen und holt ihr Telefon aus dem Rucksack. Gott sei Dank hat er es ihr gelassen, hat ihr weder Telefon noch iPod, noch die Geldbörse geklaut. Erleichtert sieht sie die drei Empfangsbalken auf dem Display.

Barbara. Ruf Barbara an. Sie ist noch in Belfast.

Barbara ist überrascht, ihre Stimme zu hören.

»Hi, Viv, was gibt's?«

Sie bemüht sich, einen lockeren Ton anzuschlagen. Sie will Barbara nicht sofort verschrecken. »Hallo, Barbara, na ... was machst du gerade?«

»Ich überarbeite die Pressetexte zu der Veranstaltung gestern Abend, damit unser Pressesprecher loslegen kann.«

Es entsteht eine Pause. Sie kann sie nicht füllen.

»Wie ... wie geht es dir?«, fragt Barbara.

Sie zögert. »Ich ... Nicht besonders gut. Ich ... ich glaube, ich brauche deine Hilfe.«

Sag es.

»Ich ... ich glaube, ich bin gerade vergewaltigt worden.«

So. Jetzt ist es raus. Tränen strömen ihr übers Gesicht, aber sie hat sich jemandem anvertraut. Sie muss die Last nicht mehr allein tragen.

Einen Augenblick lang herrscht Stille, dann schreitet Barbara zur Tat: schnell, entschlossen, konstruktiv.

»O Gott. Wo bist du? Ist er noch in der Nähe? Wer ist es gewesen? Bist du in Sicherheit?«

Eine Flut von Fragen, kurz, sachlich, genau das, was sie in ihrem Zustand braucht. Eine Rettungsleine – sie muss sich einfach nur festhalten und die Anweisungen befolgen. Sie klammert sich an Barbaras Fragen, versucht sie zu beantworten, auch wenn ihre Worte in Schluchzen untergehen.

»Ja, ja, ich bin in Sicherheit. Ich weiß nicht, wo ich bin.«

Sie bricht wieder in Tränen aus. Aber sie muss vernünftig sein. Sie reißt sich zusammen, beruhigt ihren Atem. Versucht Barbara alles zu erzählen, was sie weiß.

»Ich war wandern ... ich war wandern, und auf einmal kam dieser Junge auf mich zu. Ich bin im Glen Forest Park oder irgendwo in der Nähe. Ich habe den Park verlassen und bin an einer großen Straße. Ansonsten sind hier nur Wiesen, es muss die einzige Straße in der Gegend sein.«

Barbaras Stimme ist klar und fest.

»Ich rufe jetzt die Polizei an, Viv. Bleib dran, geh nirgendwohin. Ich bin gleich wieder bei dir.«

Sie nimmt das Telefon vom Ohr – sie will nicht hören, wie Barbara eine Vergewaltigung anzeigt. Zu viele unangenehme Einzelheiten.

Zwei, drei, vier Schritte noch ... und dann hat sie es endlich geschafft. Die Straße ist leer, nicht ein Auto ist in Sicht. Die Fahrbahn zieht sich wie ein breites graues Band durch grüne Wiesen bis zum Horizont. Aber es ist ruhig hier und sicher. Hier kann ihr nichts passieren, jeder nahende Autofahrer wird sie sofort sehen.

Sie überquert die Fahrbahn, eine symbolische Grenze, die sie von dem schrecklichen Ort trennt. Auf der anderen Seite befindet sich ein hüfthoher, grasbewachsener Erdhügel, und sie lässt sich erschöpft daraufsinken.

Warten. Jetzt kann sie nur noch warten.

Barbara meldet sich wieder. »Bleib, wo du bist. Die Polizei ist gleich bei dir, und ich mache mich auch auf den Weg. Aber die Polizei will vorher mit dir sprechen. Sie brauchen genauere Angaben, wo du bist.«

Sie hört das Anklopfsignal. Das muss die Polizei sein.

Wie funktioniert das noch mal mit dem Anklopfen? Welche Taste muss sie drücken?

Und dann spricht sie mit einem Polizisten. Er hat einen starken Belfaster Akzent, und sie hat Mühe, ihn zu verstehen, aber er ist freundlich.

Sie beschreibt ihm ihren Standort, so gut sie kann. Im Glen Forest Park. Sie ist mit dem Bus auf der Falls Road nach Westen gefahren, vorbei an Andersonstown. Dann ist sie durch das Tal gegangen ...

»Wir kommen so schnell wie möglich«, sagt der Polizist. »Aber es kann eine Weile dauern, bis wir bei Ihnen sind. Bitte haben Sie Geduld und warten Sie auf uns.«

Sie würde den ganzen Tag hier warten, wenn es sein müsste.

Zum Gehen fehlt ihr die Kraft, sie kann nicht einmal mehr aufstehen.

Sie trinkt einen Schluck Wasser und richtet den Blick nach unten. Die Sonne ist einfach zu grell für ihre Augen. Sie starrt auf den Boden und wartet. Und wartet.

Autos rasen vorbei. Registrieren die Leute darin die Frau, die mit gesenktem Kopf am Straßenrand sitzt? Und was denken sie, was sie dort macht? Sie will nicht, dass jemand anhält, will nicht, dass jemand fragt, ob es ihr gut geht, ob sie Hilfe braucht.

Es geht ihr schlecht. Sie ist gerade vergewaltigt worden.

Ja, sie kann das Wort jetzt aussprechen. Hat es schon getan. Wird es noch viele, viele Male sagen.

Vergewaltigt. Vergewaltigt. Vergewaltigt. Sie ist gerade vergewaltigt worden.

Nie hätte sie geglaubt, dass sie dieses Wort einmal in den Mund nehmen würde. Dass es sie selbst betreffen könnte.

Natürlich hat sie es schon oft gehört. Hat sich wie alle Frauen immer vor seiner Bedeutung gefürchtet.

Andere Frauen wurden vergewaltigt. Frauen in den Nachrichten. Freundinnen von Freundinnen von Freundinnen. Aber nicht sie. Nicht sie. Ihr würde das nicht passieren.

Doch jetzt ist es passiert.

Sie wurde ...

Vergewaltigt.

Das Wort ist das Schlimmste. Ein geschmackloses, knallbuntes Klebeetikett, das sich nicht mehr ablösen lässt. Ein Stigma, das man ihr mit dem Glüheisen ins Fleisch gebrannt hat und das höllische Schmerzen verursacht. Für immer.

Vergewaltigt.

Heute Nachmittag. In diesem Park. Bei strahlender Sonne, die immer noch so hell ist, dass sie den Blick nicht vom Boden heben kann.

Heulende Polizeisirenen. Sie blickt auf.

Sie sind da. Zwei weiße Kleinbusse mit blau-gelben Seitenstreifen und flackerndem Blaulicht halten am Straßenrand.

Die Türen öffnen sich. Zwei Frauen und zwei Männer steigen aus. Werfen dunkle Schatten auf den Boden wie Sheriffs in einem Western.

Sind Sie Vivian?

Sie nickt.

Eine Frau kniet sich neben sie und sieht ihr in die Augen.

»Sind Sie in Ordnung? Sollen wir Ihnen beim Aufstehen helfen?«

Sie blinzelt in die Sonne. Nickt.

Einer der Polizisten reicht ihr die Hand und zieht sie hoch.

Sie sitzt im Streifenwagen. Die Polizistin, die sie befragt, spricht mit breitem Belfaster Akzent, den sie nicht versteht.

Sachliche Fragen, die sich um Wörter mit verzerrten Vokalen winden. »Können Sie beschreiben, wie er ausgesehen hat? Wie groß war er? Welche Augenfarbe hatte er?«

Seine Augen waren blau. Eisblau. Das hat sich ihr fest eingeprägt. Größe, Statur, Alter – all das wabert in einem zähen Erinnerungssumpf und lässt sich schwer fassen. Sie kann nur mutmaßen, gibt offen zu, dass es ihr schwerfällt, Körpermaße und Entfernungen einzuschätzen.

Sommersprossen, rotbraune Haare.

Eher klein. Normale bis schlanke Statur.

Und das Alter?

Sie hat keine Ahnung, wie alt er war. Er hat ihr ständig etwas anderes erzählt. Auf welches Alter würde sie ihn realistischerweise schätzen?

Sechzehn? Siebzehn?

Ja, er hat behauptet, er sei sechzehn, und sie könnte sich auf der Stelle übergeben. Sie hatte gerade erzwungenen, brutalen Sex mit einem Minderjährigen.

Die Polizistin trägt ihre Antworten in ein Formular ein. Zum Glück ist Barbara endlich da. Sie sitzt neben ihr in dem schattigen Fahrzeug und hält ihre Hand.

Sie spuckt alles aus, woran sie sich erinnert, bemüht sich, die Beamten mit so vielen Informationen wie möglich zu versorgen. Sie ist ein offenes Archiv, in dem die Polizei nach Belieben stöbern kann. Hier, nehmen Sie sich, was Sie brauchen: Beschreibungen, Schätzungen. Ohne Gefühle, ohne menschliche Regung.

»Hat er gesagt, woher er kommt?«

»Er hat alles Mögliche gesagt, aber nichts davon muss wahr sein. Er hat gesagt, dass er zwischen Belfast und Dublin pendelt und dass er oft in Armagh ist. Und dass er in dem Park schon mehrere Mädchen vergewaltigt hat.«

»Hatte er einen Dubliner Akzent?«

»Nein, er hörte sich nicht so an, als wäre er aus Dublin.«

»Dann hatte er eher einen Belfaster Akzent?«

»Nein, auch nicht. Sein Akzent klang irgendwie anders.«

»Hat er vielleicht so gesprochen wie die Leute in Armagh? Oder in Omagh?«

»Was? Ich ... weiß es nicht.«

Barbara geht dazwischen. »Herrgott noch mal, Sie können doch nicht von ihr erwarten, dass Sie alle irischen Akzente kennt!«

Sie ist ihr dankbar dafür.

»Ich weiß nur, dass es kein nordirischer Akzent war. Die Vokale klangen nicht so verzerrt wie bei Ihnen.«

Anders kann sie es nicht beschreiben.

Die Polizistin nickt. Schreibt etwas in das Formular.

»Okay, könnten Sie uns jetzt vielleicht zum Tatort begleiten? Um uns zu zeigen, was sich wo ereignet hat?«

Der Tatort. Die Stelle, wo der Weg aus dem Wald in offenes Gelände führt.

Ja, das kann sie. Es bleibt ihr wohl auch kaum etwas anderes übrig, oder?

Die Stelle im Wald. Sie wird dorthin zurückgehen, wenn es sein muss.

Sie geht zur Tür, zieht den Kopf ein, hält sich schützend die Hand vor die Augen und tritt hinaus ins grelle Sonnenlicht.

Als sie mit den Polizisten über die Wiese geht, stehen wieder Leute draußen vor den Wohnwagen. Es sind mehr als vorhin. Die Mutter mit dem kleinen Kind, der Dunkelhaarige, dazu noch ein paar Frauen und ein alter Mann.

Sie blicken argwöhnisch auf das Polizeiaufgebot, das an ihnen vorbeizieht.

Über ihr Gelände Richtung Wald.

Hier hat er mir den Weg abgeschnitten.

Sie zeigt den Polizisten die Stelle. Schildert so genau wie möglich, was passiert ist. Sie ging Richtung Belfast Hills, er kam aus dem Wald.

Und hier hat er ... was ist das richtige Wort? ... hier hat er mich bedroht.

Und hier hat er mich dann gepackt und in den Wald gezerrt.

Und hier, genau hier ist es passiert.

Man erkennt die Stelle deutlich an den umgedrehten Steinen und am aufgewühlten Matsch.

Die Polizisten holen das leuchtend gelbe Band hervor, das man in fast jedem Fernsehkrimi sieht. POLICE LINE. DO NOT CROSS steht darauf.

Sie wickeln es um ein paar dünne Bäume und sperren den Weg ab.

Hier drüben saß er auf mir und hat mich gewürgt, nachdem ich gestürzt war. Die Kleidung hat er mir erst später heruntergerissen.

Hier hat er mich in diese Stellung gezwungen.

Und hier in diese Stellung.

Und so weiter und so weiter.

Hier ... hier wollte er mich in Hundestellung nehmen.

Und hier wollte er, äh, Analverkehr.

Die Polizisten nicken verständnisvoll. Barbara ist nicht dabei, sie musste im Wagen warten. Sie ist froh darüber.

»Wir kommen jetzt mit den Hunden«, sagt die Polizistin. »Vielleicht nehmen sie eine Fährte auf.«

Spürhunde. Sie stellt sich ein ganzes Rudel vor, das schnüffelnd den Weg absucht. Bellend an den Leinen zerrt. Denn in der Ferne läuft eine einsame Gestalt. Panisch, verzweifelt, außer Atem. Der erbärmliche kleine Scheißkerl, auf der Flucht vor den Hunden und der Polizei.

Können die Hunde jetzt noch eine Geruchsspur aufnehmen?

Sie blickt auf die Uhr.

Es ist noch nicht einmal vier. Wieder eine Stunde vergangen, die sich wie eine Ewigkeit angefühlt hat. Wie langsam doch die Zeit vergeht.

Auf einmal ist sie todmüde. Kann sie jetzt gehen?

»Ja, wir bringen Sie jetzt in die Ambulanz für Vergewaltigungsopfer in der Ladakh Street.«

Liegt Ladakh nicht in Indien? Oder in Tibet? Sie nickt. Tibet, wo auch immer. Hauptsache, sie kann sich dort hinsetzen.

Sie wendet sich zum Gehen.

»Ah.«

Fast hätte sie es vergessen.

»Während des Kampfes ist eine Wasserflasche aus meinem Rucksack gerollt und den Steilhang hinuntergefallen. Vielleicht finden Sie sie da unten.«

Sie deutet in die Tiefe.

Die Polizistin murmelt irgendeinen Standardtext. Ja, sie werden sich darum kümmern. Gut möglich, dass sie sie finden.

Wahrscheinlich ist die Flasche unwichtig für sie.

Sie dreht sich um, und die verlorene Wasserflasche verschwindet im Dickicht ihrer Gedanken.

Langsam geht sie zurück Richtung Wiese. Die Leute stehen immer noch starren Blickes vor ihren Wohnwagen, und sie fragt sich, was sie wohl denken.

*

Er ist den ganzen weiten Weg gelaufen, durch Andersonstown und dann die Falls Road hinunter bis in die Innenstadt. Busse hat er nicht gesehen, aber dafür hat er eh kein Geld. Jetzt steht er mitten in der Castle Street. Leute kaufen fürs Wochenende ein, quengelnde Gören zerren an ihren Eltern. »Mummy, ich will dies, Mummy, ich will das ...« Ah, halt endlich den Rand!

Sonst treibt er sich nie tagsüber in der Stadt rum, aber jetzt ist er hier. Ganz in der Nähe ragt das Rathaus auf. Er war völlig platt, dass es so riesige Häuser gibt, als er zum ersten Mal hier war.

Eigentlich sollte er sich gar nicht im Stadtzentrum aufhalten, so nah am Rathaus, nach allem, was er getan hat.

Aber was hat er denn getan? Nichts Schlimmes, oder? Nein, nichts Besonderes. Er doch nicht.

Nein, alles gut. Sieh dir die vielen Leute an, sieh in ihre Gesichter. Hat dich irgendjemand in Verdacht? Nein, du bist bloß irgendein Junge. Tauch in der Menge unter. Du bist niemand.

*

Auf der Fahrt in die Ambulanz kommt die Wut in ihr hoch.

»Dieses kleine Arschloch, ich breche ihm das Genick«, zischt sie Barbara zu.

Sie sieht ihn vor sich, die eisblauen Augen, das dreiste Grinsen. Sie will ihm mit der Faust in die sommersprossige Visage schlagen. Sehen, wie die Haut aufplatzt.

Sie hat noch nie einen anderen Menschen geschlagen, hatte nie das Bedürfnis. Aber jetzt ist es da. Drängend. Unerbittlich.

Verdammt, wie konnte das nur passieren? Es ist Samstagnachmittag, und sie sitzt müde, durcheinander und verdreckt in einem Polizeifahrzeug, weil ein halbwüchsiger Bengel seinen Penis in sie hineingestoßen hat. Dabei wollte sie einfach nur in Ruhe wandern.

Wie konnte dieses Schwein ihr das antun?

Und jetzt bringt man sie an einen fremden Ort. Alle ihre Pläne haben sich zerschlagen, wurden mutwillig zerstört, und auf einmal nimmt ihr Leben eine völlig neue Richtung. Aus heiterem Himmel, ungewollt.

Und irgendetwas sagt ihr: Das ist nur der Anfang.

Die Ambulanz für Vergewaltigungsopfer in der Ladakh Street. Sanftes Licht, Möbel in gedeckten Erdtönen.

Sie sitzt auf einem weichen braunen Sofa und kommt sich vor wie im Empfangsbereich einer Wellnessoase. Ständer mit Frauenzeitschriften. Geschmackvoll arrangierte Trockengräser in hohen Vasen. Fast rechnet sie damit, dass ihr gleich jemand ein Glas Gurkenwasser bringt.

Nein. Sie bekommt weder zu essen noch zu trinken. Nicht, bevor ihr Körper auf mögliche Spuren untersucht wurde.

Oh, sagt sie. Ich habe aber schon einen Apfel gegessen und Wasser getrunken.

Das macht nichts, erwidert die Polizistin. Aber jetzt sollte sie nichts mehr zu sich nehmen, bis die rechtsmedizinische Untersuchung abgeschlossen ist.

Sie würde gern nachfragen, wie diese Untersuchung abläuft, doch dafür ist keine Zeit, die Polizei löchert sie schon wieder mit Fragen. Erzählen Sie uns bitte noch einmal ganz genau, was passiert ist. Alles, woran Sie sich erinnern. Selbst das winzigste Detail könnte uns vielleicht weiterhelfen.

Und so fängt sie wieder ganz von vorn an. Erzählt, wie sie heute Morgen in ihrer Pension bei der Universität aufgebrochen ist. Sich noch schnell Proviant besorgt hat und dann in den Bus gestiegen ist. Auf der Busfahrt hat sie mit ein paar Bekannten hier in Belfast gesimst, um sich für heute Abend zu verabreden.

Am Park ist sie aus dem Bus gestiegen und hat ihre Wanderung begonnen. Sie ist ein paar Menschen begegnet, und dann hat sie ihn gesehen, er stand in einem auffälligen weißen Pullover an der Wiese. Und kurz darauf hat er sie angesprochen.

Sie ist mit ihrer Erzählung am Ende, und die Polizistin, sie heißt Detective Joanna Peters, bedankt sich bei ihr. »Das haben Sie sehr gut gemacht. Sie haben uns viele Informationen gegeben, die uns mit Sicherheit weiterhelfen.«

Informationen. Genau. Sie ist so etwas wie offene Datenbank.

Detective Peters breitet eine Karte vor ihr aus. Kann sie ihr die Stelle zeigen, wo sich das Ganze abgespielt hat? Wo er sich ihr zum zweiten Mal und wo beim letzten Mal genähert hat? Wo er sie ins Gebüsch gezerrt hat?

Es handelt sich um eine Karte vom Glen Forest Park samt Umgebung. Eigentlich kann sie gut mit Karten umgehen, aber diese hier taugt nicht viel. Die Straßen sind deutlich zu erkennen, aber das Parkgelände ist eine amorphe grüne Fläche mit ein paar Baumsymbolen. Es sind weder Wege noch topografische Details eingezeichnet. Der Bach ist nur eine dünne blaue Linie.

Sie ist genervt. Die Polizei war doch vor Ort. Sie hat ihnen die Stellen gezeigt. Warum soll sie sich jetzt mit dieser lächerlichen Karte abmühen.

»Die Karte ist nicht detailliert genug«, sagt sie gereizt. »Ich brauche eine mit Höhenlinien.«

Sie sagt es beinahe fordernd. So schwer kann das ja wohl nicht sein.

Detective Peters zögert und verspricht ihr, es zu versuchen. Bestimmt halten sie hier alle für verrückt.

Auf der Karte, die sie vor sich hat, sieht der Park aus wie ein riesiger Sportplatz. Eben, schablonenhaft, statisch. In Wirklichkeit aber handelt es sich um eine lebendige Landschaft mit Senken, Steigungen, Hügelrücken und Tälern. Alles Orte, an denen man sich verstecken oder hoffnungslos verirren kann.

*

Weg aus der Innenstadt mit den geraden Straßen und den glitzernden Läden, den lärmenden Familien und dem großen alten Rathaus. Er ist am Fluss, geht am Ufer lang. Graue Lagerhallen, Brücken mit fahrenden Autos. Graues Wasser plätschert vorbei.
 Er läuft und läuft. Denkt kaum noch daran, wovor er eigentlich wegrennt.
 Nur manchmal kommt etwas hoch. Die Frau, ihre langen schwarzen Haare, wie er mit ihr im Matsch gerungen hat, ihr weicher Hals in seinen Händen, Sonnenstrahlen zwischen den Bäumen.
 Hey, keine Panik. Es hat ihr gefallen. Am Schluss war sie gar nicht mehr wütend.
 Sie wollte es. Wie alle Schlampen.
 Los, geh weiter. Lass es nicht an dich ran.
 Geh einfach weiter.

*

Die rechtsmedizinische Untersuchung. Nie hätte sie gedacht, dass sie so etwas einmal über sich ergehen lassen muss.
 Solche Dinge sieht man höchstens im Fernsehen, in düsteren skandinavischen Krimis. Dass ihr selbst das einmal blühen würde, war nicht vorgesehen.
 Aber nun sitzt sie hier im Untersuchungsraum. Kaltes Neonlicht, graugrüne Wände.
 Die Ärztin heißt Bernadette Phelan. Ein mütterlicher Typ Ende

fünfzig, Anfang sechzig mit dicken, weichen Händen und sanfter Stimme.

»Zuerst kämmen Sie sich bitte mit diesem Kamm ganz vorsichtig die Haare.«

Dr. Phelan gibt ihr einen Plastikkamm. Sie soll sich beim Kämmen über ein dickes graues Blatt Papier beugen, damit Schmutzpartikel und mögliche Beweisspuren aufgefangen werden.

Sie starrt den Kamm an. So ein billiges Plastikding hat sie seit der dritten Klasse nicht mehr benutzt. Langsam zieht sie den Kamm durch ihr dickes Haar, das ganz verfilzt ist von all dem Zeug, das sich darin verfangen hat, als sie auf dem Waldboden lag. Es zieht schmerzhaft, und ein paar Strähnen bleiben in den feinen Zinken hängen. Sie muss die unangenehme Prozedur mehrmals wiederholen, und mit jedem Strich rieselt Erde und eingetrockneter Matsch auf das Papier.

Als sie fertig ist, rollt Dr. Phelan das Papier vorsichtig zusammen und schüttet den Inhalt in einen beschrifteten Beutel.

»Als Nächstes müssen wir einige Abstriche vornehmen. So erhalten wir Proben von allem Genmaterial, das er auf Ihrem Körper hinterlassen hat.«

Die Polizei hat aufgeschrieben, wo er sie überall angefasst hat. Also werden Abstriche von den Würgemalen an ihrem Hals gemacht, von ihren Händen und den Handgelenken. Dann folgen die Lippen, die Fingerspitzen und die Mundhöhle. Die Ärztin wischt mit verschiedenen Wattestäbchen in ihrem Mund herum.

Und dann darf sie endlich einen Schluck Wasser trinken.

Später müssen noch weitere Abstriche gemacht werden.

»Aber zuerst muss der Fotograf einige Aufnahmen von Ihnen machen. Das ist notwendig, um die Verletzungen zu dokumentieren, die Sie erlitten haben.«

Die Ärztin entschuldigt sich bei ihr, dass der Fotograf ein Mann ist. Jemand anderes steht im Moment leider nicht zur Verfügung. Ist sie damit einverstanden?

Sie nickt. Es bleibt ihr wohl kaum etwas anderes übrig.

Sie muss sich vor einem klinischen weißen Hintergrund auf ein großes Stück Papier stellen.

Grelles Blitzlicht scheint ihr ins Gesicht, und sie ist kurz geblendet. Immer wieder. Ein paar Aufnahmen von vorn. Jetzt mit dem Gesicht zur Wand. Bitte zur Seite drehen. Zur anderen Seite.

Und nun ziehen Sie bitte vorsichtig Ihre Sachen aus. Ganz langsam, damit wir die Spuren sichern können, die sich auf dem Papier sammeln.

Zuerst muss sie das langärmelige blaue Wandershirt ausziehen. Sie hat Schwierigkeiten, es über den Kopf zu bekommen. Ihr Hals und ihre Schultern sind völlig steif, und sie kann kaum die Arme heben. Aber sie muss es allein schaffen. Niemand darf ihr helfen, damit während der Spurensicherung keine fremde DNA auf ihren Körper gelangt. Schließlich gelingt es ihr, das Shirt auszuziehen, und sie lässt es auf ein weiteres graues Papier fallen.

Sie wird in dem zerrissenen BH fotografiert. Blickt ausdruckslos und müde in die Kamera und wünscht sich an einen anderen Ort.

Es gibt nur wenige Fotos, auf denen sie nicht lächelt. Gehört das nicht dazu, wenn man für die Kamera posiert? Dass man »Cheese« sagt? Sie sagt »Cheese«, seit sie als Fünfjährige im Kindergarten zum ersten Mal fotografiert wurde.

Aber jetzt lächelt sie nicht.

Sie starrt stumpf und mit leerem Blick geradeaus an die Wand. Vielleicht sollte sie sich ein Schild mit einer langen Nummer vor die Brust halten. Wie eine Schwerverbrecherin. In Erwartung ihres ungewissen Schicksals.

*

»Gerry.« Er steht zitternd vor der Tür. »Gerry, ich glaube, ich hab was gemacht.«

Abend. Endlich dunkel. Irgendwie hat er Gerrys Viertel gefunden, dann die Straße und das Haus, in dem er wohnt. Und die ganze Zeit gehofft, dass er schon von der Arbeit auf dem Bau zurück ist. Er hat von draußen durchs Fenster geguckt, und da saß er, hingelümmelt vor der Glotze. Allein. Also keine Gefahr. Dann hat er ans Fenster geklopft.

»Meine Güte, du siehst ja völlig fertig aus«, sagt Gerry, als er ihm die Tür aufmacht.

Er späht ins Haus. Niemand zu sehen. Drinnen ist es warm und hell, und es riecht nach billigem Lufterfrischer, Rauch und altem Fett.

»Was ist denn passiert?« Auf dem Couchtisch steht eine Dose Carlsberg, daneben liegt eine Tüte Chips. Gierig macht er sich darüber her. Die Wirkung des Ecstasy lässt endlich nach. Er weiß nur, dass er den ganzen Nachmittag mit nassen Füßen durch Belfast gelatscht ist, und jetzt ist er hungrig und durchgefroren.

Er antwortet nicht, und Gerry zeigt auf die Matschflecken auf seinem Pullover. »Du siehst aus wie ein Schwein.«

»Ich glaube, ich hab was gemacht, aber ich weiß nicht genau, was«, sagt er mit vollem Mund.

Gerry sieht ihn belustigt an. »Na, dann fang mal ganz von vorn an.«

Er setzt sich aufs Sofa. Es quietscht.

»Da war ein Mädchen …«

Gerry lacht. »So fängt's immer an.«

»Nein, es war nicht so wie sonst.« Er kann es nicht in Worte fassen. Was war so merkwürdig daran? An ihr?

»Sie war anders.«

»Wie, anders?«

Die Jungs und er waren sich immer einig, dass es drei Sorten von Mädchen gibt: unsere Mädchen, die sesshaften Mädchen und die Touristinnen.

Unsere Mädchen: die aus den Wohnwagen nebenan, mit denen du aufwächst. Drohende Mütter und gütige Marienbilder wachen über ihre Jungfräulichkeit. Sie tragen knappe Shorts und grelle Schminke und zeigen ihren Nabel, aber anfassen darfst du sie nicht. Nicht vor der Hochzeit. Das hat Michael ihm jedenfalls eingeschärft.

Die sesshaften Mädchen: Freiwild. Aber du musst clever sein. Mach dich nur an sie ran, wenn du bloß für ein paar Tage in einer Stadt bist oder bald weiterziehst – und dann nichts wie weg. Kratz die Kurve. Bei einer Sesshaften weißt du nie, ob sie dich nicht bei ihrem Dad verpetzt, weil es ihr plötzlich peinlich ist, dass sie es mit einem Kesselflicker getrieben hat. Und das Letzte, was du willst, ist, dass die Bullen dir auf den Fersen sind. Die Bullen hassen uns.

Die Touristinnen: sind das große Los. Sie machen hier Urlaub, schmeißen die Kohle zum Fenster raus, als wüssten sie nicht, wohin mit dem vielen Geld. Sie wollen Spaß haben, ordentlich was erleben. Warte, bis sie betrunken sind, lass deinen irischen Charme spielen, zwinkere ihnen ein paarmal zu, und die Sache ist geritzt.

»Touristinnen – die machen sofort die Beine breit«, sagt Donal immer.

Und er hat recht. Haben die Jungs in den letzten Sommern nicht gigantisch abgesahnt? Michael hat ständig eine von den vielen Engländerinnen aufgerissen, die zum Junggesellinnenabschied nach Belfast kommen. Gackernde, strunzdumme Hühner mit zu viel Schminke im Gesicht: Ein Bacardi Breezer oder auch zwei, und sie gehören dir.

Und wenn sie auf einmal nicht mehr wollen und sich beschweren? Zu spät, Pech gehabt. Du kriegst trotzdem, was du willst. Schlussendlich ruft keine die Bullen, sagt Michael. Sie wollen sich den Urlaub nicht versauen. Ein paar Tage später düsen sie zurück in ihr tolles Leben nach Manchester oder Liverpool, und das war's. Du brauchst dir keine Sorgen mehr zu machen.

»Touristin?«, fragt Gerry und reißt ihn aus seinen Gedanken.

»Ja, klar.« Aber er kann sich nicht mehr erinnern, was so besonders an ihr war. Alles war so durcheinander, er war noch high vom E, und ihm dröhnte der Schädel, als er sie anschrie, ihr die Hand unters Shirt schob.

»Sie war Chinesin.«

»Chinesin?«

»Ja, lange schwarze Haare und so.«

»Sexy.« Gerry nickt anerkennend. »Wie die in dem Porno?«

Er nickt und nimmt einen Schluck aus der Bierdose. Ja, aber nicht ganz.

*

Sie muss Kleidungsstück für Kleidungsstück ausziehen. BLITZ, BLITZ, BLITZ. Jetzt trägt sie nur noch ihren Slip und den zerrissenen BH. Sie dreht sich um, zur Seite, zur anderen Seite. Damit der Fotograf die Hämatome und Verletzungen aus der besten Perspektive ablichten kann. BLITZ, BLITZ, BLITZ.

»Eine Großaufnahme vom rechten Fuß bitte.«

Sie blickt nach unten. Matsch klebt an ihrem Fuß, und er ist mit Kratzern und Schürfwunden übersät.

Sie verlangen nicht, dass sie sich ganz auszieht. Nicht vor dem männlichen Fotografen.

Der Fotograf verschwindet. Dann bitten sie sie darum.

Sie lässt die Unterwäsche auf den Boden fallen. Es ist kalt im Untersuchungsraum, und sie steht nackt und fröstelnd auf dem Papier.

Sie schaut an sich herunter, und erst jetzt fällt ihr auf, wie übel er sie zugerichtet hat. Auf ihrem rechten Oberschenkel prangt ein riesiges Hämatom. Mehrere Hämatome an der rechten Wade. Eine dicke Schramme auf dem Bauch. Beide Arme sind von oben bis unten mit Blutergüssen übersät. Die Knie sind blau, aufgeschürft und heftig geschwollen.

Es ist, als würde sie den Körper einer anderen betrachten. Diese Verletzungen gehören nicht zu ihr. Sie spürt sie kaum.

Ihre Kleidung und die Unterwäsche werden als Beweismittel eingesammelt. Ebenso das Papier. Dann werden weitere Abstriche gemacht. Dr. Phelan streicht mit Wattestäbchen über ihre Brüste und auch über die fingerförmigen, blutunterlaufenen Abdrücke, die er an ihren Armen und Beinen hinterlassen hat – alles für die Spurensicherung.

Sie bekommt einen Kittel aus dünnem Papier. Er hilft nicht gegen die Kälte.

Und dann sitzt sie auf dem Untersuchungsstuhl.

Sie denkt daran, welche Ängste sie jedes Mal aussteht, wenn sie zum Frauenarzt muss. Die kalten Metalldinger, auf die man die Beine legt. Das gefürchtete Spekulum. Jedes Mal kann sie schon Tage vor dem Abstrich nicht mehr schlafen und muss sofort weinen, wenn der Arzt sie bittet, die Beine zu spreizen.

Der Gedanke, dass nach allem, was sie heute durchgemacht hat, ein kaltes, metallisches Instrument in sie eindringt ... Sie zuckt unwillkürlich zusammen.

Dr. Phelan stellt die Beinschalen richtig ein.

Unerträgliche Übelkeit steigt in ihr hoch.

»Stopp«, sagt sie.

Sie weiß, dass sie nicht daran vorbeikommt. Dass es sich dabei um einen notwendigen Schritt im Verfahren handelt, in dem unaufhaltsamen Verfahren, das sie selbst in Gang gesetzt hat, als sie vor Stunden zum Telefon griff und um Hilfe bat. Aber der Gedanke, dass im empfindlichsten Teil ihres Körpers herumgestochert und geschabt wird ...

Sie versucht sich zu beruhigen. »Darf ... darf meine Freundin dabei sein und mir die Hand halten?«

Vielleicht macht ihr das die Situation ein bisschen erträglicher.

»Aber natürlich«, sagt Dr. Phelan.

Kurz darauf kommt Barbara herein und setzt sich neben sie. »Drück so fest zu wie nötig«, sagt sie sanft.

Und sie drückt. So fest, wie sie es nie für möglich gehalten hätte.

Im Wald mit dem Jungen war sie wie betäubt. Die Panik, als er sie gewürgt hat, und die Angst, was er noch alles mit ihr anstellen würde, hatten jedes Gefühl, jede Empfindung ausgelöscht.

Aber hier, in dem kalten, stillen Untersuchungsraum, fühlt sie alles.

Das Spekulum wird eingeführt, und sie spürt, wie es schmerzhaft aufgespreizt wird. Sie schließt die Augen und weint still in sich hinein.

*

»Ich hatte noch nie eine Chinesin. Wie sind die so?«, fragt Gerry Chips kauend, aber ihm ist jetzt nicht nach Scherzen zumute. Er denkt an ihre kleinen, weichen Titten, die noch weichere Muschi, aber das macht ihn nicht mehr geil. Stattdessen ist da wieder dieses unheimliche Bohren, das sich in sein Gedächtnis drängt und alles dunkel macht.

»Hör auf mit dem Scheiß, Gerry. Sie war okay. Aber irgendwas stimmt nicht.«

Gerry zuckt die Achseln. »Keine Bange, sie ist Chinesin. Sie wird den Mund halten. Schon mal gehört, dass ein Schlitzauge Alarm schlägt?«

»Nein, aber sie war nicht bloß Chinesin, sondern auch Amerikanerin.«

Gerry stellt das Bier ab und macht ein Gesicht, als würde er nicht auf die Reihe kriegen, wie jemand Chinesin und Amerikanerin zugleich sein kann.

»Amerikanerin?«

»Ja. Sie ... irgendwie wusste sie genau, was sie will. Ihre Stimme war ganz tief, und sie hat total direkt mit mir geredet. Sie hat nicht gekichert, nicht geweint, nicht gebettelt. Gar nichts.«

»Wo hast du sie aufgerissen?«

»Im Park.«

»Was wollte sie da?«
»Keine Ahnung, spazieren gehen oder so.«
»Hat dich wer gesehen?«
»Nein.« Kein Mensch. Darauf hatte er geachtet.
»Wovor hast du dann Schiss? Dass sie quatscht?«
Er druckst herum. »Sie war schon ein bisschen älter.«
»Wie alt?«
Er weiß es nicht mehr. Alles lag wie im Nebel, und es kommt ihm so vor, als wäre es eine Ewigkeit her. Er hatte gesehen, dass sie älter war, und das gefiel ihm. Er hatte sie sogar nach ihrem Alter gefragt, und sie war sofort damit rausgerückt. Statt blöde zu kichern wie die meisten anderen Mädchen. Aber er kann sich nicht mehr daran erinnern, was sie gesagt hat.
»Was weiß ich. In den Zwanzigern.«
»Anfang zwanzig oder Ende zwanzig?«
»Mann, Gerry, keine Ahnung. Ich war total high. Sie war älter, als sie aussah.«
»Und sie hat den Eindruck gemacht, als würde sie dich ranlassen?«
»Ja, irgendwie schon. Auf merkwürdige Weise.« Obwohl er mehrmals auf sie einschlagen und sie würgen musste.
Gerry sagt nichts. Die Bierdose ist leer. Er geht zum Kühlschrank, um eine neue zu holen. Es ist nur noch eine da, also stellt er sie mitten auf den Tisch, damit sie beide rankommen, und reißt sie auf. Schaum quillt hervor und läuft an den Seiten runter.
»Hast du sie beklaut?«
»Nein.« Jetzt schämt er sich. Er hatte sie auf dem Boden, hat alles mit ihr gemacht, was er wollte, aber er hat vergessen, ihren Geldbeutel einzustecken. Ihm fällt die silberne Uhr wieder ein, sie hatte verführerisch an ihrem Handgelenk geglitzert, als sie sich durch die Büsche schlug. Scheiße, warum hat er ihr die nicht abgenommen?
»Du hast es nicht mal versucht?«

»Hab's vergessen.« Das alles war so verwirrend gewesen.

Gerry schüttelt den Kopf. »Na ja, ist wahrscheinlich besser so. Umso kleiner die Gefahr, dass sie es jemandem erzählt. Wenn du einer Amerikanerin die Geldbörse klaust, rennt sie sicher sofort zu den Bullen. Was ist dann passiert? Als du mit ihr fertig warst?«

»Das war ganz komisch. Sie hat einen Apfel aus dem Rucksack geholt und ihn gegessen.«

Gerry lacht.

»Ich habe ihr gesagt, sie soll weitergehen, aber sie wollte nicht. Saß einfach da und hat ihren Apfel gegessen.«

»Sie hat echt nicht geweint?«

»Nein, sie wirkte nicht mal sauer. Sie saß einfach da.«

»Hat sie irgendwas gesagt?«

»Nicht viel.« Dann fällt es ihm wieder ein. »Doch, sie hat etwas gesagt: ›Keine Angst. Ich werden es niemandem erzählen.‹«

Irgendwie passt das nicht. Warum hätte sie das sagen sollen?

Auch Gerry stutzt.

»Aber du glaubst ihr nicht?«

Er zögert, dann schüttelt er den Kopf. »Ich weiß nicht.« Warum ihr glauben? Oder sonst irgendjemandem?

Gerry zieht geräuschvoll Luft ein und mustert einen Bierdeckel. »Ich weiß nicht, Kleiner. Vielleicht wird alles gut. Vielleicht steigt sie morgen einfach ins Flugzeug, und du brauchst dir nie wieder Gedanken darüber zu machen.«

Er nickt unsicher.

»Ich schlage vor, du tust erst mal gar nichts. Warte einfach ab, ob du in den nächsten paar Tagen irgendwas hörst.«

»Und was, wenn sie quatscht?«

»Dann musst du wohl abhauen.«

Aber wohin? Wieder nach Dublin? Er ist stundenlang durch die Stadt gelatscht, und auf einmal ist er unglaublich müde. Fix und fertig von diesem Tag. Und wo steckt eigentlich Michael? Wo ist Dad? Wie soll er ohne Kohle nach Dublin kommen?

Gerry legt ihm die Hand auf die Schulter. »Mensch, du fängst ja gleich an zu heulen. Ich wollte dir keine Angst einjagen. Ich tippe mal, sie hält die Klappe. Dir wird schon nichts passieren. Ganz bestimmt.«

Gerry schaut sich um und geht zur Tür.

»Hör mal, meine Mutter und ein paar von meinen Geschwistern schlafen oben. Am besten, du gehst jetzt nach Hause. Geh nach Hause, schlaf dich aus, und morgen früh sieht alles ganz anders aus.«

»Ich bin total erledigt.«

»Na, was denn sonst? Schließlich hast du im Park eine reiche Chinesin gevögelt. Hut ab. Wetten, es hat ihr insgeheim gefallen?«

Er grinst und umarmt ihn brüderlich.

»Mann, muss das geil gewesen sein. Ich wette, es hat sich gelohnt und du hast literweise abgespritzt.«

Gerry schiebt ihn zur Tür hinaus und winkt ihm nach. Er verschwindet wortlos in der Dunkelheit.

Weil es da diese eine Sache gibt, die er Gerry gegenüber nicht zugeben kann. Er ist nicht gekommen. Trotz der vielen verschiedenen Stellungen, ihrer weichen Titten, der engen Muschi, den seidigen schwarzen Haaren und ihrer schmutzigen Finger an seinem Schwanz. Er ist nicht gekommen. Er ist nicht gekommen.

*

Es tut so weh, dass sich dort unten alles zusammenkrampft. Sie will den Schmerz mithilfe von Barbaras Hand wegdrücken, aber es geht nicht. Sie muss das schreckliche Ding gewähren lassen.

Eine halbe Ewigkeit wird in ihr herumgeschabt, und dann wird das Spekulum endlich, endlich herausgezogen.

Sie sinkt zurück und bricht in Tränen aus. Erleichtert, dass es vorbei ist.

»Sehr gut, das haben Sie sehr gut gemacht«, sagt Dr. Phelan. »Ich weiß, wie schwierig das für Sie war.«

Sie atmet erleichtert auf.

»Es tut mir wirklich wahnsinnig leid«, fährt Dr. Phelan fort. »Aber aufgrund der Sexualpraktiken, zu denen der Täter Sie gezwungen hat, müssen wir leider auch einen Analabstrich vornehmen.«

Analabstrich? Nein, auf keinen Fall.

Die Angst und die Übelkeit wallen wieder auf.

Sie kann das nicht.

Sie will einfach alles, was in den letzten sechs Stunden passiert ist, aus ihrem Gedächtnis löschen und die Uhr auf heute Morgen zurückdrehen. Sie erwacht in ihrer Pension und beschließt, die Wanderung sausen zu lassen. Sie kann den Tag ebenso gut in der Stadt verbringen. Shoppen gehen oder sich eine Ausstellung ansehen. Sie muss nicht unbedingt wandern. Es ist ihre freie Entscheidung. Niemand zwingt sie dazu, einen Fuß in diesen Park zu setzen.

Die rechtsmedizinische Untersuchung ist endlich abgeschlossen, und Dr. Phelan klärt sie behutsam über die Einzelheiten auf.

Die Untersuchung war notwendig, um Spuren für die Polizei zu sichern. Dennoch muss sie jetzt in einem Krankenhaus ein weiteres Mal untersucht werden, um sicherzugehen, dass sie gesund ist. Sie bekommt einen Brief mit, den sie dem behandelnden Arzt vorlegen soll.

Im Krankenhaus wird man sie auf sexuell übertragbare Krankheiten testen. Es gibt eine sogenannte Postexpositionsprophylaxe, mit der sich sehr wirksam eine mögliche HIV-Infektion bekämpfen lässt. Allerdings muss mit der Behandlung spätestens zweiundsiebzig Stunden nach dem Risikokontakt begonnen werden. Braucht sie die Pille danach? Vermutlich nicht, sie hat ja gesagt, er sei nicht gekommen.

Sie nimmt sie trotzdem mit. Eine kleine lavendelblaue Schachtel mit dem weichen, femininen Namen Levonelle.

Barbara löchert Dr. Phelan mit weiteren Fragen. Und die anderen Verletzungen? Was ist mit den Hämatomen? Dem Schleudertrauma? Den möglichen Folgen der Schläge, die sie am Kopf erlitten hat?

Um all das wird man sich im Krankenhaus kümmern.

Barbara hat sich bereits informiert. Das beste Krankenhaus in Belfast ist das Royal Victoria. Die Polizei wird sie in die Notaufnahme bringen und veranlassen, dass sie sofort einen Arzt zu sehen bekommt.

Doch bevor es losgeht, darf sie endlich duschen.

Da ihre Kleidungsstücke als Beweismittel eingesammelt wurden, braucht sie etwas zum Anziehen. Ein Polizist war bereits in ihrer Pension, hat ihre Sachen zusammengepackt und hergebracht. Sie muss an die hübsche Pension denken, an das Bett, in dem sie heute Morgen bei strahlendem Sonnenschein aufgewacht ist. Sie wird nicht dorthin zurückkehren.

Sie kann heute Nacht unmöglich allein schlafen. Das weiß sie. Barbara bietet ihr sofort an, dass sie bei ihr im Hotelzimmer übernachten kann.

Ihr Koffer wird gebracht, und sie wühlt nach etwas Passendem zum Anziehen. Das meiste ist Business-Kleidung, die einer anderen zu gehören scheint: ein eleganter Blazer mit Stickerei, ein schwarzer Bleistiftrock, ein Paar High Heels, das schwarze Cocktailkleid, das sie vorgestern Abend getragen hat.

Schließlich findet sie eine Jeans und ein langärmeliges Oberteil. Einen BH und frische Unterwäsche. Socken und bequeme Sneakers.

Man gibt ihr ein Stück Seife, Shampoo und ein Handtuch.

Dr. Phelan will sich von ihr verabschieden, aber sie hält sie zurück. Sie hat noch eine Frage. Es ist ihr fast ein bisschen peinlich, sie zu stellen, aber sie geht ihr nicht mehr aus dem Kopf.

»Was ist … was ist, wenn dabei Schmutz in mich hineingekommen ist? Wie bekomme ich den wieder raus?«

Der ganze Dreck. Die ganze Zeit hat sie mit ihm im Dreck gerungen.

Die Ärztin legt ihr sanft die Hand auf den Arm. »Das erledigt Ihr Körper ganz von allein.«

Sie wusste nicht, dass der Körper so etwas kann. Aber es ist eine tröstliche Vorstellung: Der Dreck wird von allein weggespült.

»Sie sind sehr tapfer gewesen«, sagt Dr. Phelan. »Und ich weiß, dass Sie das auch in Zukunft sein werden. Aber ich muss jetzt leider gehen.«

Sie klammert sich an Dr. Phelan wie ein Kleinkind. Sie wird die herzliche, mütterliche Art vermissen, die ihr die furchtbaren letzten paar Stunden wenigstens ein bisschen erträglicher gemacht hat.

»Ich muss jetzt ein anderes Opfer untersuchen«, erklärt sie.

Sind es viele? Hat sie immer so viel zu tun?

»Sie sind heute die dritte Frau, die vergewaltigt wurde. Und die Nacht steht noch bevor.«

Sie nickt, und Dr. Phelan verlässt den Raum.

Unter der Dusche denkt sie die ganze Zeit an Dr. Phelans Worte. Drei Fälle bis jetzt. Und es werden noch mehr.

Sie dreht die Temperatur hoch. Heißes Wasser strömt über ihre Haut, und sie sieht zu, wie der ganze Dreck, der an ihrem Körper klebt, in braunen Rinnsalen im Abfluss verschwindet.

*

In einer Einkaufsstraße verdrückt er sich in einen Laden. Er wollte noch nicht nach Hause, nachdem er bei Gerry abgehauen war, und da ist er einfach weitergelaufen. Jetzt ist er auf der anderen Seite der Stadt. Offenbar in einem Protestantenviertel, aber was soll's. Hauptsache, niemand hier kennt ihn.

Es ist schon seit Stunden dunkel, und er hat eiskalte Füße. In seinen Schuhen steht das Wasser. Bestimmt hat er eine nasse Spur direkt bis zum Laden hinterlassen.

Das Dröhnen in seinem Schädel ist weg, und ihm ist nicht mehr schwindelig. Aber die Chips bei Gerry haben nicht lange vorgehalten. Er hat schon wieder tierisch Kohldampf.

Der Laden ist hell beleuchtet, unter der Decke plärrt ein kleiner Fernseher. Die Regale sind vollgestopft mit bunt verpacktem Zeug: Chips, Schokoriegel, Nudeln, Currysaucen in Gläsern. Der große Kühlschrank ist prall gefüllt mit Bier und Softdrinks. Aber seine Taschen sind leer, er muss es also auf die übliche Tour machen.

Flinke Hände und der bewährte Sweeney-Charme.

Langsam bewegt er sich auf die Schokoriegel zu. Wonach ist dir, Snickers? Mars?

Er blickt hinüber zum Tresen. Der Mann an der Kasse glotzt gelangweilt zum Fernseher. Mittleres Alter, Stirnglatze. Ein Paki, das könnte Ärger geben, oder auch nicht. Hier im Norden sitzen überall Pakis an der Kasse. Im Süden ist das eher selten.

Es gibt Nachrichten, und der Paki wird munter.

»In Belfast endeten heute die Feierlichkeiten zum zehnten Jahrestag des Karfreitagsabkommens. Namhafte Politiker aus Dublin, London, Derry und der nordirischen Hauptstadt haben in den letzten drei Tagen gemeinsam des großen Tages gedacht, an dem nach langen, schwierigen Verhandlungen das Friedensdokument unterzeichnet wurde ...«

Das Türglöckchen bimmelt, und ein Mann und eine Frau betreten den Laden. Er hat eine dicke Geldbörse in der Gesäßtasche. Sie lacht über irgendwas.

Die beiden sind in Eile. Sie holen sich zwei Fertiggerichte aus dem Kühlschrank und eine Flasche Rotwein aus dem Regal.

Ein grauhaariger Politiker erscheint auf dem Schirm. Anzug, Brille, vornehmer Akzent.

»Es war ein harter, zäher Kampf, und es wurde monatelang

erbittert verhandelt und gestritten. Aber wir können stolz darauf sein, was wir vor zehn Jahren erreicht haben – als alle Parteien zusammen an einem Tisch saßen und sich in einer Sache einig waren: Es geht um die Zukunft Nordirlands.«

Das Paar steht jetzt vor dem Tresen, und der Typ an der Kasse tippt die Einkäufe ein.

Er will sich gerade ein paar Lion in die Tasche stopfen, als im Fernsehen die nächste Meldung kommt. Er erstarrt.

»Der PSNI sucht nach Zeugen in einem Vergewaltigungsfall und bittet alle Bürger, die möglicherweise etwas beobachtet haben, sich umgehend zu melden. Die Tat ereignete sich heute Nachmittag im Glen Forest Park in Westbelfast ...

Diese verdammte Schlampe.

Das kann doch nicht wahr sein. Ihm bricht der Schweiß aus, und er ist wie gelähmt. Sie hat doch gesagt, sie würde es niemandem erzählen.

Der Paki hat alles eingetippt, und der Mann zückt die Brieftasche.

Los, greif schon zu. Wo ist das Problem? Du klaust Schokoriegel, solange du denken kannst. Das ist Kinderkram. Nimm die Scheißriegel und steck sie ein.

»Die Frau, die aus dem Ausland stammt, war allein im Park unterwegs, als der minderjährige Täter über sie herfiel und sie ins Gebüsch zerrte, wo er sie vergewaltigte ...«

Wieso wissen die im Fernsehen jetzt schon Bescheid? Was hat die Schlampe gemacht, sofort die Bullen angerufen, als er ihr den Rücken zugedreht hat?

Er steht da wie festgewachsen. Kann sich nicht rühren. Das ist ihm noch nie passiert, er war immer von der schnellen Truppe. Er weiß, wann es Zeit ist, die Biege zu machen.

Aber Wegrennen erregt Aufmerksamkeit. Bleib, wo du bist. Verhalt dich unauffällig.

Der Paki gibt dem Mann sein Wechselgeld raus.

»Der Jugendliche ist vermutlich zwischen fünfzehn und achtzehn Jahre und von schlanker Statur. Er hat blaue Augen und rotbraunes Haar ...«

Jetzt greif endlich zu!

Das Paar dreht sich um. Im letzten Augenblick gelingt es ihm, sich aus der Erstarrung zu lösen, und er stopft sich blitzschnell zwei Lion in die Hosentasche.

Er stellt sich mit dem Rücken zur Kasse, bereit zum Abflug. Los jetzt, bevor die beiden draußen ist.

»Zuletzt trug der Tatverdächtige Jeans und einen weißen Pullover ...«

Das Paar bewegt sich zum Ausgang. Der Mann schwenkt fröhlich pfeifend die Plastiktüte, und als er sich an den beiden vorbeidrücken will, haut ihm der Typ aus Versehen die schwere Weinflasche ans Knie. Er zuckt vor Schmerz zusammen, macht eine unkontrollierte Bewegung, streift ein Regal, und es regnet Chipstüten.

»Tut mir leid. Meine Schuld«, sagt der Mann. Er bückt sich, um die Chipstüten aufzusammeln, und sein Blick fällt auf seinen weißen Pullover.

Bleib cool. Lass dir nichts anmerken.

Der Sweeney-Charme.

»Kein Problem, nichts passiert«, sagt er grinsend und drückt die Brust raus wie die feinen Pinkel. »Sie gönnen sich ja heute etwas richtig Feines.« Er zeigt auf die Plastiktüte.

»Oh, ja, ja«, sagt der Mann und packt die letzten Chipstüten ins Regal. »Wir hatten einen anstrengenden Tag und sind hundemüde.«

»Wem sagen Sie das!« Er nickt genauso, wie er es sich bei dem Mann abgeguckt hat.

»Sollten Sie Hinweise haben, wo sich die gesuchte Person zurzeit aufhält, melden Sie sich bitte unter der eingeblendeten Nummer ...«

»Guck mal.« Der Mann zeigt grinsend zum Fernseher. »Der sieht aus wie du.«

Er dreht sich um. Sein Phantombild füllt den ganzen Bildschirm aus. »Ha, Sie haben recht!« sagt er mit breitem Grinsen. »Sieht aus wie ich. Nein, das bin ich.«

Er zieht eine Furcht einflößende Grimasse, während er bedrohlich die Hände hebt, und beide müssen lachen. »Wirklich, wie aus dem Gesicht geschnitten.«

»Dann nichts wie ab mit dir zur nächsten Polizeiwache«, scherzt der Mann.

»Na klar, bin schon unterwegs!«

Beide lachen wieder. Ist das nicht komisch? Er albert mit einem Protestanten herum.

»Na dann, einen schönen, entspannten Abend mit Ihrer Liebsten.« Er klopft dem Mann auf die Schulter.

Der Mann lacht und nickt ihm zu, seine Freundin guckt ihn böse an, und die beiden schwirren ab.

Das Glöckchen verstummt, und er steht immer noch mitten im Laden. Mit zwei Schokoriegeln in der Hosentasche.

»Kann ich dir irgendwie helfen?« fragt der Mann hinterm Tresen in seinem ulkigen Paki-Singsang.

»Nein, vielen Dank«, sagt er mit einem schnellen Blick zur Kasse. »Ich komm schon zurecht.«

Er hört wieder den Nachrichten zu.

»Das Opfer ist chinesischer Herkunft, schlank, Mitte bis Ende zwanzig, langes schwarzes Haar. Zum Tatzeitpunkt war die Frau mit einem blauen Shirt und einer grauen Hose bekleidet. Sie wird inzwischen von der Polizei betreut.«

Scheiße. Sie ist bei den Bullen.

Er dreht sich zur Kasse um. »Tut mir leid, ich hab nicht das Richtige gefunden. Bis zum nächsten Mal.«

Der Paki nickt, ohne den Blick von der Glotze abzuwenden. Aus der Entfernung kann er den Ausdruck in seinem braunen Gesicht schlecht erkennen, aber er weiß, dass er so schnell wie möglich verduften muss.

Im nächsten Moment ist er auf der Straße, und die kalte Nachtluft bläst ihm ins Gesicht.

Beschissener Zeitpunkt für eisige Füße. Denn jetzt heißt es fliehen.

*

Die Notaufnahme im Royal Victoria Hospital. Sie wartet mit Barbara in einem kleinen, blau gestrichenen Behandlungsraum. Anfangs wollten sie Barbara nicht mit hineinlassen, aber sie bestand darauf. Sie braucht ihre Freundin jetzt, braucht ihre forsche, nüchterne Art, denn sie kann kaum einen klaren Gedanken fassen. Sie ist nur noch ein Schatten ihrer selbst, leer, mutlos, nicht in der Lage, vernünftige Entscheidungen zu treffen.

Die Frau an der Anmeldung hatte sie angesehen und dann zu Barbara gesagt: »Ach, dann sind Sie wohl die Dolmetscherin.«

»Mein Englisch ist ausgezeichnet«, hatte sie schroff erwidert, worauf die Frau sie kleinlaut in den privaten Warteraum gebracht hatte.

Die Polizisten hatten der Frau ihre Situation geschildert und dafür gesorgt, dass sie nicht in der Wartezone Platz nehmen musste. Zwischen all den Leuten zu sitzen, die es an einem Samstagabend in die Notaufnahme verschlägt ... Das wäre einfach zu viel für sie gewesen. Sie fühlt sich so schutzlos, schwach und verletzlich, ein Häufchen aus Nerven, Muskeln und Knochen, die nur noch unzulänglich funktionieren.

Während sie auf den Arzt warten, erzählt Barbara, dass das Royal Victoria zu Zeiten des Nordirlandkonflikts dafür bekannt gewesen sei, Patienten von beiden Seiten zu behandeln – ohne Vorbehalt. Katholiken wie Protestanten. Sie stellt sich vor, wie es damals hier ausgesehen hat: zusammengeschlagene Männer und

Frauen, Menschen mit Schussverletzungen, von Bomben zerfetzte Körper, Blutspuren auf den Fluren. Sie zuckt zusammen. Im Moment kann sie den Gedanken an Gewalt nicht ertragen.

Schließlich kommt eine Krankenschwester mit blonder Igelfrisur. Sie misst Temperatur und Blutdruck, notiert ihre Größe und das Gewicht.

Sie fragt sich, ob die Schwester weiß, was ihr passiert ist. Wahrscheinlich hat die Frau an der Anmeldung sie aufgeklärt. *Siehst du die Ausländerin da? Sei nett zu ihr. Der geht's richtig dreckig.*

Aber die Schwester erweckt nicht den Eindruck, als wäre sie im Bilde. Sie tut nur das Nötigste, verrichtet routinemäßig ihre Arbeit.

»Die Abteilung für Geschlechtskrankheiten ist am Wochenende leider geschlossen«, erklärt sie ihnen. »Das heißt, Sie können sich erst am Montag auf sexuell übertragbare Krankheiten testen lassen.«

Barbara ist außer sich. »Wie bitte? Sie soll bis Montag warten? Das kann ja wohl nicht Ihr Ernst sein!«

Die Schwester lässt sich nicht aus der Ruhe bringen. Die Abteilung ist zu, Punkt. Es gibt niemanden, der sie testen kann.

»Heißt das, jede Frau, die an einem Freitagabend vergewaltigt wird, muss bis Montag warten, um sich auf Geschlechtskrankheiten testen zu lassen?«

Die Schwester nickt. Ja, genauso ist es.

Barbara und sie tauschen Blicke. Da lässt sich offenbar nichts machen.

»So, der Doktor ist gleich bei Ihnen.«

Sie warten noch einmal fünf Minuten, dann kommt der Arzt.

Es ist ein ernster Mann, erstaunlich jung, mit Brille und rotblonden Haaren. Wahrscheinlich, ist er darüber informiert, dass sie gerade vergewaltigt wurde, aber er verliert nicht ein Wort darüber.

»Sie haben überall schlimme Hämatome«, sagt er, während er vorsichtig ihren Hals und ihre Schultern abtastet.

»Die Blutergüsse sollten in ein paar Tagen abgeheilt sein.«

Er leuchtet ihr mit einem hellen Lämpchen in die Augen und in den Rachen, testet ihre Reflexe.

»Gut.« Er steht mit wichtiger Miene auf. »Wie gesagt, die Blutergüsse werden innerhalb einer Woche abheilen, ansonsten brauchen Sie nur viel Ruhe und Erholung.«

Aber Barbara lässt ihn nicht so einfach gehen. »Was ist mit dem Schleudertrauma? Und den möglichen Schädelverletzungen? Sie wissen ja wohl, dass er sie auf den Kopf geschlagen hat.«

»Ich sage der Schwester Bescheid, sie soll ihr etwas gegen die Schmerzen geben.«

Und dann ist er fort.

Einen Augenblick lang fehlen Barbara und ihr die Worte. »Das war's?«, fragt sie schließlich. »Das soll die ganze Untersuchung gewesen sein?«

»Ich glaube, ich spinne«, sagt Barbara fassungslos.

Fünf Minuten. Er hat sich gerade einmal fünf Minuten Zeit für sie genommen. Als wäre sie ihm lästig. Als fühlte er sich in Gegenwart eines Vergewaltigungsopfers so unwohl, dass er sich lieber um einen anderen Patienten kümmert, einen Säufer, das Opfer eines Verkehrsunfalls oder einen Rowdy, der eine Schlägerei angezettelt hat. Hauptsache, kein Vergewaltigungsopfer: Mit dieser unter Schock stehenden Frau, die so schwach und verletzlich wirkt, will er nichts zu tun haben.

Kurz darauf kommt die Krankenschwester zurück, und sie überschütten sie mit Fragen.

»Der Doktor hat sehr viel zu tun. Es ist Samstagabend.«

Was ist mit ihrem Kopf? Sie könnte bei dem Angriff eine Gehirnerschütterung erlitten haben.

»Wenn der Doktor sagt, dass keine Behandlung nötig ist, brauchen Sie auch keine.«

Kann Sie wenigstens etwas gegen die Nackenschmerzen bekommen?

Die Schwester verschwindet und kommt kurz darauf mit einem Blister zurück. Große pinkfarbene Tabletten, eingeschweißt in Plastik.

Ibuprofen. Sie geben ihr Ibuprofen! Das bekommt man in jedem Laden.

Könnte Sie vielleicht etwas Stärkeres haben?

»Wenn Sie morgen ins Flugzeug steigen wollen, sollten Sie lieber nichts Stärkeres nehmen.«

»Sehen Sie nicht, wie durcheinander sie ist? Können Sie ihr nichts zur Beruhigung geben?«, sagt Barbara.

Die Krankenschwester hält inne und bemüht sich um ein wenig mehr Mitgefühl. »Ich weiß, das war ein schlimmer Tag für Sie. Ein sehr schlimmer Tag. Sie sind bestimmt unglaublich müde. Vielleicht gehen Sie jetzt einfach nach Hause und nehmen eine schöne heiße Dusche. Drehen Sie unter der Brause ganz sanft den Kopf hin und her. Trinken Sie viel Tee. Treffen Sie sich mit Freunden. Und ein, zwei Gläschen Wein können nicht schaden.«

Sie legt ihr unbeholfen die Hand auf den Arm. Ihr knallpinker Nagellack beißt sich mit den dunkelroten Blutergüssen. »Ich wünsche Ihnen alles Gute.«

Und dann verschwindet sie. Die Neonröhre an der Decke surrt. Es gibt nichts mehr zu sagen.

*

Er ist zu Hause, oder wenigstens fast. Es ist schon nach Mitternacht, und er ist hundemüde. Er ist den ganzen Weg vom Paki-Laden im Osten bis hierher zu Fuß gelaufen. Die ganze Falls Road hinunter, vorbei an den Friedhöfen und durch Andersonstown. Es ist zu dunkel, um durch den Park zu gehen, und irgendwas sagt ihm, dass er besser vorerst einen Bogen darum macht.

Wer weiß, was da los ist, jetzt, wo sie ihn bei den Bullen verpfiffen hat.

Nein, er geht außen rum, vorbei an Häusern, Wiesen und noch mehr Wiesen. Nicht ein Auto ist um diese Uhrzeit unterwegs.

Vielleicht sind Dad oder Michael schon zurück, aber wohl eher nicht. Diese Arschlöcher scheren sich sowieso einen Dreck um ihn.

Außer mit Gerry hat er heute mit niemandem geredet. Nur mit ein paar Sesshaften – dem Paki, dem Mann im Laden.

Ach ja, und der Frau.

Die Schlampe.

Konnte einfach nicht das Maul halten.

Er wird sich morgen früh was überlegen müssen. Jetzt ist er zu hungrig und zu müde.

Der Halbmond kommt hinter einer Wolke hervor und überzieht alles mit einem silbrigen Schimmer. Die Straße, die Verkehrszeichen. Wenn er die Hand ausstreckt, kann er fast seine Finger im Mondlicht sehen.

Hier am Rand der Stadt ist es totenstill. Aus den Pubs in der Innenstadt dröhnte Gejohle und laute Musik. Die Scheißbuffer leben alle ihr glückliches, perfektes Leben weiter.

Samstagabend, und er geht allein im Mondschein nach Hause.

Du Loser.

Seine Füße sind zu Eisblöcken gefroren. Er hat Blasen. Egal.

Die Straße führt bergauf zum Traveller-Platz, und sein Atem geht schneller. Jetzt kommt das Beste: Die Lichter der Stadt liegen hinter ihm, Natur, so weit das Auge reicht. Es riecht nach Schaf- und Kuhscheiße, aber das stört ihn nicht.

Er bleibt kurz stehen und holt tief Luft.

Er will jetzt einfach nur nach Hause, sich hinlegen und schlafen.

Gleich geschafft. Gleich ist er beim Wohnwagen.

*

Barbaras Hotelzimmer. Ein schnuckeliges kleines Boutique-Hotel abseits der Touristenströme. Sie ist ihr dankbar dafür, dass sie hier sein darf.

Sie hat gebadet und ein bisschen von dem faden Essen gegessen, das sie sich aufs Zimmer haben bringen lassen. Jetzt liegt sie im Bett und versucht sich mit der Zeitung abzulenken. *Führende Politiker gedenken Karfreitagsabkommen vor zehn Jahren. Titanic Studios freuen sich auf neue Hollywoodproduktion.*

Das Schleudertrauma ist schlimmer geworden – Nacken und Schultern sind inzwischen so steif, dass sie sich kaum noch rühren kann.

Barbara hat an der Rezeption angerufen und um eine Wärmflasche gebeten, aber so etwas haben sie hier nicht. Also hat sie eine der großen, edlen Glasflaschen mit dem hoteleigenen Mineralwasser ausgeschüttet und mit heißem Wasser gefüllt. Es hat fast etwas Komisches, sich eine harte Glasflasche auf den steifen Nacken und die Schultern zu legen und das Ganze als Wohltat zu empfinden. Typisch Belfast. Trotzdem, die Wärme hilft ein bisschen.

Während sie in der Wanne lag, hat Barbara einige Telefonate für sie geführt.

»Soll ich deine Eltern anrufen?«, hatte Barbara sie vorher gefragt.

Nein, nein. Auf gar keinen Fall.

»Aber ruf meine Schwester und meine Chefin an. Du kannst mein Telefon nehmen.« Ihre Chefin ist in London, ihre Schwester lebt in Kalifornien.

»Sag meiner Schwester, sie soll meinen Eltern nichts erzählen.« Serena ist Anwältin, sie würde mit dieser Nachricht zurande kommen. Ihre Eltern aber wären am Boden zerstört, und sie ist im Moment nicht in der Lage, damit umzugehen.

Und ihre Chefin? Erika rechnet fest damit, dass sie morgen Abend auf dem roten Teppich auftaucht – todschick, patent, kommunikativ und dynamisch wie immer. Aber sie weiß, dass auf Barbara Verlass ist. Wenn sie ihr die Situation in aller Ruhe schildert, wird sie einen Plan parat haben.

»Sag Erika, ich komme trotzdem zur Premiere. Ich ...«

Ich werde nur nicht mehr dieselbe sein wie am Mittwochabend.

Ich bin nicht mehr derselbe Mensch.

Ich habe mich verändert.

Ich bin jetzt eine vergewaltigte Frau.

Es fällt ihr immer noch schwer, das Wort auch nur zu denken. Vergewaltigt. Ich wurde vergewaltigt.

Sie macht das Licht aus und versucht, eine einigermaßen erträgliche Liegeposition zu finden, aber ihr ganzer Körper tut weh. Das Wort geistert ihr weiter im Kopf herum. Vergewaltigt. Ich wurde vergewaltigt. Bin vergewaltigt worden. Werde vergewaltigt.

Sie konjugiert das albtraumhafte Wort durch alle Zeiten, ohne zu wissen, wohin sie das führt. Und wie heißt die Zukunftsform?

Ich werde vergewaltigt werden. Oder: Heute werde ich vergewaltigt.

Hätte sie diese Vorahnung doch nur gehabt, als sie heute Morgen auf den Wanderweg eingebogen ist. Aber so etwas wäre ihr im Leben nicht in den Sinn kommen.

Und wäre es da nicht schon zu spät gewesen?

Warum ist sie nicht schneller gelaufen? Hat sich nicht heftiger gewehrt? Oder einen Augenblick früher erkannt, in welcher Gefahr sie schwebte?

»Du hättest es nicht verhindern können«, hat Barbara sie immer wieder getröstet. Und Joanna Peters, die Polizistin, hatte dasselbe gesagt. Sie haben nichts falsch gemacht.

Aber warum hat sie dann das Gefühl, sie hätte anders handeln können, anders handeln müssen? Was wäre gewesen, wenn sie den Rucksack abgeworfen hätte und über die Wiese zur Straße gerannt wäre? Wäre sie ihm dann entkommen?

Es gibt eine Million Szenarien, und in jedem nimmt der Tag einen anderen Verlauf.

In einer Parallelwelt wurde sie nicht vergewaltigt, ist dem Jungen nicht mal begegnet. Sie hat ihre Wanderung am späten Nachmittag erfolgreich beendet, ist mit dem Bus zurück in die Pension gefahren und sitzt jetzt mit Freunden im Pub.

In einer anderen Parallelwelt hat sie den Rucksack abgeworfen und es bis zur Straße geschafft. Geld, Telefon und Wanderführer sind zwar verloren, und sie muss den weiten Weg zu Fuß gehen, doch sie findet problemlos zurück in die Pension. Muss nur die Kreditkarten sperren lassen und sich ein neues Telefon besorgen. Aber sie ist in Sicherheit. Sie genehmigt sich ein, zwei Biere, um sich von dem schrecklichen Erlebnis im Park zu erholen, und macht es sich dann in ihrem Zimmer gemütlich. Aber sie ist der Vergewaltigung entronnen.

Die Parallelwelten verschwimmen zu einem Strom aus Möglichkeiten und Hypothesen, und dann siegt die Erschöpfung, und sie ist eingeschlafen.

In dieser Nacht träumt sie, dass sie rennt.

Über eine sonnige Wiese. So schnell sie kann, direkt auf eine stark befahrene Straße zu. Ihre Beine schmerzen, ihr Herz rast, sie keucht vor Anstrengung.

Sie rennt vor irgendetwas davon, vor wem oder was, kann sie im Traum nicht sehen. Vor ihr strecken unheimliche Gestalten die Hände nach ihr aus.

Ihre Gesichter gespenstische Grimassen.

Eisblaue Augen durchbohren sie mit kaltem Blick.

Skelettartige Finger legen sich um ihren Hals, würgen sie. Sie ringt nach Luft. Kann nicht klar denken.

Sie hat Durst, schrecklichen Durst.

Sie muss etwas trinken. Irgendwo ganz in der Nähe schimmert eine volle Wasserflasche im Gestrüpp. Wenn sie nur drankäme.

Aber sie kann sich nicht rühren. Sie versucht, die Hände von ihrem Hals zu lösen. Im Traum weiß sie, dass sie noch nicht vergewaltigt wurde. Dass es noch möglich ist, zu fliehen, zu der stark befahrenen Landstraße zu laufen.

Aber sie kann nicht. Sie liegt am Boden, droht zu ersticken, und die Skelettfinger drücken ihr erbarmungslos die Kehle zu.

Sie wacht schweißgebadet auf. Nacken und Schultern im eisernen Griff des Schmerzes, und sie kann sich nicht rühren.

Sie hat Durst.

Es ist stockdunkel, und ein paar Augenblicke lang weiß sie nicht, wo sie ist.

Dann fällt es ihr wieder ein.

Die Wanderung, der Wald, die Wiese, der Junge.

Sie ist in einem Hotel in einer ruhigen Gegend von Belfast. Und im Bett nebenan schläft Barbara.

Sie muss etwas trinken. Vorsichtig versucht sie, den Kopf nach links zum Nachttisch zu drehen, doch ihre schmerzenden, verkrampften Muskeln lassen es nicht zu. Aus dem Augenwinkel sieht sie eine Wasserflasche und den Radiowecker.

2:04 leuchtet es blau auf dem Display.

Sie wartet ein paar Minuten, muss all ihre Kräfte zusammennehmen, um an die Flasche zu gelangen. Noch nie hat ihr Körper sich ihr derart verweigert; ihre Muskeln sind zu lebloser Masse erstarrt.

Sie beißt die Zähne zusammen und dreht sich mit einem Ruck auf die Seite. Ein stechender Schmerz durchfährt sie, aber sie bekommt die Flasche zu fassen.

Sogar das Schlucken tut weh. Sie tastet ihren Hals ab. Weiß, dass sich Würgemale darauf abzeichnen.

Sie starrt die dunkle Zimmerdecke an. Sie sollte lieber noch ein bisschen schlafen, aber sie fürchtet sich vor den schrecklichen Träumen.

Eine Träne löst sich aus ihrem Auge und läuft ihr über die Wange. Sie wischt sie nicht weg, ihre Schultern sind zu steif.

Wie konnte das passieren? Wie konnte das alles nur passieren?

*

Sonntagmorgen. Ein Klopfen an der Wohnwagentür reißt ihn aus einem gruseligen Traum – eine Frau ohne Gesicht hatte sich an ihm festgekrallt und ihn wüst angeschrien.

Klopf, klopf, klopf.

Im ersten Moment glaubt er, das ist der kleine Spacko von nebenan, aber das Klopfen ist zu kräftig für ein Kind.

Lass mich in Ruhe. Ich will schlafen.

Klopf, Klopf, Klopf.

Mann, was soll denn das! Er setzt sich auf.

Scheiße, vielleicht sind das schon die Bullen. Kann es sein, dass sie ihn so schnell gefunden haben?

Ein eisiges Gefühl lässt ihn erstarren, und sein Bauch krampft sich zusammen. Vielleicht ist dieses Gefühl Angst.

Er macht sich ganz klein und wünscht sich, er wäre unsichtbar.

Hau ab. Ich bin nicht da.

Wer auch immer vor der Tür steht, sagt nichts. Kurz darauf hört das Klopfen auf, und Schritte entfernen sich vom Wohnwagen.

Er wartet fünf Sekunden, dann schleicht er zum Fenster und guckt nach draußen. Es ist Gerry, er steht mit dem Rücken zu ihm und blickt über die Wiese mit den anderen Wohnwagen. Wieder ein schöner Tag, nicht so sonnig wie gestern, hier und da ein paar Wölkchen.

Er will Gerry gerade zurufen, als die Callahan von nebenan auftaucht. Die hat ihm gerade noch gefehlt.

»Morgen, Gerry, wie geht's?«

»Sehr gut, Nora. Und dir?«

Sie nickt bloß. »Was treibt dich denn hierher?«

»Ach, ich war zufällig in der Gegend und wollte mal gucken, ob jemand zu Hause ist.« Er zeigt mit dem Daumen auf den Wohnwagen.

»Johnny war gestern hier, aber seinen Bruder habe ich schon eine Weile nicht mehr gesehen. Mick auch nicht.«

Gerry spielt den Überraschten. »Ach, wirklich? Dann sind sie wohl weitergezogen.«

Nora zuckt die Achseln. »Du kennst ja die Sweeneys. Heute hier, morgen dort. Und der Junge hat niemanden, der ihm was zu essen macht.«

»Ach, Johnny ist doch praktisch erwachsen. Der kommt prima allein klar.«

Sehr gut, Gerry. Zeig's ihr.

»Na ja, ich tu, was ich kann, kümmere mich ein bisschen, wo doch sein Vater ständig unterwegs ist.«

Gerry hustet. »Und was ist mit deinem Mann? Den hab ich auch schon lange nicht mehr gesehen ...«

Ihr Lächeln verschwindet. »Das ist was völlig anderes. Mein Brian bringt gutes, ehrlich verdientes Geld nach Hause. Der geht nicht klauen wie die Sweeneys.«

»Ich lach mich gleich tot, Nora!«

Nora wird fuchsig. »Tu dir keinen Zwang an. Du willst wissen, wo deine Freunde stecken? Dann frag doch die Polizisten, die gestern hier gewesen sind.«

Sie geht weiter, aber Gerry lässt sich nicht so einfach abschütteln.

»Die Bullen sind hier gewesen?«

Nora dreht sich wütend um.

»Haben sie mit irgendwem geredet?«

»Nein, mit niemandem. Sie sind über die Wiese in den Wald marschiert und waren den ganzen Nachmittag da – siehst du den abgesperrten Bereich?« Sie zeigt zum anderen Ende der Wiese.

Er blickt vom Fenster aus in die anzeigte Richtung. In der Ferne leuchtet gelbes Flatterband. Aber er bleibt in seinem Versteck und hört zu, was Nora noch so erzählt.

Gerry lässt sich nichts anmerken. »Weißt du, was da los war?«

Nora zuckt die Achseln. »Keine Ahnung. Mit uns hat ja wie immer keiner geredet. Aber etwa eine halbe Stunde vorher habe ich eine junge Frau gesehen. Sie kam aus dem Wald. Ich konnte sie nicht richtig erkennen, aber sie hatte lange schwarze Haare und einen Rucksack.«

Gerry nickt. »Und dann?«

»Eine Weile später ist die Frau mit den Polizisten zurückgekommen, und sie sind dort drüben hingegangen. Dann haben sie das Gelände abgesperrt und die Hunde geholt.«

»Hunde?« Gerry macht ein erschrockenes Gesicht.

»Ja, Spürhunde, aber was sie da gemacht haben, konnte ich nicht sehen.«

»Sind sie mit den Hunden über die Wiese?«

»Nein, sie sind dort drüben langgegangen.«

»Und was ist mit der Frau?«

»Sie ist in den Polizeiwagen gestiegen und weggefahren.«

»Meine Güte«, sagt Gerry. »Was glaubst du, wonach sie gesucht haben?«

»Ich weiß es nicht. Das arme Mädchen. Ob sie überfallen wurde? Hoffentlich geht es ihr gut.«

»Ja, hoffentlich«, sagt Gerry. Die beiden schauen zu der Stelle hinüber. Die Sonne scheint ihnen ins Gesicht.

»Und ... was erzählst du den Bullen, wenn sie dich befragen?«, fühlt Gerry vor.

»Dasselbe, was ich dir erzählt habe«, sagt Nora. »Was denn sonst?«

Gerry grinst und umarmt sie ungestüm. »Du bist echt in Ordnung, Nora. Dein Brian weiß gar nicht, was er an dir hat.«

»Tja, so sieht's aus«, sagt sie und guckt ins Leere. »Willst du einen Tee?«

»Nein danke, Nora. Ich muss los. Aber richtest du den Sweeneys aus, dass ich sie suche, wenn du einen von ihnen triffst?«

Nora nickt und geht weiter. Gerry wartet, bis sie in ihrem Wohnwagen verschwunden ist.

»Gerry!«, flüstert er und öffnet die Tür einen Spalt.

Gerry schlüpft in den Wohnwagen und macht schnell die Tür hinter sich zu.

»Du dämlicher Idiot, warum bist du hierher zurückgekommen?«, zischt Gerry aufgebracht.

»Du hast doch selber gesagt, ich soll nach Hause gehen und mich ausschlafen!«

»Ja, kann sein, aber ich glaube, du musst abhauen. Da drüben sind überall Bullen, Streifenwagen mit Blaulicht.«

»Scheiße! Scheiße, Scheiße, Scheiße, Scheiße. Dieses verdammte Miststück!«

»Sie hat dich reingelegt. Sieht so aus, als hätte sie danach sofort die Bullen angerufen.«

Er versteht das nicht. Sie saß doch ganz ruhig am Wegrand und hat ihren Apfel gegessen.

Keine Angst, ich werde es niemandem erzählen.

Er springt auf und läuft hektisch durch den Wohnwagen. Tritt gegen den Küchenschrank. Sein Herz pocht, Wut steigt in ihm auf. Sie haben Hunde auf ihn angesetzt. Scheißhunde.

»Hey, jetzt hol erst mal tief Luft.« Gerry macht eine beschwichtigende Geste. »Sie hat sich nun mal nicht an ihr Versprechen gehalten. Denk nach, wie du aus dieser Sache wieder rauskommst.«

Er versucht sich zu beruhigen, atmet ein paarmal tief durch.

Gerry redet weiter. »Wenn die Bullen rauskriegen, dass du ein Pavee bist, geben sie dich zum Abschuss frei.«

Zum Abschuss freigeben. Das gefällt ihm überhaupt nicht.

Er setzt sich hin, vergräbt das Gesicht in den Händen. Der hämmernde Kopfschmerz ist wieder da und auch dieses quälende

Bohren. Es breitet sich in seinem Hirn aus, erinnert ihn an Dinge, die er vergessen will.

Gerry steht auf.

»Los, zieh den Pullover aus. Wir werfen ihn irgendwo unterwegs in den Müll. Pack ein paar frische Sachen ein, und dann nichts wie weg hier.«

»Wo gehen wir denn hin?«

»Zu mir, dort kannst du dich verstecken, bis uns etwas Besseres einfällt. Hoffentlich bekommt meine Mutter keinen Wind von der Sache.«

»Scheiße, Mann, wo ist Michael?«, schreit er. Er ist stinksauer auf Michael und Dad, weil sie nie für ihn da sind. Wo ist seine Familie, wenn er sie braucht?

»Ich hab keine Ahnung. Aber mach dir keine Sorgen, ich finde ihn schon.«

Er zieht den weißen Pullover aus und kramt in seinen Sachen.

»Zieh dir auch eine andere Hose an«, sagt Gerry. »Die ist dreckig.«

Gerry findet im Küchenschrank ein paar Plastiktüten und stopft die schmutzigen Sachen hinein.

»Wo hast du noch Familie? Außer in Armagh und Dublin?«

»Äh, keine Ahnung ... die ziehen alle herum. Cork? Kilkenny? Wicklow? Michael und Dad haben alle Nummern.«

»Uns fällt schon etwas ein.«

Er zieht ein T-Shirt, ein graues Hoodie und seine andere Jeans an. Gerry bückt sich und reibt den Dreck von seinen Turnschuhen. Dann begutachtet er ihn.

»Setz eine Mütze auf«, sagt er.

Er findet ein Basecap von den New York Yankees. Ein Onkel hat sie ihm geschenkt.

»Benutzt Michael Aftershave? Wenn sie Hunde auf dich angesetzt haben, wäre es nicht schlecht, wenn du anders riechst.«

Er kramt in Michaels Sachen und findet eine teuer aussehende

Flasche. Hugo Boss steht darauf. Sein Bruder muss sie irgendwo geklaut haben. Er sprüht sich damit ein und muss sofort niesen. Soll man sich mit diesem Zeug nicht älter fühlen? Männlicher? Er fühlt sich nur bescheuert, wie ein Baby, das auf erwachsen macht. Schon möglich, dass die Hunde ihn jetzt nicht riechen, aber dafür alle anderen.

»Perfekt«, lobt Gerry. »Du bist ein ganz neuer Mensch. Und jetzt lass uns abhauen.«

Er kauert sich neben die Tür, und Gerry späht aus dem Fenster.

»Was siehst du?«

»Drei, vier Polizeiwagen. Parken am Straßenrand. Die Bullen laufen mit Hunden die Strecke zwischen Straße und Wald ab.«

Das nervtötende Bohren wird stärker, aber er drängt es zurück. Jetzt nicht.

»Kommen wir irgendwie an denen vorbei?«

»Ja, sie sind jetzt oben am Wald. Wir müssen uns nur beeilen. Aber nicht zu schnell gehen. Sonst machen wir uns verdächtig.«

Zum Glück geht die Tür zur Straße, sodass man sie vom Wald aus nicht sehen kann. Er schaut sich noch einmal im Wohnwagen um. »Halt, warte noch einen Moment.«

Er läuft in das Zimmer, dass er sich mit Michael teilt, und holt etwas. Den Ring seines toten Großvaters, den seine Mutter ihm vor vielen Jahren geschenkt hat. Er steckt ihn ein.

»Was vergessen?«, fragt Gerry.

»Ach, nichts Wichtiges. Lass uns gehen.«

Noch einmal tief Luft holen, dann macht Gerry die Tür auf.

Draußen ist es kühler als erwartet, und er friert, obwohl die Sonne scheint. Er hört piepende Funkgeräte und Stimmen. Ein Hund bellt.

Er zögert, aber Gerry legt ihm die Hand auf die Schulter und schiebt ihn vor sich her.

»Geh einfach. Nicht umdrehen.«

Sie laufen über die Wiese, weg von der Polizei, weg von der

Stelle, wo der Wald offenem Gelände weicht. Gehen auf dem Bergkamm Richtung Norden, rechts unter ihnen das Tal, der leise rauschende Bach.

Bevor sie hinter einer kleinen Anhöhe verschwinden, dreht er sich noch einmal um. Zu den weißen Wohnwagen auf der grünen Wiese. Er blinzelt in die Sonne und erkennt neben dem Wohnwagen zwei Gestalten. Nora blickt hinüber zu den Polizisten, aber ihr kleiner Sohn springt winkend hinter ihnen her.

Er möchte zurückwinken, aber er lässt es sein.

*

Sonntagmorgen. Sie ist wieder bei der Polizei, im Dezernat für Sexualdelikte, damit ihre Aussage aufgenommen werden kann. Gestern diente sie nur dazu, Spuren zu sichern.

»Das Ganze wird etwa drei Stunden dauern. Es ist aber wichtig, dass Sie uns alles so genau wie möglich schildern«, sagt Detective Peters und blickt auf die Uhr. »Ihr Flug geht um zwanzig nach eins. Wenn wir um zwölf Schluss machen, sollten Sie ihn problemlos bekommen. Der Flughafen ist ganz in der Nähe.«

Sie fühlt sich wie am ersten Tag in einem neuen Job, für den sie sich nicht beworben hat. Eine Fülle von neuen Aufgaben und Pflichten. Tu einfach, was man dir sagt.

»Erzählen Sie mir bitte, wie der gestrige Tag abgelaufen ist. Fangen Sie am Morgen an.«

»Ich bin früh aufgestanden und habe am Vormittag die Pension verlassen. Ich hatte mir fest vorgenommen, an diesem Tag wandern zu gehen …«

Die Morgensonne scheint durch die Holzlamellen der Jalousie. Sie erzählt ihre Geschichte. Ein weiteres Mal. Unbeteiligt, distanziert. Und sieht dabei den tanzenden Staubpartikeln zu.

*

Er verkriecht sich fast den ganzen Sonntag in Gerrys Zimmer. Gerrys Familie wohnt nicht mehr im Wohnwagen. Sie leben jetzt in einem richtigen Haus, und das fühlt sich komisch an. Zu viele gerade Linien, zu viele Möbel. Es gibt sogar eine Treppe.

Gerry spricht auf dem Flur mit seiner Mutter.

»Du kennst doch den jungen Sweeney, oder? Es geht ihm gerade nicht so gut, und er bleibt ein bisschen bei uns. Sein Vater und sein Bruder sind nicht da.«

Seine Mutter murmelt irgendetwas.

»Nein, nein, er braucht keinen Arzt. Er braucht nur ein bisschen Gesellschaft, damit er nicht so allein ist.«

Wieder Gemurmel.

Gerry steckt den Kopf zur Tür herein.

»Hast du Hunger? Meine Mutter macht Frühstück. Aber alle meine Geschwister sind dabei.«

Nicht alle, nur fünf. Mit am Tisch sitzen seine Schwestern Grace und Fiona, seine Brüder Eamon und Darragh und die dreijährige Oona. Mrs Donohue läuft zwischen Herd und Tisch hin und her, häuft Spiegeleier und Speck auf Teller.

Er hat ganz vergessen, wie es ist, zu einer großen Familie zu gehören. Alle reden gleichzeitig. Wann saß seine Familie zum letzten Mal zusammen an einem Tisch? Vor vier Jahren? In Dublin?

»Hast du Schwestern?«, fragt Fiona.

»Ja, hab ich«, sagt er, während er sich gierig Speck in den Mund schaufelt. »Meine Schwester Claire ist jetzt ... zwölf? Und Bridget ist acht.«

»Und warum haben wir die noch nie gesehen?«

»Sie wohnen in Dublin bei meiner Mam. Das ist zu weit weg von Belfast.«

»Wann hast du deine Mutter zum letzten Mal gesehen, Johnny?, fragt Mrs Donohue, die immer noch am Brutzeln ist. Alle Mütter stellen diese Frage.

»Ist schon ein bisschen her. Na ja, eine ganze Weile.«

»Warum leben deine Eltern nicht zusammen?«, fragt Eamon oder Darragh.

Mann, die sind ist ja schlimmer als die neugierigen Schulpsychologen, die einen in die Mangel nehmen.

»Dein Bruder heißt Michael, oder?«, fragt Fiona. Er erkennt an ihrer Stimme, dass sie auf ihn steht. Ob Michael es mit ihr gemacht hat? Sie sieht nicht übel aus. Ein bisschen zu dünn, aber irgendwie hübsch.

»Ja, Michael ist mein Bruder.«

Die Tür geht auf, und Gerrys kleiner Bruder Liam kommt herein. Er ist neun oder zehn.

»Liam Donohue, wo bist du gewesen?«, fragt seine Mutter.

Liam ist ganz außer Atem. Er schnappt sich Eamons oder Darraghs Orangensaft und trinkt das halbe Glas aus.

»Entschuldige, Mam«, sagt Liam und schiebt sich einen Speckstreifen in den Mund. »Habt ihr gehört, was oben im Park passiert ist? Ganz in der Nähe vom Traveller-Platz?

»Nein, was denn?«

Alle am Tisch horchen gespannt auf. Bis auf ihn. Er würde am liebsten im hübsch gefliesten Küchenboden versinken. Da ist es wieder, dieses ätzende Bohren, es fräst sich unerbittlich durch sein Hirn.

»Anscheinend wurde dort eine Ausländerin, äh, vergewaltigt.«

Beim Wort »vergewaltigt« sieht Liam seine Mutter an und kann sich das Grinsen nicht verkneifen.

Alle sind betroffen und schockiert.

»Das ist ja schrecklich!«, sagt Grace.

»Weiß man schon, wer es gewesen ist?«

Liam schüttelt kauend den Kopf. »Nein, noch nicht. Aber um den Traveller-Platz herum sind überall Polizisten.«

Gerry wirft ihm einen schnellen Blick zu.

»Sie stellen den Familien Fragen.«

»Das ist mal wieder typisch«, knurrt Gerry. »Wenn irgendwo

ein Verbrechen passiert, kommen sie sofort zu uns, als wär es klar, dass es einer von uns gewesen ist.«

»Wohnst du nicht auch da?«, fragt Fiona.

Schweiß läuft ihm über den Rücken. Reiß dich zusammen, verdammt noch mal. Er würgt den halb zerkauten Toast hinunter. Er ist so trocken, dass er ihm fast im Hals stecken bleibt.

»Ja, stimmt, auf dem Platz oberhalb vom Tal.«

»Hast du die vielen Polizisten gar nicht gesehen?«

»Doch, heute Morgen, als ich los bin. Aber ich hatte keine Ahnung, was da los ist.«

»Schrecklich, einfach schrecklich«, sagt Mrs Donohue kopfschüttelnd. Sie kommt zum Tisch und häuft die letzten Spiegeleier auf einen großen Teller. Innerhalb von Sekunden ist der Teller leer. »Wer tut einem Mädchen nur so etwas an?«

»Ja, was ist mit dem Mädchen?«, fragt Grace.

Liam zuckt die Achseln. »Das weiß man nicht. Angeblich ist sie Chinesin.«

Überraschtes Raunen am Tisch.

»Was sie wohl dort zu suchen hatte?«, fragt Fiona.

»Tja, ich hoffe, sie schnappen den Kerl, wer immer es gewesen ist«, sagt Mrs Donohue. »Entsetzlich, so eine Tat.«

Sie sammelt die schmutzigen Teller ein. Grace steht auf und lässt Wasser in den Kocher laufen.

Er starrt den Wasserhahn an. Die Donohues müssen nicht raus zur Pumpe, wenn sie Wasser brauchen.

»Johnny«, sagt Mrs Donohue, »möchtest du Tee?«

Er sieht sie an. Natürlich will er Tee. Aber er will auch so schnell wie möglich raus aus dieser Küche.

»Ich fühl mich nicht besonders«, murmelt er.

»Ist schon gut«, sagt sie. »Geh ruhig in Gerrys Zimmer und leg dich wieder hin.«

Gerry kommt herein und macht die Tür hinter sich zu.

»Du bleibst hier drin. Sprich nicht mit meinen Geschwistern, ich sorge dafür, dass sie dich in Ruhe lassen.«

Gerry zieht die Jacke an.

»Wo willst du hin?«

»Zum Laden und in den Pub, vielleicht finde ich etwas heraus. Und ich gehe Michael suchen. Keine Ahnung, wo er steckt, aber wir brauchen ihn hier. Jetzt.«

*

Sie stehen auf dem George Best City Airport am Check-in-Schalter.

Ihre Anzeige aufzunehmen, hat länger gedauert als erwartet, und sie sind erst um Viertel vor eins am Flughafen gewesen. Jetzt ist es 12:52. Ihr Flug geht in achtundzwanzig Minuten.

Die Schalterangestellte schüttelt den Kopf und erklärt ihr streng, dass sie zu spät gekommen ist und nicht mehr mitfliegen kann. »Auf dem Schild steht, dass Sie spätestens fünfunddreißig Minuten vor Abflug eingecheckt haben müssen.«

Barbara redet auf die Frau ein. »Sie haben ja keine Ahnung, was meine Freundin durchgemacht hat. Sie muss mit dieser Maschine fliegen.«

»Es interessiert mich nicht, was sie durchgemacht hat. Sie ist zu spät, und ich kann nicht gegen die Sicherheitsvorschriften verstoßen, nur weil ein Passagier nicht rechtzeitig am Schalter ist.«

Sicherheitsvorschriften.

Sie sagt nichts, steht stumm neben Barbara, als hätte sie ihre Stimme verloren. Sie hat in den letzten drei, vier Stunden ohne Unterbrechung geredet, und sie hat einfach nicht die Kraft, sich mit dieser furchtbaren Frau zu streiten.

Aber sie muss weg aus Belfast. Sie darf die Filmpremiere heute Abend nicht verpassen.

Die Schalterangestellte bleibt hart. »Es tut mir leid, aber wenn

Ihre Freundin sich nicht an die Vorschriften hält, kann ich leider nichts für sie tun.«

»Es geht hier nicht um Vorschriften«, sagt Barbara mit erhobener Stimme. »Es geht darum, ein wenig Mitgefühl zu zeigen.«

Sie legt verzweifelt die Hand auf Barbaras Arm. »Ich muss mit dieser Maschine fliegen. Ich muss unbedingt heute Nachmittag in London sein.«

»Sie haben Ihren Flug verpasst. Das Gate ist bereits geschlossen«, sagt die Frau bestimmt. »Die nächste Maschine nach London geht in drei Stunden.«

Und dann ... kann sie nicht mehr. Die Tränen schießen ihr in die Augen, und sie fängt hemmungslos an zu weinen. Sie darf diesen Abend nicht versäumen, sie hat jahrelang an diesem Film gearbeitet, es ist die erste große Premiere ihrer Firma. Wenn sie diesen wichtigen Abend wegen dieses kleinen Mistkerls verpasst ...

Holt mich aus dieser verdammten Stadt raus ...

»Ich kann nicht in Belfast bleiben«, stößt sie weinend hervor.

Die Frau starrt sie entgeistert an. Sie gerät ins Stammeln, aber sie gibt nicht nach. »Jetzt ist es sowieso zu spät«, sagt sie und zeigt auf die Uhr. »Es ist schon kurz nach eins, man wird Sie nicht mehr in die Maschine lassen.«

»Schon gut«, tröstet Barbara sie und nimmt sie in die Arme. »Alles halb so schlimm. Wir besorgen dir einen anderen Flug.«

Die Frau löscht seelenruhig die Fluganzeige vom Monitor und schließt den Schalter.

»Ich hoffe, Sie sind mit sich zufrieden«, sagt Barbara spitz.

Die Frau reagiert nicht, aber dann blickt sie auf und sagt: »Wenn Sie doch nur zehn Minuten früher hier gewesen wären.«

Zehn Minuten früher. Wäre sie doch nur zehn Minuten früher zu ihrer Wanderung aufgebrochen, vielleicht wäre sie dem Jungen dann nie begegnet. Wie anders verliefe unser Leben, wenn wir alles zehn Minuten früher machen würden. Zehn Minuten, die uns davor bewahren, dass wir Opfer eines schweren Verkehrsunfalls werden. Zehn Minuten, die verhindern, dass wir auf die Liebe unseres Lebens treffen. Oder aber auf unseren Vergewaltiger.

Ist das Leben wirklich so? Eine Verkettung unglücklicher Umstände? Sie kommt zu dem Schluss, dass sie das Geschehene nur akzeptieren kann, weil sie rein zufällig zum Opfer geworden ist. Zehn Minuten früher, und sie wäre nicht vergewaltigt worden. Zehn Minuten früher, und sie säße jetzt im Flugzeug.

Barbara hat sie gebeten, auf einer Bank zu warten, während sie sich um ein Ticket für den nächsten Flug nach London kümmert.

Benommen beobachtet sie das rege Treiben. Passagiere checken ein, eilen zu ihren Gates. Familien. Eltern, die sich von ihren erwachsenen Kindern verabschieden, die in London leben. Ein paar Geschäftsleute, die schon am Sonntag fliegen, damit sie Zeit zum Ausspannen haben und am Montagmorgen frisch durchstarten können.

Und sie. Die gestern vergewaltigt wurde. Und jetzt nach Hause fliegt, um am Abend zur feierlichen Premiere des Films zu gehen, an dem sie mitgearbeitet hat.

Barbara kommt zurück. Ihre Wangen sind leicht gerötet, aber sie hatte Erfolg.

»Ich habe einen Flug um halb drei für dich gebucht. Dann bist du um Viertel vor vier in Gatwick. Ist das in Ordnung?«

Sie ringt sich ein dankbares Lächeln ab. »Perfekt. Ich danke dir!«

Barbara gibt ihr das Ticket. »Komm, wir checken dich gleich ein, damit du diesen Flug nicht auch noch verpasst. Ich habe dir ein Ticket für die Business Class gekauft, ich dachte, dann hast du es ein bisschen bequemer.«

»Was bekommst du –?«

»Nichts da, das übernehme ich. Kommt gar nicht infrage, dass ich dich dafür bezahlen lasse.«

Und dann verabschiedet sie sich von Barbara. Sie hat keine Ahnung, wie sie alles Weitere – was immer das bedeutet – ohne ihre Freundin durchstehen soll. Bisher hatte sie immer ein Bild davon, wie ihre Zukunft aussehen wird, aber jetzt ist alles dunkel, ein dichter Wald ohne erkennbaren Weg.

Sie geht durch die Sicherheitskontrolle und weiter zur Business Lounge. Holt sich eine Sprite und ein Sandwich. Noch immer schmeckt sie so gut wie nichts.

Sie setzt sich in die Sitzreihe an der Fensterfront. Ein paar Minuten lang schaut sie den rangierenden Flugzeugen auf dem Rollfeld zu. Im Hintergrund schimmert graublau der Hafen.

Die Business Lounge ist fast leer. Links hinter ihr sitzen zwei Geschäftsleute mittleren Alters, ein anderer sitzt in einem Sessel. Abgesehen von der Angestellten an der Bordkartenkontrolle ist sie die einzige Frau.

Ihr logischer Verstand schaltet sich wieder ein. Sie muss sich überlegen, wie es weitergeht. Über den nächsten Schritt entscheiden. Sie sollte ihre Freunde in London vorwarnen, was passiert ist. Also schreibt sie ein paar SMS.

Hallo Ihr, ich wollte nur kurz Bescheid sagen, dass mir etwas Schlimmes passiert ist. Ich bin gestern vergewaltigt worden. Ich sitze gerade am Flughafen und bin bald zu Hause. Also bitte nicht fragen, wie mein Wochenende in Belfast war.

Sie schickt die Nachricht an ihre beiden Mitbewohner José und Natalia.

Dann schickt sie den Text leicht abgeändert an Jacob, einen ihrer besten schwulen Freunde, und bittet ihn, dass er sie in London vom Flughafen abholt.

Als Nächstes ruft sie Stefan an, einen anderen schwulen Freund, der sie heute Abend zur Filmpremiere begleiten soll. Sie versucht, ihm zu erklären, was passiert ist, aber die Verbindung ist schlecht, und er versteht sie kaum. Sie verabreden sich um Viertel vor sieben am Leicester Square. Er wird, wie gewünscht, im Smoking erscheinen.

Erika, ihre Chefin, schickt ihr eine SMS und fragt, wie es ihr geht. Becca, die Assistentin, hat ein Taxi bestellt, das sie zu Hause abholen und zum Leicester Square bringen wird.

Noch eine SMS, von ihrer Schwester Serena.

Es tut mir so leid, was dir passiert ist. Kann ich irgendetwas tun? Wollen wir heute Abend telefonieren?

Sie seufzt und steckt das Telefon ein. Sie will sich einfach treiben lassen, sich so weit wie möglich von der Realität entfernen und alles ausblenden, was sie an ihre gegenwärtige Situation erinnert.

Ist sie eben am Schalter wirklich weinend zusammengebrochen? Welcher normal funktionierende Mensch bricht in Tränen aus, wenn er sein Flugzeug verpasst?

Aber sie funktioniert nicht mehr normal, das ist ihr klar. Seit gestern ist sie eine verängstigte, hilflose Frau, die so tun muss, als hätte sie ihr Leben voll im Griff. Dabei hat sie nicht die geringste Ahnung, wie es weitergehen soll.

Sie empfindet Scham, verabscheut sich für ihre Schwäche.

Die Frau an der Bordkartenkontrolle macht eine Durchsage.

Die Passagiere von Flug 5230 nach London Gatwick werden gebeten, sich am Gate einzufinden.

Sie steht in der Schlange für die Business-Class-Passagiere und sieht aus dem Fenster. Sie will mit niemandem Blickkontakt.

Eine hübsche, rothaarige Stewardess mit Pferdeschwanz kommt auf sie zu.

»Sind Sie Vivian Tan?«

»Ja.«

»Entschuldigen Sie bitte die Störung. Ich habe einen Polizeibeamten am Telefon, der mit Ihnen sprechen möchte.«

Was soll das? Falls die Polizei mich daran hindern will, in dieses Flugzeug zu steigen ...

Sie nickt und folgt der Stewardess zu einem beigen Wandtelefon hinter dem Tresen.

Ein Mann ist am Apparat. Er spricht mit starkem Belfaster Akzent, wie alle Polizisten hier.

»Guten Tag, ich bin Detective Thomas Morrison. Wir sind uns noch nicht begegnet, aber ich leite die Ermittlungen, die uns hoffentlich auf die Spur des Täters führen.«

»Hallo«, sagt sie zögernd.

»Verzeihen Sie die Störung, aber ich möchte Sie gerne um etwas bitten.« Wenigstens hat er eine freundliche Stimme. »Wir haben vergessen, Sie zu fragen, ob Sie uns Ihre Armbanduhr überlassen würden. Wir glauben, dass sie uns bei den Ermittlungen weiterhelfen könnte.«

»Meine Uhr?« Sie betrachtet das schmale silberne Armband, und ihr fällt wieder ein, dass der Junge es angestarrt hat, nachdem sie den Bach überquert hatte.

»Ja, Sie sagten doch, er hätte sich die Uhr angesehen, bevor er über Sie herfiel. Es wäre möglich, dass wir Spuren darauf finden.«

»Aber er hat sie nicht geklaut. Ich trage sie ja noch am Arm.«

»Wir müssen alles in Betracht ziehen. Gut möglich, dass wir darauf seine Fingerabdrücke finden und dann wären wir einen großen Schritt weiter.«

Sie erinnert sich genau, dass er die Uhr nicht angerührt hat. Aber wenn es den Ermittlungen dienlich ist, kann die Polizei sie gern haben. Wozu muss sie jetzt noch auf die Zeit achten?

»Wickeln Sie die Uhr einfach in Papier und geben Sie sie dem Flughafenpersonal, wir holen sie später ab.«

Sie legt den Hörer auf. Es kommt ihr ziemlich amateurhaft vor, ein Beweisstück einfach in Papier zu packen, aber sie befolgt die Anweisungen und händigt die Uhr der Frau am Schalter aus.

Die anderen Passagiere sind schon an Bord. Die rothaarige Stewardess lächelt ihr freundlich zu und begleitet sie hinaus aufs Rollfeld.

Sie geht die Gangway hinauf. Der Wind zerrt an ihrer Jacke, und bevor sie das warme Flugzeug betritt, lässt sie den Blick noch einmal über das Rollfeld, den weiten Himmel, den Hafen und das graue Meer schweifen.

Belfast. Höchste Zeit, von hier zu verschwinden.

Offenbar haben die Polizei oder Barbara das Flugpersonal über ihre Situation informiert, denn alle sind übertrieben freundlich zu ihr.

»Wenn Sie irgendetwas brauchen, lassen Sie es mich wissen«, sagt die rothaarige Stewardess lächelnd. »Ich bin dann sofort bei Ihnen.«

Sie hat die erste Reihe ganz für sich allein, und sie ist dankbar, dass sie niemanden bitten muss aufzustehen und während des Flugs ihre Ruhe hat. Das Flugzeug beschleunigt, dann hebt es ab, geht in Schräglage und kreist über dem Hafen.

Sie blickt hinunter auf Belfast, versucht, die bekannten Orte auszumachen. Sie sieht das Rathaus, den Victoria Square und weiter nördlich, auf grünem Rasen, das Parlamentsgebäude. Aus der Höhe wirkt der graue Kasten bei Weitem nicht so eindrucksvoll.

Sie entdeckt den Cave Hill mit dem Belfast Castle und lässt den Blick entlang der Hügelkette Richtung Süden schweifen. Sucht nach einer Hochebene mit Weiden und einer Schlucht über einem schmalen, bewaldeten Tal. Nach der Stelle, wo der Wald an eine Wiese grenzt.

Aber dann dreht das Flugzeug nach Norden ab, und die Landschaft verschwindet aus ihrem Blickfeld. Sie dreht sich vom Fenster weg und schaut sich in der künstlich beleuchteten Kabine um.

Warum guckst du da runter? Was hast du davon, wenn du diesen Ort aus der Luft wiedererkennst?

Die Strapazen der letzten vierundzwanzig Stunden holen sie ein, und sie muss wieder weinen. Sie bemüht sich, ihr Schluchzen zu unterdrücken, weint still in die Kapuze ihrer Jacke hinein.

Tränen laufen ihr übers Gesicht. Wahrscheinlich halten die anderen Passagiere sie für eine Heulsuse, aber sie kann es nicht ändern. Ihre Taschentücher sind aufgebraucht, und sie kramt in ihrer Handtasche.

Die Stewardess reicht ihr wortlos ein paar neue und lächelt verständnisvoll.

Sie lächelt zurück. Dann sieht sie wieder aus dem Fenster. Sie haben Nordirland hinter sich gelassen. Graublaues Wasser glitzert im Sonnenlicht, kurz darauf schließt sich die Wolkendecke.

*

Er bleibt den ganzen Nachmittag im Bett. Gerry hat ein paar Pornohefte da, aber er hat keine Lust, darin zu blättern. Die erinnern ihn bloß an den Scheißalbtraum von gestern Nacht.

Unten läuft der Fernseher, und er hört Gerrys Geschwister lachen. Aber er bleibt, wo er ist. Die stellen zu viele Fragen.

Die Sonne verzieht sich, und am Spätnachmittag kommt Gerry zurück. Mit dick in Papier eingepackten Fritten und einer Dose Bier.

»Hier, ich hab dir was zu essen besorgt.«

Beim Auspacken weht ihm der warme, fettige Frittengeruch entgegen, und ihm läuft das Wasser im Mund zusammen.

»Hast du was rausgekriegt?«

Gerry läuft aufgeregt durchs Zimmer. Das macht ihn ganz nervös, und er wünscht sich, dass Gerry endlich sagt, was los ist.

»Du steckst tief in der Scheiße. Richtig tief.«

»Wieso das denn?«

»Alle reden darüber. Jeder Traveller, mit dem ich gesprochen habe, wusste, dass die Bullen bei eurem Wohnwagen rumgeschnüffelt haben.«

»Was wissen sie noch?«

»Nur, dass ganz in der Nähe eine Chinesin vergewaltigt wurde und dass es ein Junge gewesen ist.«

»Und weiß jemand, welcher Junge?«

»Keiner hat deinen Namen genannt. Aber die wissen doch alle, dass wir befreundet sind. Falls dich jemand in Verdacht hat, würde er es mir bestimmt nicht auf die Nase binden.«

»Aber ein Traveller würde mich doch nicht verpfeifen, oder?«

Gerry zuckt die Achseln. Stibitzt sich eine Fritte. »Wahrscheinlich nicht, aber man weiß nie, wem man heutzutage noch trauen kann.«

»Was ist mit den Buffern?«

Gerry bleibt stehen. »Ich habe auch mit ein paar Sesshaften gesprochen. Mit ein paar Mädchen, die ich kenne, und ein paar Ladenbesitzern.«

»Und was sagen die?«

»Die Mädchen sind alle total geschockt. Irgendwie wollen sie nicht darüber reden, jedenfalls nicht mit mir. Sie haben nur immer wieder gesagt, wie schrecklich das alles ist. Die Ladenbesitzer waren ein bisschen gesprächiger. Die haben so ihre Vermutungen, wer es gewesen sein könnte.«

»Und das heißt?«

Gerry schüttelt den Kopf. »Sie sagen, dass sie ein paar Jungs kennen, auf die die Beschreibung passt. Dass sie ein, zwei Jungs im Auge haben.«

»Glaubst du, es quatscht irgendwer?«

Gerry guckt ihn an, als wäre er bescheuert. »Was weiß ich? Vielleicht die, bei denen du geklaut hast? Oder die Sesshaften, die du aufgemischt hast? Du bist schon eine ganze Weile in Belfast, die Leute kennen dich.«

Da ist was dran. Er starrt auf die fettigen Fritten in seinem Schoß.

Gerry läuft weiter durchs Zimmer. »Hast du es dort oben noch mit anderen Mädchen gemacht?«

»Mit ein oder zwei.«

»Wie lange ist das her? Touristinnen oder Mädchen aus Belfast?«

»Mann, ich weiß es nicht mehr. Ich glaub, sie waren von hier. Ist das nicht egal? Sie haben den Mund gehalten.«

»Ja, aber das könnte sich ändern, jetzt, wo die Chinesin zu den Bullen gerannt ist.«

»Fuck«, sagt er. »So eine Scheiße.«

Gerry setzt sich zu ihm aufs Bett und schnappt sich noch ein paar Fritten.

»Ich kann Michael nicht auftreiben.«

»Was? Das kann doch nicht sein!«

»Er geht nicht ans Telefon, niemand weiß, wo er steckt.«

»Na, ganz toll. Mein eigener Bruder lässt mich im Stich.«

»Vielleicht hängt er bei irgendeiner Braut rum, vielleicht hat er irgendwo Arbeit gefunden. Ich hab keine Ahnung. Deshalb musste ich ...« Er hält inne und räuspert sich. »Ich hab deinen Vater angerufen.«

Die Wut packt ihn, und er boxt Gerry gegen die Schulter.

»Das hast du nicht! Scheiße, Mann, das hast du nicht!«

Gerry hebt entschuldigend die Hände. »Was hätte ich denn machen sollen? Er ist der Einzige, der dir aus der Patsche helfen kann.«

»Wieso das denn? Was ist mit dir, Gerry?«

»Ich versuch es ja. Ich tu, was ich kann. Wir müssen dich aus der Stadt rausbringen. Über die Grenze, an einen sicheren Ort, wo dich niemand findet. Aber dazu brauchen wir Michael oder deinen Vater. Allein schaffen wir das nicht.«

»Das hat mir gerade noch gefehlt. Der wird mir die Hölle heißmachen.« Er knüllt das Frittenpapier zusammen und pfeffert es gegen die Wand. Die fettige Kugel bleibt in der Ecke liegen.

Dad wird ihn grün und blau prügeln. Der alte Hass flammt wieder auf.

»Immer noch besser als die Bullen«, sagt Gerry. »Entweder das, oder du wanderst in den Bau.«

Es muss noch eine andere Möglichkeit geben. Was ist passiert, dass ihm nur noch die Wahl zwischen Dad oder Gefängnis bleibt?

Vorgestern war sein Leben noch in Ordnung. Und was ist davon geblieben?

Er springt empört auf. »Das kann alles nicht wahr sein!« Zornig schlägt er um sich, hebt die Faust, um irgendwas zu zertrümmern, aber Gerry packt ihn und drückt ihn aufs Bett.

»Sei still, Mann! Meine Familie ist draußen. Wenn sie dich so rumschreien hören, werden sie misstrauisch. Meinst du nicht?«

Er knurrt wie ein Hund an einer zu kurzen Kette. Seine Wut muss raus, also prügelt er aufs Bett ein und tritt nach dem zusammengeknüllten Frittenpapier. Stellt sich vor, es wäre sein Vater, der ihn förmlich dazu auffordert, ihm die Zähne einzuschlagen. Dad und die Scheißbullen. Mach sie alle fertig.

Nach einer Weile hat er genug und setzt sich schnaufend hin.

»Was hast du ihm erzählt?«

»Nicht viel. Aber ich schätze mal, er denkt sich seinen Teil. Er kommt morgen Abend zurück.«

Gerry zieht die Schuhe aus und lässt sich aufs Bett sinken. »Zuerst hab ich ihn gefragt, ob er weiß, wo Michael steckt. Du hättest ihn lang nicht gesehen und müsstest dringend mit ihm reden, hab ich gesagt.«

Er stöhnt. Nie im Leben hat Dad ihm das abgekauft.

»Er hat den Braten sofort gerochen. ›Und, was hat Johnny diesmal ausgefressen?‹, hat er gefragt. ›Nichts, glaube ich‹, hab ich gesagt. Und dann hab ich ihm erzählt, dass die Bullen auf dem Traveller-Platz rumschnüffeln und sich bei den Leuten umhören. Deshalb würdest du für eine Weile bei uns wohnen.«

Er nickt. Vielleicht ist alles nur halb so schlimm.

»Aber hör mal«, sagt Gerry leise. »Ich glaube, es ist besser, wenn du ab morgen wieder bei deinem Vater wohnst.«

Scheiße, verdammt, schmeißt Gerry ihn etwa raus?

»Es ist nicht, dass ich dir nicht helfen will. Ich tu, was ich kann. Aber meine Familie wird ganz sicher Fragen stellen. Und man weiß nie, was für Gerüchte hochkochen.«

»Heißt das, deine Geschwister werden mich verpfeifen, Gerry?«
»Nein, natürlich nicht. Die ahnen nichts. Aber ich will einfach nicht, dass die Bullen hier vor der Tür stehen. Das können wir im Moment echt nicht gebrauchen.«

Er starrt Gerry an. Er schmeißt ihn tatsächlich raus. Von wegen, Pavees halten zusammen. Arschloch.

Gerry windet sich und versucht weiter, sich rauszureden. »Wir haben hart dafür gekämpft, dieses Haus zu bekommen, und wir wollen keinen Stress mit dem Amt.«

»Dann kriecht ihr denen jetzt in den Arsch, oder was?«

»Das hab ich nicht gesagt, Johnny. Wir wollen ihnen einfach keinen Grund bieten, uns das Haus wieder wegzunehmen.«

»Mann, Gerry, die nehmen einer Traveller-Familie doch nicht das Haus weg! Sie haben es fast geschafft, Buffer aus euch zu machen, da werden sie jetzt kaum aufgeben.«

Gerrys Augen bekommen einen harten Ausdruck. »Wir sind keine Buffer, nur weil wir in einem Haus wohnen.«

»Wie Traveller verhaltet ihr euch aber auch nicht. Mich rauswerfen, obwohl die Bullen hinter mir her sind.«

»Jetzt mach nicht so ein Riesending daraus, Johnny. Hab ich dir etwa nicht geholfen? Wer hat dir denn was zu essen mitgebracht und deine Klamotten entsorgt?«

»Und was hast du mit meinen Sachen gemacht? Sie zu den Bullen gebracht?«

»Kannst du vielleicht mal aufhören! Ich habe sie auf der anderen Seite der Stadt in den Container geworfen. Kein Mensch wird sie dort finden. Und das ist jetzt der Dank.«

Ihm wird ganz heiß im Gesicht, und er verstummt. Ja, er hat sich Gerry gegenüber arschig verhalten, aber es ist ja sonst keiner da, an dem er seine Wut auslassen kann. Am liebsten würde er die Zeit um zwei Tage zurückspulen. Er wäre dann im Park nicht über die Chinesin hergefallen. Er wäre nach Hause gegangen und hätte sich einen runtergeholt.

»Hör mal, Gerry, tut mir echt leid, okay? Ich weiß selber nicht, was mit mir los ist.«

Gerry knufft ihn gegen die Schulter.

»Ja, das merkt man.«

Beide müssen ein bisschen lachen.

»Mann, was soll ich jetzt bloß machen?«

Gerry hebt seufzend das Frittenpapier auf. »Meine Mutter will, dass wir heute Abend alle zusammen in die Kirche gehen, aber du bleibst besser hier. Es wäre nicht gut, wenn dich draußen jemand sieht.«

Kirche. Mein Gott. Wann ist er das letzte Mal in der Kirche gewesen?

»Ich sag ihr noch mal, wie schlecht es dir geht, und dann ... spricht sie ein Gebet für dich.« Gerry zwinkert ihm zu. »Ich muss jetzt runter, du kommst allein klar, oder?«

Er nickt. »Ja, alles okay.« Und dann macht Gerry die Tür hinter sich zu, und er ist allein.

Aber nichts ist okay. Die Sonne ist untergegangen, und in der Dämmerung setzt das quälende Bohren wieder ein. Er denkt an die Frau, wie sie mit ihrem Apfel am Wegrand saß.

Keine Angst, ich werde es niemandem erzählen.

Aber das hast du, du hast mich verdammt noch mal angelogen. Du bist sofort zu den Scheißbullen gerannt und hast ihnen alles erzählt. Er wünscht sich, er würde ihr jetzt gegenüberstehen. Er würde sie an den schwarzen Haaren und an den Titten packen, sie in den Hals beißen und sie dann brutal vergewaltigen, so lange, bis er kommt. Und dann würde er ihr den Hals zudrücken, bis sie nicht mehr atmet, und sie in die Schlucht werfen. So hätte er es machen sollen. Genau so.

Aber das hat er nicht, und jetzt sitzt er in der Scheiße.

*

Drei Stunden später ist sie in ihrer Wohnung und macht sich für die Filmpremiere fertig. Jacob ist bei ihr. Er hat sie, wie verabredet, vom Flughafen abgeholt, sie fest in die Arme genommen und keine Fragen gestellt. Im Zug plauderte er so dahin, ohne zu erwarten, dass sie etwas sagt.

Sie stehen in ihrem Zimmer und betrachten das geliehene Kleid, das ihr ein Designer für diesen Abend zur Verfügung gestellt hat. Seit fünf Tagen hängt es in Folie verpackt an ihrem Schrank – ein zartes weißes Abendkleid, Stil griechische Robe.

Ihr kommen wieder die Tränen. Das Kleid ist wunderschön, aber sie weiß, dass sie es nicht gebührend zur Geltung bringen kann. Noch vor zwei Tagen hätte sie sich wie eine Königin darin gefühlt, aber jetzt kann sie nichts mehr genießen. Schönheit und Luxus haben für sie keinen Wert mehr.

»Das wird schon«, sagt Jacob und klatscht in die Hände.

In zwanzig Minuten kommt das Taxi. Zwanzig Minuten, um sich vom Vergewaltigungsopfer in einen strahlenden Gast auf dem roten Teppich zu verwandeln.

Sie muss sich diesen Stress nicht zumuten, das ist ihr bewusst. Aber sie wird jetzt nicht kneifen. Der Junge wird ihr diesen Abend nicht kaputt machen.

Zum Duschen ist keine Zeit mehr, also zieht sie in stiller Verzweiflung ihren trägerlosen weißen BH an und steigt ganz vorsichtig in das lange Kleid. Jacob macht ihr den Reißverschluss zu. Und dann ... verdammt, sie muss etwas mit ihren Haaren anstellen.

»Trag sie einfach offen«, schlägt Jacob vor.

Nein, das passt nicht zum Kleid, sie muss sie hochbinden. Aber ihr Nacken ist so steif, dass sie kaum die Arme heben kann, und so muss Jacob diese Aufgabe übernehmen.

»Zieh sie straff nach hinten, dreh sie zusammen und schling ein Gummiband darum.«

»Tut es denn nicht weh, wenn ich so an deinem Haar reiße?«

»Mach dir keine Gedanken, Hauptsache, es hält.« Ihr Schmerzempfinden hat sich seit gestern verändert.

Ihre Frisur ist fertig. Fast. Jacob muss noch mit ein paar Klemmen nachhelfen, und dann betrachtet sie sich im Spiegel. Ganz passabel.

Jetzt noch schminken. Lustlos trägt sie Eyeliner, Lidschatten und Mascara auf, dann begutachtet sie ihren Hals. Die Blutergüsse sind ziemlich dunkel, und sie versucht es mit Concealer. Kann man damit wirklich die Würgemale abdecken? Nicht so richtig.

Das Kleid ist zum Glück lang, über die Blutergüsse an ihren Beinen muss sie sich also keine Gedanken machen. Ihre Arme sind allerdings ein Problem. Jacob setzt sich aufs Bett, und gemeinsam versuchen sie, die blauen Flecken mit Concealer zu kaschieren.

Mit mäßigem Erfolg. Aber sie hat keine Zeit mehr. Unten wartet schon das Taxi.

Sie gibt Jacob die perlweiße Clutch, die zu dem Kleid gehört, und sagt ihm, was er hineinstecken soll: Bargeld, Kreditkarten, Telefon, Lippenpflegestift, ihre Kamera. Die Kamera? Soll sie die wirklich mitnehmen?

Unter normalen Umständen wäre das überhaupt keine Frage. Schließlich feiert heute Abend ein Film Premiere, der sie zwei Jahre Arbeit gekostet hat. Und so ein Ereignis muss natürlich festgehalten werden.

Aber jetzt ist alles anders. Der Abend hat seine Bedeutung verloren. Die Filmpremiere ist ihr nicht mehr wichtig, sie ist nur noch eine Pflichtveranstaltung, die sie daran hindert, sich auszuruhen. In ihrem früheren Leben aber – ihrem Leben, vor dem gestrigen Tag – wäre dieses Ereignis ein Anlass zum Feiern gewesen. Also spiele für die nächsten sechs Stunden deine Rolle. Lächle. Sieh gut aus. Unterhalte dich angeregt mit den Leuten. Und tu so, als wärest du stolz darauf, dabei zu sein.

Sie schlüpft in die silbernen High Heels, und Jacob reicht ihr die weiße, mit Glitzersteinchen besetzte Clutch.

Er nickt anerkennend. »Ich bin wirklich beeindruckt, wie schnell du dich verwandelt hast.«

Sie lächelt. »Siehst du? Wenn es sein muss, kriege ich alles hin.«

Aber es schwingt nicht Heiteres, nichts Ausgelassenes in ihren Worten. Nur leichte Panik.

Jacob begleitet sie zum Taxi, und sie steigt ein. Der Fahrer kennt das Ziel, und sie blickt stumm aus dem Fenster, während draußen das London Eye, die Themse und der Westminster Palace vorbeiziehen.

Als sie am Leicester Square aus dem Taxi steigt, herrscht bereits großes Gedränge. Alle wollen die großen Stars sehen.

Sie kommt sich zwischen den vielen Menschen albern vor in ihrem langen weißen Kleid und den silbernen High Heels. Die Leute um sie herum sehen sie mit großen Augen an. Ich bin niemand. Hört auf, mich anzugaffen.

Mit gesenktem Blick holt sie ihr Telefon aus der Clutch und ruft Stefan an.

Ein paar Sekunden später kommt er auf sie zu – groß, dunkelhaarig, attraktiv, perfekt sitzender Smoking.

Er fragt sie, wie es ihr geht. Sie murmelt irgendetwas, aber ihre Worte gehen im Lärm der Menge unter. Sie zeigt dem Security-Mitarbeiter an der Absperrung ihre Einladung, und er winkt sie durch. Jetzt sind sie auf dem roten Teppich.

Panik und Übelkeit steigen in ihr auf. Sie sehnt sich nach einem ruhigen, sicheren Ort, aber der rote Teppich ist das genaue Gegenteil. Sie kommen nicht voran; alles staut sich, weil sich die Fotografen vor dem Eingang zum Kino auf die Stars stürzen.

Also sind sie den Blicken der Menschen ausgesetzt, die sich zu beiden Seiten der Absperrung drängen.

Stefan sieht sie an. »Alles okay?«

Sie nickt, aber das ist eine glatte Lüge. Sie konnte Stefan noch nicht erzählen, was in Belfast passiert ist, und jetzt ist nicht der passende Augenblick. Nicht hier auf dem roten Teppich. Bestimmt denken die Zuschauer hinter der Absperrung: Wer sind diese glamourösen Menschen, die bei dieser Filmpremiere dabei sein dürfen, und warum lächeln sie nicht?

Sie müssen doch lächeln. Sie müssen doch lächeln.

Sie zieht die Mundwinkel hoch, zu mehr ist sie nicht imstande. Aber sie kann niemanden ansehen, sonst kommen ihr die Tränen. Sie blickt geradeaus.

Sie hakt sich bei Stefan ein und klammert sich an ihm fest. Sie ist durcheinander, ihr ist immer noch übel, und lange hält sie es mit der schreienden Menge um sie herum nicht mehr aus.

Langsam schieben sie sich über den roten Teppich. Eine Durchsage ertönt, überall sind Kamerateams, Blitzlichtgewitter.

Bitte richtet eure Kameras nicht auf uns, bitte. Wir sind ganz unwichtig, ihr wollt uns nicht filmen. Wir sind gar nicht da.

Sie haben es fast geschafft, nur noch ein paar Meter, dann können sie endlich im Kino verschwinden.

Plötzlich steht Nisha, ihre Pressefrau, vor ihr.

»Darling, du siehst umwerfend aus. Von wem ist das Kleid?«

Sie zwingt sich zu einem Lächeln. Versucht sich fieberhaft an den Namen des Designers zu erinnern und fischt ihn irgendwo aus dem Gedächtnis.

»Traumhaft schön. Können wir ein paar Aufnahmen von euch beiden auf dem roten Teppich machen?«

»Was? Nein, nein ... wir sind doch gar nicht berühmt.«

»Ach, sei nicht albern. Wir fotografieren euch gern. Was ist schon dabei.«

Und dann werden Stefan und sie vor die Tafel mit den Sponsorenlogos geschoben, der Fotograf geht in die Hocke und schaut durch den Sucher.

»Ihr seht toll aus. Lächeln!«

Aber sie denkt nur an Blutergüsse ... ihre Blutergüsse ... kann man sie erkennen? BLITZ, BLITZ, BLITZ. Trotzdem gelingt es ihr irgendwie, sich ein Lächeln abzuringen, sich fröhlich und stolz zu geben. Wer sind all diese Leute? BLITZ, BLITZ, BLITZ. Die Welt um sie herum erstrahlt in weiß glühendem Licht, und sie kann kaum etwas sehen.

Sie hat keine Ahnung, wie sie diesen Abend überstehen soll.

*

Er liegt in Gerrys Bett. Gerry schnarcht neben ihm, aber er kann nicht einschlafen. Muss die ganze Zeit an die beschissene Lage denken, in die er sich gebracht hat.

Was, wenn er Dad einfach die ganze Wahrheit erzählt?

Alles. Nicht nur von den Pillen und den Diebstählen. Sondern auch von den Mädchen, die er überfallen hat, in Dublin, hier in Belfast und anderswo.

Aber dann wird Dad noch wütender, die Prügel noch schlimmer.

Nein, nicht die ganze Wahrheit. Nur so viel, dass Dad ihm aus der Patsche hilft. Oder ist er Dad etwa scheißegal?

Er denkt daran, wie böse Dad immer geguckt hat, wenn Michael mit Pornoheften ankam. Aber guck dir die vielen Kinder an, die er mit Mam gemacht hat, und jetzt wohnt sie in Dublin. Also muss auch Dad hin und wieder das Bedürfnis haben abzuspritzen.

Irgendwie muss Dad ihn verstehen.

Gerry dreht sich um und murmelt etwas, versunken in irgendeinem Traum.

Hat echt Schwein, der Idiot. Wohnt in einem Haus mit fließend Wasser und einer Riesenglotze, seine Mam macht ihm Frühstück, und er hat einen richtigen Job. Ihn und Michael würde nie einer einstellen. Mit den Sweeney-Jungs hat man nur Ärger.

Vielleicht sollte er einfach abhauen. Jetzt gleich. Er hat Gerrys Geldbörse gesehen, sie steckt in seiner Jeans, die auf dem Boden liegt. In der Küche ist bestimmt auch irgendwo Geld versteckt. Ach, Mrs Donohue, wo bewahren Sie denn Ihre Ersparnisse auf? Ich bediene mich dann mal, vielen Dank auch fürs Frühstück und die Gebete, Mrs Donohue.

Wie viel braucht man, um in den Süden zu kommen? Wie viel kostet der Bus, zehn Pfund?

Zehn Pfund werden sich hier doch auftreiben lassen. Geh mitten in der Nacht zum Busbahnhof, nimm den ersten Bus nach Dublin. Je länger er darüber nachdenkt, desto besser gefällt ihm die Idee. Pfeif auf das Gesetz, tauch unter, leb, wie es dir gefällt. Gehört sich das nicht so für einen echten Traveller? Wer hat schon Bock auf ein Haus vom Staat, Stromrechnungen und Vorschriften?

»Mann, Johnny, halt endlich dein verdammtes Bein still!«

Stimmt, sein Bein zittert wie verrückt. Das ist ihm gar nicht aufgefallen. Er verkneift sich das Lachen.

»Warte gefälligst bis morgen früh«, sagt Gerry und pennt weiter.

Er hat recht. Warte bis morgen früh.

Er seufzt und dreht Gerry den Rücken zu. Starr einfach die dunkle Wand an und warte bis morgen früh.

*

Montagmorgen. Ihr Telefon klingelt sie aus dem Schlaf.

Sie liegt im Schlafanzug auf dem Sofa. Dort ist sie gestern Nacht nach der Premiere völlig erschöpft zusammengesunken. Die Teelichte auf dem Couchtisch sind heruntergebrannt.

Neben den Teelichten vibriert ihr Telefon. Sie streckt die Hand danach aus, aber sie kann sich immer noch kaum rühren. Unter stechenden Schmerzen schiebt sie das Telefon zur Tischkante.

Eine unbekannte Nummer.

Eine Flut von Möglichkeiten rauscht ihr durch den Kopf. Vielleicht ein Journalist? Oder könnte das er sein?

Was, wenn es wichtig ist?

Das Klingeln hört nicht auf. Sie beißt die Zähne zusammen.

»Hallo?«

»Ah, hallo, ich bin Sergeant Nick Somers von der Abteilung Sapphire der Metropolitan Police. Entschuldigen Sie bitte, dass ich Sie so früh störe, aber die nordirische Polizei hat mir Ihre Nummer gegeben.«

Die Polizei ist ihr also bis nach London gefolgt.

Es müssen noch ein paar Aufnahmen von ihren Verletzungen gemacht werden. Die Blutergüsse sollten inzwischen nachgedunkelt sein, sodass sie sich besser fotografieren lassen. Sergeant Somers bietet ihr an, sie zu Hause abzuholen und sie zum Polizeirevier in Walworth zu bringen. Wie wäre es gegen Mittag?

Sie zögert. Sie muss heute Vormittag noch mal in die Klinik.

Sie einigen sich auf ein Uhr. Darf sie jemanden als Begleitung mitbringen?

Sie legt auf und verkriecht sich wieder unter der Bettdecke. Am liebsten möchte sie zu Hause bleiben. Aber sie kriegt das hin. Es sind nur ein paar Fotos. Ein paar Fotos, mehr nicht.

Ihr Mitbewohner José kommt in die offene Küche. Sie haben sich noch nicht gesehen, seit sie zurück ist. Er blickt zu ihr hinüber, und sie sieht ihm an, dass er nicht weiß, was er sagen soll. Aber er versucht sein Bestes.

»Wie geht es dir?«

»Na ja«, sagt sie. »Nicht besonders toll, aber ich bin wieder zu Hause.«

Sie unterhalten sich ein paar Minuten über den Rückflug, die Premiere, sein Wochenende. Die Vergewaltigung klammern sie aus.

»Kann ich … kann ich irgendetwas für dich tun?«, fragt José.

»Ehrlich gesagt, ja. Könntest du mich heute Mittag zur Polizei begleiten?«

»Klar, kein Problem«, sagt José. Aber sie spürt seine Befangenheit. Genauso war es bei Stefan gestern Abend, als sie ihm schließlich doch alles erzählt hatte. Alle scheinen neuerdings befangen in ihrer Gegenwart. Bis auf die Polizei. Wenigstens die weiß, was zu tun ist. Die Polizei kennt keine Scheu.

Auf dem Revier bringt Sergeant Somers sie ins Fotostudio.

Es handelt sich um einen kahlen, dunklen Raum mit einer ausgerollten weißen Leinwand. Auf einem Stativ steht eine professionelle Kamera mit Blitzsystem.

Sergeant Somers lässt sie mit der freundlichen Fotografin allein.

»Wären Sie so nett, Ihre Sache auszuziehen? Dann können wir uns Ihre Hämatome ansehen.«

Mein Gott, wie dunkel sie geworden sind. Braun-schwarz prangen sie auf ihrer blassen Haut. Viel auffälliger als am Anfang, brutaler.

Bitte zur Seite drehen. Bitte zur anderen Seite.

BLITZ, BLITZ, BLITZ, BLITZ

Keine Fotos mehr, denkt sie. Lasst mich einfach unsichtbar sein.

Und dann darf sie sich wieder anziehen. Wunderbar, das haben Sie toll gemacht, alles Gute für Sie.

Sie steigt wieder in den Streifenwagen, Sergeant Somers macht Konversation. José sitzt verlegen neben ihr und sagt kein Wort. Aus irgendeinem Grund war es ihm wichtig, für den Besuch auf der Polizeiwache Jackett und Krawatte anzuziehen. Das stört sie nicht, aber sie wünscht sich, er würde etwas sagen, sich irgendwie am Gespräch beteiligen.

Somers hingegen versorgt sie mit allerlei nützlichen Tipps. Ist sie schon beim Arzt gewesen? Hat sie sich schon auf sexuell übertragbare Krankheiten testen lassen? Falls nein, sollte sie das Haven anrufen. Das ist ein Kompetenzzentrum für die Behandlung von Opfern sexueller Gewalt, dort wird man sie mit allem Nötigen versorgen.

Ja, sie hat heute Morgen eine Nachricht auf dem AB hinterlassen. Es hat noch niemand zurückgerufen.

Die werden sich ganz sicher melden. Hat sie schon ihre PEP bekommen?

Und plötzlich fällt ihr wieder ein, was Dr. Phelan an jenem Abend zu ihr gesagt hat. Postexpositionsprophylaxe. Sehr wirksam gegen HIV, aber man muss spätestens zweiundsiebzig Stunden nach dem Risikokontakt mit der Behandlung anfangen. Wie lange ist es jetzt her? Sie blickt auf die Armbanduhr, versucht auszurechnen, wie viele Stunden vergangen sind, aber mit Zahlen tut sie sich im Moment schwer. Die Panik setzt wieder ein.

Sie fragt Sergeant Somers, wo sie diese PEP bekommen kann.

Da wird das Haven ihr ganz bestimmt weiterhelfen.

Okay, denn die zweiundsiebzig Stunden sind fast um.

Als ob sie nicht schon genug gestresst wäre. Sie stellt sich eine rückwärts laufende Uhr vor, so wie in den Filmen, in denen augenblicklich eine Seuche auszubrechen droht, die sich auf der ganzen Welt ausbreitet. Was, wenn sie infiziert ist? Wenn ihr Vergewaltiger ihr zum Abschied HIV geschenkt hat?

Als Somers sie zu Hause absetzt, fällt ihr die handschriftliche Mitteilung ein, die Dr. Phelan ihr nach der Untersuchung gegeben hat. *Diese Frau wurde vergewaltigt. Ich habe die rechtsmedizinische Untersuchung durchgeführt. Erbitte Tests auf STIs sowie eine PEP.*

Warum hat sie am Samstagabend im Royal Victoria Hospital nicht daran gedacht? Oder heute Vormittag in der Klinik, wo sie auf Geschlechtskrankheiten getestet wurde? Wie konnte sie etwas so Wichtiges einfach vergessen?

Womöglich verliert sie wirklich langsam den Verstand. Es ist, als hätte ihr Hirn riesige Löcher – entscheidende Informationen gehen einfach verloren. Wem soll sie noch vertrauen, wenn auf sie selbst kein Verlass mehr ist?

*

Die Faust trifft ihn voll am Kiefer. Nicht so brutal wie erwartet. Vielleicht lässt Dad langsam nach.

Aber sein guter Freund, der Schmerz, ist noch der alte. Sein Gesicht pocht. Hallo, Schmerz, schön, dass du da bist.

Zosch! Das hat gesessen, ein rechter Haken an den Kopf.

Nicht übel, Dad.

Eine Stimme sagt: Willst du auf dem Boden liegen bleiben wie ein Idiot, Johnny?

Doch was soll er machen? Diesmal hat er keine Chance, seinen Schlägen zu entkommen.

Und jetzt in den Bauch, Dad! Mach schon, gib mir den Rest, box mir in den Magen! Der Alte ist so leicht zu durchschauen.

Aber Dad lässt von ihm ab. Dieser Feigling! Stützt die Hände auf die Knie und schnappt nach Luft.

Wie, war's das schon?

Er verpasst seinem Dad aus dem Liegen einen Tritt in die Brust und springt auf.

Dad schäumt vor Wut. Ja, das ist der Mick, den er kennt. Dad wirft sich auf ihn, und er geht mit geballten Fäusten in Kampfstellung. Aber mit dem berühmten Mick Sweeney kann er es nicht aufnehmen. Bamm! Voll in den Magen, genau, wie er es vorausgesagt hat.

Er landet auf dem Rücken. Dad erledigt ihn mit einem halbherzigen Tritt in die Rippen.

Er liegt flach am Boden, und Dads Fuß schwebt jetzt direkt über seinen Eiern.

»Eigentlich sollte ich zutreten, Junge.«

Er bricht in Gelächter aus. Scheiße, seine Rippen tun weh.

Dad macht ein ernstes Gesicht. »Was gibt's da zu lachen, du kleiner Pisser?«

Na los, zermatsch mir die Eier. Dann sterben die Sweeney-Männer aus. Dumm gelaufen, Mick. Hättest du deinem Sohn doch die Murmeln gelassen. Er erstickt fast vor Lachen.

Dad tritt ihn in die Seite. »Hör auf zu lachen, du Idiot. Das ist nicht witzig.«

Und ob das witzig ist. Zum Schreien.

Dad geht auf die Knie und drückt ihm die blutende Hand auf

den Mund. »Hör auf. Oder ich liefere dich höchstpersönlich bei den Bullen ab.«

Jetzt ist er still.

Ein paar Minuten herrscht Schweigen. Dad streckt die Arme, setzt sich auf die zerschlissene Couch und nimmt ihn finster ins Visier.

Er stützt sich unter Schmerzen auf die Ellbogen und schaut sich um. Einen hübschen Ort hat sich der Alte ausgesucht. Sie sind in einer schmierigen Autowerkstatt, in einem Stadtteil, in dem er sich nicht auskennt. Der Benzingestank lässt ihn würgen. Wahrscheinlich lagert Dad hier sein beschissenes Altmetall.

Er will aufstehen, aber der Schmerz ist zu groß. Dad hält ihm die Hand hin, zieht ihn hoch und stößt ihn auf die Couch. Setzt sich neben ihn.

»Warum hast du das getan?«, fragt er.

»Was getan?«

Dad verpasst ihm eine Ohrfeige. »Nicht die Sache eben, du Schwachkopf. Warum bist du über die Frau hergefallen?«

Er will lachen. »Weil sie scharf aussah und allein war.«

»Ach? Und das ist Grund genug für dich?«

Er zuckt die Achseln.

Dad lässt nicht locker. »Das wird vor Gericht nicht ausreichen.«

»Wer sagt denn, dass ich vor Gericht muss?«

»Ich sage das. Du wirst zur Polizei gehen.« Er spricht ganz ruhig und kalt, als würde er ihm ein Messer in den Bauch stoßen.

Er muss wieder lachen. »Ich geh ganz bestimmt nicht zu den Bullen.«

Diesmal verpasst Dad ihm einen Kopfstoß. BÄNG! Stirn gegen Stirn. Drückt ihm wieder die Hand auf den Mund. »Hör mir gut zu. Du wirst dich stellen. Es gibt keinen anderen Ausweg. Hast du mich verstanden? Ich habe Anrufe bekommen. Leute haben an unsere Tür geklopft.«

Er reißt sich von Dad los.

»Red doch keinen Scheiß«, sagt er. »Wer hat denn angerufen?«

»Ich rede keinen Scheiß, Johnny. Wir sind hier in Westbelfast. Es geht nicht nur um die Bullen. Glaubst du, die Buffer kriegen nicht spitz, was in ihrem Viertel abläuft, nach allem, was in den letzten Jahren passiert ist?«

Er tastet in seinem Mund herum. Fühlt sich an, als hätte er einen losen Zahn, aber sein Kiefer ist zu taub, zu geschwollen, um es mit Sicherheit zu sagen. Blut und Spucke kleben an seinen Fingern.

»Vergewaltigung ist eine ernste Sache. Was glaubst du wohl, wie deine Mutter sich fühlt, wenn sie davon erfährt?«

»Und Mam ist dir ja so wichtig! Darum hast du sie auch ständig verprügelt.«

Noch eine Ohrfeige.

»Ist das wirklich dein Ernst? Ich soll mich stellen? Bitte, lieber Protestanten-Bulle, verhafte mich. Wir Traveller sind alle Abschaum.«

»Genau das denken die Leute jetzt, dank dir. Hör dir nur mal die Nachrichten an.«

»Die können mich mal.« Er spuckt das Blut aus seinem Mund aus. Ein dunkelroter Flatschen klatscht auf den Beton.

Eine Weile sitzen sie schweigend nebeneinander.

»Hast du das wirklich getan?«, fragt Da.

»Ich hab sie gefickt.« Inzwischen wünscht er sich, er hätte es sein lassen. Der Gedanke daran hat jeglichen Kitzel verloren.

»Das habe ich nicht gefragt«, sagt Dad. »Hast du sie vergewaltigt?«

Er zuckt die Achseln. »Was macht das für einen Unterschied? Wir hatten Sex, und es schien ihr zu gefallen.«

Dad stiert ihn an. »Die Polizei sagt, sie hätte überall Blutergüsse gehabt.«

»Sie mochte es eben ein bisschen härter.«

Einen winzigen Augenblick lang sieht es so aus, als wollte Dad wieder zuschlagen. Aber dann sagt er: »Wenn du der Meinung bist, dass sie es wollte, hast du vielleicht etwas in der Hand. Stell dich, dann glaubt man vielleicht, dass du unschuldig bist.«

»Natürlich wollte sie es.«

»Weil du ein unwiderstehlicher Frauenheld bist, du kleiner Scheißer?« Jetzt ist es Dad, der lacht.

»Sie hat gesagt, sie würde es niemandem erzählen.«

»Ach ja?« Dad sieht ihn spöttisch an. »Du musst lernen, deine Weiber besser im Griff zu haben.«

In diesem Moment hasst er Dad mehr als alles andere auf der Welt. Wünscht sich, er würde tot umfallen, jetzt gleich, hier auf der versifften Couch.

Aber Dad steht auf. Dreht sich zu ihm um. Immer noch mit dieser Predigerstimme. »Hast du überhaupt eine Ahnung, wie lange du für eine Vergewaltigung hinter Gitter wandern kannst?«

»Zwei Jahre? Drei?«

Dad schnaubt verächtlich. »Bis zu zehn Jahre, Johnny. Vielleicht sogar länger. Du bist erst fünfzehn, wenn du wieder draußen bist, bist du ein erwachsener Mann.«

Zehn Jahre? Scheiße, das kann doch nicht wahr sein. Ein mulmiges Gefühl regt sich in seinem Bauch. Er springt auf, will sich auf seinen Vater stürzen.

»Du kannst mich mal, Dad, ich geh nicht ins Gefängnis. Ich hab nichts Schlimmes gemacht!«

Dad packt ihn an den Schultern und drückt ihn gegen die Wand. »Ganz Belfast sieht das anders. Also, was hast du zu deiner Verteidigung zu sagen?«

Zehn Jahre, denkt er. Zehn beschissene Jahre eingesperrt in einer Zelle. Das hält er nicht aus. Lieber will er tot sein.

Er fängt an zu weinen. Rotz läuft ihm aus der Nase. Wie kann das sein? Das ist so peinlich. Er steht da und flennt wie früher seine Mam, wie Claire und das Baby und die dämlichen Tussis, über die er sich hergemacht hat. Nein, er weint nicht. Er darf nicht weinen. Nicht so wie die.

Dad schlägt ihm heftig ins Gesicht.

»Hör auf zu heulen und erzähl mir genau, wie das passiert ist.«

Was gibt es da zu erzählen?

»Ich war high, ich wusste gar nicht, was los war, aber sie schien es zu wollen. Ich hab nichts Schlimmes gemacht. Wir waren allein, niemand hat uns gesehen.«

»Hast du sie geschlagen?«

»Ja, natürlich. Aber nur ein bisschen.«

Zehn Jahre. Ein ganzes Leben.

»Du musst mich da rausholen, Dad.«

Dad denkt nach. Das war noch sie seine Stärke. Man kann förmlich hören, wie sich die Rädchen in seinem rostigen Hirn langsam in Bewegung setzen. Ratter, ratter, ratter. Komm schon, Dad, hilf mir.

»Gerry sagt, ich muss bloß über die Grenze. Bring mich zu Mam, dort kann ich mich verstecken. Oder nach Galway zu deinen Schwestern.«

Bitte, Dad, lass mich nicht im Stich.

»Wenn du mich über die Grenze bringst, hast du nie wieder Ärger mit mir, versprochen. Ich werd nichts mehr anstellen. Kümmere mich um mich selber.«

Aber Dad schüttelt den Kopf. Lässt ihn los und zeigt ihm seine Handflächen, als wäre die Sache für ihn erledigt.

»Nein, Johnny, mir reicht's. Du wirst dich bei der Polizei melden.«

Nein, das kann nicht sein! Sein eigener Vater liefert ihn den Bullen aus.

Und dann tickt er aus. Schreit, brüllt, kratzt, tritt, spuckt, schlägt in blinder Wut mit den Fäusten um sich, bis er die Hand seines Dads spürt. Aber er schlägt nicht zu, sondern nimmt ihn in den Schwitzkasten und drückt ihn nach unten. Er versucht verzweifelt, sich zu befreien, aber Dad verpasst ihm noch einen Kopfstoß. Rammt ihm das Knie in den Unterleib und stößt ihn mit dem Gesicht nach vorn gegen die Wand. Seine Nase landet direkt neben einem rostigen Stahlblech.

Ein Ellbogen bohrt sich in seinen Rücken, und Dad raunt ihm heiser ins Ohr.

»Hör mir gut zu, mein Junge. Es ist zu spät. Du hast dir die Suppe eingebrockt. Jetzt löffle sie auch aus.«

»Wo ist Michael? Wo zum Teufel ist Michael?« Sein Bruder würde ihn nicht verpfeifen.

»Vergiss Michael. Es geht hier nur um dich. Wenn du abhaust, ist das wie ein Geständnis. Wenn du dich stellst, hast du vielleicht eine Chance.«

»Aber ich hab überhaupt nichts gemacht.«

Dad schleudert ihn herum. Sieht ihm fest in die Augen. »Bist du dir da ganz sicher?«

»Ja.«

»Dann sag das der Polizei. Und warte ab, ob man dir glaubt.«

Dad dreht sich um und geht zur Tür.

Er will raus aus dieser stinkenden Werkstatt, wegrennen, so weit er kann. Aber er ist müde, so, so müde. Er spürt die Schläge, die Rippen, die Beine, der Kopf, alles tut ihm weh. Er rutscht an der Wand hinunter, zieht die Knie vor die Brust und legt weinend den Kopf zwischen die Arme. Er will nur noch schlafen.

*

Am Nachmittag sitzt sie zu Hause vor dem Computer. Sie fühlt sich, als hätte man sie in einem Boot ohne Ruder auf einem See ausgesetzt. Einsam treibt sie auf dem horizontlosen, trüben grauen Wasser, fort vom Ufer und dem normalen Leben, das nur noch ein verschwommener Fleck in der Ferne ist.

Natalia ist noch bei der Arbeit, José ist kurz frische Luft schnappen. Sie weiß, wie schwer es den beiden fällt, mit der Situation umzugehen, aber sie kann es nicht ändern. Sie kann die Vergewaltigung nicht rückgängig machen. Jedes Mal, wenn sie das Haus verlässt, muss sie so tun, als wäre alles so wie immer. Aber wenigstens hier in der Wohnung braucht sie sich nicht zu verstellen. Sie kann sich einfach auf dem grauen Wasser treiben lassen.

Die Fenster im Wohnzimmer sind bodentief und gehen hinaus zur Themse – ein Luxus, den die drei sich gern leisten, denn der Blick aufs Wasser hat etwas wunderbar Beruhigendes. Auch jetzt ist sie dankbar für den herrlichen Ausblick, so wie für die vielen kleinen Dinge, die ihr das Leben in den letzten beiden Tagen ein bisschen leichter gemacht haben: die Freundlichkeit der Polizisten, Freunde, auf die Verlass ist, ihre verständnisvolle Chefin.

Sie sitzt am Ikea-Schreibtisch und geht lustlos ihre E-Mails durch. Wie immer quillt der Posteingang über, und ihr wird schnell klar, dass sie momentan nicht in der Verfassung ist, sich ausführlich mit einem Fernsehlizenzvertrag zu beschäftigen.

Sie schreibt an ihren Kontakt beim Filmverleiher.

Lieber Geoff,

entschuldigen Sie, dass ich mich erst jetzt melde, aber ich bin am Wochenende überfallen und vergewaltigt worden. Würden Sie alles Weitere bitte mit meiner Kollegin Becca klären?

Sie klickt auf Senden und überlegt, ob sie sich eine andere Begründung hätte ausdenken sollen. Aber warum? Es ist nun mal die Wahrheit. Sie hatte keinen Unfall. Sie wurde vergewaltigt.

Alle anderen E-Mails lässt sie unbeantwortet. Sie bekommt nur Kopfschmerzen davon.

Barbara und die nordirische Polizei hatten angedeutet, dass die Medien sich sehr wahrscheinlich auf ihren Fall stürzen würden. Also gibt sie aus reiner Neugier bei Google *Vergewaltigung Glen Forest Belfast* ein, auch wenn sie weiß, dass sie es möglicherweise bereuen wird.

BBC News. *The Belfast Telegraph.* *The Irish News.* UTV. Reuters.

Sie ist verblüfft über die vielen Einträge.

Chinesische Touristin in Belfast vergewaltigt.

Ausländerin in Park überfallen und brutal vergewaltigt.
Sex-Attacke auf chinesische Studentin.
Sie liest die Schlagzeilen mit distanziertem Staunen. Chinesische Touristin? So wird sie also in den Medien dargestellt.
Die Polizei fahndet weiterhin nach dem Jugendlichen, der am Samstagnachmittag im Glen Forest Park in Westbelfast eine chinesische Touristin vergewaltigt haben soll ...
Warum wird überall hervorgehoben, dass sie Chinesin ist?
Auf der Website der BBC befindet sich ein Foto vom Parkeingang. Sie spürt einen Stich im Bauch, als sie daran zurückdenkt, wie sie bei strahlendem Sonnenschein durch das Tor gegangen ist, um mit ihrer Wanderung zu beginnen.
Auf einer anderen Website entdeckt sie ein Foto vom abgesperrten Tatortbereich. Ihr wird schlecht beim Anblick des gelben Flatterbands, und sie klickt die Seite weg.
Aber ihre innere Neugier ist noch nicht befriedigt, der informationshungrige Teil ihres Hirns verlangt nach mehr Fakten, mehr Zahlen, mehr Berichten.
Westbelfast wurde am Wochenende von drei schweren Straftaten erschüttert. Im Glen Forest Park wurde eine Ausländerin von einem Jugendlichen ins Gebüsch gezerrt und vergewaltigt. In der Ardoyne Road wurden drei Männer nach einer dramatischen Verfolgungsjagd festgenommen. Dabei kam es zu einem Schusswechsel zwischen der Polizei und den Flüchtigen. In Crumlin erlitt ein Mann bei einem versuchten Raubüberfall eine Stichverletzung.
Was zum Teufel hat sie nur dazu getrieben, nach Belfast zu fahren?
Beim Überfliegen eines Artikels auf der Seite von UTV macht sie eine bestürzende Entdeckung.
Vor fast genau vier Jahren ereignete sich im Glen Forest Park ein ähnliches Verbrechen. Das Opfer, die sechzehnjährige Josephine McCrory, war abends ausgegangen und anschließend verschwunden. Zwei Tage später wurde ihre Leiche unweit des aktuel-

len Tatorts gefunden. Das Mädchen war vergewaltigt worden und erlag den schweren Kopfverletzungen, die der Täter ihm zugefügt hatte.

Es schnürt ihr die Kehle zu.

Sie würde weinen, wenn sie könnte. Aber sie hat keine Tränen mehr.

Ein völlig anderer Fall; dennoch ist es eine schreckliche Vorstellung, dass jemand das schwer verletzte Mädchen einfach hat liegen lassen, ganz in der Nähe von der Stelle, wo sie selbst vergewaltigt wurde. Zu Boden gezwungene nackte Körper, von Wunden übersät, Matsch und Steinen ausgesetzt, die Haare voll mit Erde.

Ein Schauer läuft ihr über den Rücken, und sie verspürt so etwas wie Verbundenheit mit den Geistern aller misshandelten und vergewaltigten Frauen. Wenn sie mit Josephine McCrorys Geist sprechen könnte, was würde sie ihm sagen? Warum wurdest du von deinem Vergewaltiger umgebracht, während meiner mich verschont hat? Warum bist du tot und ich noch am Leben? Sofern man das empfindungslose Dasein, das sie jetzt führt, überhaupt Leben nennen kann.

Auf der Website von Radio Ulster entdeckt sie, dass ihre Vergewaltigung heute Vormittag Thema in einer Talkradiosendung gewesen ist. Sie klickt auf den Link, und ein Belfaster Akzent tönt ihr entgegen.

»... Sie alle haben sicher von der Touristin gehört, die am Wochenende im Glen Forest Park vergewaltigt wurde. Eine entsetzliche Tat, die uns alle tief erschüttert. Bekanntlich war es nicht das erste Mal, dass es in diesem Park zu einer Straftat gekommen ist.«

Der Fall Josephine McCrory wird erwähnt, und der Moderator ruft die Zuhörer auf, ihre Meinung zu dem Thema zu äußern.

Ein Mann wird durchgestellt. Er klingt wütend. »In diesem Park muss endlich hart durchgegriffen werden. Tag und Nacht lungern dort junge Kerle herum, besaufen sich, nehmen Drogen und so weiter. Es war nur eine Frage der Zeit, bis so etwas passiert ...«

Der Radiomoderator schlägt einen betroffenen Ton an. »Und jetzt haben wir eine ganz besondere Anruferin in der Leitung. Anne McCrory, Josephine McCrorys Mutter. Natürlich kann sich niemand von uns vorstellen, welchen Schmerz Ihnen der Verlust Ihrer Tochter bereitet. Können Sie uns sagen, was Ihnen durch den Kopf geht, wenn Sie an die überfallene Touristin denken?«

Einen Augenblick lang herrscht Stille, dann räuspert sich jemand, und es ertönt eine leise, dünne Stimme. Sie stellt sich eine faltige, vorzeitig gealterte Frau vor, die sich mit beiden Händen an ihren Teebecher klammert. Mrs McCrory spricht schleppend und mit dem breiten Akzent einer Frau aus der Arbeiterschicht. Sie muss sich anstrengen, um etwas zu verstehen.

»Schrecklich ... einfach schrecklich. Die ganzen Erinnerungen kommen wieder hoch ...«

Der Moderator sondert ein paar mitfühlende Phrasen ab, dann schildert Anne McCrory kurz den Fall ihrer Tochter. Josephine hatte an dem Abend nur gesagt, sie würde ausgehen. aber nicht, wohin. Warum hätte sie in den Park gehen sollen? Womöglich wurde sie erst hinterher dorthin gebracht. Es vergeht kein Tag, an dem sie nicht an ihre Josie denkt. Die Täter wurden nie gefasst.

»Und was denken Sie über den aktuellen Fall?«

Anne McCrory seufzt. »Ich fühle mit der kleinen Chinesin. Es tut mir so leid, dass sie Belfast von seiner hässlichen Seite kennenlernen musste. Das arme Mädchen, ihr Leben ist zerstört.«

Sie stutzt bei diesen Worten. Sie weiß, dass sie über diese mitfühlenden Worte gerührt sein sollte, aber diese Frau kennt sie doch überhaupt nicht.

Kleine Chinesin. Sie muss fast lachen.

Ist das das Bild, das die Leute von ihr haben, wenn sie von ihrem Fall hören? Eine wehrlose, im Matsch kauernde Frau, die nur gebrochen Englisch spricht?

Und was fällt dieser Frau überhaupt ein, zu behaupten, ihr Leben sei zerstört? Stumme Empörung macht sich in ihr breit.

Das Gespräch mit Anne McCrory ist beendet, und der Moderator begrüßt einen prominenten Gast: George Powers, der Bürgermeister von Belfast, ist in der Leitung. In formelhaftem Politikersprech kehrt er die Tatsachen unter den Teppich und verbreitet aalglatt Zuversicht.

»Wir sind seit Langem intensiv darum bemüht, die Kriminalitätsrate in der Stadt zu senken. In den letzten Jahren haben wir durch gezielte Maßnahmen entscheidende Fortschritte erzielt. Trotzdem kommt es ab und zu leider doch zu einem Vorfall, wie wir ihn jetzt erleben mussten.«

Der Moderator nimmt ihn in die Mangel. Die Wahlen stehen vor der Tür. Der Täter ist noch auf freiem Fuß. Wie sicher ist es wirklich auf Belfasts Straßen?

Noch mehr Beschönigungen vom Bürgermeister. »Belfast ist nach wie vor eine sichere Stadt. Lassen wir die Polizei ihre Arbeit erledigen –«

»Können Sie uns etwas über die junge Frau sagen? Geht es ihr gut?«

»Soweit ich informiert bin, ist sie wieder zu Hause. Ich habe bereits versucht, Kontakt mit ihr aufzunehmen, und werde heute noch mit ihr sprechen.«

Weiß der Typ überhaupt, wo ich bin?

Sie klickt die Sendung weg. Belfasts Bürgermeister wird sich ganz sicher nicht bei ihr melden, um ihr Trost zu spenden. Aber solche Versprechungen im öffentlichen Rundfunk sind natürlich gut fürs Image.

Sie schließt die Radio-Ulster-Seite und blickt hinaus auf die Themse. All die Leute, die ihr Leid in Schlagzeilen und Sendungen ausschlachten. Denken die auch nur eine Sekunde daran, dass sie ihnen vielleicht zuhört?

Oder ist sie für diese Leute nur ein anonymes Gesicht? Eine

Zahl in der Statistik? Ohne Identität, ohne Persönlichkeit. Ein leeres Gefäß, das sie mit ihren klischeehaften Vorstellungen von einem Vergewaltigungsopfer füllen können.

Es ist absurd, aber genauso fühlt sie sich seit der Tat. Wie ein leeres Gefäß, hohl, geist- und seelenlos. Vielleicht wird sie für immer auf dem grauen See dahintreiben. Vielleicht wird sie nie mehr in ihr altes Leben zurückfinden.

*

Als er aufwacht, ist er nicht mehr in der Werkstatt. Ein Glück. Der Scheißbenzingestank hat ihm den Rest gegeben. Vielleicht hatte er deswegen einen Blackout.

Er liegt auf einer dünnen Klappliege in einem von den Billiganbauten, die sich manche Leute hinters Haus setzen. Er ist bei Onkel Rory.

Draußen regnet es, dicke Tropfen platschen aufs Glasdach. Graues Tageslicht. Alles tut ihm weh.

Onkel Rory steht neben ihm, mit einem Becher Tee.

»Na«, sagt er.

»Wo ist Dad?«

»Unterwegs. Hat ein paar Jobs zu erledigen. Er fand, du könntest ein bisschen Schlaf gebrauchen.«

Leck mich, Dad. Ihm dröhnt der Schädel. Er lässt sich zurück aufs Kissen fallen und guckt in den Regen.

»Du steckst ganz schön in der Tinte, Junge.«

Was du nicht sagst, du Blitzmerker.

Rory gibt ihm den Becher, und er trinkt den kalten Tee in einem Zug. Er hört Kindergeschrei, und es riecht nach Essen. Ihm knurrt der Magen.

»Kann ich was zu essen haben?«

Ein paar Minuten später kommt Tante Theresa mit einem dampfenden Suppenteller. Sie gibt ihn Rory. Er überlegt, ob er etwas zu ihr sagen soll. Doch als ihre Blicke sich begegnen, presst sie die Lippen zusammen und verschwindet ohne ein Wort.

Das nennt man einen herzlichen Empfang.

Was soll's. Er schaufelt den heißen Eintopf so schnell in sich rein, dass nicht mal Zeit bleibt, sich den Mund zu verbrennen. Scheiß auf die verkniffene Tante Theresa. Rory labert irgendein langweiliges Zeug über seine Söhne in England und die kleine Janey, die bald heiratet ...

Der Teller ist leer. Der Löffel sauber geleckt.

»Weißt du, wo Michael ist?«

Rory wird ernst. »Bei deinem großen Bruder weiß man nie, wo er sich gerade rumtreibt.«

»Das kannst du laut sagen.«

»Aber wir haben ihm Bescheid gegeben. Er weiß, was los ist. Und dass du mit ihm reden willst, bevor du dich stellst.«

Wut steigt wieder in ihm auf. Bevor du dich stellst? Dann ist es also schon beschlossene Sache!

Rory schwallt irgendwas von einer heißen Dusche und dass er schnell ein frisches Handtuch holen geht.

Er sitzt da wie ein Idiot und wartet. Regen platscht aufs Dach. Ein Hund trabt herein und läuft auf ihn zu. Er schnappt nicht nach ihm, knurrt nicht einmal, schnuppert nur freundlich an seinem Bein.

Er streckt die Hand aus und streichelt ihn. Der Hund lässt es sich gefallen, legt schließlich sogar den Kopf in seinen Schoß.

Ein Lächeln zieht über sein Gesicht. Wenigstens einer ist nett zu ihm. Wenigstens einem ist es schnuppe, was er getan hat.

*

Am Abend telefoniert sie mit ihrer Schwester. Serena hat sich in der Kanzlei ein paar Tage freigenommen. Die Flüge von San Francisco waren erstaunlich günstig. Donnerstagvormittag ist sie in London und kann bis Dienstag bleiben. Passt ihr das?

Natürlich passt ihr das. Abgesehen von Arztterminen und Telefonaten mit der Polizei hat sie sowieso nichts vor.

Sie blättert in ihrem Terminkalender. Noch vor wenigen Tagen wäre ihr Leben ohne Kalender undenkbar gewesen. Jedes Jahr gibt es einen neuen, ein gebundenes Buch im DIN-A5-Format mit einer Doppelseite für jede Woche. Reisen werden Wochen im Voraus in Großbuchstachen eingetragen. PARIS. BERLIN. Sie betrachtet die Einträge für das vergangene Wochenende: BELFAST, steht da fett eingerahmt, und am Sonntag: PREMIERE.

Offenbar läuft nicht alles im Leben nach Terminkalender.

Sie blättert durch die nächsten Wochen, sieht sich die mit Bleistift eingetragenen Screening-Termine und Verabredungen an. Ein Geburtstag. Eine Verlobungsparty. Mittagessen mit X, vielleicht ein Kaffee mit Y.

Sie nimmt einen Stift und streicht die nächsten Seiten mit dicken Strichen durch. Siehst du die vielen Pläne? Die kannst du jetzt alle vergessen.

In einer Parallelwelt würde die nicht vergewaltigte Vivian alle diese Termine ganz selbstverständlich wahrnehmen. Ehrgeizig, kommunikativ, voller Energie.

Aber in der wirklichen Welt ist ihr Leben eine leere Schiefertafel.

Abgesehen von gelegentlichen zaghaften Ausflügen in die Außenwelt, um Lebensmittel einzukaufen oder zum Arzt zu gehen, wird sich ihr Leben ab jetzt in dieser Wohnung abspielen. In wenigen Tagen von der viel beschäftigten, berufstätigen Frau zur Eremitin. Erstaunlich, wie schnell wir uns verändern können.

Sie beschließt, ihre Freunde einzuweihen. Es hat keinen Sinn, sich weiter Ausreden auszudenken, warum sie sich bei niemandem meldet. Ihr Leben hat sich radikal verändert, und ihre Freunde müssen das wissen.

Sie öffnet ihr Gmail-Konto und klickt auf Verfassen.

Liebe Freunde,
es tut mir sehr leid, aber ich habe keine guten Nachrichten. Mir ist am vergangenen Wochenende etwas Schlimmes zugestoßen. Ich war in einem Park in Belfast wandern. Dort wurde ich von einem Fremden verfolgt, der mich schließlich überfallen und vergewaltigt hat.

Das Schreiben ist ihr immer leichtgefallen, und die Wörter fließen so mechanisch aus ihr heraus, als würde ihr der Text von einem Diktiergerät in ihrem Innern angesagt. Ja, liebe Freunde, ich werde euch alles erzählen … Ich werde es weder dramatisch noch übermäßig emotional tun.

Sie achtet darauf, die Geschehnisse nüchtern und rational zu schildern und gleichzeitig zu vermitteln, dass sie für jede Hilfe und jede Form von Unterstützung unendlich dankbar ist. Sie hat das Gefühl, direkt an einem gähnenden Abgrund zu stehen, und nur ihre Freunde können sie davor bewahren, in die Tiefe zu stürzen.

Also schreibt sie ein paar kurze, ernst und traurig gehaltene Absätze. Und an wen soll sie die E-Mail jetzt schicken?

Bei einigen Namen muss sie gar nicht überlegen – ihre besten Freunde von der Uni, ihre besten Freunde hier in London. Aber an wen noch?

Sie geht ihre Kontakte durch und wählt rund zwanzig Leute aus. Manche sind aus London, andere aus New York, San Francisco oder Chicago. Barbara ist natürlich dabei, Serena, Melissa, Jen, ihre beiden Mitbewohner, ehemalige Mitbewohner, die ihr ans Herz gewachsen sind, ihr Freund vom College. Zwanzig Menschen, bei denen sie sich offen und verletzlich zeigen kann.

Verletzlich. Dieses Gefühl war ihr bisher unbekannt.

Sie liest sich den Text noch einmal durch und klickt auf Senden.

Geschafft, die E-Mail ist raus und lässt sich nicht mehr zurückholen. Sie klappt den Laptop zu und schaut noch einmal in ihren Kalender. Keine Termine in den nächsten Wochen.

Zeit, ins Bett zu gehen. Ob sie heute Nacht wohl endlich schlafen kann?

*

Er darf das Haus nicht verlassen und hängt mit Kevo vor der Glotze ab.

Klar, Dad, die blauen Flecken, die du mir verpasst hast, dürfen nicht mehr zu sehen sein, wenn du mich den Bullen auslieferst. Nachher denken die noch, du würdest deine Kinder schlagen, oder so.

In der Glotze führt ein Immobilienheini ein Paar durch eine Wohnung. »Topmoderne Ausstattung und eine echte Investition in die Zukunft. Gleich um die Ecke liegt das Titanic Quarter, eines *der* aufstrebenden Viertel in Belfast. In fünf Jahren ist diese Wohnung ein Vermögen wert.«

Stell dir vor, du sparst dein Leben lang, um dich selber in vier Wände einzusperren. Sind diese Leute denn total bescheuert?

Gegen Mittag laufen Nachrichten auf BBC. Leuchtend roter Hintergrund, aufgekratzte Nachrichtensprecher, denen er in die Fresse hauen möchte. Und dann ... geht es plötzlich um ihn.

»Seit vier Tagen fahndet die Polizei nach einem Jugendlichen, der in dringendem Verdacht steht, am vergangenen Samstag im Glen Forest Park in Westbelfast eine amerikanische Touristin brutal vergewaltigt zu haben.«

Der Park erscheint auf dem Bildschirm. Das abgesperrte Waldstück mit dem gelben Flatterband. Schnüffelnde Spürhunde.

Ihr müsst besser schnüffeln, Hunde.

Wenn sie jetzt einen Schwenk mit der Kamera machen würden, könnte er den Traveller-Platz sehen. Seinen Wohnwagen. Beim Gedanken an sein Zuhause, an Dad und Michael, überkommt ihn ein ganz komisches Gefühl. Er kann nie wieder dorthin zurück. Nie wieder wird er beim Pinkeln im Freien einen so tollen Blick auf die ganze Welt haben. Nein, er muss jetzt so tun, als wäre er gar nicht da, sich in Tante Theresas ätzendem Haus verkriechen.

»Inzwischen haben sich mehrere Zeugen bei der Polizei gemeldet. Anhand ihrer Aussagen konnte der PSNI einen möglichen Verdächtigen identifizieren. Wo er sich derzeit aufhält, ist unbekannt.«

Kevo guckt zu ihm rüber, aber er lässt sich nichts anmerken. Er will nicht an die Zukunft denken. Daran, was ihm blüht, wenn er zu den Bullen geht. Noch ein Dach, noch mehr Wände, das metallische Geräusch, wenn das Tor geschlossen wird.

Nein, vergiss es. Er kriegt Gänsehaut und kratzt sich die blauen Flecken.

Gerry Adams taucht auf dem Bildschirm auf. Quatscht in die Kamera.

»Wir sind traurig und bestürzt darüber, was der amerikanischen Touristin hier bei uns in Westbelfast zugestoßen ist. Keine Frau darf Opfer einer so furchtbaren sexuellen Gewalttat werden, erst recht nicht eine Ausländerin, die unseren Teil der Stadt besucht. Zum Ausdruck unserer Solidarität halten wir am kommenden Samstag um vierzehn Uhr im Glen Forest Park eine Kerzenwache ab. Kommen Sie zahlreich und zeigen Sie gemeinsam mit uns Ihre Anteilnahme. Wir alle hoffen, dass der Täter bald gefasst wird.«

Ach, halt's Maul, Penner.

Kevo zieht die Brauen hoch, aber er sagt nichts. Gerry Adams. Jetzt wird die Sache ernst.

»Meine Fresse, Kevo, Gerry Adams muss auch zu allem seinen Senf dazugeben!«

Er stellt den Fernseher aus und pfeffert die Fernbedienung in die Sofakissen.

Wozu bekommt diese Frau eine Kerzenwache? Sie hat es doch nicht anders gewollt.

Keine Angst, ich werde es niemandem erzählen.

Verlogenes Miststück.
Und wer hält Kerzenwache für ihn?
Die Leute warten nur drauf, dass er öffentlich gevierteilt wird.
Die können ihn alle mal.
Er lässt Kevo allein und geht nach hinten in den Anbau. Schade, dass der Hund nicht da ist, er würde ihm jetzt gern den Bauch kraulen. Aber Martin ist mit ihm rausgegangen, er muss also warten, bis sie zurück sind.
Sogar der Scheißhund darf nach draußen. Sogar der Scheißhund.

*

Das Haven hat sich nicht bei ihr gemeldet. Jetzt ist es ein Uhr am Dienstagmittag, und sie wird allmählich unruhig. Sie zählt zweiundsiebzig Stunden zurück. Wann ist es am Samstag passiert? Gegen zwei? Dann läuft die Frist in einer Stunde ab.
Sie wartet weiter auf den Rückruf vom Haven. Vergeblich.
Um drei beschließt sie, die Sache selbst in die Hand zu nehmen. Wie verbindlich ist die Zweiundsiebzig-Stunden-Frist? Die PEP wirkt doch sicher auch noch, wenn man die erste Tablette erst nach fünfundsiebzig Stunden einnimmt, oder?
Sie weiß es nicht, kennt niemanden, den sie fragen könnte. Also ruft sie die Klinik an, in der sie sich gestern auf Geschlechtskrankheiten hat testen lassen, aber da scheint man sich mit PEPs nicht auszukennen. Sie wird in die Warteschleife gelegt und von einem Mitarbeiter zum nächsten durchgestellt. Jedes Mal sagt sie aufs Neue ihren Spruch auf: Sie ist am Samstag vergewaltigt worden und hat bei ihrem gestrigen Termin vergessen, nach der PEP zu fragen. Kann sie das Medikament dort bekommen?
Schließlich erklärt ihr eine Mitarbeiterin, dass sie leider keine PEP-Behandlungen durchführen. Sie soll es doch mal in der Lilly Clinic im St. Thomas Hospital versuchen. Sie fragt die Frau, ob sie ihr die Nummer der Klinik geben kann.

Nein, die Nummer hat sie nicht.

Sie sucht im Netz nach Kliniken, die PEP-Behandlungen anbieten. Es gibt Einrichtungen speziell für die LGBT-Community und welche nur für Männer.

Opfer von Vergewaltigungen werden überall an das Haven verwiesen. Aber sie hat immer wieder angerufen, und jedes Mal sprang der Anrufbeantworter an.

Ein dumpfer Schmerz breitet sich in ihrem Kopf aus.

Sie spielt mit dem Gedanken, die Suche abzubrechen, das offenbar aussichtslose Rennen gegen die Uhr zu beenden und sich einfach unter ihrer Bettdecke zu verkriechen. Sich ihrem Schicksal zu ergeben. Wenn der Junge sie mit HIV infiziert hat, dann ist es eben so.

Aber dieses Gefühl der Hilflosigkeit ist rasch verflogen. Tief in ihrem Inneren weiß sie, dass sie nicht so schnell aufgibt.

Sie sucht die Nummer der Lilly Clinic heraus. Eine Krankenschwester meldet sich, und sie schildert ihre Situation.

Ja, sagt die Schwester. Wir führen PEP-Behandlungen durch, aber die Klinik schließt gleich.

Wann?

Wenn Sie um halb fünf dort wäre, könnte sie heute noch mit der PEP beginnen.

Sie sieht auf die Uhr. Fünf nach vier, die Klinik ist in Waterloo, sie ist in Vauxhall. Das kannst du schaffen. Geh zur Bushaltestelle und vertraue darauf, dass gleich ein Bus kommt.

Sie zieht sich schnell Jeans, T-Shirt und Pullover an.

Beim Verlassen der Wohnung überkommt sie die vertraute Übelkeit. Es macht ihr Angst, nach draußen zu gehen, sich fern von ihrem sicheren Zuhause aufzuhalten. Der weite Himmel droht sie zu verschlingen. Überall Luft und Licht, und sie fühlt sich so verletzlich, so schutzlos. Hier kann ihr alles Mögliche passieren.

Geh zur Bushaltestelle. Fahr ins Krankenhaus. Dort kannst du wieder ruhig atmen.

Die Schwester in der Lilly Clinic hatte Wort gehalten. Sie saß gerade einmal zehn Minuten im Wartezimmer, dann wurde sie in einen Behandlungsraum geführt. Dort erzählte sie der Ärztin von der Vergewaltigung.

Wieder bat man sie, sich auf den Behandlungsstuhl mit den metallenen Beinschalen zu setzen. Zum dritten Mal seit Samstag musste sie das Spekulum erdulden.

Nach der Untersuchung bekam sie endlich die Medikamente. Eine große Dose mit PEP-Tabletten, dazu Loperamid und Domperidon gegen die Nebenwirkungen.

Jetzt sitzt sie mit den PEP-Tabletten im Wohnzimmer. Sie sind pfirsichgelb und unglaublich groß. Noch nie hat sie so riesige Tabletten geschluckt.

Sie starrt auf die Tablette in ihrer Hand. Wie soll sie dieses monströse Ding nur herunterbekommen?

Aber sie hat keine Zeit mehr zu verlieren. Die Tat ist sechsundsiebzig Stunden her. Wenn sie jetzt nicht mit der Behandlung anfängt, ist es möglicherweise zu spät.

Sie steckt die Tablette in den Mund und versucht, sie mit einem Schluck Wasser hinunterzuspülen.

Sie muss sofort würgen. Das Ding ist einfach zu groß, fast hätte sie es ausgespuckt.

Sie versucht es noch mal. Muss wieder würgen.

Und ein drittes Mal.

Beim vierten Versuch klappt es endlich mit dem Schlucken, doch die Tablette bleibt in ihrem Hals stecken. Noch ein Schluck Wasser. Sie massiert ihre Kehle, genau dort, wo der Junge sie gewürgt hat. Die Stelle ist besonders empfindlich, und sie verspürt einen unangenehmen Druck, als sich die Tablette durch ihre Speiseröhre zwängt. Aber sie ist unten. Der Wirkstoff ist in ihrem Körper und kann seine Arbeit erledigen.

Um sich ein bisschen abzulenken, blättert sie in einer Zeitschrift.

Schon nach zwanzig Minuten setzen die Nebenwirkungen ein. Ein plötzlicher Brechreiz steigt in ihr hoch, und sie läuft ins Bad und beugt sich über die Toilettenschüssel. Speichel fließt in ihrem Mund zusammen, das typische Anzeichen, dass man erbrechen muss.

Wenn sie sich jetzt übergibt, muss sie noch eine Tablette nehmen. Hoffentlich bleibt ihr das erspart. Sie soll genau alle zwölf Stunden eine nehmen. Zwei Tabletten am Tag, vier Wochen lang. Wenn sie sich danach jedes Mal auf der Toilette wiederfindet … das wäre kaum auszuhalten.

Aber was hilft es? Das ist nun mal der Preis dafür, dass du dir von deinem Vergewaltiger kein HIV zuziehst.

Ein Pakt mit dem Teufel, denkt sie verzagt, während sie angeekelt auf das Wasser in der Kloschüssel starrt.

*

Er sitzt vor der Glotze, als Dad hereingestiefelt kommt. Zur Abwechslung einigermaßen nüchtern. Er hat einen Haufen Tüten dabei. Ist etwa schon Weihnachten, oder was?

Nachdem Dad ihn gestern verdroschen hat, hat er ihn nicht mehr gesehen. Ihre Blicke begegnen sich, dann wendet Dad sich seinem Bruder zu.

»Hier, Rory, für deine Mühe.« Er gibt Rory die Tüten. Rory guckt hinein.

»Donnerwetter, Mick, hast du den ganzen Laden leer gekauft?«

Dad zuckt die Achseln. »Ich würde sagen, für eine letzte Nacht.« Die beiden drehen sich zu ihm um. »Wir lassen eine kleine Party für dich steigen, Johnny.«

Bevor ihr mich verpfeift? Echt großzügig von euch.

Sie umarmen ihn, klopfen ihm auf den Rücken.

»Morgen Abend. Wir haben Gerry und deine Jungs eingeladen. Es soll ein anständiger Abschied werden.«

»Und Michael?«, fragt er.

Rory und Dad tauschen Blicke. Dad nickt. »Michael kommt auch. Ganz bestimmt.«

»Und jetzt ruh dich noch ein bisschen aus«, sagt Dad und legt ihm die Hand auf die Schulter. »Mach's dir hier im Haus schön gemütlich.«

Ihn packt wieder die Wut, und er schiebt Dads Hand von seiner Schulter. »Was, hast du den Bullen gesagt, sie sollen kommen und mich abholen?«

Dad sieht ihn kalt an. Rory ist das dämliche Grinsen vergangen. »Ich hab den Bullen gar nichts gesagt, Johnny. Reg dich ab.«

Er wirft Dad einen hasserfüllten Blick zu, holt sich ein Bier und lässt sich aufs Sofa fallen.

*

Die Reaktionen auf ihre Rundmail lassen nicht lange auf sich warten. Viele Freundinnen äußern spontan ihre Betroffenheit und ihr Mitgefühl und geben ihrer Wut auf den Täter Ausdruck. Andere sind zurückhaltender: *Wenn du irgendetwas brauchst ... Ich weiß gar nicht, was ich sagen soll ...*

So abgedroschen diese Worte auch klingen, sie weiß, dass ihre Freunde es ehrlich meinen. In manchen Situationen sind Plattitüden das Einzige, worauf man zurückgreifen kann.

Jeden Tag kommen Freunde vorbei und kochen, als Zeichen ihrer Unterstützung, leckere Gerichte für sie: Lachs mit Honigglasur. Hähnchenbrust und Paprikagemüse aus dem Wok, Pasta mit Spinat und Knoblauch-Öl-Sauce.

An einen Ausflug in ein Restaurant ist überhaupt nicht zu denken. Klapperndes Besteck, die Gespräche der anderen Gäste und die Blicke fremder Männer ... schon der Gedanke daran lässt sie erschauern und treibt sie dazu, sich noch weiter in ihr Schneckenhaus zurückzuziehen. Wozu sich nach draußen wagen? Nein, bleib einfach zu Hause, hier bist du in Sicherheit. Setz dich im Schlafanzug aufs Sofa und sieh durch die großen Fenster zu, wie es morgens hell und abends wieder dunkel wird.

Sie ist ihren Freunden dankbar für ihre Gesellschaft, doch gleichzeitig merkt sie, dass jeder Besuch an ihren spärlichen Kräften zehrt. Sie kommen vorbei, bekochen sie, wollen wissen, wie es ihr geht, und vor allem, wie es passiert ist. Kanntest du ihn? Waren denn keine anderen Leute in der Nähe? Glaubst du, die Polizei kriegt ihn?

Sie fühlt sich wie ferngesteuert. Sagt wie eine Stimme vom Band brav ihren Text auf, um die Neugier der anderen zu befriedigen.

»Ich wollte in dem Park wandern gehen. Dann kam plötzlich dieser Junge auf mich zu und sprach mich an …«

Sie sieht den Ausdruck in den Gesichtern, das Entsetzen, die Empörung über den Täter. Aber sie hat sich entschieden, die Wahrheit nicht zu beschönigen. Was passiert ist, ist passiert. Frauen werden vergewaltigt, und Freundinnen auch.

Vor allem aber weint sie nicht. Nicht ein einziges Mal.

Tränen lenken nur von den Tatsachen ab. Inzwischen hat sie die Geschichte so oft erzählt, dass sie völlig emotionslos den immer gleichen Text herunterleiert.

Ihre Freunde wundern sich wahrscheinlich darüber, dass sie nicht in Tränen ausbricht. Dass sie dieses schreckliche Erlebnis so nüchtern schildern kann.

Aber sie ahnen nicht, wie weit sie sich von dem Menschen entfernt hat, der sie noch vor einer Woche gewesen ist. Sie sehen sie, hören ihre Stimme. Aber die wirkliche Vivian hat sich vor wenigen Tagen abgemeldet, und sie hat keine Ahnung, wann sie wiederkommt.

*

Er stellt sich vor, wie es da drin wohl sein wird. In Michaels Erzählungen klang alles nur halb so schlimm. Ein paar Typen sind richtige Idioten, aber der Rest ist ganz in Ordnung. Das Essen ist scheiße, aber hungern wirst du nicht. Kann sein, dass sich der ein oder andere Perverse an dich ranmacht. Denen gibst du einfach ordentlich aufs Maul.

Aber er wird hinter Mauern sitzen. Eingeschlossen in einer winzigen Zelle, auf Schritt und Tritt bewacht von den Aufsehern, ohne frische Luft, ohne Himmel. Darüber hat er noch nie nachgedacht. Bis jetzt.

Dann kann er nicht mehr umherziehen, Leute beobachten und sich wieder verdrücken.

Du musst tun, was du gesagt kriegst, rund um die Uhr.

Das stinkt ihm am meisten. Festzusitzen. Sich fügen zu müssen. Einer von vielen zu sein.

*

Am Mittwochmorgen fährt sie ins Büro. Versucht, die Platzangst zu ignorieren, die sie jedes Mal überfällt, wenn sie die Wohnung verlässt.

In ihrem Inneren findet ein Tauziehen statt. Sie steht auf der einen Seite, auf der anderen fordert ihr früheres Ich sein altes Leben zurück.

Nutze den Tag! Geh wieder zur Arbeit! Du hast Unmengen von E-Mails zu beantworten! Zurück zur Normalität. Versuch es.

Sie fährt mit der U-Bahn bis Old Street, geht wie immer durch die schmuddelige, gefliese Unterführung und tritt hinaus auf die Straße. So müssen sich Geister fühlen, wenn sie an die Orte ihres einstigen Lebens zurückkehren.

Ihre Kollegen haben nicht mit ihr gerechnet. Inzwischen hat sie sich daran gewöhnt, dass die anderen nicht wissen, was sie sagen sollen. Erika, ihre Chefin, ist außer Haus.

»Hallo, Vivian.« Simon macht ein angemessen bekümmertes Gesicht.

Becca springt von ihrem Stuhl auf, als sie hereinkommt. »Vivian, wie geht es dir?«

Sie zuckt die Achseln. »Es geht mir gut«, lügt sie.

Ist das wirklich gelogen? Angesichts der Umstände geht es ihr schließlich gut. Sie ist in Sicherheit. Sie hat eine schöne Wohnung und Freunde, die vorbeikommen und sie bekochen. Sie wird medizinisch versorgt, die Polizei arbeitet an ihrem Fall. Es könnte schlimmer sein.

Maisie, die neunzehnjährige amerikanische Praktikantin, ist auch da. Sie ist für ein Auslandssemester in London und kommt zweimal in der Woche in die Firma.

»Hi, wie war's in Belfast?«, fragt sie strahlend.

Offenbar hat niemand sie eingeweiht.

Sie sieht sich um. Simon und Becca starren auf ihre Bildschirme. Sie verschwindet mit Maisie im Konferenzraum, um sie aufzuklären.

»Haben Becca und Simon dir nicht gesagt, was passiert ist?«, fragt sie.

»Nein«, sagt Maisie mit großen Augen. »Ist ... ist alles in Ordnung mit dir?«

»Nein. Ehrlich gesagt nicht.«

Und so erzählt sie noch einmal ihre Geschichte, ohne die schrecklichen Einzelheiten, um die junge, naive Praktikantin nicht zu sehr zu erschüttern. Doch als sie den entsetzten Ausdruck in Maisies Gesicht sieht, versagt ihr plötzlich die Stimme, und sie wischt sich schnell eine Träne aus dem Augenwinkel.

Wenn sie Freunden davon erzählt, muss sie nie weinen. Warum kann sie sich gegenüber einer Praktikantin nicht beherrschen? Sie schämt sich und ärgert sich über sich selbst.

Maisie umarmt sie. »Kann ich irgendetwas für dich tun?«

Nein. Niemand kann ihr helfen.

Sie sitzt am Rechner und durchforstet ihre E-Mails.

»Vielleicht müssen die Leute gar nicht so genau wissen, was dir zugestoßen ist«, hatte Erika am Telefon gesagt. Sie ist sich der verunglückten E-Mail an den Filmverleiher bewusst und trifft den Entschluss, von nun an alle Geschäftskontakte ohne weitere Begründung an Becca zu verweisen.

Aufgrund unvorhergesehener Umstände werde ich in nächster Zeit nicht im Büro sein. Bitte wenden Sie sich in dieser und in allen anderen Angelegenheiten bis auf Weiteres an meine Kollegin Becca (hier in cc gesetzt).

So einfach lässt sich mit Business-Slang die schreckliche Wahrheit verschleiern.

Sie kopiert den Text und fügt ihn dann in eine E-Mail nach der anderen ein.

Es hat etwas Befreiendes, ihre früheren Aufgaben Stück für Stück abzugeben. Die beruflichen Verbindungen zu kappen, bis sie von allem losgelöst, leer und allein ist.

*

Am Abend steigt das große Besäufnis. Sein großes Besäufnis. Es gibt Dosenbier und Whiskey in rauen Mengen. Irgendwer hat sogar einen riesigen Schinken mitgebracht. Die Kinder strahlen wie an Weihnachten, der Hund läuft bellend zwischen den Leuten umher und stupst ihn zärtlich mit der Nase an.

Gerry, Donal, Kevo und Martin grienen rotgesichtig. Onkel Rory klopft jedem auf die Schulter und reißt dämliche Witze. Dad zieht mit einer Whiskeyflasche herum und nickt den Gästen zu.

Aber um ihn macht er einen Bogen.

Er nimmt sich noch ein Bier und beobachtet Da.

»Johnny.« Gerry und Donal stehen jetzt neben ihm.

»Wie geht's?«, fragt Gerry. Donal ist wie immer stumm; sein großer Adamsapfel hüpft in seinem dicken Hals.

Er lacht. »Was soll die Scheißfrage, Gerry? Ich geh morgen in den Knast, was glaubst du wohl, wie es mir geht?«

Gerrys Blick wandert hinüber zum Essen und dem Bierdosenberg. »Immerhin haben sie tüchtig aufgefahren. Sie verabschieden dich mit Stil.«

»Verabschieden, sagst du? Die schmeißen mich raus! ›Der kleine Johnny wandert für den Rest seines Lebens hinter Gitter, darauf wollen wir trinken!‹«

Ein paar Männer gucken zu ihnen rüber, aber das ist ihm schnuppe.

»Hey, Leute, lasst uns anstoßen!«, brüllt er.

Dad kommt auf ihn zu, in der Hand die Whiskeypulle. Lauf ruhig ins offene Messer, Da.

»Gute Idee, Johnny. Wir wollen auf dich trinken.«

Und schon geht Dad herum, verteilt Gläser und Plastikbecher und schenkt Whiskey aus, bis alle Gäste etwas haben. Zum Schluss drückt er ihm ein Glas in die Hand. »Und einen Doppelten für dich, mein Junge.«

Er sagt nichts, starrt nur finster vor sich hin.

»Und jetzt«, ruft Dad und steigt auf einen Stuhl.

»Nun lass das doch, Mick.« Onkel Rory will ihn vom Stuhl ziehen, aber Dad stößt ihn weg.

»Nichts da, das ist ein Trinkspruch auf meinen Sohn. Und den bringe ich von hier oben aus.«

Dad steht schwankend auf dem Stuhl. Peinlich. Hass flammt in ihm auf.

»Als mein Johnny vor fünfzehn Jahren auf die Welt kam, habe ich zu meiner Frau Bridge gesagt: ›Aus dem wird mal ein richtig zäher Bursche.‹ Kein Baby hat so wild gestrampelt und dabei so gestrahlt wie unser Johnny.«

Ach, halt's Maul, Dad. Bevor ich dir den Stuhl wegtrete.

»... Er hat den Kampfgeist der Sweeneys geerbt.«

Die anderen lachen.

Ja, lacht euch nur drüber kaputt, dass ich in den Knast wandere, ihr Arschlöcher.

»… Und jetzt ist mein Johnny erwachsen. Keiner weiß, was ihn erwartet, aber eins …« Dad hält inne und räuspert sich. »Aber eins ist sicher: Er wird immer zu uns gehören. Er wird immer ein Sweeney sein.«

Die anderen murmeln Zustimmung.

»Was auch mit ihm geschieht … wir werden unseren Johnny immer lieben.«

Die Leute nicken.

»Auf dich, Johnny.« Dad prostet ihm mit der Flasche zu, und die anderen erheben die Gläser und Plastikbecher. »Mag dir die Reise gelingen, mein Junge.«

»Mag dir die Reise gelingen«, rufen die anderen im Chor.

Prost-Rufe, Leute klopfen ihm auf die Schulter, andere drücken ihn. Die Stimmung hebt sich, es wird lauter geredet und mehr gelacht, aber er denkt nur an Dads verlogenes Geschwafel.

Super, Dad. Erst deinen Sohn halb tot prügeln und dann auf ihn trinken, als wärst du der beste Vater auf der Welt.

Gerry und Donal nicken ihm zu. »Das war wirklich eine schöne Rede.«

Wie kommen die zwei Idioten dazu, seinen Dad in den Himmel zu heben? Er würde ihnen am liebsten eine reinhauen.

»Wo ist Michael?«, fragt er, und die beiden halten ihr blödes Maul.

Sie sehen einander achselzuckend an.

»Ich hab heute Morgen mit ihm gesprochen«, sagt Gerry. »Er hat gesagt, er würde kommen.«

Er schleudert sein Glas gegen die Wand. Alles im Raum verstummt. Scherben landen auf dem Boden, Whiskey läuft an der Tapete runter. Tante Theresa wird begeistert sein.

»Johnny.« Onkel Rory will ihn beruhigen, aber er lässt ihn auflaufen.

»Was? Darf ich meinen Bruder nicht mehr sehen, bevor ihr mich ins Gefängnis schickt?«

»Johnny«, schnauzt Dad ihn an. Das schmalzige Getue von eben ist vergessen. Jetzt zeigt sich der wahre Dad. War bloß eine Frage der Zeit, bis er zum Vorschein kommt.

»Hast du ihm verboten zu kommen, Da?«

»Schluss jetzt! Michael trifft seine eigenen Entscheidungen.«

»Ach, aber ich darf nicht selbst entscheiden!«

»Können wir ausnahmsweise einfach mal ein bisschen Spaß haben?« Dad hält ihn an den Schultern fest, aber er reißt sich los.

»Du meinst, bevor du mich verstößt, ja?«

Los, stell Dad auf die Probe. Hat Mick Sweeney den Mumm, seinen Sohn vor allen Leuten zu verprügeln?

»Sei doch ehrlich, Dad. Du wolltest mich immer loswerden. Wenn ich im Knast bin, hast du endlich deine Ruhe.«

»Das ist nicht fair, Johnny.«

Er wendet sich den anderen zu. »Und ihr freut euch bestimmt auch, wenn ihr mich von hinten seht. Onkel Rory kann's kaum abwarten, mich aus seinem Haus zu haben.«

»Pass auf, was du sagst, Johnny.« Dad legt ihm wieder die Hand auf die Schulter. »Wahrscheinlich hast du einfach zu viel getrunken.«

»Das musst ausgerechnet du sagen!«

Dad macht einen Schritt zurück, und seine Miene verfinstert sich. Gleich ist es so weit, gleich explodiert er.

»Wenn das nicht dein letzter Abend wäre, Johnny ...«, sagt Dad warnend.

»Was dann? Dann würdest du mir jetzt ins Gesicht schlagen, wie immer?«

Er geht auf Dad zu und stößt ihn gegen die Brust.

Gerry will dazwischengehen, aber er schubst ihn weg.

»Komm schon, Dad. Zeig ihnen, was in dir steckt. Der berühmte Mick Sweeney!«

Er schreit es Dad mitten ins Gesicht.

»Nimm dich in Acht, Junge.«

Er scheißt auf seine Warnungen. Dafür ist es längst zu spät. Er legt nach.

»Kein Wunder, dass Mam dich verlassen hat, du Penner. Du hast uns allen das Leben zur Hölle gemacht.«

Und dann schlägt Dad ihm ins Gesicht. Nicht der berühmte rechte Mick-Sweeney-Haken, sondern ein klatschender Schlag mit der flachen Hand, so wie man eine Frau schlägt.

Einen kurzen Augenblick lang ist er vor Wut wie gelähmt.

Der Hund springt knurrend auf Dad zu und schnappt nach ihm, worauf Dad dem Tier einen Tritt verpasst; er stürzt sich auf Dad, aber Gerry, Rory und die anderen gehen sofort dazwischen und halten ihn fest. Dad tobt und schimpft, und dann ertönt plötzlich ein lauter Pfiff. Er kennt dieses Pfeifen.

Er dreht sich um. Michael steht am anderen Ende des Raums, mit einem breiten Grinsen im Gesicht.

»Michael!«, ruft er, und im selben Moment ist sein Vater vergessen. Die anderen lassen ihn los, und er läuft zu seinem großen Bruder.

»Scheint so, als hätte die Party ohne mich angefangen«, sagt Michael, und die hitzige Stimmung ist verflogen.

Michael fasst ihn bei den Schultern und mustert ihn. »Ich hab gehört, was am Samstag passiert ist. Scheinst ja 'ne echte Glanzleistung vollbracht zu haben.«

Beide fangen an zu lachen, und plötzlich sind Gerry und Donal, Onkel Rory und seine Cousins bei ihnen.

»Schön, dich zu sehen, Michael. Wir hatten schon Angst, dass du nicht kommst.«

Michael lacht noch lauter. »Ich und nicht kommen? Zum Besäufnis meines kleinen Bruders? Um nichts in der Welt würde ich mir das entgehen lassen.«

Michael drückt ihn an sich, und über seine Schulter sieht er

Dad. Er steht allein am anderen Ende des Raums und blickt ihm fest in die Augen. Dann nimmt er einen Schluck aus der Flasche und dreht sich weg.

Drei Stunden später sitzt er mit Michael und den letzten Bierdosen im Anbau.

Dad ist auf dem Sofa eingepennt, Onkel Rory und die Jungs sind ins Bett gegangen. Gerry und Donal sind weitergezogen, in eine Bar oder einen Club. Michael hat die beiden auf ein andermal vertröstet. »Heute nicht, Jungs, Johnny und ich haben uns eine Menge zu erzählen.«

Als er das hörte, musste er vor Stolz lächeln.

Er erzählt Michael, was passiert ist, von Anfang bis Ende, alles, woran er sich erinnert. Verdammt, sein großer Bruder ist der Einzige, der sich wirklich dafür interessiert.

Michael hört aufmerksam zu. Ob er stolz auf ihn ist oder sich für ihn schämt, kann er nicht sagen, und als er mit seiner Geschichte fertig ist, nickt Michael stumm.

»Und?«, fragt er.

Michael sieht ihn nachdenklich an, aber dann tritt das vertraute Grinsen in sein Gesicht.

»Keine Ahnung. Willst du denn ins Gefängnis?«

»Natürlich nicht!« Was ist denn das für eine bescheuerte Frage? »Aber Dad lässt mir keine andere Wahl. Er sagt, ich muss.«

»Scheiß auf Dad. Wenn du alt genug bist, diese Ausländerin zu vögeln, bist du auch alt genug, deine eigenen Entscheidungen zu treffen.«

Das gefällt ihm. Einen Augenblick sitzen sie sich schweigend gegenüber.

»Also, was willst du?«, fragt Michael schließlich.

Er lacht. »So schnell wie möglich von hier verschwinden, was denn sonst?«

»Dann geh«, sagt Michael.

»Wie, einfach so?« Und was ist mit Dad? Mit Rory und den Jungs, den Meldungen in den Nachrichten und den Bullen?

»Nimm den ersten Bus nach Dublin, dann bist du schon am späten Vormittag dort. Geh zu Claire, sie wird dir helfen. Egal, fahr nach Dublin und tauch unter.«

Plötzlich ist er ganz aufgeregt – abhauen, einfach so. Belfast und die ganze Scheiße hinter sich lassen, die Traveller und ihre winzigen Wohnwagen. Er allein im pulsierenden Dublin, ohne Erwachsene, die ihn anschreien. Mag dir die Reise gelingen.

Michael grinst. »Klingt nicht schlecht, was?

»Und wie komme ich an Geld?«, fragt er.

Michael kramt in den Hosentaschen und gibt ihm fünf Pfund und einen Zwanzigeuroschein. Dann zieht er den Turnschuh aus und legt noch einmal zwanzig drauf.

»Das sollte für den Anfang reichen.«

»Du bist echt der Beste.«

»Na, ich kann doch nicht zulassen, dass mein kleiner Bruder in den Bau wandert. Die anderen sind alle Feiglinge. Kuschen vor den Bullen. Besonders Da.«

Sie schauen hinüber zum Sofa. Dad schnarcht wie ein Walross.

»Dieser Loser«, sagt Michael. »Das unterscheidet uns von ihm. Der Schwachkopf hat bestimmt nie eine andere als seine Alte gevögelt.«

Er steckt stumm das Geld ein und hofft, dass Michael nicht noch mehr über die Frau wissen will. Schlussendlich hat er sich die falsche ausgesucht. Er hätte eine Ängstliche nehmen sollen, aber hinterher ist man immer schlauer.

»Und wenn die Bullen dich schnappen ...«, sagt Michael.

Eigentlich hat er die guten Ratschläge satt, aber bei Michael lohnt sich das Zuhören.

»Wenn sie dich schnappen, was sagst du dann?«

»Dass ich ... dass ich neben der Spur war.«

»Neben der Spur?«

»Na ja, dass ich nicht wusste, was ich tat.«

»Weil du high warst?«

»Vielleicht, ja. Aber sie hat gesagt, dass sie es niemandem erzählt. Sie hat gesagt, dass sie es will.«

Michael lächelt. »Hat sie das wirklich gesagt?«

Er zuckt die Achseln. »Wie sollen sie das rausfinden?«

»Kluger Junge. Das werden sie nicht. Da steht Aussage gegen Aussage. Die meisten Mädchen halten einfach den Mund.«

»Die aber nicht.«

Michael klopft ihm auf die Schulter. »Sag einfach, ihr hattet Sex und dass sie es wollte. Hinterher hat sie es dann bereut und dich angezeigt. Das passiert ständig.«

»Werden sie mir das glauben?«

»Wen interessiert das? Glaubst du es denn?«

Er sagt nichts. Die Frau hat um Hilfe geschrien, ihr Hals hat sich ganz weich angefühlt, als er sie gewürgt hat. Sie hat sich heftiger gewehrt als die anderen.

Michael sieht ihn eindringlich an. »Du musst an deine Geschichte glauben, wenn sie funktionieren soll. Du bist ein hübscher Bursche, Johnny. Sie war eine ältere Frau und allein unterwegs. Sie hat nur drauf gewartet, dass du dich an einem stillen Plätzchen an sie ranmachst.«

Er nickt. Er wird sich einreden, dass es so gewesen ist.

»Scheißschlampe. Lässt es sich von mir besorgen, und dann ruft sie die Bullen.«

»Ganz genau. Diese Buffer-Weiber sind alle gleich. Sie wollen einfache Typen wie uns, und hinterher ist es ihnen peinlich. Als würden sie sich für uns schämen.«

»Die können mich alle mal«, sagt er, und das war's. Die Entscheidung ist gefallen.

»›Einvernehmlich‹ heißt das Wort, das sie hören wollen«, fährt Michael fort. »Und sprich um Himmels willen nicht von ›Vergewaltigung‹. Sonst bist du geliefert.«

Ein-ver-nehmlich. Versuch es dir zu merken.

»Und jetzt pack deine Tasche und schlaf noch ein bisschen. Nimm nicht zu viel mit, einmal Klamotten zum Wechseln. Sonst machst du dich verdächtig.«

Mehr besitzt er sowieso nicht. Einmal Klamotten zum Wechseln, sein Telefon und Grandpas Ring. Und das Geld und den iPod.

»Ich wecke dich in ein paar Stunden. Du musst abhauen, bevor es hell wird.«

Er sieht aus dem Fenster. Es ist noch dunkel draußen. Ein paar Stunden noch in diesem Drecksloch, dann ist er Dad und die schnüffelnden Bullen los. Einfach so.

*

Ihre Mitbewohner José und Natalia schleichen tagsüber auf Zehenspitzen durch die Wohnung.

Sie fragen, ob sie etwas für sie einkaufen sollen, und sie schreibt ein paar Kleinigkeiten auf: Orangensaft, Joghurt, Bananen. Es stört die beiden nicht, dass ständig Freunde da sind und für sie kochen oder dass ihre Schwester ein paar Tage bei ihnen wohnen wird.

Es stört sie auch nicht, dass sie selbst im Wohnzimmer übernachtet.

Seit sie zurück ist, hat sie nicht mehr in ihrem Zimmer geschlafen. Sie fühlt sich eingesperrt in dem dunklen Raum, hat das Gefühl, die Wände bewegten sich auf sie zu. Sie fürchtet sich davor, keine Luft mehr zu bekommen, wenn sie nachts die Augen zumacht.

Zum Glück kann sie ins Wohnzimmer ausweichen. Der warme Lichterschein am Themseufer wirkt beruhigend und ruft ihr ins Gedächtnis, dass es dort draußen noch ein anderes Leben gibt, auch wenn sie nicht mehr daran teilhat. Natalias Luftmatratze liegt direkt vorm Fenster, und nachts kuschelt sie sich in ihre Decke und blickt hinaus aufs Wasser.

Von nun an gilt es, jede Nacht gegen den Schlaf anzukämpfen, damit sie ihren Träumen entkommt. Die Bilder, die sich tagsüber in ihr Leben schleichen, verwandeln sich in der Dunkelheit in bedrohliche Schreckensfantasien. Ein Blick aus dem Wald auf ein sonniges Feld. Der leuchtende weiße Pullover auf dem Berghang. Die Gewissheit, dass jemand sie verfolgt.

Diese Fantasien rauschen in Endlosschleife durch ihr Bewusstsein, und sie kann ihnen nur Einhalt gebieten, wenn sie möglichst die ganze Nacht wach bleibt.

Aber irgendwann spätnachts schreckt sie dann doch aus dem Schlaf auf. Blickt hinaus auf die Themse und hat das Gefühl, als triebe sie auf ihrer Luftmatratze im grauen, flachen Wasser, nicht ahnend, was der nächste Tag für sie bereithält.

Als Kind hat sie diese Ungewissheit geliebt, hat sich begeistert vorgestellt, dass sie auf einem Floß dahintreibt, unterwegs zu fremden Ufern. Aber jetzt, als Erwachsene, wünscht sie sich, diese Reise bliebe ihr erspart.

*

»Wach auf, Johnny«, flüstert Michael und rüttelt ihn sanft an der Schulter.

Er stöhnt, will etwas sagen, aber Michael legt ihm im Dunkeln die Hand auf den Mund und gibt ihm mit einem Blick zu verstehen, dass er still sein soll. Und dann ist er hellwach. »Da«, flüstert Michael, und sie blicken hinüber zum Sofa.

Dad schläft nicht mehr wie ein Toter, er wälzt sich hin und her, als ob er gleich aufwachen würde.

Auf dem Boden steht die speckige Sporttasche, die er am Sonntagmorgen im Wohnwagen gepackt hat. Michael nimmt sie und gibt ihm ein Zeichen, sich Schuhe und Jacke zu schnappen.

Mit den Schuhen in der Hand schleicht er auf Zehenspitzen zur Tür. Beim Sofa bleibt er kurz stehen und betrachtet Dad. Er weiß, das ist riskant, er sollte sich lieber davonmachen. Aber irgendetwas an dem Anblick hält ihn zurück: weit offener Mund, Tränensäcke, Fältchen um die Augen, das Haar angegraut und schütter. Vielleicht wird er den nichtsnutzigen Mistkerl nie wiedersehen. Er tut ihm fast ein bisschen leid. Morgen früh wacht er mit dickem Schädel auf, und sein toller Plan, den eigenen Sohn den Bullen auszuliefern, ist geplatzt. Das fassungslose Gesicht, die unbändige Wut.

Er muss lächeln bei dieser Vorstellung. Dad bewegt sich, als spürte er seinen Blick.

Michael nimmt seine Hand und deutet mit dem Kopf zur Tür.

Ja, ja. Schon gut. Noch ein letzter Blick auf Dad, dann ist er fort.

Tapp, tapp, tapp, macht es in der Stille, und der Hund kommt aus der Dunkelheit. Nicht jetzt.

Ob das Tier spürt, dass er weggeht? Der Hund läuft fiepend auf ihn zu, schnüffelt an seiner Hand, sieht ihn schwanzwedelnd an, als wollte er spielen.

Komm, Hündchen, schön leise sein.

Er kniet sich hin und streichelt ihm sanft die Schnauze.

Sei ein braver Hund. Nicht bellen, sonst wacht das ganze Haus auf.

Dad murmelt im Schlaf. Beide blicken zum Sofa. Dad dreht sich auf die andere Seite und schnarcht weiter.

Er krault dem Hund das Fell, bis er sich hinsetzt. Sein Schwanz wischt über den Boden, und er beugt sich vor und blickt ihm in die großen Augen.

Michael tippt ihm auf die Schulter und sieht ihn an, als ob er nicht ganz dicht wäre.

Er zieht sich leise die Schuhe an und steht auf.

Der Hund will mit ihm gehen, aber er gibt ihm ein Zeichen, sitzen zu bleiben. Wenn er jetzt bellt, müssen sie rennen.

Aber das Tier winselt nur leise und sieht ihn aus traurigen Hundeaugen an.

Michael hält ihm die Tür auf, und er schleicht rückwärts auf den Ausgang zu, lässt den Hund nicht aus den Augen. Ein Schritt, noch ein Schritt, und dann ist er draußen in der kalten Nachtluft.

Einen Augenblick lang stehen sie horchend vor der Tür. Alles still. Wahrscheinlich sitzt der Hund gehorsam auf seinem Platz und wartet, dass er zurückkommt. Er ist ein bisschen geknickt, er hätte ihn gern mitgenommen. Aber das geht nicht.

Michael nickt ihm zu, und sie stiefeln vorbei an dunklen Häusern durch die Nacht. Die Luft ist kalt und schneidend, und er kann es kaum erwarten, von hier wegzukommen.

Ab zum Busbahnhof und tschüs.

Sie gehen vorbei am Europa Hotel, wo die Touristen und Geschäftsleute in ihren riesigen, weichen Betten schnarchen. Gleich daneben liegt das Europa Bus Centre.

Der Busbahnhof ist zu dieser frühen Stunde wie ausgestorben. Die Wartehalle ist geschlossen, nicht mal eine Putzkraft ist zu sehen.

Michael studiert die Fahrplanaushänge. »Der erste Bus nach Dublin geht um sechs.« Er blickt zu der großen Uhr an der Wand. Noch eine Stunde Zeit.

Auf einer Bank schläft ein Penner. Michael lotst ihn in die andere Richtung.

»Von dem müssen wir uns fernhalten. Die Sicherheitsleute jagen ihn nachher sicher weg, und die dürfen dich auf keinen Fall sehen.«

Sie verziehen sich um die Ecke. Er zittert vor Kälte, und sein Atem macht weiße Wölkchen.

»Hier, hab ich dir mitgebracht.« Michael gibt ihm ein Päckchen mit einem Geschirrtuch darum. Zwei Scheiben Brot mit einer dicken Scheibe vom gestrigen Partyschinken. »Mehr konnte ich nicht auftreiben.«

»Super, danke.« Er beißt hungrig hinein, dann fällt ihm ein, dass er sich sein Essen vielleicht für später aufheben sollte.

Sie setzen sich gegenüber auf zwei Bänke. Er spürt das kalte Metall durch seine Jeans.

»Du weißt noch, wo Mam in Dublin wohnt, oder?«, fragt Michael.

»Clones Terrace, Traheen.«

»56 Clones Terrace. Merk dir das, das ist wichtig.«

»56 Clones Terrace, 56 Clones Terrace«, murmelt er vor sich hin.

»Mach dich schlau, wie du dorthin kommst, wenn du in Dublin bist. Mam und Claire werden sich um dich kümmern.«

Hoffentlich.

»Glaubst du, Mam weiß Bescheid?«

»Keine Ahnung«, sagt Michael. »Du weiß ja, die beiden reden nicht mehr miteinander. Und Dad ist bestimmt nicht scharf drauf, dass sie es erfährt. Ein Grund mehr für sie, ihn anzuschreien.«

Beide müssen grinsen.

»Aber Neuigkeiten machen schnell die Runde. Wer weiß, vielleicht hat sie es irgendwo aufgeschnappt.«

Dieser Gedanke gefällt ihm nicht. Dass seine fromme Mutter dahinterkommt, was er gemacht hat. Eigentlich ist ihm das scheißegal, aber sie wird dann ohne Ende Rosenkränze für ihn beten, so viel ist klar.

Heilige Maria, Muttergottes, bitte für uns Sünder ...

Er schnaubt, überrascht, dass sogar er den Text auswendig kann.

»Was ist?«, fragt Michael.

»Nichts«, sagt er. »Ich stell mir nur gerade die vielen Ave-Marias vor, die sie für mich beten wird.«

»Geht bestimmt der ganze Vormittag bei drauf.«

»Und Claire und Bridget müssen mitmachen.«

Beide brechen in Gelächter aus. Was für ein Bild: die drei murmelnd auf den Knien, den Blick auf die gütig lächelnde Maria gerichtet.

Wie viele Ave-Marias man wohl beten muss, damit einem vergeben wird, dass der eigene Sohn ein Vergewaltiger ist?

Nein, dieses Wort mögen wir nicht. Wenn du das sagst, bist du geliefert.

»Wie spät ist es jetzt?«, fragt er.

Viertel nach fünf. Immer noch nicht hell. Der Obdachlose ist ein regloser Umriss auf der hintersten Bank, und auf dem Busbahnhof ist es still wie im Grab. Ob Dad wohl schon aufgewacht ist? Er wartet.

Kurz vor sechs ist der Bus nach Dublin bereit zur Abfahrt. Der Motor tuckert in der kalten Morgenluft, und am Bussteig warten ein paar müde Fahrgäste. Ein Schwarzer, zwei Chinesen, eine Handvoll Normale. Eine alte Frau. Mann, was für ein erstklassiger Haufen.

Michael drängt ihn, rechtzeitig einzusteigen, damit möglichst wenig Leute sein Gesicht sehen.

»Ab mit dir«, sagt Michael. »Ruf mich an, wenn du in Dublin bist.«

Er nickt. Er wird Mam oder Claire darum bitten.

»Mach dir keine Gedanken wegen Da«, fährt Michael fort. »Ich bringe es ihm schon irgendwie bei.«

Einen Augenblick lang stehen sie sich schweigend gegenüber, dann breitet Michael die Arme aus. »Komm her, du Blödmann. Pass gut auf dich auf. Verhalte dich unauffällig, bau keinen Mist, dann finden sie dich auch nicht.«

Er will etwas sagen, aber er hat einen Kloß im Hals, und er will vor Michael nicht flennen wie ein Baby. »Mach ich«, presst er hervor.

Michael legt die Stirn an seine, drückt ihn noch mal fest und schickt ihn los.

Er setzt sein Basecap auf und schlurft zum Bus, fest entschlossen, sich nicht zu Michael umdrehen. Er ist der Zweite in der Schlange, nur der Schwarze ist vor ihm.

Er steigt ein. »Eine einfache Fahrt nach Dublin«, sagt er mit gesenktem Kopf.

»Dublin-Zentrum oder Dublin-Flughafen?«, fragt der Fahrer, doch als er ihn und die speckige Sporttasche sieht, weiß er die Antwort.

Nein, er fliegt nicht nach Ibiza, sonnige Strände und Baden sind für die anderen. Für ihn geht's ins graue, beschissene Dublin. 56 Clones Terrace, Traheen.

Er geht durch den Bus und sucht sich einen Platz am Fenster. Nervös drückt er sich gegen die Scheibe. Er sitzt nicht gern so weit hinten, wenn es nur einen Ausgang gibt. Aber in zwei, drei Stunden ist er in Dublin, in Freiheit.

Die beiden Chinesen steigen ein, und er zieht sich die Mütze ins Gesicht. Die Schlitzaugen würden ihn sicher hassen, wenn sie wüssten, was er mit der Frau gemacht hat. Aber sie kennen ihn nicht. Halten ihn für einen stinknormalen Jungen.

Gut so. Tauch in der Menge unter, mach dich unsichtbar.

Der Busfahrer steckt den Kopf zur Tür hinaus, um nachzusehen, ob noch Fahrgäste kommen.

Niemand da, nur Michael drückt sich vor der Halle herum. Mach hin, fahr endlich los, verdammt.

Die Tür geht zu, und der Bus rollt rückwärts aus der Parkbucht.

Als der Bus wendet, sieht er Michael, und er winkt ihm durch die schlierige Fensterscheibe zu. Michel winkt grinsend zurück.

Er rutscht tief in den Sitz hinein und lässt das Europa Hotel und die alten grauen Häuser Belfasts an sich vorbeiziehen.

*

Am Donnerstagmorgen meldet sich endlich das Haven.

»Es tut uns schrecklich leid, was Ihnen passiert ist. So etwas ist für jede Frau ein traumatisches Erlebnis. Können wir Ihnen irgendwie helfen?«

Ihr fehlen die Worte. Vielleicht ist es die extrem britische Ausdrucksweise, die sie in Rage bringt, aber sollten die Leute im Haven nicht selber wissen, wie man Vergewaltigungsopfern hilft? *Die sind doch die Experten!*

Grundsätzlich könne sich jede vergewaltigte Frau im Haven rechtsmedizinisch untersuchen und ärztlich behandeln lassen, sobald sie die Tat angezeigt hat, erklärt ihr die Frau am Telefon. Sie habe jedoch mit der Abteilung Sapphire von der Metropolitan Police gesprochen und erfahren, dass man sich schon in Belfast um alles Nötige gekümmert hat.

Es klingt fast so, als wollte man ihr im Haven gar nicht helfen.

»Soll das heißen, Sie können nichts für mich tun?«

»Im Moment nicht. Wir bieten aber psychologische Betreuung für Vergewaltigungsopfer an.«

Aufgebracht spricht sie die Frau auf die PEP an. »Sie haben nicht innerhalb der Zweiundsiebzig-Stunden-Frist zurückgerufen, und ich musste mich schließlich selbst darum kümmern.«

»Ah, sehr gut, ich bin froh, dass Sie Ihre PEP noch bekommen haben.«

»Haben Sie denn die Nachricht nicht erhalten, die ich Ihnen am Montag auf Band gesprochen habe?«

Eigentlich will sie die Frau anherrschen: Was fällt Ihnen ein, sich erst jetzt bei mir zu melden, verdammt noch mal?

»Wir sind momentan leider unterbesetzt und konnten Ihre Nachricht erst heute Morgen abhören.«

Sie weiß, das ist eine jämmerliche Ausrede, aber sie nimmt sie kommentarlos hin. Ihr fehlt einfach die Kraft, sich noch weiter mit dieser Frau anzulegen. Sie erkundigt sich nach der psychologischen Beratung.

Das Haven bietet ihr acht kostenlose Sitzungen an. Wenn sie will, kann sie schon heute Nachmittag anfangen.

Sie macht einen Termin für drei Uhr bei einer gewissen Ellen und legt auf.

Sie sieht auf die Armbanduhr. In ein paar Stunden kommt ihre Schwester.

Sie setzt sich aufs Sofa und stellt fest, dass sie wenigstens noch Wut empfinden kann. Das ist bestimmt ein gutes Zeichen. Noch ist sie innerlich nicht völlig tot.

Ihre Schwester hat sie schon einmal in London besucht. Trotzdem hat sie ihr gestern gemailt, wie sie von Heathrow zu ihrer Wohnung kommt.

Sie weiß, dass Serena eine lange Reise auf sich genommen hat. Sieben Stunden Autofahrt von Ostkalifornien zum Flughafen in San Francisco, dann der elfstündige Flug nach London.

Danach die Passkontrolle, Warten am Gepäckband und die einstündige U-Bahn-Fahrt nach Vauxhall. Ziemlich anstrengend.

Kurz nach halb eins klingelt es unten an der Tür.

Drei Minuten später steht ihre große Schwester mit Rucksack und Koffer vor der Wohnungstür. Serena ist jetzt vierunddreißig, aber mit der Nickelbrille und dem Pferdeschwanz wirkt sie immer noch wie eine Studentin.

Sie umarmen sich flüchtig – körperliche Nähe wurde in ihrer Familie immer kleingeschrieben. Sie nimmt Serena mit in die Küche.

»Wie geht es dir?«, fragt Serena. In ihrer Stimme schwingt eine Besorgnis mit, die sie bei ihrer Schwester nicht gewohnt ist.

Sie zuckt die Achseln. Stellt den Wasserkocher an.

»Na ja, das kannst du dir wahrscheinlich denken.«

Serena geht zu ihrem Rucksack und holt eine prall gefüllte Klarsichtmappe heraus.

»Hier, hab ich für dich ausgedruckt.«

Sie blättert durch den Stapel. Informationen über das RASASC, das Zentrum für Vergewaltigungsopfer, diverse Hotlines, die Telefonseelsorge, Hilfseinrichtungen für die Opfer von Straftaten.

»Von ein paar Adressen habe ich dir die Links gemailt.«

Sie nickt. Einige dieser Einrichtungen hat sie sich bereits im Netz angeschaut, aber die Vorstellung, zum Telefon zu greifen und einem wildfremden Menschen (noch einmal) zu schildern, was passiert ist, schreckt sie ab. Sie schafft es kaum, sich vom Sofa zu erheben, und so ein Anruf wäre einfach zu viel für sie.

»Danke. Habe ich gesehen.«

»Und hast du schon irgendwo angerufen?«

»Nein, dazu bin ich noch nicht gekommen.«

»Soll ich das für dich übernehmen?«

»Vielleicht.« Sie belässt es dabei. Sie will jetzt nur einen Earl-Grey-Tee trinken und dann zurück unter ihre Decke kriechen.

Bitte, Welt, lass mich in Ruhe. Gönne mir eine Auszeit, ja?

Serena wirkt leicht irritiert.

»Und, was hast du heute vor?«

Verpflichtungen? Termine? Ach ja, früher waren meine Tage von morgens bis abends durchgeplant.

»Ich habe um drei ein Beratungsgespräch in einer Einrichtung namens The Haven. Dann muss ich in der Stadt ein paar aufgeschobene Dinge erledigen. Wenn du Lust hast, können wir anschließend ein bisschen im Hyde Park spazieren gehen.«

»Soll ich irgendetwas für dich tun?«

»Du … du könntest mich begleiten. Ich bin im Moment einfach nicht gern allein.«

Serena nickt. Das ist ein merkwürdiges Geständnis.

Ja, ich bin verrückt. Deine kleine Schwester ist verrückt.

Das Wasser sprudelt, und der Kocher schaltet sich ab.

»Willst du auch einen Tee?«

*

Seit einer Stunde oder so sitzt er jetzt im Bus. Die Orte, durch sie fahren, sehen alle gleich aus. Einkaufsstraße, Kirche, Post, Pubs. Kein Schwein unterwegs so früh am Morgen.

Manche Orte sind voll mit britischen Fahnen. Fast an jedem Mast, an jedem Laternenpfahl weht eine.

Schön, dass ihr so stolz drauf seid, Briten zu sein, aber mal ehrlich: Was bringt das? Für mich rührt Ihre Majestät keinen Finger, also lasst mich in Ruhe mit euren Scheißfahnen.

Nein, er ist froh, aus Belfast raus zu sein, in Dublin wird alles besser. In Dublin gehst du in der Menge unter. Bist nur ein x-beliebiger Pavee-Junge. Uninteressant.

Der nächste Halt ist eine größere Stadt. Der nagelneue Busbahnhof liegt direkt an einem Fluss.

Der Bus hält in einer Bucht, und der Motor geht aus.

»Newry. Letzter Halt vor der Republik. Zehn Minuten Pause«, ruft der Fahrer und steigt aus, um eine zu rauchen.

Scheiße, er würde jetzt alles für eine Kippe geben. Damit die Aufregung weggeht. Er guckt auf seine Knie. Sie zittern wie verrückt. Nein, bleib sitzen. Gleich bist du hinter der Grenze.

Er rutscht tief in den Sitz hinein und macht die Augen zu.

Offenbar ist er kurz weggedöst, aber der Bus steht noch in der Bucht. Vorn steigen Leute ein und lösen beim Fahrer ihre Tickets. Wahrscheinlich will jeder raus aus diesem Kaff.

Mach hin mit den Scheißtickets und fahr weiter!

Er drückt auf seinem iPod herum, sucht nach irgendeinem Song, den er nicht schon hunderttausendmal gehört hat. Plötzlich entdeckt er aus dem Augenwinkel ein Auto. Auf der Brücke, es kommt direkt auf sie zu.

Es fährt schnell, als wollte der Fahrer unbedingt den Bus kriegen.

Nur noch zwei Leute stehen vorn auf der Treppe, könnte der Fahrer nicht schon mal die Tür schließen?

Der schmutzige blaue Wagen kommt ihm irgendwie bekannt vor.

Und dann macht es Klick. Das ist Onkel Rorys Auto.

Sie sind ihm gefolgt. Onkel Rory, und Dad sitzt todsicher auch im Wagen.

Sein Herz fängt an zu rasen. Du musst hier raus, schnell.

Panisch sieht er sich nach einem Notausstieg um, aber es gibt keinen, nur die Tür vorn beim Fahrer. Die Fenster sind zu klein, um hinauszuklettern.

Endlich haben alle Fahrgäste ihr Ticket.

Jetzt mach endlich die beschissene Tür zu und wirf den Motor an!

Er könnte nach vorn laufen und den Fahrer bitten, sich zu beeilen, aber er darf sich auf keinen Fall verdächtig machen.

Endlich, die Tür geht zu, und der Motor springt an.

Er guckt wieder aus dem Fenster. Das blaue Auto hält an, und da ist er. Er springt aus dem Wagen und läuft auf den Bus zu, dicht gefolgt von Rory.

Er zieht den Kopf ein und macht sich so klein, wie es geht. Betet innerlich, dass der Fahrer nichts bemerkt und losfährt, aber dann hört er jemanden rufen, und die Tür geht wieder auf.

Er hört, wie Dad sich beim Fahrer entschuldigt, wie er seine Buffer-Show abzieht.

»... Ich suche meinen Jungen«, sagt Dad. »... Er ist schon wieder weggelaufen. Er braucht dringend Hilfe ...«

Ah, fick dich, Dad.

Er sucht mit Blicken den Fußboden ab. Versteck dich, kriech unter den Sitz, vielleicht übersieht er dich.

Dad redet weiter auf den Fahrer ein. »Es dauert nur eine Sekunde ...«

Er hört seine Schritte, er kommt langsam auf ihn zu, bleibt bei jeder Sitzreihe stehen. »Entschuldigen Sie bitte, ich suche nur nach meinem Sohn.«

Der Boden ist kalt und riecht nach Kotze, die Sitzpolster sind unten aufgerissen.

»Sind Sie bald so weit?«, ruft der Fahrer. »Ich muss meinen Fahrplan einhalten.«

Dreh um, Dad, steig wieder aus. Du findest mich sowieso nicht.

Seine Stiefel kommen näher und näher, jetzt ist er schon in der Sitzreihe vor ihm.

Ich bin nicht da. Ich bin unsichtbar.

Eine schnelle Bewegung, und dann wird er am Kragen gepackt und hochgerissen. Dad drückt ihn gegen den Sitz und starrt ihn wutentbrannt an.

»Netter Versuch, Johnny.«

*

Das Haven befindet sich gleich um die Ecke vom King's College Hospital in Camberwell, in einem alten, typisch englischen Reihenhaus mit verzogenen Türen, die nicht richtig schließen. Sie sitzt mit ihrer Schwester in dem kleinen Wartezimmer.

Der Raum ist hellrosa gestrichen und nichtssagend eingerichtet. Auf einem Tisch liegen sechs Monate alte Frauenzeitschriften, in denen schon Scharen von Patientinnen geblättert haben. Vergewaltigungsopfer oder ihre Begleiterinnen, die, wie sie, nervös darauf warteten, aufgerufen zu werden.

»Vivian Tan?«

Sie blickt auf. Eine kleine grauhaarige Frau mittleren Alters steht in der Tür. Sie sieht müde aus.

»Ich bin Ellen.«

Ellen wirkt nicht besonders offen. Was soll man von einer Therapeutin erwarten, die schon vor der Sitzung müde ist? Trotzdem folgt sie ihr über einen niedrigen Flur in einen winzigen Raum.

Die Tür wird geschlossen, und sie hört das laute Ticken eines Weckers. Tick, tick, tick. Das geht ihr jetzt schon auf die Nerven. Die Wände sind kahl bis auf ein gerahmtes Bild mit Blumen in einer Vase. Durch das Fenster mit den halb geschlossenen Lamellen sieht man in einen sonnigen Garten.

»Bitte, nehmen Sie Platz.«

Auf dem Tischchen zwischen ihnen steht eine Box mit Papiertaschentüchern.

Ellen hat einen Block auf dem Schoß und in der Hand einen Stift. Sie lächelt immer noch nicht.

Sie fragt sich, was Ellen in der nächsten Stunde wohl aufschreiben wird.

»So, Vivian. Erzählen Sie mir, was passiert ist.«

Sie zieht die Stirn kraus. Es widerstrebt ihr, das Ganze noch einmal zu schildern.

Aber die Uhr tickt, und sie weiß, dass sie die sechzig Minuten in dem winzigen Raum irgendwie rumkriegen muss. Es hat keinen Sinn, die Sache hinauszuzögern.

Sie sagt: »Am vergangenen Wochenende war ich in Belfast.«

*

Sie fahren zurück nach Belfast. Onkel Rory sitzt mit seinem dicken Schädel am Steuer und tut so, als würde er nicht zuhören, aber er weiß genau, dass er lauscht. Und sich heimlich freut, dass seine Söhne viel besser geraten sind als Mick Sweeneys Taugenichtse.

Leck mich, Onkel Rory.

Dad sitzt mit finsterer Miene neben ihm auf der Rückbank. Seine Hand umklammert seinen Nacken wie eine Schraubzwinge. Das geht so, seit sie losgefahren sind.

»Jetzt lass endlich los, Da.« Er windet sich. »Ich spring schon nicht aus dem Wagen.«

»Ich trau dir nicht mehr, Johnny.« Dad sieht ihn nicht einmal an, guckt nur starr aus dem Fenster. »Ich schmeiß extra 'ne Party für dich, und was machst du?«

Draußen ziehen im Rückwärtsdurchlauf die Orte von vorhin vorbei. Dad löst den Klammergriff, aber seine Hand bleibt, wo sie ist.

»Sie legen dir Handschellen an und sagen irgendeinen Spruch auf«, erklärt ihm Dad. Ihr Auto parkt gegenüber vom Polizeirevier Willowfield. Die Türen sind verriegelt.

Wie es sich wohl anfühlt, in Handschellen zu sein? Er wünscht sich, er könnte Michael fragen.

»Du nickst und sagst, dass du verstanden hast, ansonsten hältst du den Mund. Antworte nicht auf ihre Fragen. Und bleib ruhig. Ich bin die ganze Zeit bei dir.«

Polizisten verlassen das Revier, andere kehren vom Einsatz zurück. Ein paar sehen zu ihrem Wagen hinüber.

»Dann dürfen wir einen Anwalt anrufen. Der wird uns helfen. Sag kein Wort darüber, was mit der Frau im Park passiert ist, bis der Anwalt da ist. Hast du verstanden?«

Er sieht Dad an. Nickt.

»Ich warne dich, Johnny. All das hat Einfluss darauf, was mit dir passiert.«

Als wär's dir nicht scheißegal, was mit mir passiert.

»Ja, Dad, ich hab's kapiert. Zufrieden?«

»Gut, dann lass uns reingehen.«

Onkel Rory hält ihm verlegen die Hand hin. »Halt die Ohren steif, Johnny. Wenn du wieder draußen bist, fahren wir zusammen nach England, dann lernst du ein paar von deinen Cousins kennen.«

Was kümmern ihn seine zehntausend Cousins in England, die mit ihren Scheißwohnwagen durch die Gegend ziehen? Im Moment geht's nur um ihn.

»Kann ich kurz Michael anrufen, bevor wir reingehen?«

Dad wirft ihm einen komischen Blick zu.

Aber dann zückt er sein Telefon, drückt eine Taste und gibt es ihm.

Es klingelt.

Geh ran, Michael, los, geh ran.

Was soll er bloß sagen? Genau, Dad hat mich geschnappt, sag mir schnell, was ich da drinnen machen soll ...

Dad guckt aus dem Fenster. Eine Ader pocht in seiner Schläfe.

Aber Michael geht nicht ran. Bestimmt hat er die Nummer auf dem Display erkannt.

Irgendetwas in ihm bricht zusammen. Stumm gibt er das Telefon zurück.

»Na, dann los«, sagt Dad und öffnet die Tür.

Sie steigen aus und blicken hinüber zur Wache. Das ganze Grundstück ist von einer hohen Mauer mit Stacheldraht umgeben.

Der Himmel hat sich zugezogen, und es fängt an zu regnen. Kalte, dicke Tropfen landen auf seinem Nacken. Sie gehen die Treppe zum Eingang hinauf. Jetzt gibt es kein Zurück mehr.

*

»Sie hat gesagt: ›Wir bieten Ihnen einen geschützten Raum, wo Sie über Ihre Gefühle sprechen können.‹«

Serena grinst. »Was soll das denn heißen?«

»Keine Ahnung. Wenn ich über meine Gefühle reden will, wende ich mich an meine Freunde. Und nicht an eine unbeholfene Frau, die mir völlig fremd ist.«

»Na ja, vielleicht wird es mit der Zeit besser.«

»Kann sein.« Aber sie macht sich wenig Hoffnungen.

Sie sitzen in einer kleinen Senke mitten im Hyde Park, abseits vom Schatten der Bäume. Die Luft ist noch ziemlich frisch, aber um sie herum blühen überall die Narzissen. Sie hat ihre Jacke auf dem Rasen ausgebreitet. Es ist sonderbar, aber dieser sonnige grüne Ort vermittelt ihr ein Gefühl von Geborgenheit.

Sie schließt die Augen, lässt sich die Sonne ins Gesicht scheinen, lauscht dem Hundegebell und den Stimmen unsichtbarer Spaziergänger.

»Geht es dir gut?«, fragt Serena nach einer Weile.

»Nicht besonders.« Sie streicht mit der Hand übers Gras. »Was hast du Mom und Dad gesagt, als du ihnen erzählt hast, dass du mich besuchst?«

»Sie wissen gar nichts davon. Ich habe ihnen gesagt, ich müsste geschäftlich verreisen. Nach New York oder so.«

»Ziemlich clever.«

Ihr wird bewusst, dass sie seit fast einer Woche nicht mit ihrer Mutter gesprochen hat. Aber wie, um alles in der Welt, soll sie sich mit ihr unterhalten, ohne zu erwähnen, was ihr Schreckliches passiert ist?

»Hat Mom nach mir gefragt?«

»Ja, natürlich. Ich habe ihr gesagt, dass du seit deiner Rückkehr aus Belfast irrsinnig viel zu tun hast und dich bei ihr meldest, sobald du wieder Land siehst.«

Und das stimmt, wenn auch auf andere Weise, als ihre Mutter vielleicht glaubt.

»Fass dich einfach kurz, wenn du sie anrufst. Versuche, dir nichts anmerken zu lassen«, sagt Serena. »Ich glaube wirklich, es ist das Beste, wenn unsere Eltern nichts davon erfahren.«

Sie braucht nicht zu fragen, warum. Das sieht sie ganz genauso. Sie rupft Grashalme aus dem Rasen und rollte sie zu kleinen Kügelchen.

»Ich ... ich glaube, sie würden durchdrehen«, sagt Serena. »Ganz sicher würden sie das. Sie würden sofort bei mir vor der Tür stehen, weil ich Anwältin bin. Aber mit solchen Fällen kenne ich mich überhaupt nicht aus.«

»Und dann würden sie auf mich einreden, wieder nach New Jersey zu ziehen.«

»Möchtest du das denn?«

»Machst du Witze?«

Einen kurzen Augenblick lang stellt sie sich vor, wie es wäre, wieder in ihr altes Zimmer in der Vorstadt ziehen. Was sollte sie dort mit sich anfangen? Sie hat in Edgewood keine Freunde mehr, sie hätte keine Arbeit, nicht einmal ein Auto. Sie würde den ganzen

Tag bei ihren ewig zankenden Eltern hocken, in der Wäscherei aushelfen und mit geheuchelter Freundlichkeit die alten Kunden von früher bedienen. Leute aus der Nachbarschaft, die nie aus ihrem Nest herausgekommen sind, nichts von der Welt gesehen haben.

Nein, alles, nur das nicht. Lieber wird sie hier in London allein damit fertig. Ohne Partner, ohne viel Geld, aber mit zwei Mitbewohnern, die sie bereitwillig im Wohnzimmer auf der Luftmatratze schlafen lassen. Wenn sie irgendwo zu Hause ist, dann hier.

Sie und Serena wissen genau, wie ihre Eltern reagieren würden, unnötig, das näher zu thematisieren. Ihre Mutter würde in Tränen ausbrechen und mit schriller, vorwurfsvoller Stimme schluchzen: *Habe ich dir nicht immer gesagt, du sollst dich vorsehen? Hab ich dich nicht immer davor gewarnt, allein wandern zu gehen?* Und ihr Vater würde stumm seinen Zorn in sich hineinfressen und später seiner Frau die Schuld geben. Ihr vorwerfen, sie hätte ihren Töchtern zu viel durchgehen lassen, sie in ihrer Unabhängigkeit bestärkt.

»Keine Angst«, sagt sie zu ihrer Schwester. »Von mir erfahren sie nichts.«

Die Sonne verschwindet hinter den Wolken, und es wird kühl. Sie fröstelt und zieht sich die Jacke an.

Einerseits hat sie Gewissensbisse, ihren Eltern ein so einschneidendes Erlebnis zu verheimlichen. Ihnen die Wahrheit bewusst vorzuenthalten. Andererseits gibt es eine Menge Dinge in ihrem Erwachsenenleben, von denen sie nichts wissen. Jetzt gibt es eben noch eine Sache mehr.

*

An der Wand hinter dem Tresen hängt eine Zeichnung von ihm. Sieht ihm nicht besonders ähnlich. Haare und Sommersprossen haben sie gut hingekriegt, aber die irren Augen gehören zu jemandem, der seit seiner Geburt in der Klapse sitzt.

14- BIS 18-JÄHRIGER JUGENDLICHER
GESUCHT WEGEN VERDACHTS AUF VERGEWALTIGUNG

Er will auf das Plakat zeigen und sagen: »Euer Zeichner ist scheiße.«

Aber Dad übernimmt das Reden. Die Bullen nicken wichtig. Wie damals nach Michaels erster Verhaftung, als er mit Mam auf der Wache in Kilkenny war. Die Bullen hatten Mam und ihn angesehen wie Abschaum. Jetzt passiert dasselbe.

»Dein Vorname ist Johnny?«, fragt der dicke Bulle.

Er nickt.

»Es war richtig, aus freien Stücken herzukommen, Johnny. Ich bringe dich jetzt in einen Raum. Dort wartest du, während ich ein paar Anrufe tätige.«

Dad sieht ihn an.

»Hier entlang«, sagt der Dicke. Sein Doppelkinn schwabbelt. Er schließt eine Tür auf und wartet, dass er ihm folgt wie ein gehorsamer Hund.

Er dreht sich kurz zu Dad um.

»Ich warte hier. Geh jetzt, Johnny.«

Er betritt einen kleinen, kahlen Raum. Hinter ihm macht es klick. Die Tür ist abgeschlossen.

»Haben Sie sich am Samstag, den 12. April, im Glen Forest Park in Westbelfast aufgehalten?«

Das fragt ihn der Oberpolizist, ein Typ namens Morrison. Anzug, ziemlich jung, sieht gar nicht aus wie ein Bulle.

Er zögert mit der Antwort, aber Dad sieht ihn grimmig von der Seite an.

»Ja.«

»Und sind Sie dort einer Frau namens Vivian Tan begegnet, die allein unterwegs war?«

Heißt sie so? Nie gehört. Die Schlampe hat ihn also auch mit ihrem Namen belogen.

»Ich bin einer Frau begegnet. Ihren Namen hat sie nicht gesagt.«

»Aber Sie haben sich mit einer Frau unterhalten, die allein war. Einer Amerikanerin. Trifft das zu?«

»Ja.«

»Und Ihnen ist bekannt, dass Sie hier in Zusammenhang mit einem Vorfall befragt werden, der mit dieser Frau zu tun hat, richtig?«

Was meint der Scheißtyp damit? Das sind viel zu viele Wörter auf einmal.

»Ich weiß, dass ich gesucht werde.«

Der Bulle nickt. »Also gut, Johnny.«

*

Am Abend fährt sie mit Serena nach Covent Garden. Stefan hat sie zum Essen eingeladen. Magda, eine Freundin von Stefan, ist auch dabei.

Sie kennt Magda schon. Sie stammt aus Tschechien, ist dünn und nervös und regt sich ständig über irgendetwas auf. Heute Abend klagt sie über ihr Pech mit den Männern.

»Er hat nicht mal zurückgerufen. Für ihn war die Sache gegessen, wozu sich also noch mal melden?«

Sie blickt schweigend auf ihren Teller, stochert mit der Gabel in den Fett- und Knorpelstücken ihres Lammfleischs.

Serena sagt kaum ein Wort.

»Ach, vergiss ihn einfach«, sagt Stefan.

»Ich meine, was muss ich mir denn noch alles bieten lassen?«, schimpft Magda.

Ihr altes Ich hätte Magdas Sicht geteilt. Sich lebhaft am Gespräch beteiligt. Aber jetzt staunt sie darüber, wie egozentrisch Magda sich aufführt.

Sie bleibt stumm. Schneidet eine Rosmarinkartoffel durch, kaut und schluckt.

Plötzlich klingelt ihr Telefon.

»Entschuldigt bitte.« Sie geht zu ihrer Handtasche und kramt ihr Telefon heraus.

Es erscheint keine Nummer auf dem Display. Die vertraute Übelkeit verrät ihr, dass das nur die Polizei sein kann. Die Polizei unterdrückt grundsätzlich ihre Rufnummer.

»Hallo?«

»Ah, hallo, Vivian, hier spricht Thomas Morrison von der PSNI. Störe ich?«

Sie sieht sich um. »Einen Moment bitte.«

Sie geht hinaus auf den Flur und stellt sich vor den gerahmten Druck eines Gemäldes von Francis Bacon. *Head IV*, steht auf dem Passepartout. »So, jetzt kann ich sprechen.«

»Schön, ich habe nämlich gute Neuigkeiten«, sagt Thomas bemüht fröhlich.

Die Polizei und gute Neuigkeiten? Klingt irgendwie absurd.

»Worum geht es?«

»Wir haben ihn. Er sitzt in Untersuchungshaft.«

Die Übelkeit weicht etwas anderem – einer düsteren, gespenstischen Erleichterung, die sie angrinst wie ein Höllenwesen von Hieronymus Bosch.

»Wirklich?«

»Ja. Sie können also wieder ruhig schlafen. Viel haben wir noch nicht aus ihm herausbekommen, aber ich wollte Ihnen trotzdem schnell Bescheid geben, dass wir ihn haben.«

»Danke, Thomas.«

Der Detective erzählt ihr noch mehr. Die Gemeinde hat für sie eine Kerzenwache organisiert, die am Samstag im Park stattfindet. Um ihr zu zeigen, dass die Belfaster an sie denken. Die Menschen sind erleichtert, dass der Junge geschnappt wurde.

Ihr kommt all das unwirklich vor. Dass er gefasst wurde, ist für sie nur ein kleiner Erfolg in einem Krieg, den sie nicht gewinnen kann. Was erwarten die Leute denn von ihr? Dass sie ins Wohnzimmer stürmt, den andern die frohe Botschaft verkündet und vor Freude einen Luftsprung macht? Und diese Kerzenwache. Völlig fremde Menschen schicken ihr gute Wünsche, aber wozu soll das gut sein? Sie hat das alles nicht gewollt. Sie kann sich weder freuen noch Dankbarkeit empfinden. Sogar ein Lächeln fühlt sich falsch an.

Zögernd bleibt sie auf dem Flur stehen. Aus dem Wohnzimmer dringt belangloses Geplauder, und sie wendet sich dem Gemälde zu. Ihr Gesicht spiegelt sich im Glas des Rahmens, legt sich als blasser Schatten über das Bacon-Porträt. Es zeigt ein Gesicht, eigentlich nur einen weit aufgerissenen, gierigen Mund, die Augen und alles darüber haben sich aufgelöst.

Sie blickt starr auf das Bild. Und wartet, dass auch ihr Gesicht sich auflöst.

*

Als er die Handschellen sieht, wird ihm schlecht.

Tu etwas, stoß die Bullen zur Seite und stürme nach draußen, renn die Straße runter, egal wohin.

Aber Dad steht neben ihm, und er weiß, er kann weder Reißaus nehmen, noch sich übergeben. Er muss sich fügen.

Wie ein Feigling streckt er die Hände aus.

Die Handschellen schließen sich hart und kalt um seine Gelenke. Scheuern auf der Haut.

»John Michael Sweeney, ich verhafte Sie wegen des Verdachts der Vergewaltigung von Vivian Tan am 12. April dieses Jahres. Ich weise Sie darauf hin, dass Sie die Aussage verweigern dürfen. Es kann jedoch Ihrer Verteidigung schaden, wenn Sie auf Nachfrage Informationen zurückhalten, auf die Sie sich später vor Gericht berufen. Alles, was Sie sagen, kann als Beweismittel gegen Sie verwendet werden. Haben Sie das verstanden?«

Nein, nicht wirklich, aber was soll's. Geht euch doch sowieso am Arsch vorbei.

Und dann setzt das quälende Bohren wieder ein. Er kann nicht mehr reden, nicht mehr denken, bekommt keine Luft mehr. Er kann sich nur in Stücke reißen lassen, hier in dem kleinen, kahlen Raum.

DREI

Ich weiß, was ihr jetzt sagt. Dass es nur eine Frage der Zeit war, bis ich so was mache. Was genau und an welchem Tag und mit welcher Schlampe, konnte keiner ahnen. Aber eins war klar: dass es mich irgendwann überkommt. Und dass ich es danach bereuen werde.

Bereue ich es? Reue ist eins von den Wörtern, die sie dir ohne Ende eintrichtern. Noch so ein Trick, damit du dich mies fühlst, weil du ein Kesselflicker bist. Der letzte Dreck. Aber Reue sagt mir nichts.

Ständig fragen sie mich: »Bereust du, was du der Frau angetan hast?« Und was ist mit den anderen Mädchen? Den Geldbörsen und Telefonen, die ich geklaut habe, soll ich mich deswegen auch mies fühlen? Soll ich mich für mein ganzes Leben mies fühlen? Wozu? Bloß weil die keine Ahnung von mir und meinem Leben haben und sich auch nicht dafür interessieren? Außer, ich komme ihrem Leben in die Quere.

Wenn ich es nicht mit ihr gemacht hätte und wenn sie mich nicht bei den Bullen verpfiffen hätte, wäre noch alles so wie früher. Ich würde weiter durch die Gegend ziehen, der unauffällige Pavee am Rand, den keiner beachtet.

Hätte ich mir also eine andere Tussi aussuchen sollen? Auf

jeden Fall. Eine jüngere. Eine, die Schiss hat und den Mund hält. Andere Jungs werden nicht geschnappt, laufen weiter frei herum. Und ich? Eine falsche Entscheidung, Johnny, und dein Leben ist im Arsch.

Oder war es das von Anfang an? Was soll's, tun wir einfach so, als ob der kleine Pavee gar nicht da wäre.

Für euch bin ich doch sowieso unsichtbar. Ihr bemerkt mich erst, wenn sich eine Tussi über mich beschwert. Und dann wollt ihr mich hinter Gitter stecken. Dabei bin die ganze Zeit da gewesen. Ihr habt mich bloß nicht gesehen.

*

Sie hat sich an die entsetzten Gesichter gewöhnt, wenn sie erzählt, was passiert ist. Sie hat sich daran gewöhnt, die richtige Version zu erzählen. Die ungefährliche. Die Erfahrung hat sie gelehrt, dass die anderen gar nicht wissen wollen, in welchen Stellungen er sie vergewaltigt hat. Und vielleicht sind diese Dinge auch ein bisschen zu intim, um sie jedem mitzuteilen.

Aber die Leute zucken selbst bei der entschärften Version zusammen. Es bringt nichts, sie in alle scheußlichen Einzelheiten einzuweihen. Die gehen nur sie etwas an. Und die Polizei. Und ihre Therapeutin.

Und Freunde? Die müssen merkwürdigerweise geschont werden. Sie würden die Wahrheit nicht aushalten. Das Vertrauen in ihre gesicherte bürgerliche Existenz verlieren.

Das hat sie alles hinter sich. Ihr ganzes Leben hat sich von Grund auf verändert.

Also erzählt sie allen die ungefährliche Version. Wenn jemand mehr wissen will, gibt sie brav Auskunft. Viele sagen: »Du möchtest bestimmt nicht darüber reden«, als wollten sie sich dafür entschuldigen, dass sie nicht weiter nachfragen.

Aber warum sollte sie nicht darüber reden wollen? Sie kann

doch ein so grauenhaftes Erlebnis nicht einfach aus ihrem Leben streichen.

Das wäre eine ungeheure Lüge.

Und zu so einem Selbstbetrug ist sie nicht fähig.

*

»Lassen Sie uns der Reihe nach vorgehen, Johnny. Erzählen Sie mir, wo Sie am Samstag überall gewesen sind und was Sie gemacht haben. Fangen wir am Morgen an.«

Er ist wieder in dem kleinen Raum, der ihm heute noch enger vorkommt. Detective Morrison ist da und stellt ihm Fragen, dazu noch ein anderer Bulle und Onkel Rory. Dad musste draußen bleiben, weil er ihm zu nahesteht oder so. Neben Onkel Rory sitzt sein Anwalt, Mr McLuhan. McLuhan mit dem grauen Anzug, der Nickelbrille und der dicken Uhr ist genau der Typ Buffer, dem er die Brieftasche klauen würde, wenn er ihn auf der Straße sähe.

Aber jetzt ist McLuhan auf seiner Seite. »Ich bin hier, um Ihnen zu helfen«, hat er zu ihm gesagt. »Um das Beste für Sie herauszuholen, damit Sie schnell aus der U-Haft entlassen werden. Aber Sie müssen mit mir zusammenarbeiten und mir alles sagen, was Sie wissen.«

Und das hat er getan. Hat ihm eine hübsch ausgeschmückte Version der Geschichte erzählt, und genauso macht er es jetzt bei Detective Morrison.

Morrison sieht aus wie einer von den blöden Jungvätern im Werbefernsehen, aber er macht ein ernstes Gesicht und stellt ihm jede Menge Fragen. Der andere Bulle kritzelt eifrig mit, obwohl irgend so ein Ding alles aufnimmt. Ab und zu schreibt sich Morrison etwas auf, aber er kann es nicht entziffern. Mit dem Lesen haben es die Sweeneys nicht so.

»Lassen Sie sich Zeit«, sagt Morrison. »Denken Sie in Ruhe nach.«

»Ich bin an dem Morgen im Wohnwagen aufgewacht.«
»In welchem Wohnwagen?«
Mann, das kann ja eine Ewigkeit dauern.

*

Nach und nach sickern die Geschichten von anderen Frauen durch. Und mit der Zeit wundert sie sich nicht mehr darüber. Erst jetzt ist ihr bewusst geworden, wie oft es passiert, wie viele Leben durch eine Vergewaltigung zerstört werden.

Die Freundin einer Freundin.

Eine Tante.

Eine Schwester.

Eine Kommilitonin.

Eine Frau war mit ihrem Freund auf einem Campingplatz zelten. Im Waschraum wurde sie von zwei Männern vergewaltigt, die ihr dort aufgelauert hatten.

Eine andere Frau fuhr nach El Salvador, um ehrenamtlich für eine NGO zu arbeiten. An ihrem letzten Abend ging sie allein in eine Bar, und ein Mann kam mit zwei Bieren an ihren Tisch. Am nächsten Morgen wachte sie in einem fremden Zimmer auf einer schmutzigen Matratze auf. Sie wusste, dass sie vergewaltigt worden war; ihr tat da unten alles weh. Auf eine Anzeige verzichtete sie – sie wollte nur zurück in ihr Hotel und ihr Flugzeug nach Hause kriegen, sich in Sicherheit bringen. Die Polizei von El Salvador hätte den Täter ohnehin nicht gefasst. Ihr Fall war nichts Besonderes, Vergewaltigungen sind dort an der Tagesordnung.

Eine Frau, die auf einer Party zu viel getrunken hatte, nahm das Angebot eines Freundes an, sie nach Hause zu begleiten. In der Wohnung fiel der Mann über sie her und vergewaltigte sie. Er ließ sie um vier Uhr morgens halb nackt und verängstigt auf dem Sofa liegen. Ein paar Stunden später rief sie die Polizei an, aber sie ertrug es nicht, dass die Beamten ihre Wohnung durchsuchten und in ihrer Unterwäsche wühlten. Nach allem, was sie gerade durchgemacht hatte, empfand sie das wie eine zweite Vergewaltigung.

Auf eine Vergewaltigung folgt die nächste Vergewaltigung. Das hat sie in den letzten Wochen gelernt.

*

Das Ganze ist lange nicht so lustig wie im Fernsehen.

In der Glotze wäre der Verbrecher ein großer, tätowierter Schlägertyp mit Glatze. Er würde den Tisch umstoßen, und der Detective und er würden sich gegenseitig mit Blicken durchbohren. Aber hier hocken sie um ihn herum und nerven ihn mit saulangweiligen Fragen.

»Wo steht der Wohnwagen, in dem Sie mit Ihrem Vater und Michael wohnen?«

»Oben an der Landstraße, auf dem Platz direkt über dem Tal. Man kann von dort den Wasserfall und alles sehen.«

»Okay, gut so, Johnny.«

Kratz, kratz macht der Stift des Bullen.

»Um welche Uhrzeit sind Sie an diesem Morgen aufgewacht?«

Er zuckt die Achseln. Er hat keine Uhr, und zu Hause gibt's auch keine.

»Können Sie die Uhrzeit vielleicht ungefähr schätzen?«

Welcher Idiot guckt denn ständig nach, wie spät es gerade ist?

»Ich bin einfach aufgewacht.«

»War das vielleicht gegen neun? Oder eher gegen elf? Versuchen Sie sich zu erinnern, Johnny.«

»Keine Ahnung. Ich achte nicht auf die Zeit.«

Morrison räuspert sich und sieht McLuhan an.

»Mein Mandant sagt, er kann sich nicht erinnern. Ich halte es für unlauter, ihn zu bedrängen, sich auf eine Uhrzeit festzulegen.«

»Na schön«, sagt Morrison. »Glauben Sie, es war vor oder nach zwölf Uhr mittags?«

»Eher vor.« Der Luft nach zu urteilen, muss es Vormittag gewesen sein.

»Und was haben Sie nach dem Aufwachen gemacht?«

»Ein bisschen im Wohnwagen abgehangen.«

»Haben Sie mit jemandem gesprochen?«

»Nein, mein Dad und Michael waren nicht da.«

»Und wo waren die beiden?«

Er grinst und möchte lachen, aber McLuhan wirft ihm einen mahnenden Blick zu.

»Mein Dad war wahrscheinlich irgendwo arbeiten. Und Michael ... keine Ahnung.«

»Auf jeden Fall waren die beiden nicht zu Hause, sodass Sie sich allein im Wohnwagen befanden, richtig?«

»Ja.«

»Haben Sie mit irgendjemand anderem auf dem Platz gesprochen?«

»Nebenan wohnt eine Frau. Nora Callahan. Sie hat einen kleinen Jungen. Ich war kurz bei ihnen drüben. Hab mit ihnen gegessen.«

»Sie hat also für Sie gekocht?«

»Ja, genau.«

»Macht sie das öfter?«

Er zuckt wieder die Achseln. »Ja, hin und wieder. Wenn mein Dad weg ist und ich nichts zu essen hab.«

»Haben Sie sich mit ihr unterhalten?«

»Ein bisschen. Worüber, hab ich vergessen.«

»Versuchen Sie bitte, sich zu erinnern.«

»Ich weiß nicht. Ob sie weiß, wo mein Dad und wo Michael ist, glaube ich. Darüber, was ihr Mann so macht.«

Morrison räuspert sich wieder. »Können Sie mir sagen, wie es Ihnen ging, als Sie an dem Morgen aufgewacht sind?«

»Ich hatte Hunger.«

»Gut, und was noch?«

Schneller Blick zu McLuhan. Der nickt. Sie haben darüber gesprochen. Er darf es ruhig sagen.

»Ich ... ich war noch ein bisschen high.«

»High?« Morrison blickt auf, als wäre das wichtig. »Hatten Sie am Abend vorher Drogen genommen?«

»Ja.«

Der andere Bulle schreibt, als würde Gott zu ihm sprechen, aber Morrison nickt bloß.

»Was für Drogen haben Sie genommen?«

»Pillen. Ecstasy.«

»Wie viele Pillen?«

»Weiß ich nicht genau. Zwei, vielleicht drei.«

»Noch andere Drogen?«

»Ein bisschen Gras. Ich hab mit meinen Freunden was geraucht.«

»Wenn Sie von Gras sprechen, meinen Sie Marihuana, richtig?«

Jetzt mal im Ernst, muss man diesen Bullen jeden Pups erklären?

»Ja, ich meine Marihuana.«

»Wie viel haben Sie konsumiert?«

»Keine Ahnung, wir haben uns zwei Joints geteilt. Zu dritt.«

»Dann haben Sie die Wirkung der Drogen also noch gespürt, als Sie am Samstagmorgen aufgewacht sind, richtig?«

»Könnte man so sagen.«

»Versuchen Sie zu beschreiben, *wie* sich das angefühlt hat.«

»Ich glaube, der Kopf hat mir wehgetan. Und alles stand irgendwie still, so wie wenn man bekifft ist. Man kann sich an nichts richtig erinnern, weil einem ganz schwummrig ist.«

Vielleicht lassen sie ihn mit ihren Scheißfragen in Ruhe, jetzt, wo er gesagt hat, dass er sich an nichts erinnert.

»Okay, Johnny. Ich bin froh, dass Sie mir das gesagt haben. Dennoch muss ich Sie bitten, sich an alles so genau wie möglich zu erinnern. Ihnen wird eine sehr schwere Straftat zur Last gelegt.

Vergewaltigung ist ein schlimmes Verbrechen, nur Mord ist noch schlimmer. Es ist also in Ihrem eigenen Interesse, dass Sie mir alles erzählen, woran Sie sich auch nur annähernd entsinnen, damit Sie uns von Ihrer Unschuld überzeugen können. Haben Sie das verstanden?«

»Ja, mein Mandant hat Sie verstanden.«

Danke, McLuhan, dass du mir das Wort aus dem Mund nimmst, als wäre ich bekloppt.

»Also, was haben Sie gemacht, nachdem Sie zum Essen bei Nora Callahan gewesen sind?«

»Ich hab mich noch ein bisschen auf dem Platz rumgetrieben.«

»Was haben Sie dort gemacht?«

»Keine Ahnung. Einfach ... ich weiß nicht mehr. Man kann dort oben nicht viel machen. Ich hab überlegt, ob ich meine Freunde anrufen soll.«

»Aber das haben Sie nicht.«

»Ich meine, ich hab's vielleicht versucht, aber es ist niemand rangegangen.«

»Meinen Sie dieselben Freunde, mit denen Sie Freitagnacht unterwegs waren?«

»Ja. Gerry und Donal.«

Morrison will ihre vollen Namen wissen und schreibt sie auf.

»Was haben Sie gemacht, als Sie Ihre Freunde nicht erreicht haben?«

»Keine Ahnung. Ich hab wohl beschlossen, runter ins Tal zu gehen. In den Park.«

»Um welche Uhrzeit sind Sie in den Park gegangen?«

»Weiß ich nicht mehr. Am Nachmittag. Wie gesagt, ich hab keine Uhr.«

»Ja, natürlich, Johnny. Und was wollten Sie im Park?«

»Da sind Leute. Es gibt viel zu sehen.«

»Und was haben Sie dort gesehen?«

»Ganz normale Leute eben, verstehen Sie, was ich meine? Leute mit Hunden, Spaziergänger und so.«
»Haben Sie mit irgendjemandem gesprochen?«
»Nein, mit niemandem.«
»Nur mit der Frau?«
»Ja, ja, mit der schon.«

*

Ihre Freunde in den USA schicken ihr Trostpakete.

Das erste ist von ihrer Freundin Melissa. Darin befinden sich Geleebohnen, Salzgebäck, Badesalz mit Lavendelduft, Käsemakkaroni aus der Tüte und ein kleines Plüschschwein.

Artikel, die vom behaglichen Leben der amerikanischen Mittelschicht zeugen, hübsch verpackt und nach London geschickt.

Andere Freunde schicken ihr Naturseifen, edles Briefpapier, Kuscheltiere. In jedem Paket befindet sich eine Karte mit mitfühlenden Worten: *Es tut mir unendlich leid, was dir passiert ist ...*

Sie stellt die kleinen Zeichen der Freundschaft und der Zuneigung auf ihren Nachttisch und die Fensterbank.

Vier Wochen sind seit der Tat vergangen, und sie fühlt sich jetzt stark genug, ihren Schlafplatz im Wohnzimmer aufzugeben und wieder in ihr Zimmer zu ziehen. Auch wenn sie sich darin noch immer fühlt wie in einer Gruft, sobald sie abends die Tür zumacht. Sie ruft sich ins Gedächtnis, dass die Dunkelheit nur acht Stunden anhält, dass um halb sechs die Sonne aufgeht und ein neuer Tag beginnt. Nur acht Stunden muss sie überstehen, acht Stunden, in denen die bedrohliche Finsternis von außen gegen die Fensterscheibe drückt und die Lichter der Stadt wie gespenstische Leuchtfeuer auf einem grauen Meer schimmern.

Wenn man sie fragen würde, womit sie ihre Tage verbringt, fiele ihr keine Antwort darauf ein.

Sie schläft bis zehn oder elf. Dann schreibt sie ausführlich ihre

Träume auf, isst etwas, schluckt die grauenhafte PEP-Tablette, und dann ... was macht sie den ganzen Tag in der Wohnung, die sie nur im Notfall verlässt?

Vor ein paar Wochen wäre ihr nach ein paar Stunden allein zu Hause sterbenslangweilig gewesen. Aber jetzt laufen die Uhren anders. Die Zeit lässt sich nicht mehr mit Unternehmungen füllen oder sinnvoll nutzen, sie ist nur noch ein Vakuum, eine eintönige Abfolge von Tagen und Wochen. Eine Phase der Freudlosigkeit, die vielleicht für immer anhält.

Das ist ihre Zukunft. Und ihre Gegenwart. Ihre Vergangenheit gehört einer anderen Vivian.

*

»Und wann haben Sie Ms Tan gesehen?«

»Keine Ahnung. Ich bin im Park rumgelaufen, und wir sind irgendwie ins Gespräch gekommen.«

»Wer hat das Gespräch begonnen? Sie oder Ms Tan?«

Er zögert. Was soll er jetzt sagen?

McLuhan kommt ihm zuvor. »Ich weise noch einmal darauf hin, dass mein Mandant zu diesem Zeitpunkt unter Drogeneinfluss stand. Es ist also durchaus möglich, dass er sich an solche Einzelheiten nicht erinnert.«

»Das habe ich schon verstanden, Mr McLuhan.«

»Ich weiß es wirklich nicht mehr.«

»Worüber haben sie sich unterhalten? Hat einer von ihnen den anderen etwas gefragt?«

»Kann sein. Ja, ich glaube, sie hat mich was gefragt. Nach dem Weg. Sie hatte ein Buch dabei und hatte sich irgendwie verlaufen.«

Verdreh ein bisschen die Wahrheit. Keiner wird es rausfinden, und ist doch logisch, dass sie dich nach dem Weg gefragt hat. Als Touristin und so.

»Was genau hat Ms Tan Sie gefragt?«

»Sie wollte eine Wanderung machen und hat mich gefragt, ob das der richtige Weg ist.«

»Also hat Ms Tan Sie angesprochen?«

»Ja, so war's.«

»Und was haben Sie geantwortet?«

»Dass das der richtige Weg ist. Sie wollte in die Berge. Und ich hab gesagt, dass ich mich in der Gegend gut auskenne.«

»Und was ist dann passiert?«

»Dann hat sie gesagt: ›Echt, du kennst dich da gut aus?‹ So, als ob sie weiter mit mir reden wollte. Verstehen Sie, was ich meine?«

Jetzt geht es ganz leicht, lass den Sweeney-Charme spielen. Ihm fällt wieder ein, was Michael gesagt hat: Deine Geschichte ist so gut wie ihre. Du musst einfach nur daran glauben. Dann wird es funktionieren.

Morrison nickt. »Ja, bitte fahren Sie fort.«

»Also hab ich mich weiter mit ihr unterhalten. Über die Gegend und so.«

»Und warum haben Sie das getan?«

»Ich hatte nichts Besseres vor. Und weil ich das Gefühl hatte, dass sie auf mich steht. Und weil sie ziemlich heiß war.«

Morrison zieht die Brauen hoch. »Heiß?«

»Ich meine, sie war sehr hübsch.«

»Das heißt, Sie fanden Sie attraktiv und hatten den Eindruck, dass Sie beide sich gut verstehen?«

»Ja, ja, irgendwie schon.«

*

Es tut mir so leid, was dir passiert ist, schreibt ihre englische Freundin Jemima.

Sie hat Jemima vor ein paar Jahren bei der Arbeit an einem Fernsehprojekt kennengelernt. Obwohl sie kaum Gemeinsamkeiten haben, sind sie seitdem befreundet.

Die dünne, etwas linkische, aber blitzgescheite Jemina hatte sie zu einem Umtrunk in Soho eingeladen. Wie immer hatte sie aufrichtig geantwortet und Jemima gemailt, dass sie im Moment nicht gern unter Menschen ist, weil ihr etwas Schlimmes passiert ist …

Jetzt liest sie Jemimas mitfühlende Antwort-Mail.

Wenn du möchtest, kannst du dich gern bei meiner Freundin Annabelle melden. Annabelle wurde vor ein paar Jahren von einem Arbeitskollegen vergewaltigt. Sie hat mir erlaubt, dass ich dir davon erzähle.

Annabelle hatte sich gegen eine Anzeige entschieden. Der Täter stammte aus einer wohlhabenden Familie mit besten Verbindungen, und so rechnete sie sich vor Gericht wenig Chancen aus. Sie kündigte ihren Job und brauchte sehr viel Zeit, um die Vergewaltigung zu verarbeiten.

Aber jetzt ist sie glücklich verheiratet und Mutter. Ich fand es wichtig, dass du das weißt. Damit du siehst, dass es weitergeht und dass man wieder ein ganz normales Leben führen kann.

Annabelles Geschichte macht ihr ein wenig Mut. Noch ist nicht alle Hoffnung verloren. Es besteht die Aussicht, dass sich das Leben nach einem so furchtbaren Erlebnis irgendwann zum Besseren wendet.

Wenn sie doch nur wüsste, wie das geht. Wenn sie doch nur die Zeit bis zu dem Moment vorspulen könnte, an dem es wieder bergauf geht. Aber es gibt kein Zwölf-Schritte-Programm, das einem dabei hilft. Sie muss ihren eigenen Weg finden.

Nach reiflicher Überlegung beschließt sie, sich nicht bei Annabelle zu melden. Irgendwie empfindet sie das als zu aufdringlich. Und was sollte sie ihr überhaupt schreiben?

Vielleicht hat Jemima dir von mir erzählt. Ich bin die Freundin, die kürzlich vergewaltigt wurde.

Und dann?

*

»Und was hat Sie zu dem Glauben veranlasst, dass die Frau auf Sie stand oder sich zumindest weiter mit Ihnen unterhalten wollte?«

Lehn dich zurück und grinse. Aber trag nicht zu dick auf. Stell es dir vor. Stell dir vor, du triffst eine geile Tussi, die scharf auf dich ist. Blitzendes Lächeln, verführerischer Blick, sie wirft die Haare zurück, und wenn sie lacht, hüpfen ihre Titten.

»Na ja, sie hat gelächelt. Und weiter mit mir geredet.«
»Und worüber haben Sie beide sich unterhalten?«
»Alles Mögliche.«
»Zum Beispiel?«
»Über sie und ihr Leben und über mich. Ich habe ihr ein bisschen von meiner Familie erzählt. Aber das meiste habe ich vergessen. Der ganze Tag ist total verschwommen.«
»Können Sie sich noch an irgendetwas erinnern, das sie über sich erzählt hat? Zum Beispiel, wo sie wohnt. Was sie beruflich macht. Ob sie zu Besuch in Belfast war.«
»Ja, sie war zu Besuch in Belfast.«
»Hat sie gesagt, warum?«
»Daran erinnere ich mich nicht mehr.«
»Wie lange haben Sie sich dort im Park unterhalten?«
»Keine Ahnung, ich hab keine Uhr.«
»Können Sie die Zeit vielleicht schätzen?«
»Eine halbe Stunde vielleicht? Eine ganze Weile jedenfalls.«
»Waren noch andere Leute im Park, die Sie mit der Frau gesehen haben?«
»Ja, klar, jede Menge.«
»Können Sie eine dieser Personen beschreiben?«
»Ich hab nicht so genau hingeguckt.«
»Niemand, an den Sie sich erinnern?«
»Nein, ich hab bloß auf die Frau geachtet.«

Langsam kehrt wieder der Alltag in ihr Leben ein. Ein spärlich gefüllter Terminplan, der sie das Gefühl der Leere ab und zu vergessen lässt.

Donnerstags ist die sinnlose Sitzung bei Ellen im Haven. Dienstagnachmittags fährt sie mit dem Bus nach Wandsworth zu der Therapie, die ihre Firma bezahlt. Anschließend geht sie manchmal kurz in den Park nebenan, dann fährt sie mit dem Bus zurück nach Vauxhall.

Zwischendurch zwingt sie sich aus reiner Vernunft, etwas zu essen, sieht aus dem Fenster, liegt auf dem Sofa.

Und dann ist da noch das Klavier.

Sie fängt wieder an zu spielen. Monatelang stand das E-Piano, das sie sich im Januar voller Stolz für vierhundert Pfund geleistet hat, unbenutzt in der Ecke. Aber eines Nachmittags, als ihre Mitbewohner bei der Arbeit sind, klappt sie den Deckel auf, stellt es an, setzt sich davor und spielt.

Einen Ton, dann noch einen. Einen Akkord, den sie seit über zehn Jahren nicht mehr angeschlagen hat.

Und dann strömt es aus ihr heraus. Die Musik hat sie nie verlassen.

Sie spielt klassische Kadenzen, Blues-Tonleitern, und dann greift sie zu dem dicken Buch, das dem E-Piano beilag: *Die 50 größten Klavierhits*. Es enthält all die Stücke, die sie in ihrer Kindheit und Jugend gespielt hat. Bach-Menuette, Rondos von Mozart, Beethoven-Sonaten. Manche Stücke muss sie ein bisschen üben, aber dann spielt sie sie so flüssig wie mit dreizehn. Nur kontrollierter.

Sie blättert weiter und stößt auf Debussys »Clair de Lune«. Als Kind hat sie es nicht gelernt, aber jetzt hat sie alle Zeit der Welt. Und es ist nicht so schwirig, wie sie befürchtet hat. Schritt für Schritt pflügt sie sich durch die Noten mit den vielen Bs und Kreuzen davor, lauscht, wie sich ein Akkord im nächsten auflöst.

Dann macht sie sich an Beethovens »Pathétique«. Sie hat die

Sonate schon unendlich oft gehört, erinnert sich noch lebhaft daran, wie ernst und ergreifend sie damals bei dem Pianisten im Gemeindesaal in North Jersey klang. Wenn sie es schaffen könnte, das Stück genauso eindringlich zu spielen, wäre ihr Leben nicht mehr völlig sinnlos.

Ein paar Tage später beherrscht sie schon die ersten anderthalb Seiten.

Siehst du, du machst Fortschritte.

Auf einmal fühlt sie sich nicht mehr wie die jämmerliche Versagerin, der man ihr altes Leben gestohlen hat. Denn was auch passiert, die Musik kann ihr niemand nehmen.

*

»Sie haben sich also zwanzig, höchstens dreißig Minuten unterhalten. Was geschah dann?«

Ab jetzt ist deine Fantasie gefragt. Du hast dir alles genau überlegt. McLuhan hat es geschluckt. Also erzähl den Bullen dasselbe.

»Wir sind weitergegangen und haben gequatscht.«

»Das Tal hinauf Richtung Traveller-Platz?«

»Ja, genau. Weil sie da hochwollte. Ich hab ihr gesagt, dass ich dort oben wohne. Und da hat sie mich gefragt, ob ich sie begleite, als Führer oder so.«

»Hat Ms Tan Sie darum gebeten? Oder haben Sie ihr angeboten, sie zu begleiten?«

»Beides irgendwie.«

Morrison macht ein brummiges Gesicht. Das heißt, er ist mit deiner Antwort nicht zufrieden.

»Vielleicht hat sie mich gefragt. Ja. Sie tat so, als würde sie sich in der Gegend nicht auskennen. Aber ich kenn mich da aus, und sie wollte Gesellschaft haben.«

»Hat sie das gesagt?«

»Na ja, sie hat mich gefragt, ob ich sie begleite.«

»Na schön, und was ist dann passiert? Wo im Park waren Sie zu diesem Zeitpunkt?«

»Wir … äh …« Mann, stellt der Bulle viele Fragen. »Das war in der Nähe von der Unterführung, die unter der großen Straße durchgeht.«

»Meinen Sie die Glen Road?«

»Ja, die Glen Road. Wir sind drunter durch, und auf der anderen Seite waren nicht mehr so viele Leute. Und da … und da hat sie dann damit angefangen. Mich angelächelt und gesagt, wir könnten die Wanderung doch zusammen machen.«

»Und was haben Sie gedacht, als sie das gesagt hat?«

»Dass sie, äh, also, dass sie scharf auf mich ist.«

»Wie meinen Sie das?«

»Na ja, dass sie vielleicht Lust auf Sex hat, oder so. Warum hätte sie mich sonst fragen sollen, ob ich mit ihr gehe?«

»Aber von Sex war zu diesem Zeitpunkt noch keine Rede?«

»Nein, nein, wir haben uns nur unterhalten.«

»Und was ist dann passiert?«

»Äh, wir haben weiter gequatscht. Sie wusste nicht, wie sie über den Bach kommen soll, also hab ich es ihr gezeigt.«

»Hat Sie irgendjemand gesehen, nachdem sie die Glen Road unterquert hatten?«

Denk nach, denk nach, denk nach. War da jemand? »Ich kann mich nicht mehr genau erinnern. Einer vielleicht, aber dann niemand mehr.«

»Können Sie diese Person beschreiben?«

»Nein. Wie gesagt, ich hab die meiste Zeit mit ihr geredet.«

»Wissen Sie noch, ob es sich bei der Person um einen Mann oder eine Frau handelte?«

Eine Frau bestimmt nicht, das wäre ihm aufgefallen. Aber er schüttelt den Kopf.

Morrison nickt und macht sich wieder Notizen. McLuhan räuspert sich.

»Was ist passiert, nachdem Sie ihr gezeigt hatten, wie man den Bach überquert?«

»Wir haben beschlossen, zusammen weiterzugehen.«

»Wie weit?«

»Das war kein Thema, aber ich habe gemerkt, dass sie irgendwo mit mir hinwollte.«

Woran haben Sie das gemerkt?«

»Sie hat gelächelt und mit mir geflirtet, so wie es alle Mädchen machen.«

»Was meinen Sie mit flirten?«

»Also, äh ...« Stell es dir vor, stell dir die Frau vor. Was würde sie sagen? Was würde sie machen?

»Sie hat ... sie hat mir die Hand auf die Schulter gelegt. Sich bei mir abgestützt und ein bisschen gelacht.«

»Aha. Und wann hat Sie das getan?«

»Als wir auf der anderen Seite vom Bach waren. Als Dankeschön oder so, weil ich ihr geholfen hab.«

»Und weiter?«

»Bevor ... bevor sie durch den Bach gegangen ist, hat sie sich die Schuhe und die Socken ausgezogen. Damit ich ihre Beine sehe. Weil, das hätte sie gar nicht gemusst. Ich hab ihr erklärt, auf welche Steine sie treten muss, aber sie hat sich ausgezogen und mir ihre Beine gezeigt.«

»Wie weit hat sie sich ausgezogen?«

»Nur Schuhe und Strümpfe. Aber sie hat ihre Beine nicht versteckt. Sie wollte, dass ich sie sehe.«

»Hat sie die Schuhe und die Strümpfe wieder angezogen?«

»Ja, als sie drüben war. Aber dabei hat sie sich an mir festgehalten.«

Morrison legt die Stirn in Falten. Der andere Bulle hat vom vielen Mitschreiben einen Krampf in der Hand. »Und dann?«

»Wir sind zusammen weitergegangen. Ich hab ihr den Hang raufgeholfen.«

»Sie haben ihr den Weg gezeigt?«

»Ja, ja. Und sie war total dankbar für meine Hilfe. Allein wäre sie da gar nicht hochgekommen.«

*

Ihr Freundin Caroline rief sofort an, nachdem sie es erfahren hatte.

»Bist du zu Hause?«, hatte sie ganz aufgeregt gefragt. »Ich komme vorbei. Jetzt gleich.«

Neunzig Minuten später sitzen sie und Caroline mit Kräutertee bei ihr auf dem Sofa.

»Ich kann es noch gar nicht fassen«, sagt Caroline. »Es tut mir so leid, dass dir das passiert ist.«

Sie zuckt die Achseln. »Es lässt sich leider nicht mehr ungeschehen machen.«

»Es ist nur ...« Caroline hält inne und blickt hinaus auf die Themse. »Mir ist es auch passiert.«

Sie hebt überrascht den Blick, aber Caroline sieht weiter aus dem Fenster. Sie kennt Caroline jetzt seit drei Jahren, aber darüber haben sie nie gesprochen.

»Wann war das?« Ihr Beschützerinstinkt erwacht, und leise regt sich die Wut in ihr.

»Ich war noch sehr jung. Das heißt, ich war neunzehn und machte den Sommer über ein Praktikum in Washington. Wir waren eine ganze Gruppe von Leuten und arbeiteten alle für den gleichen Kongressabgeordneten. Du weißt ja, wie das ist, im Sommer wimmelt es in DC nur so von jungen Studenten.«

Sie lächelt unmerklich. Ihre eigene Zeit als begeisterte Studienpraktikantin kommt ihr vor wie aus einem anderen Leben.

»Auf jeden Fall war da dieser Typ, wir verbrachten viel Zeit miteinander. Unsere Freundschaft war rein platonisch, zumindest was mich betraf. Eines Abends saßen wir in meinem Zimmer. Ich war ziemlich betrunken, und wir haben gekifft. Keine Ahnung, wie es passiert ist. Wir haben rumgealbert und gelacht, und im nächsten Augenblick hat er mich aufs Bett gedrückt. Ich weiß noch, dass ich hinterher dachte: ›Ich wollte das nicht.‹ Später habe ich mir dann eingeredet, dass ich es doch wollte, einfach um dem keine große Bedeutung zu geben. Dabei hatte ich in Kalifornien einen Freund.«

Caroline sieht weiter hinaus aufs Wasser. Das Nachmittagslicht fällt weich auf ihre hohen Wangenknochen.

»Um mir den Rest des Sommers irgendwie erträglich zu machen, habe ich mir eingeredet, dass er und ich ein Paar sind. Wir mussten schließlich jeden Tag zusammen arbeiten. Hingen in unserer Freizeit mit denselben Leuten ab.«

Tiefe Scham liegt in Carolines grünen Augen.

Sie sieht Caroline wahrscheinlich genauso an, wie ihre Freunde sie ansehen, wenn sie ihnen ihre Geschichte erzählt. Große Augen, darin dieselbe Mischung aus Bestürzung, Mitgefühl und Wut. Caroline erzählt weiter.

»Den ganzen Sommer lang kam er ständig vorbei und hatte Sex mit mir. Und ich ließ es zu. Ich habe nie versucht, ihn einfach rauszuschmeißen. Warum, kann ich dir nicht sagen, vielleicht wollte ich einfach keinen Wirbel verursachen, so lächerlich das auch klingt ...«

Caroline verstummt und wirkt verunsichert. Caroline Sanderson – die schöne, blonde, intelligente Tochter einer Elitefamilie aus dem Mittleren Westen. Vater und Großvater einflussreiche Geschäftsleute, ihre Cousins aufstrebende Politiker. Sie fragt sich, ob es für Caroline aufgrund ihrer Herkunft schwieriger war, sich einzugestehen, dass sie vergewaltigt wurde.

»Und das Schlimmste war: Als der Sommer zu Ende ging, gab er mir einen Abschiedskuss und sagte: ›Wir sollten in Kontakt bleiben, man weiß ja nie, was so passiert.‹ Und da ...«

Caroline versagt die Stimme, und Tränen treten in ihre Augen.

»Ich habe ihn angeschrien, dass ich nie wieder etwas von ihm hören will. Dass er es ja nicht wagen soll, sich je wieder bei mir zu melden.« Tiefe Abscheu klingt in der Stimme ihrer Freundin, und sie kann sich lebhaft vorstellen, wie Caroline dem Typen vor all den Jahren wütend den Finger in die Brust gebohrt hat. Einen Moment lang ihre tadellosen Manieren vergessen hat.

»Ich habe niemandem davon erzählt«, fährt Caroline ruhig fort. »Ich habe es einfach für mich behalten. Ich kehrte zu meinem Freund zurück, dabei hatte ich das Gefühl, ich hätte ihn betrogen. Zwei Jahre später kam dann alles wieder hoch. Ich fiel in ein tiefes Loch. Ich wollte endlich mit dieser Geschichte abschließen, also … bin ich zu einer Therapeutin gegangen.«

»Und was hat sie gesagt?«

»Sie war gut, richtig gut. Sie sagte, dass ich mir keine Vorwürfe machen dürfe. Ich hätte Derek nicht betrogen. Aber wenn ich wolle, dass es mir besser geht, müsse ich ihm alles erzählen.«

»Und, hast du?« Der Gedanke, sich dem eigenen Partner anzuvertrauen, bereitet ihr ein mulmiges Gefühl.

Caroline nickt und trinkt einen Schluck Tee. »Und er war großartig. Wahnsinnig lieb und verständnisvoll. Doch als ich endlich so weit war, mich mit all dem auseinanderzusetzen, brauchte ich eine Auszeit, um wieder zu mir selbst zu finden. Es war einfach der falsche Zeitpunkt für uns beide. Er ist inzwischen verheiratet, mit einer Frau, die hervorragend zu ihm passt.«

»Bist du deswegen nach Großbritannien gezogen?«

»Vielleicht. Ich brauchte dringend eine Veränderung. Mit Washington und dem Kapitol wollte ich nichts mehr zu tun haben. Mein Vater und mein Onkel waren tief enttäuscht darüber, dass ich der Politik den Rücken kehrte. Sie waren so begeistert, dass ich in Washington arbeitete, wollten alle Hebel in Bewegung setzen, damit ich dort Karriere machen kann.«

»Und was hast du ihnen gesagt?«

»Mir sei durch das Praktikum klar geworden, dass die Politik einfach nicht das Richtige für mich ist.«

Sie sehen zu, wie sich die Themse im schwindenden Nachmittagslicht grau färbt.

Trauer und Bedauern spiegeln sich in Carolines Gesicht. »Aber so geht es wohl manchmal im Leben.«

Erstaunlich, dass der Verlauf unseres Lebens zuweilen von Menschen bestimmt wird, die wir kaum kennen. Und hinterher auf keinen Fall kennenlernen wollen.

Caroline blickt zur Seite und fängt an zu weinen.

»Entschuldige bitte. Ich meine, da komme ich her, um dich zu trösten, und jetzt sieh mich an ...«

Sie empfindet aufrichtiges Mitgefühl für ihre Leidensgenossin, aber sie hat keine Tränen mehr.

Seit Belfast sind all ihre Tränen vergossen.

*

»Okay, was ist passiert, als Sie oben auf dem Hang ankamen?«

»Das war super. Tolle Aussicht, und wir beide waren allein.«

»Wie meinen Sie das?«

»Sie war vom Bergaufgehen ganz außer Atem. Und ich auch. Also haben wir uns aneinandergelehnt, um zu verschnaufen. Sie hat gelacht und so. Und da wusste ich, dass da was am Laufen war.«

»Was meinen Sie mit ›am Laufen‹?«

»Na, am Laufen eben. Dass sie mich wollte.«

»Sie ›wollte‹ Sie. Sie meinen, sie wollte etwas mit Ihnen machen?«

Mann, diese Scheißbullen.

»Ja, genau, sie wollte rummachen.«

»Was meinen Sie damit?«

»Na ja, küssen und so.«

Morrison seufzt. »Hören Sie, Johnny, Sie müssen mir schon genauer erklären, was Sie mit der Frau gemacht haben. Haben Sie sich nur geküsst?«

»Zu Anfang ja. Da haben wir ein bisschen geknutscht. Aber sie ist dabei richtig zur Sache gegangen.«

»Wer hat mit dem Küssen angefangen? Ms Tan oder Sie?«

»Beide. Wir wollten es beide.«

»Was meinen Sie mit sie sei ›richtig zur Sache gegangen‹?«

»Sie hat mir die Zunge in den Hals gesteckt und wollte, dass ich dasselbe bei ihr mache.«

»Wo waren Sie beide zu dem Zeitpunkt? Immer noch oben auf dem Hang?«

»Ja, da ging es los mit dem Küssen.«

»Haben Sie sich nur geküsst?«

»Nein, wir haben uns auch angefasst.«

»Wer hat wen angefasst?«

»Das war gegenseitig.«

Er wirft einen schnellen Blick zu Onkel Rory. Der starrt die Wand an und tut so, als wäre er nicht da.

»Wo haben Sie sich angefasst, als Sie sich geküsst haben?«

»Zuerst haben wir uns nur geküsst. Das hat ihr gefallen, und da sind wir uns ein bisschen nähergekommen. Sie hat mir die Hand auf den Rücken gelegt und mich zu sich rangezogen. Und ich hatte meine Hand auf ihrem Rücken und dann auf ihrem Hintern. Und dann bin ich weiter hoch und ... hab ihre Titten angefasst.«

»Sie haben sie also am Hintern und an der Brust berührt, während sie sich geküsst haben.«

»Ja, ganz genau.«

»Und sie hat es zugelassen?«

»Ja. Sie hat sich jedenfalls nicht beschwert.«

»Und an welchen Stellen hat Ms Tan Sie berührt?«

Er kriegt fast einen Steifen von seiner Geschichte. Klingt gut, oder? Und absolut wahr. Welcher Junge würde nicht geil werden, wenn er mitten im Wald mit einer Frau rummacht?

»Sie hat mich am Rücken und am Hals berührt. Und dann hat sie mir die Hand auf den Hintern gelegt.«

»Aha.«
»Und dann ... und dann hat sie mir an den Schwanz gegriffen. Und ab da wusste ich, dass sie mich wollte, auf der Stelle.«
»Sie hat Sie im Genitalbereich berührt?«
»Ja, durch die Jeans. Nur ganz kurz.«
»Was ist dann passiert?«
»Dann hat sie mich losgelassen. Und wir haben mit dem Küssen aufgehört.«
»Warum?«
»Weil sie mit mir spielen wollte. Wir haben rumgemacht, und dann hat sie sich von mir gelöst und ist weggelaufen. Aber sie hat sich dauernd umgedreht und dabei gelacht. Sie wollte, dass ich ihr nachlaufe.«
»Woher wissen Sie, dass sie das wollte?«
»Das habe ich an ihrem Blick gesehen. Daran, wie sie sich immer wieder nach mir umgedreht und gelacht hat. So wie ›Fang mich‹.
»Hat sie das genau so gesagt? ›Fang mich‹?«
Klar, warum nicht? Behaupte es einfach.
»Ja, ich glaube. ›Fang mich!‹ Ja, das hat sie gesagt.«

*

Auf ihren Schlaf ist kein Verlass mehr. Er schließt sie nicht mehr zärtlich in die Arme. Er spielt mit ihr, reicht ihr die Hand, um sie dann wegzustoßen.

Wenn sie träumt, dann nur in den letzten fünf Minuten vor dem Aufwachen: wilde, bildhafte Träume, die realer wirken als ihr graues, langweiliges Leben.

Einmal träumt sie, dass sie sich auf einer Party im Studentenwohnheim in einem Zimmer eingeschlossen hat. Eine grölende Horde Männer rüttelt von außen an der Tür. Fußballer und Verbindungsstudenten, die sie vergewaltigen wollen.

Sie verhält sich mucksmäuschenstill, tut so, als wäre sie nicht da. Aber die Männer wissen, dass sie sich dort drinnen versteckt, und sie versuchen, die Tür aufzubrechen. Sie hat keine Chance. Es gibt kein Fenster, durch das sie fliehen könnte, keine Waffe, um sich verteidigen. Es ist nur eine Frage der Zeit, bis die Horde über sie herfällt.

Wenn sie aufwacht, scheint die Sonne durch die Vorhänge. Das Herz schlägt ihr bis zum Hals von ihrem Traum. Es ist Vormittag, ihre Mitbewohner sind schon bei der Arbeit, und sie ist allein in der Wohnung.

*

»Sie hat also ›Fang mich‹ gerufen. Und wie haben Sie das verstanden?«

Guck dir den Bullen an, als wäre er total bescheuert. »Na, dass ich sie fangen und sie ficken soll.«

»Hat sie zu irgendeinem Zeitpunkt ausdrücklich gesagt, dass sie Sex will?«

Er schnaubt verächtlich. »Nee, das sagen Tussis nie. Sie kichern nur komisch und lächeln, und das heißt, dass sie es wollen.«

Morrison sieht McLuhan an, aber der gibt nichts preis. Morrison schreibt etwas auf.

»Wie haben Sie sich dabei gefühlt?«

»Ich war geil. Verstehen Sie? Ich mein, sie war echt sexy und ist richtig rangegangen. Die hat mir klargemacht, dass sie es will, hier und jetzt gleich.«

»Heißt das, Sie wollten Sex mit ihr haben?«

»Was denn sonst.«

»Und wie lange hat dieses Jagdspiel gedauert?«

»Nicht sehr lange. Ich meine, der Weg führt irgendwann zum Traveller-Platz. Also hab ich sie vorher geschnappt.«

»Bevor Sie zum Traveller-Platz kamen?«

»Ja, genau, ich wollt sie kriegen, solange wir noch im Wald sind. Damit wir's dort machen können.«

»Und warum wollten Sie das?«

»Damit uns niemand stört. Also, es will doch keiner unter freiem Himmel machen, wo einen Leute sehen können.«

»Und Sie haben sich keine Gedanken darüber gemacht, dass es unbequem sein könnte, mitten im Wald Sex zu haben?«

»Darum ging's ja, sie wollte es hart und schmutzig.«

»Hat sie das gesagt?«

»Das musste sie gar nicht. Als ich sie gekriegt hatte, habe ich sie an mich gezogen, und wir haben uns wieder geküsst. Und dann hat sie mir die Sachen runtergerissen. Und ich dachte, von mir aus, wenn sie es so haben will, machen wir es eben hier.«

»Wenn ich Sie richtig verstanden habe, waren Sie beide ganz in der Nähe vom Traveller-Platz. Sind Sie gar nicht auf den Gedanken gekommen, sie mit in den Wohnwagen zu nehmen und dort Sex mit ihr zu haben?«

»Na ja, im Wohnwagen ist es immer tierisch unordentlich. Ich dachte, im Wald mit den Bäumen und dem schönen Blick ist es irgendwie romantischer.«

»Romantischer?«

»Ja, genau.«

Morrison verzieht seltsam den Mund.

»Außerdem können Pavees nicht einfach mit einem fremden Mädchen ankommen, nicht da, wo ich mit Dad und Michael wohne. Ich bin noch ziemlich jung. Das würde den Leuten nicht besonders gefallen.«

»Gut, Sie haben also den Wald vorgezogen, weil Sie ungestört sein wollten. Sie sagten gerade, Ms Tan habe Ihnen die Kleidung heruntergerissen. Welche Kleidungsstücke?«

Mann, ihr geht mir echt auf den Senkel, Leute.

»Sie ist mir sofort an die Jeans gegangen. Hat ihre Hände vorn reingeschoben und sie runtergezogen.«

»Aha, und welche Gefühle hat das bei Ihnen ausgelöst?«

»Also, ich war total spitz. Ich hatte einen Ständer und alles, war bereit, alles zu machen, was sie wollte.«

»Und was wollte sie?«

»Sie wollte alles. In allen möglichen Stellungen. Ein paar davon kannte ich gar nicht, weil ich ja noch jung bin. Aber wir haben sie alle gemacht.«

»Und woher wussten Sie, dass sie all das wollte?«

»Weil sie gesagt hat, ich soll sie in dieser Stellung ficken und dann in der und in allen anderen. Sie konnte gar nicht genug kriegen.«

»Was hat sie noch gesagt?«

Was noch ... was noch. Da war irgendwas, irgendwas hat sie gesagt, mittendrin, als sie oben war. Plötzlich weiß er es wieder.

»Sie hat gesagt: ›Du kannst bestimmt die ganze Nacht.‹«

Morrison stutzt, als hätte er das schon mal gehört, und sein Blick verändert sich, aber er lässt sich nichts weiter anmerken.

»Das hat sie gesagt?«

»Ja, hat sie, ganz sicher. ›Du kannst bestimmt die ganze Nacht.‹«

Grins still in dich hinein. Das war ein Volltreffer.

*

Im Juni muss sie zur Polizei, um ihren Vergewaltiger zu identifizieren. Natürlich ist er nicht persönlich anwesend. Es gibt eine Video-Gegenüberstellung, hat Detective Morrison ihr vorher am Telefon erklärt. Die Spuren, die bei der rechtsmedizinischen Untersuchung an ihrem Körper gefunden wurden, stimmen partiell mit einem DNA-Profil aus der Polizei-Datenbank überein. Vielleicht ein Verwandter, hat Morrison gesagt, sein älterer Bruder. Wenn sie den Jungen bei der Gegenüberstellung als Täter identifizieren kann, würde ihn das weiter belasten. Es ist natürlich nicht zwingend notwendig, dass sie ihn wiedererkennt, aber es würde helfen, ihn vor Gericht zu bringen.

Ihre Freundin Monica begleitet sie zur Polizeiwache in Southwark. Die Stimmung im Warteraum ist angespannt; Monica weiß nicht, was sie sagen soll, und so sitzen sie schweigend nebeneinander. Angst steigt in ihr hoch, und plötzlich kommen ihr wieder die Tränen. Sie wischt sie stumm weg und tut so, als wären sie nicht da.

»Möchten Sie etwas trinken?«, fragt der Beamte am Tresen. Sie bittet um eine Cola Light und trinkt sie in kleinen Schlucken, während sie nervös mit den Fransen ihres grauen Schals spielt.

Morrison hat gesagt, der Junge gehöre zu einer Volksgruppe, die man Irish Traveller nennt. Sie sehen nicht anders aus als andere Iren, aber sie leben anders und werden auch anders behandelt. Manche fallen trotzdem auf, hat Morrison gesagt. Sie überlegt, was er damit gemeint hat, fragt sich, ob er ihr auf dem Bildschirm sofort ins Auge springt. Sein sozialer Hintergrund spielt für sie keine Rolle. Er ist und bleibt ihr Vergewaltiger, egal, zu welcher Gruppe er gehört.

Schließlich wird sie in einen anderen Raum geführt.

Ein freundlicher Polizist mit Adlernase liest ihr einen Text vor.

»Auf dem Bildschirm erscheinen gleich nacheinander verschiedene Gesichter. Darunter ist die Person, die im Verdacht steht, Sie vergewaltigt zu haben ...«

Sie wird jedes Gesicht zweimal zu sehen bekommen. Am Ende soll sie sagen, ob sie den Täter wiedererkannt hat. Noch irgendwelche Fragen?

Sie schüttelt den Kopf. Richtet den Blick auf den kleinen Fernseher, während der Polizist die DVD einlegt.

Ihr wird schlecht. Bestimmt muss sie sich übergeben, wenn sie ihn sieht. Sie verspürt jetzt schon einen Würgereiz.

Beruhige dich. Es ist nur ein Video. Es wurde vor Wochen gedreht. Er ist nicht wirklich hier.

»Sind Sie bereit?«, fragt der Polizist, und sie nickt.

Das Video ist laienhaft gemacht. In jedem anderen Zusammenhang würde sie jetzt lachen. Ein Gesicht erscheint auf dem Bildschirm, es gehört einem etwa vierzehnjährigen Jungen. Es ist nicht der Täter, aber er blickt unbewegt geradeaus in die Kamera, als würde er sie direkt ansehen. Sommersprossiges Gesicht, aber die Haare sind zu hell.

Nach fünf Sekunden flimmert eine 2 über den Bildschirm, und das nächste Gesicht wird eingeblendet. Dieser Junge sieht ihm überhaupt nicht ähnlich. Haare und Augen sind zu dunkel.

Panik ergreift sie: Was ist, wenn sie ihn nicht wiedererkennt? Ihre Hände fangen an zu schwitzen, und sie kühlt sie an der Coladose. Drückt nervös darauf herum. Jede Delle macht ein blechernes Geräusch.

Es folgt Nummer drei, dann Nummer vier.

Dann erscheint Nummer fünf auf dem Bildschirm, und sie weiß sofort, das ist er. Die eisblauen Augen, der stechende Blick. Die anderen Jungs machen nur auf böse, es sind ganz normale Jugendliche, die von der Polizei für die Gegenüberstellung engagiert wurden. Dieser Junge aber verstellt sich nicht.

Sie wendet instinktiv den Blick ab. So erleichtert sie auch ist, dass sie ihn problemlos identifizieren kann, sie will ihn nicht mehr sehen. Aber es folgen noch zehn weitere Gesichter, und dann geht alles von vorn los. Beim zweiten Durchlauf zwingt sie sich, ihm die ganze Zeit ins Gesicht zu sehen. Unbändige Wut macht sich in ihr breit, kalt und hart wie ein Stein.

Er ist es. Das ist der Junge, der dich vergewaltigt hat. Sorg dafür, dass er hinter Gittern landet.

Der Polizist schaltet den Fernseher aus. »Können Sie eine der gezeigten Personen als den Jungen identifizieren, der Sie laut Ihrer Aussage am 12. April dieses Jahres vergewaltigt hat?«

Sie räuspert sich und sagt leise, doch ohne zu zögern: »Es ist Nummer fünf.«

Sie drückt die Coladose zusammen und spürt, wie das Blech unter ihren Fingern nachgibt.

Anschließend sitzt sie mit Monica im Starbucks neben der Polizeiwache. Vor ihr steht ein Cappuccino mit Sojamilch. »Wie war's?«, hatte Monica gleich nach der Gegenüberstellung gefragt. »Ganz okay«, hatte sie geantwortet. »Unheimlich und scheußlich, aber insgesamt ist es gut gelaufen.«

Jetzt sitzen sie sich schweigend gegenüber, und sie greift zu ihrem neuen Telefon und checkt ihre E-Mails. Ihre gute Freundin Jen hat geschrieben. Jen und ihr Freund haben sich eine Auszeit genommen und verbringen ein halbes Jahr in Malawi.

Wir haben uns verlobt!, schreibt Jen. *Gestern Abend hat Daniel mir an den Victoriafällen einen Heiratsantrag gemacht. Tagsüber sind wir mit einem Ultraleichtflugzeug geflogen. Es war einfach unglaublich, den Urwald von so weit oben zu sehen ...*

Sofort schreibt sie Jen ihre Glückwünsche. Natürlich muss sie sich für ihre Freunde freuen, und auf der Verstandesebene tut sie das auch. Aber emotional zieht Jens E-Mail sie noch mehr runter. Es ist, als hätte sich ein tiefer Graben zwischen ihr und den Freunden aufgetan. Die beiden schweben glücklich auf Wolke sieben, während sie in einem Sumpf aus Hoffnungslosigkeit versinkt.

»Willst du noch einen Cappuccino?«, fragt Monica.

Sie schüttelt den Kopf. »Nein, ich muss nach Hause. Heute Abend ist Julias Junggesellinnenabschied.«

»Kommst du auch ganz bestimmt allein zurecht, Viv?«

Sie zuckt die Achseln. »Ja, ich glaube schon.«

Aber als sie im Bus nach Hause sitzt, überkommt es sie. Ihre Hände zittern so stark, dass sie sie unter ihre Beine schiebt, damit die anderen Fahrgäste nichts bemerken. Was ist nur los mit ihr? Die Gegenüberstellung ist vorbei. Sie hat ihn identifiziert. Sie hat sein Gesicht gesehen, und sie hat es überstanden. Ist es der Junggesellinnenabschied, vor dem sie sich so fürchtet? Die Tatsache, dass sie sich in Schale werfen und unter Menschen gehen muss? Sich genötigt fühlt, die Fröhliche zu spielen und so zu tun, als würde sie sich für ihre Freunde freuen, obwohl ihr eigenes Leben in sich zusammenstürzt?

Sie sagt sich, dass sie das hinkriegt. Es ist doch nur für ein paar Stunden.

Nein, sagt eine innere Stimme. Ich kann das nicht.

Zu Hause sackt sie am Ikea-Tisch im Wohnzimmer zusammen und bricht in Tränen aus.

Es ist Zeit, das schwarze Kleid aus dem Schrank zu holen. Die hohen Schuhe anzuziehen. Sich zu schminken, damit keiner die Spuren ihrer Verzweiflung sieht.

Aber nicht jetzt. Sie ist noch nicht so weit. Im Moment kann sie nur weinen.

*

»Haben Sie ejakuliert, Johnny?«

Scheiße. Jetzt wird's unangenehm. Klar, du willst Ja sagen, aber die haben das sicher überprüft. Dafür gibt's garantiert 'nen Test oder so.

»Äh, nein, hab ich nicht.«

»Sie haben nicht ejakuliert?«

Ja, Bulle, reib's mir schön unter die Nase.

»Nee, irgendwie nicht. Keine Ahnung, warum. Wahrscheinlich war ich plötzlich verwirrt, weil wir es mitten im Wald gemacht haben. Wie gesagt, ich bin noch nicht so erfahren.«

»Vor ein paar Minuten haben Sie noch gesagt, es hätte Ihnen nichts ausgemacht, Sex im Wald zu haben.«

»Ja, weil ich so geil war. Aber als wir es dann in allen möglichen Stellungen gemacht haben, hab ich ein bisschen Schiss gekriegt. Dass vielleicht jemand vorbeikommt und uns sieht. Da hat es mir nicht mehr so viel Spaß gemacht.«

»Und die Frau? Wie hat sie sich verhalten?«

»Ich glaube, sie fand es toll. Sie wollte immer noch mehr.«
Er grinst Morrison an. Morrison verzieht keine Miene.
»Was haben Sie getan, als Sie es mit der Angst zu tun bekamen?«
»Ich hab ihr vorgeschlagen, dass wir aufhören und vielleicht woanders weitermachen.«
»Und was hat sie dazu gesagt?«
»Nichts. Also dachte ich, das ist in Ordnung für sie.«
»Was ist dann passiert?«
»Äh, dann haben wir ein bisschen geredet.«
»An derselben Stelle im Wald? Oder haben Sie Ms Tan dann auf ihrer Wanderung begleitet? Darum hatte sie Sie doch gebeten.«
»Na ja, eigentlich wollte sie gar nicht, dass ich die ganze Zeit mit ihr gehe. Das war nur ... das war nur ein Trick, weil sie mit mir ficken wollte.«
»Verstehe. Und woher wussten Sie das?«
»Weil sie nach dem Sex gesagt hat, dass sie lieber allein weitergehen will.«
»Und was hielten Sie davon?«
»Also, ich hatte nichts dagegen. Ich meine, ich hatte schließlich Sex mit ihr gehabt.«
»Und an mehr waren Sie nicht interessiert?«
Er sieht den Bullen an. Was soll das denn heißen? »Nein. Ich meine, der Sex war super. Und da hab ich mich auf den Weg gemacht.«
»Haben Sie darüber gesprochen, sich wiederzusehen? Telefonnummern ausgetauscht oder etwas in der Art?«
»Nein.«
Worüber haben Sie sich unterhalten, nachdem Sie Verkehr mit Ms Tan hatten?«
»Dies und das. Dass ich bald nach Armagh und nach Dublin fahre.«
»Hat sie etwas von sich selbst erzählt?«
»Nein. Ich glaube nicht. Ich kann mich nicht genau erinnern. Ich bin nicht so gut mit Worten und Unterhaltungen und so.«

Morrison sieht ihn an, als würde er ihm das nicht abkaufen.

»Halt. Eine Sache fällt mir wieder ein.«

»Ach, und die wäre?«

»Sie hat gesagt: ›Keine Angst, ich werde es niemandem erzählen.‹ Ich fand das irgendwie komisch, aber das hat sie gesagt.« So, jetzt hat er den Bullen das Maul gestopft.

Morrison schweigt und schreibt etwas auf. Sieht ihm direkt in die Augen.

»Und was hat sie Ihrer Meinung nach damit gemeint?«

»Na, genau das. Dass sie es niemandem erzählt.«

»Aber aus welchem Grund sollte sie so etwas sagen?«

»Na ja, eine reiche Amerikanerin wie sie will vielleicht nicht, dass rauskommt, was sie so treibt. Dass sie gern in Parks mit jungen Typen vögelt.«

»Wie haben Sie reagiert, als sie das gesagt hat?«

»Ich dachte, umso besser. Ich wollte nicht, dass mein Dad oder andere Leute davon was mitkriegen.« Er blickt zu Onkel Rory neben sich. Er hat noch keinen Piep gesagt. Starrt nur stumm die Tischplatte an.

»Aber sie haben es mitbekommen.«

Er nickt. »Sieht so aus. Jetzt wissen sie es.«

»Und wie denken Sie *jetzt* über die Worte der Frau?«

»Na ja, ich ...« Er verstummt. Immer wieder hat er sich den Kopf darüber zerbrochen. Das ist sein wunder Punkt. Warum hat sie das gesagt? Und dann geht ihm endlich ein Licht auf. Das ist es, was die ganze Zeit an ihm genagt hat.

Sie hatte von Anfang an vor, es weiterzuerzählen.

Die Schlampe hat es die ganze Zeit geplant. Hat ihn dreist angelogen, und als sie abgehauen ist, hat sie sofort die Bullen angerufen. Sie wollte ihn von Anfang an fertigmachen.

Morrison sieht ihn an, als beabsichtigte er, in seinem Gesicht zu lesen. Verdammt, bloß nicht aufregen jetzt, ganz cool bleiben.

Er räuspert sich.

»Was wollten Sie gerade sagen, Johnny?«

»Ach, nichts, bloß dass ... Wie war die Frage?«

»Was denken Sie jetzt über ihre Worte? Über ihr Versprechen, es niemandem zu erzählen.«

»Ich war irgendwie enttäuscht. Ich dachte, sie steht auf mich. Und dann haut sie ab und erzählt es überall rum.«

»Sie dachten, diese Sache würde Ihr Geheimnis bleiben?«

»Ja, aber sie hat ihre Meinung wohl geändert.«

»Warum könnte sie das getan haben?«

»Vielleicht war es ihr hinterher peinlich, was sie mit mir gemacht hat. Oder vielleicht hat es einer von ihren Freunden rausgekriegt.«

Morrison nickt, runzelt wie immer die Stirn und schweigt.

»Weil, in Wirklichkeit war sie nur auf Sex aus.«

*

»Was geschieht jetzt mit ihm?«, fragt Jen ein paar Wochen später, als sie aus Afrika zurück ist.

All ihre Freunde wollen das wissen. Sie hassen den unbekannten Dreckskerl, dessen Namen sie nicht einmal kennen. Für sie könnte er auch der Superschurke in einem Comic sein.

Sie aber kennt inzwischen seinen Namen. Ein paar Monate nach der Festnahme kam ein kurzer Brief von Detective Morrison. Darin teilte er ihr mit, dass der Tatverdächtige in Untersuchungshaft sei. Er heißt John Michael Sweeney, sein Name darf jedoch aufgrund seiner Jugend nicht an die Öffentlichkeit gelangen.

Der Name klingt für sie so nichtssagend wie alle irischen Männernamen. Aber sie ist sich hundertprozentig sicher, dass es nicht der Name ist, den er ihr genannt hat.

»Sitzt er im Gefängnis?«, fragt eine andere Freundin.

Die Leute drücken ihre Abscheu auf die unterschiedlichste Weise aus: *Ich hoffe, dass er bis zu seinem Tod in einer Zelle schmort.*

Ich wünsche ihm, dass er im Knast zig Mal vergewaltigt wird. Letzteres kommt allerdings eher von ihren männlichen Freunden.

Sie nimmt diese Bemerkungen achselzuckend hin. Ihr selbst ist es fast gleichgültig, was mit ihm geschieht. Einerseits fordert ihr Gerechtigkeitssinn, dass er für seine Tat angemessen bestraft wird. Andererseits kostet es sie zu viel wertvolle Energie, sich über diesen Jungen zu ereifern. Wut ist zu destruktiv, zu kräftezehrend.

Und so überlässt sie die Empörung ihren Freunden und vertraut auf die Justiz.

»Bleibt er denn bis zum Prozess in Haft?«, erkundigt sich ein Freund.

Bei dem Wort Prozess wird ihr jedes Mal schlecht. »Das kommt drauf an«, antwortet sie. »Er kann eine Freilassung auf Kaution beantragen, aber die Polizei glaubt nicht, dass er damit Erfolg hat.«

»Und wann ist der Prozess?«

Sie zuckt wieder die Achseln. Sie will überhaupt nicht daran denken. »Irgendwann Anfang nächsten Jahres. Das genaue Datum steht noch nicht fest.«

Sie hat keine Ahnung, ob sie bis dahin durchhält. Wie sie die gähnende Leere bis zur unausweichlichen Gerichtsverhandlung überstehen soll.

Aber so sieht ihr Leben jetzt aus. Der einzige Tag, der einen Hoffnungsschimmer darstellt, ist der Tag, vor dem sie sich am meisten fürchtet.

*

»Eine Sache noch, Johnny. Ms Tans Körper wies zahlreiche Hautabschürfungen und Blutergüsse auf. Wissen Sie etwas darüber?«

»Ach ja!« Grins ein bisschen, als würde es dir gerade wieder einfallen. »Wie gesagt, sie wollte es hart. Wir, äh, wir hatten nicht gerade Kuschelsex.«

»Sie behaupten also, sie hätte sich die Verletzungen beim Geschlechtsverkehr zugezogen.«

»Ja, genau. Ich hab doch gesagt, dass wir es auf dem Boden gemacht haben. Da waren überall Steine, und sie wollte es in allen möglichen Stellungen haben.«

Sieh den Bullen an, als wäre das dein Ernst. Deine Geschichte ist so gut wie ihre.

»Erinnern Sie sich vielleicht daran, ob Sie bestimmte Dinge getan haben, die bei Ms Tan Blutergüsse hervorgerufen haben könnten?«

»Nein ... da fällt mir nichts ein. Es ist ziemlich wild zugegangen.«

Morrison räuspert sich wieder.

»Gut, Johnny. Ich denke, das war es fürs Erste.«

*

Am Morgen ihres dreißigsten Geburtstags ist sie in Brighton. Es ist Oktober, und Jen und ihr Verlobter Daniel haben sie übers Wochenende dorthin eingeladen. Gestern Abend waren sie indisch essen und haben Wein getrunken. Ab und zu gelingt es ihr noch, die alte Vivian zu spielen, sich mit Freunden einen anzutrinken und so zu tun, als würde sie den Abend genießen. Aber diese Maskerade ist anstrengend, und hinterher ist sie tagelang erschöpft.

Jetzt, am Montag, sind Jen und Daniel bei der Arbeit. Also hat sie beschlossen, allein durch Brighton zu bummeln, bevor sie mit dem Zug zurück nach London fährt.

Sie schlendert durch die leeren Straßen und folgt den einsamen Rufen der Möwen zur Promenade, wo sich Familien und Paare tummeln und den Blick aufs glitzernde Wasser genießen. Der riesige Brighton Pier ragt kühn in den Ärmelkanal.

Die lang gezogene Stelzenkonstruktion, die mit Karussellfahrten weit draußen über dem Wasser lockt, erfüllt sie mit ehrfürchtiger Scheu.

Vorsichtig geht sie über die Holzplanken, späht zwischen den Ritzen hindurch aufs kalte Wasser. Sogar an einem Montagvormittag außerhalb der Saison ist es so voll, dass der Pier unter den Schritten der vielen Menschen zittert. Kreischende Kinder spielen Fangen, es riecht nach Popcorn und Zuckerwatte. Auf einmal denkt sie an einen der seltenen Sommerurlaube zurück, die sie mit ihrer Schwester und ihren Eltern verbracht hat. Sie war acht damals, und sie waren in Wildwood in South Jersey. Jeden Abend besuchten sie einen der fünf Piers, die von der Promenade in den Atlantik führten. Jeder hatte seine eigenen Attraktionen. Ein Karussell und ein Autoscooter. Ein gigantisches Riesenrad. Eine Achterbahn, die jedes Mal den ganzen Pier zum Beben brachte, wenn die Wagen mit kreischenden Menschen darin vorbeibretterten. Damals war sie fasziniert von diesen riesigen, wuchtigen Piers, konnte kaum fassen, dass man sich dort in Achterbahnen und Karussells durchschütteln lassen konnte, während sich das Meer darunter ganz normal weiterbewegte, dem Rhythmus der Gezeiten folgte.

Aber jetzt verspürt sie nur beklemmende Angst beim Anblick des eiskalten grünen Wassers, das schäumend gegen die uralten, rostigen Eisenpfähle schlägt, an denen sich Reste von Fischernetzen verhakt haben.

Familien genießen den Sonnenschein, ohne der kalten, rauen See Beachtung zu schenken. Sie unterdrückt den vertrauten Brechreiz. So weit draußen ist das Wasser ganz sicher gefährlich tief, und doch trennen sie nur dünne Holzplanken von den tödlichen Fluten.

Sie muss lediglich über das Geländer steigen und sich fallen lassen. Ein paar Sekunden bloß, und sie würde im eisigen Wasser das Bewusstsein verlieren. Ihr Elend, die entsetzliche Einsamkeit, all das wäre für immer vorbei.

Ein Sprung. Dann das Nichts.

Sie klammert sich ans Geländer. Nicht heute, nicht an ihrem Geburtstag. Ihr Atem geht vor Panik schneller, und sie begreift, dass sie zu ihrer eigenen Sicherheit so schnell wie möglich zurück ans Ufer muss. Was machen all die lachenden Menschen hier, obwohl der Pier doch jeden Augenblick einstürzen kann? Was macht sie hier, obwohl diese schrecklichen Gedanken sie plagen?

Langsam geht sie zurück an Land, hält sich die ganze Zeit am Geländer fest. Als sie wieder festen Boden unter den Füßen hat, beruhigt sich ihr Atem. Sie ist nicht mehr das unschuldige achtjährige Mädchen, das mit großen Augen gebannt das bunte Spektakel betrachtet. Wir werden älter, und irgendwann sind wir dreißig. Und dann wissen wir, was Angst ist.

Stunden später sitzt sie im Zug nach London. Felder ziehen in der Dämmerung vorbei. Ein paar Minuten lang sieht sie ehrfürchtig zu, wie die feuerrote Sonne zwischen den Abendwolken versinkt.

Es fängt an zu regnen. Der Regen prasselt gegen die Fensterscheibe, der Himmel färbt sich in Windeseile grau, und dann ist es dunkel. Sie ist müde, will nur schnell nach Hause und die Heizung aufdrehen. Sie sieht auf ihr Telefon und entdeckt einen verpassten Anruf.

Auf der Mailbox erkundigt sich Detective Morrison nach ihrem Terminplan in den nächsten Monaten. Er sagt etwas von der ersten Märzwoche. Heißt das, sie muss dann vor Gericht erscheinen? Bis jetzt ist der Prozess etwas rein Abstraktes gewesen, aber mit einem festen Datum wird er auf Furcht einflößende Weise real. Wieder packt sie die Angst. Sie fühlt sich hilflos, ausgeliefert, und sie fängt an zu weinen.

Sie verbirgt ihre Tränen vor den anderen Fahrgästen, legt sich die Hände übers Gesicht und weint still vor sich hin. Sie hat das alles nicht verdient – die Einsamkeit, die ständige Angst, den bevorstehenden Prozess. Ein Mal, nur ein einziges Mal, möchte sie dem Schmerz, der Isolation entfliehen. Spüren, dass es Hoffnung gibt.

Der Zug rauscht durch Gatwick, East Croydon, Clapham Junction. Bald bist du zu Hause, sagt sie sich. Bald kannst du unter deine Decke kriechen und auf dem Sofa einschlafen. Sie sieht aus dem Fenster in die verregnete Finsternis.

VIER

Belfast stinkt nach Scheiße, ist ihr erster Gedanke, als sie aus dem Flugzeug tritt. Sie sieht grüne Wiesen, und der stechende Geruch von Kuhmist steigt ihr in die Nase.

Jen berührt sie von hinten am Arm.

»Alles okay?«

Sie nickt und schließt die Augen. Anfang März, und sie ist zurück. An dem Ort, den sie nie wiedersehen wollte.

Sie atmet tief durch, findet sich ab mit dem Gestank und macht die Augen wieder auf. Nimmt ihr Handgepäck und geht die Gangway hinunter.

*

»John Michael Sweeney, bitte erheben Sie sich zur Verlesung der Anklage.«

Arschkalt hier im Gerichtssaal, aber so war es in allen Sälen, in denen er gewesen ist. Er sitzt hinter Glas, und die Leute gaffen ihn an, als wär's ihr Job.

Er gehorcht. Er hat sich dran gewöhnt, dass man vor Richtern aufstehen muss. Seit Monaten bringen sie ihn von einer Anhörung zur nächsten. Den Antrag auf Kaution haben sie abgelehnt – angeblich ist er zu gefährlich. McLuhan sagt, das wäre ganz normal. Dass man ihn in Handschellen über einen Gang führt und in einen Glaskäfig sperrt. Am Anfang hat er kaum etwas vom Geschwafel der Richter verstanden, aber so langsam blickt er durch. Das ist wie eine andere Sprache. Richter und Anwälte – die mit den Perücken – haben sie drauf, und die anderen müssen sich den Quatsch anhören.

Die anderen Male waren kaum Leute da. Aber heute ist es gerammelt voll im Saal. Typen mit Block und Stift, ältere Paare, sogar ein paar Mädchen.

Es ist eine Ewigkeit her, dass er eine scharfe Braut gesehen hat. Vorhin hat er die Mädchen aus der Ferne beobachtet, von hinten, ihre schönen langen Haare. Fast hätte er dabei einen Ständer gekriegt. Aber nicht hier im Gerichtssaal.

McLuhan hat ihn vorgewarnt, dass es heute viele Leute werden könnten. Journalisten und so. Aber so viele? Mann, er ist fast so was wie ein Star.

Er sieht Dad, er sitzt mit krummem Rücken neben Michael. Gerry hat sich seit der Festnahme nicht mehr blicken lassen, aber Onkel Rory und Kevo sind da und sogar der Vollspast Donal. Gar kein schlechtes Aufgebot, oder?

Und jetzt verliest der Protokollführer die Anklage.

»John Michael Sweeney, Ihnen werden drei Straftaten zur Last gelegt.«

McLuhan hat ihm heute Morgen alles erklärt. »Das mutmaßliche Opfer, also die Frau, der Sie begegnet sind, wird heute vor Gericht aussagen.«

Dabei hatte McLuhan wochenlang davon geredet, dass sie vielleicht gar nicht kommt. Weil sie zu viel Schiss hat oder es zu anstrengend für sie ist, nach Belfast zu fliegen.

Wenn sie nicht erscheint, hatte McLuhan gesagt, platzt der Prozess. Keine Aussage vom mutmaßlichen Opfer, keine Verurteilung wegen Vergewaltigung. Ein echter Glückstag für ihn. Er würde den Gerichtssaal als freier Mann verlassen.

»Glaubst du, sie lässt sich hier blicken?«, hatte Dad ihn neulich gefragt.

Klar, irgendwie hat er gehofft, dass sie in ihrem noblen Haus in London, Amerika oder sonst wo bleibt. Aber im Grunde hat er die ganze Zeit gewusst, dass sie nicht kneift. Nicht diese gerissene, verlogene Schlampe. Sie wollte ihn von Anfang an ans Messer liefern.

»Bekennen Sie sich im Anklagepunkt der vaginalen Vergewaltigung schuldig oder nicht schuldig?«

Er guckt geradeaus ins Leere.

»Nicht schuldig.«

Er denkt an McLuhans Predigt: »Ich rate Ihnen noch einmal dringend, sich schuldig zu bekennen, Johnny. Die Strafe wird deutlich geringer ausfallen, als wenn Sie den Prozess durchziehen und am Ende schuldig gesprochen werden. Haben Sie das verstanden?«

Ja, ja. Du hältst mich für schuldig, alter Mann. Mich und alle anderen Traveller.

»Bekennen Sie sich im Anklagepunkt der analen Vergewaltigung schuldig oder nicht schuldig?«

»Nicht schuldig.«

Er erinnert sich, wie er geschrien hat: »Ich will dich in den Arsch ficken!« Und sie wollte es auch.

»Bekennen Sie sich im Anklagepunkt der Körperverletzung schuldig oder nicht schuldig?«

Das ist leicht.

»Nicht schuldig.«

Er musste sie gar nicht schlagen, weil sie es von Anfang wollte. Die Blutergüsse hatte sie von dem harten Sex.

»Der Angeklagte kann sich setzen.«

Setz dich hin, guck nach unten. Sieh niemanden direkt an. Er weiß, dass alle Augen im Saal auf ihn gerichtet sind. Dass sie ihn hassen, ihn verurteilen. Den Zigeuner-Mistkerl. Sperrt das Schwein für immer weg.

Aber er fürchtet sich nur vor einem Paar Augen, auch wenn er es nicht zugeben will.

Diese Augen sind noch nicht hier.

*

Sie sitzt angespannt im Warteraum für die Zeugin. So lautet ihre offizielle Bezeichnung vor Gericht. Sie ist nicht das Opfer, sie ist Zeugin. Zum ersten Mal seit langer Zeit trägt sie wieder Businesskleidung: grauer Bleistiftrock, dunkellila Bluse, schwarze Lacklederpumps. Der Rock schneidet sich in ihre Taille, die Schuhe drücken.

Ihr BH fühlt sich an, als wäre er eingelaufen, und das Atmen fällt ihr schwer.

Sie wirft einen Blick in den mitgebrachten *Guardian*, aber sie ist viel zu aufgewühlt, um sich aufs Lesen zu konzentrieren, muss pausenlos daran denken, was sich wohl am Ende des Flurs hinter der unscheinbaren Tür abspielt.

»Geht es dir gut, Viv? Kann ich irgendetwas für dich tun?«, fragt Jen, die neben ihr sitzt.

»Nein, danke«, sagt sie und schüttelt den Kopf, aber Jen bleibt beharrlich. »Na gut, ein grüner Tee wäre schön.« Erika sitzt ihr gegenüber und vergewissert sich alle paar Minuten mit besorgtem Blick, ob alles in Ordnung ist. Jen steht auf und geht zum Wasserkocher.

Gestern Abend waren sie noch schnell in einem Tesco in der Innenstadt und haben die nötigsten Dinge für die Woche eingekauft: Sojamilch, grünen Tee, Schmerztabletten. Melissa hat ihr eine Lavendelkerze in einem Glas geschickt, und sie hat sie mitgebracht, um dem kahlen, unpersönlichen Raum wenigstens ein bisschen Atmosphäre zu verleihen.

»Und könntest du vielleicht ein paar Streichhölzer auftreiben? Ich glaube, ich würde gern die Kerze anzünden.«

Jen nickt und verlässt den Raum, um mit dem Mitarbeiter von der Opferbetreuung zu sprechen. Er heißt Peter, ein sanftmütiger Mann mittleren Alters mit schütterem Haar.

Sie wendet sich wieder ihrer Zeitung zu und blättert durch den Lifestyle-Teil.

Die 12 besten Tipps für zarte Haut! Gleicher Lohn für gleiche Arbeit: Wie viele Jahre müssen Frauen noch darauf warten?

Sie verzieht das Gesicht und schlägt die Zeitung zu.

Die Angst, die sie seit Monaten mit sich herumträgt, ist größer geworden. Sie ist wie ein harter, schwerer Stein, der sie lähmt und nach unten zieht.

Sie denkt an natürliche Versteinerungsprozesse. An in Bernstein konservierte Insekten, die vor Jahrmillionen an ausgetretenem Baumharz festgeklebt sind und darin eingeschlossen wurden. Genauso fühlt sie sich. Eingeschlossen in ihrer Angst.

Noch schlägt ihr Herz. Sie fragt sich, wie lange eine Fliege lebt, wenn sie im flüssigen Harz gefangen ist. Wie lange dauert es, bis ihr Atem aussetzt und das Herz stehen bleibt?

Sie fühlt sich der sterbenden Fliege verbunden.

Obwohl sie sich kaum bewegen kann, ist da der drängende Wunsch, einfach wegzulaufen. Die Flure hinunterzurennen und hinaus an die kalte, schneidende Luft zu stürmen. Scheiß auf die Strafjustiz und auf die Anwälte in ihren Roben. Scheiß auf den kleinen Mistkerl, der für die ganze Misere verantwortlich ist.

Lass all das hinter dir. Kümmere dich um dein Leben.

Aber sie weiß, dass der Junge nur zur Rechenschaft gezogen wird, wenn sie sich zusammennimmt und gegen ihn aussagt.

Also bleib hier und sieh hilflos zu, wie die Angst dich langsam erstickt. Einen anderen Ausweg gibt es nicht.

*

Dieser Glaskasten macht ihn fertig, dabei ist er noch nicht mal eine Stunde hier, sagt die Uhr mit den großen Zeigern. Er trägt das weiße Hemd, das Dad ihm gekauft hat, und die graue Schnöselhose. Und wartet und wartet.

Aber jetzt passiert endlich was. Die Geschworenen kommen durch eine Seitentür und nehmen in zwei Reihen Platz.

Alle schielen verstohlen zu ihm rüber. Er checkt sie schnell ab. Es sind zwölf, alles Buffer natürlich. Nie im Leben würden die einen Traveller in die Jury lassen.

Sieben Frauen, fünf Männer. Zwei ziemlich junge Frauen, die eine ganz hübsch. Zwei Omas, die anderen drei irgendwo dazwischen. Die Omas sind grauhaarig und krumm, eine trägt eine Brille. Erbärmlich. Die beiden jungen machen jedes Mal ein ängstliches Gesicht, wenn sie zu ihm rübergucken. Einer der Männer ist jünger, mit Trainingsanzug und dicker Kette um den Hals. Der weiß, wie es läuft. Dann sind da noch ein Glatzkopf, der aussieht wie ein Schwächling, und zwei Grauhaarige, der eine dünn mit schickem Hemd, der andere ein bulliger Typ im Pullover. Und ein Paki. Schwer zu sagen, auf wessen Seite der steht.

Diese Leute entscheiden also darüber, was aus dir wird.

Von glühender Zuneigung ist jedenfalls nichts zu spüren.

McLuhan hat gesagt, das Ganze könnte über eine Woche dauern. So lange hält er bestimmt nicht durch. Fast wär's ihm lieber, er wäre wieder im Bau, wo jeder sich um seinen eigenen Scheiß kümmert. Die Nasen hier sind bestimmt ganz wild drauf, ihm, dem Pavee, die Sache anzuhängen. Als abschreckendes Beispiel.

Ha, denen wird er's zeigen. Dieser Sweeney gibt nicht kampflos auf.

*

»Vivian«, sagt Detective Morrison. »Die Anklagevertretung möchte gern kurz mit Ihnen sprechen.«

Sie blickt auf, und die beiden Staatsanwälte rauschen herein. William O'Leary ist groß und stattlich, mit silbergrauem Haar. Geraldine Simmons trägt ihr kurzes braunes Haar in einem Bob und wirkt offener und herzlicher als ihr Kollege.

»Guten Morgen allerseits.« Die beiden strahlen in die Runde wie kleine Stars.

»Schön, Sie zu sehen, Vivian, wie geht es Ihnen heute?« Die beiden verströmen selbstbewussten Optimismus. Ihre Sprache ist geschliffen, der nordirische Akzent kaum noch herauszuhören.

Sie geben sich die Hand. Es ist das erste Mal, dass sie einander persönlich gegenüberstehen. Nachdem sie Detective Morrison monatelang darum gebeten hatte, gab es vor zwei Wochen endlich eine Videokonferenz, in der die beiden ihr alle Fragen beantworteten, die ihr die ganze Zeit auf den Nägeln brannten. Ja, die Presse ist bei der Verhandlung zugelassen. Ja, es ist möglich, dass sie hinter einer Trennwand aussagt, sie würden ihr jedoch dringend davon abraten.

Sie stellt Jen und Erika vor. »Das sind meine Freundinnen aus London.« Die Staatsanwälte sagen lächelnd Hallo und erkundigen sich, ob sie einen angenehmen Flug hatten, in welchem Hotel sie abgestiegen sind und ob sie das Gericht gleich gefunden haben.

Sie kann sich nicht vorstellen, dass die beiden das wirklich interessiert.

Dann erklären sie, was gerade im Gerichtssaal vor sich geht.

»Der Angeklagte hat in allen drei Anklagepunkten auf nicht schuldig plädiert: Das sind vaginale Vergewaltigung, anale Vergewaltigung und Körperverletzung.«

Sie rattern diese schrecklichen Dinge herunter, als würden sie ihr mitteilen, was heute auf der Tageskarte steht. Es hat etwas Unwirkliches, andere so nüchtern und emotionslos darüber sprechen zu hören.

»Wir hatten ein bisschen gehofft, er würde sich im letzten Moment schuldig bekennen, nachdem er erfahren hat, dass Sie tatsächlich aussagen werden.«

Sie nickt. Sie war entsetzt gewesen, als sie hörte, dass viele Vergewaltigungsopfer sich weigern, vor Gericht aufzutreten. Aber allmählich dämmert ihr, warum.

Simmons erklärt ihr, dass die Geschworenen gerade vereidigt werden. Anschließend hat O'Leary das Wort. Nach der Mittagspause wird man sie, Vivian, als die Hauptbelastungszeugin in den Saal rufen.

»Das Ganze ist relativ unkompliziert«, sagt O'Leary. »Natürlich sehen wir uns noch einmal, bevor Sie in den Zeugenstand treten. Konzentrieren Sie sich nur auf meine Fragen und antworten Sie so wahrheitsgetreu und ausführlich wie möglich. Das ist ganz einfach.«

Einfach?

Noch nie ist ein Wort so unterschätzt worden.

Jetzt ist es also so weit. Sie stellt sich vor, wie sie den Gerichtssaal betritt. Den Saal hinter der geschlossenen Tür, in dem sie jeder ansehen wird. Sie, das Vergewaltigungsopfer. Auch er.

»Alles andere haben wir ja bereits besprochen«, fährt O'Leary fort. »Wir werden keine Trennwand einsetzen, das heißt, jeder im Gerichtssaal kann Sie sehen. Ich glaube, das wird Sie in einem sehr positiven Licht erscheinen lassen.«

Sie stutzt, aber sie weiß, was er damit meint. Ein Vergewaltigungsopfer, das vor aller Augen ihre Geschichte erzählt, hat nichts zu verbergen. »Sie werden das großartig machen«, sagt Simmons. »Seien Sie einfach Sie selbst. Versuchen Sie nicht allzu nervös zu sein. Wir sind bei Ihnen.«

Aber Sie wollen, dass ich weine.

Natürlich haben die beiden das nicht ausdrücklich gesagt, aber sie spekulieren darauf. Dass sie im Zeugenstand vor allen Leuten zusammenbricht. Weil die Belastung zu groß ist, weil sie den

Anblick des Jungen nicht erträgt. Erst wenn ihr die Tränen übers Gesicht laufen, werden die Geschworenen und die Öffentlichkeit erkennen, wie traumatisiert sie ist. Und das wird eine Welle des Mitgefühls auslösen.

Und wollen die Leute nicht genau das im Gerichtssaal sehen? Sind nicht deswegen so viele Zuschauer, so viele Journalisten anwesend? Der schaurige Reiz eines Vergewaltigungsprozesses. Das in Tränen aufgelöste Opfer, der reuelose Täter. Die schockierenden Dinge, die zwischen ihnen vorgefallen sind.

Sie drückt sich den Daumennagel fest in die Zeigefingerkuppe. Sie will etwas fühlen, und wenn es nur Schmerz ist.

»Haben Sie noch Fragen, Vivian?«

»Ja«, hört sie sich mit zaghafter Stimme sagen. Sie erkundigt sich, ob Erika und Jen den ersten Verhandlungsteil verfolgen können, weil sie selbst nicht dabei sein darf. Detective Morrison verspricht ihr, den Freundinnen zwei Plätze zu besorgen.

»Heißt das, es sind viele Leute da? Wie voll ist es auf der Zuschauertribüne?«

Simmons zögert. »Der Fall hat in der Öffentlichkeit für großen Wirbel gesorgt, und ...«

»Sind viele Journalisten dabei?«

»Darüber würde ich mir an Ihrer Stelle nicht den Kopf zerbrechen«, sagt O'Leary. »Beantworten Sie die Fragen, so gut Sie können, und stellen Sie sich vor, es wäre außer uns niemand im Saal.«

Diese letzte Bemerkung ist so lächerlich, dass sie am liebsten laut auflachen würde.

*

Der Richter – er heißt Haslam, hat sein Anwalt gesagt – mustert ihn streng, und die Geschworenen hängen an seinen Lippen, als wären sie diejenigen, für die es hier um Leben und Tod geht. Haslam erklärt ihnen, was sie zu tun haben. Sie sollen ganz genau zuhören, jede Einzelheit gründlich bedenken und dann nach vernünftigem Ermessen entscheiden, was sie für die Wahrheit halten. Der Typ sitzt bestimmt schon seit hundert Jahren hier und kann die Rede auswendig. Er ist uralt und faltig, und die weißen Haare gucken unter der bescheuerten Perücke raus. Bei jedem Prozess den Geschworenen dasselbe erzählen – welcher Idiot macht bloß freiwillig so einen Job? Er würde vor Langeweile sterben.

Der Richter ist fertig, und jetzt steht der große Typ auf, vor dem McLuhan ihn gewarnt hat.

Der hat es auf dich abgesehen, das ist sein Job. Das heißt, alles, was aus seinem Mund rauskommt, ist Müll. Ein Haufen schlauer Wörter, aber Müll.

»Meine Damen und Herren Geschworenen«, sagt er. »Ich bin hier, um Ihnen von einem grausamen, erschütternden Verbrechen zu erzählen, das sich an einem Aprilnachmittag im vergangenen Jahr mitten in Westbelfast ereignet hat. So erschütternd, dass Ihnen die Zeitungsberichte über diesen Fall wahrscheinlich noch bestens in Erinnerung sind. Ich bitte Sie jedoch, alles, was Sie darüber gehört oder gelesen haben, zu vergessen und sich nur auf die Beweise zu konzentrieren, die das Gericht Ihnen im Verlauf der nächsten Tage vorlegen wird.«

O Mann, müssen wir uns jetzt tagelang dieses Geschwafel anhören?

»Was Sie zu hören bekommen, ist umso schockierender, weil die Staatsanwaltschaft darlegen wird, dass die Tat von *diesem* Minderjährigen dort begangen wurde. Dem Angeklagten John Michael Sweeney.«

Klar, alle Blicke gehen in meine Richtung, als würden die Idioten mich zum ersten Mal sehen.

Aber McLuhan hat ihn darauf vorbereitet. Alles würde gegen ihn sprechen, bis er selber in den Zeugenstand gerufen wird.

Er will es nicht zugeben, aber sein Herz schlägt schneller.

»Die Geschädigte in dieser Sache ist eine junge Frau, die Sie nachher kennenlernen werden. Sie heißt Vivian Tan, ist Amerikanerin und lebt und arbeitet in London. Zum Zeitpunkt der Tat war sie neunundzwanzig Jahre alt. Ihr Fall birgt eine traurige Ironie, denn Ms Tan war zu Besuch in Belfast, um an dem großen Festakt teilzunehmen, der im vergangenen April zum zehnten Jahrestag des Karfreitagsabkommens abgehalten wurde. Sie wurde eingeladen, um den Frieden in Nordirland zu feiern, und wurde dann Opfer einer Gewalttat. Vor Jahren gehörte Ms Tan zu einem erlesenen Kreis von jungen, begabten Amerikanern, die mit einem George-Mitchell-Stipendium ausgezeichnet wurden, um in Irland zu studieren. Dieses Stipendium soll dazu dienen, die Verständigung zwischen Irland und den Vereinigten Staaten zu fördern ...«

Hey, das ist neu. Das hat er nicht gewusst. Echt beeindruckend, aber McLuhan hat nicht ein Wort darüber verloren.

Dad und die anderen tauschen Blicke und sehen zu ihm rüber.

Na, und wenn schon? Sie ist eben 'ne feine Braut. Auch feine Leute wollen es hart. Im Matsch und mit Blutergüssen und so, versucht er sich einzureden. Aber sein Herz rast, und er will weg hier. Raus aus diesem durchsichtigen Käfig, in dem ihn alle begaffen können.

*

»Wie ist der Staatsanwalt?«, fragt sie Jen und Erika, als sie aus der Verhandlung zurück sind.

»Er erledigt seinen Job. Macht den Geschworenen klar, wie viel Überwindung es dich gekostet hat, wieder nach Belfast zu kommen und auszusagen.«

»Und er? Ist er da?«

Natürlich ist er da, das weiß sie.

»Er ist noch sehr jung«, sagt Erika. »Es ist erschreckend, dass ein

Jugendlicher in diesem Alter zu so etwas imstande ist. Ich meine, er ist jünger als meine Tochter.«

»Heißt das, es wird den Leuten schwerfallen zu glauben, dass er ein so schlimmes Verbrechen begangen hat?«

Sie hat das Gefühl, dass ihre Freundinnen ihre Worte sehr behutsam wählen. »Auf mich macht er nicht gerade den besten Eindruck«, sagt Jen. »Aber ich glaube, die Leute warten einfach ab, was du sagst und was er sagt.«

Sie nickt. Die Botschaft ist angekommen. Wenn es darum geht, vor Leuten zu reden, hat sie mit ihrem Harvard-Abschluss und ihrer Medienerfahrung vermutlich die Nase vorn. Zumindest darauf kann sie bauen.

Jen legt ihr stumm den Arm um die Schulter.

»Keine Angst, du schaffst das schon«, sagt Erika und drückt ihr lächelnd die Hand.

Alle sagen das. Sie selbst ist sich nicht so sicher.

»Was hältst du davon, wenn wir dich zum Mittagessen einladen?«, sagt Erika.

Aber die Übelkeit macht ihr immer noch zu schaffen, und sie will das Gerichtsgebäude nicht verlassen. Wer weiß, wem sie da draußen begegnet? Journalisten, Prozesszuschauern, vielleicht sogar seinen Verwandten. Leute, die sie anstarren, sich gegenseitig anstoßen und flüstern: »Das ist das Vergewaltigungsopfer.«

Nein, sie bleibt lieber in dem kleinen Raum mit der brennenden Duftkerze und sieht aus dem Fenster. Zurückgezogen. Für die Welt unsichtbar.

*

Die Wärter kommen mit dem Mittagessen. Stellen ohne zu lächeln das Papptablett auf den Tisch und reißen mit finsterem Blick die Plastikfolie von der Aluschale.

Und blöd, wie er ist, verbrennt er sich prompt die Zunge. Zieht kalte Luft in den Mund, während er die kochend heiße Nudelpampe kaut. Die Wärter sehen ihn an, als hätte er nichts anderes verdient.

Nachdem er aufgegessen hat, starrt er vor Langeweile Löcher in die Wände.

»Halt durch, Johnny«, hat Dad ihm vorhin durch den Spalt im Glaskäfig zugeflüstert, nachdem der Richter den Saal verlassen hatte.

Rory und Donal haben ihm zugenickt, aber nicht viel gesagt.

Und Michael ... Michael hat gewartet, bis die anderen draußen waren, und die Stirn an die Plexiglasscheibe gelegt. »Lass dich nicht davon unterkriegen, was die Arschlöcher sagen. Du weißt, wie es gewesen ist. Warte, bis du dran bist, und dann erzähl es ihnen.«

Daran denkt er jetzt. In der kahlen, winzigen Zelle.

Warte, bis du dran bist, und dann erzähl es ihnen.

*

»Meine Damen und Herren Geschworenen, ich habe Ihnen die Tat in groben Zügen geschildert. Gleich werden Sie von Ms Tan selbst erfahren, was sich an jenem Nachmittag ereignet hat. Seien Sie gewarnt, Sie werden grauenvolle, abscheuliche Dinge hören. Aber Sie werden auch verstehen, wie es dazu kam, dass eine gebildete, beruflich erfolgreiche junge Frau ahnungslos das Opfer einer brutalen Vergewaltigung wurde.«

O'Leary trinkt einen Schluck Wasser. Guck dir diese Idioten an, hängen an seinen Lippen, als hätte er die Wahrheit für sich gepachtet. Sogar Dad und Michael hören gebannt zu. Zum Glück ist Mam nicht hier. Weiß der Geier, was sie über all das denkt.

Er senkt den Blick und schluckt. Seine Zunge brennt immer noch wie Feuer. Er will den Typen ausblenden, aber es gibt kein Entkommen vor der endlosen Wörterflut.

»... Ich bitte Sie also, Ms Tan mit größter Aufmerksamkeit zuzuhören. Es liegt an Ihnen, darüber zu entscheiden, ob sie die Wahrheit sagt, aber bedenken Sie dabei, wie viel Anstrengung und Überwindung es sie gekostet hat, heute vor diesem Gericht auszusagen. Bedenken Sie, ob eine Frau es auf sich nehmen würde, in eine Stadt zurückzukehren, die für sie mit so viel Leid und schmerzlichen Erinnerungen verbunden ist, wenn sie nicht das Opfer eines schweren Verbrechens geworden wäre.«

Sieh an, schon am ersten Tag bezeichnet man ihn als Verbrecher.

»Die Krone ruft ihre erste Zeugin, Ms Vivian Tan, in den Zeugenstand.«

*

Detective Morrison führt sie über den breiten Gang. Durch die großen Fenster hat man einen Blick auf den Hafen und grüngraue Hügel unter tief hängenden Wolken.

Klack, klack, klack machen ihre Absätze auf den Fliesen, und sie hat das Gefühl, als bewegte sich eine Fremde auf Gerichtssaal acht zu.

Ein paar Leute stehen auf dem Gang herum. Vielleicht sind sie wegen anderer Verhandlungen hier, aber alle starren sie an. Sie sieht an ihnen vorbei.

»Alles in Ordnung?«, fragt Morrison kurz vor dem Saal.

Sie bleibt stehen und blickt ihn an. Sie will ihm sagen, dass sie das nicht kann. Wünscht sich an einen fernen, sicheren Ort.

Aber sie atmet tief durch und nickt. »Ja. Ich bin bereit.«

»Sie schaffen das.« Detective Morrison sieht sie aus seinen graublauen Augen an und berührt sie leicht am Arm. »Ich hatte schon mit vielen Opfern von Straftaten zu tun. Und wenn jemand das durchsteht, dann Sie.«

Die freundlichen Worte rühren sie, und fast kommen ihr wieder die Tränen. Aber sie nimmt sich zusammen, ballt die rechte Hand zur Faust und drängt die Übelkeit zurück. Seit der Tat hat sie auf diesen Augenblick gewartet.

»Sind Sie so weit?«, fragt der Gerichtsdiener.

»Ja.« Sie nickt und versucht sich so nüchtern und gefasst zu geben wie möglich.

Der Gerichtsdiener öffnet die Tür, und sie folgt ihm in den Saal. Sie spürt die gespannte Atmosphäre, weiß, dass alle Augen auf sie gerichtet sind, aber sie richtet den Blick geradeaus auf den Zeugenstand. Sie sieht sich nicht um. Hält nicht nach ihm Ausschau. Sie weiß, dass er da ist und sie anstarrt.

*

Alle gucken zur Tür.

Sie geht auf, der alte Knacker kommt rein, und da ist sie. Die Frau. Wie immer sie sich jetzt nennt, was für einen tollen Job sie hat oder wie schlau sie ist. Sie ist es. Dieselben langen, dunklen Haare, dieselben Augen. Klein, schlank, noch genauso ernst, bestimmend und aufgeblasen.

Sie ist es. Aber die Klamotten sind anders. Sie ist schick herausgeputzt, mit hohen, klackenden Schuhen. Solche Frauen siehst du in amerikanischen Serien über Anwälte, aber die laufen nicht allein in Parks rum.

Er wendet den Blick von ihr ab.

Ein paar Nudeln vom Mittagessen kommen wieder hoch, und ihm wird ein bisschen schlecht. Michael zieht die Augenbrauen hoch. Als wäre er überrascht. Worüber? Dass sie so vornehm ist? So alt? So scharf?

Alle gaffen sie an. Gucken zu, wie sie sich hinsetzt und den Eid spricht.

Der Paki in der Jury schielt zu ihm rüber, und ihre Blicke begegnen sich.

Ja, ja, er weiß, was sie denken. Die beiden? Die hübsche, vornehme Frau und dieser Bengel? Zusammen im Wald? Wie kann das sein?

Und er sieht ihren Gesichtern an, dass sie das nie im Leben glauben werden.

*

Unbewegte Miene, neutraler Blick. Welchen Gesichtsausdruck erwartet man von ihr? Wie soll ein Vergewaltigungsopfer aussehen, wenn es den Gerichtssaal betritt? Verängstigt? Rachsüchtig? Irgendetwas dazwischen?

Sie bewegt sich durch ein Meer aus Menschen und Gesichtern. Die meisten sind fremd, aber alle starren sie an, und es tröstet sie ein bisschen, Erika und Jen im Publikum zu wissen. Und Detective Morrison.

Aus dem Augenwinkel nimmt sie die Glaswand in der Mitte des Saals wahr und dahinter eine Gestalt. Aber sie sieht nicht hin. Sie weiß, wer dort sitzt, das genügt.

Sie bekommt eine Bibel und muss dem Protokollführer nachsprechen: »Ich schwöre, dass ich hier als Zeugin die Wahrheit sagen werde, die volle Wahrheit und nichts als die Wahrheit.«

Dann darf sie im Zeugenstand Platz nehmen. Ihre Füße schmerzen in den engen Schuhen, und sie ist froh, dass sie sitzen kann. Sie hat heute Morgen extra darauf geachtet, die Schleife an ihrer Bluse nicht zu fest zu binden. Trotzdem scheuert sie an ihrem Hals.

O'Leary erhebt sich, und sie sieht ihn an, sucht hinter der albernen Perücke und dem arroganten Gehabe nach etwas Vertrautem.

»Würden Sie dem Gericht bitte Ihren vollen Namen nennen?«

»Ich heiße Vivian Michelle Tan.«

Monatelang hat sie sich davor gefürchtet, dass sie vor Gericht kein Wort herausbekommt. Dass ihr die Stimme versagt, nur röchelnde Geräusche aus ihrem Mund dringen. Sie ist erleichtert, ihre vertraute tiefe Stimme zu hören, und doch hat sie das Gefühl, als spräche eine andere aus ihr. Die Worte kommen ganz von selbst, aus einem mechanisch funktionierenden Teil ihres Bewusstseins.

»Wo haben Sie Ihren Wohnsitz, Ms Tan?«

»Ich lebe in London.«

O'Leary fragt sie nach ihrem Alter und ihrer beruflichen Tätigkeit zum Tatzeitpunkt, und das Antworten fällt ihr leicht.

»Natürlich ist uns allen Ihr Akzent aufgefallen. Sie stammen nicht aus London, nicht wahr?«

»Nein, ich bin in Amerika geboren. Vor sieben Jahren bin ich nach London gezogen, um dort zu arbeiten.«

»Sehr gut.« O'Leary richtet den Blick auf die Geschworenen und nickt, als wollte er sagen: Sehen Sie, eine durch und durch anständige Frau.

»Würden Sie uns bitte erzählen, warum Sie am 12. April letzten Jahres in Belfast waren?«

Sie hält kurz inne und atmet durch.

Zum ersten Mal blickt sie hinüber zum Richter. Einen winzigen Moment lang wirkt er überrascht, dass sie es wagt, ihn so offen anzusehen, aber dann erscheint ein milder Ausdruck auf seinem Gesicht.

»Ich war dort, weil ...«

Sie erzählt kurz vom Anlass der Festlichkeiten und dass man sie als ehemalige George-Mitchell-Stipendiatin dazu eingeladen hatte.

»Wie wurden Sie damals für dieses Stipendium ausgewählt?«

»Es gibt ein Bewerbungsverfahren«, sagt sie.

Soll ich Harvard erwähnen? Oder hält man mich dann für eingebildet? Sie entscheidet sich, es zu riskieren. Es ist schließlich die Wahrheit.

»Man bewirbt sich, und die Finalisten werden zum Gespräch

eingeladen. Das war in meinem letzten Studienjahr in Harvard. Dort habe ich meinen Bachelor erworben.«

»Meinen Sie die Harvard University in den Vereinigten Staaten?«

»Ja.«

»Was haben Sie dort studiert?«

»Keltische Volkskunde und Mythologie. Also im Wesentlichen irisches und schottisches Volkstum.«

Für gewöhnlich sorgt ihr Studienfach für Kichern oder andere Reaktionen, aber es bleibt still im Saal. Einerseits ist sie froh darüber, doch andererseits kommt sie sich vor wie ein kurioses Exponat in einem luftdicht verschlossenen Glas, das von der schaulustigen Menge begafft wird.

»Und was genau haben Sie studiert, als Sie als Mitchell-Stipendiatin in Irland waren?«

Der Richter unterbricht ihn. »Mr O'Leary, würden Sie bitte zum eigentlichen Gegenstand dieser Verhandlung kommen?«

»Natürlich, My Lord. Ich wollte nur darlegen, dass Ms Tan eine besondere Verbindung zu Irland hat und sich aufgrund dessen zum Tatzeitpunkt in Belfast aufhielt.«

Sie denkt daran, was O'Leary vorhin zu ihr gesagt hat. Sie soll hin und wieder zu den Geschworenen hinübersehen.

Sie nutzt die Gelegenheit und wirft einen Blick auf die zwölf Gesichter, die sie aufmerksam beobachten. Sie ist überrascht. Es ist ein Südasiate dabei. Und die Frauen sind in der Überzahl. Das ist ein gutes Zeichen, oder?

Beruhige dich, sprich laut und deutlich, stell Blickkontakt her. Aber pass auf, dass du für ein Vergewaltigungsopfer nicht zu selbstsicher wirkst.

»Ms Tan, ich werde Ihnen jetzt einige Frage zu dem Tag des Vorfalls stellen. Ich weiß, das ist nicht einfach für Sie, und Sie dürfen sich so viel Zeit nehmen, wie Sie benötigen, aber bitte beantworten Sie meine Fragen so ausführlich und wahrheitsgetreu wie möglich. In Ordnung?«

Nein, gar nichts ist in Ordnung.
Aber sie nickt. Sagt Ja und sieht O'Leary an.
Bring es hinter dich.

*

Was soll der Scheiß mit Harvard? Davon hat er schon mal gehört. Da ist sie gewesen? Und auch auf dem tollen Friedens-Dingsda mit den ganzen Politikern? Er versteht nicht so richtig, worüber sie reden, aber warum zum Teufel hat sich eine Frau wie sie ganz allein im Park rumgetrieben?

Na klar! Weil sie nicht immer so vornehm und gut erzogen ist. Er hat sie gesehen, als sie auf dem Boden lag, matschbeschmiert und voller Blutergüsse, mit nackten Titten.

Am liebsten würde er ihr die feine Bluse runterreißen. Sie bloßstellen, den anderen zeigen, wie sie wirklich ist. Und dann dasselbe noch mal mit ihr machen, hier im Gerichtssaal. Die Scheißschlampe soll für alles bezahlen.

Jetzt redet sie vom Park. Erzählt mit ihrer tiefen Stimme von ihrer Wanderung durchs Tal. Von den Leuten, denen sie begegnet ist. Und dann von ihm.

»Er ist mir sofort wegen seiner Kleidung aufgefallen. So läuft man nicht im Park herum, solche Sachen trägt man, wenn man abends ausgeht.«

Sie beschreibt seinen weißen Pullover, die Jeans, die Schuhe. Mann, die Schlampe hat echt ein gutes Gedächtnis. Als sie von ihm wissen wollten, was sie an dem Tag anhatte, konnte er sich an nichts erinnern. Nur an den zerrissenen BH.

»Er hat einen merkwürdigen Eindruck auf mich gemacht. Er wirkte irgendwie gestört. Vielleicht war er auch betrunken.«

Fick dich, Schlampe! Was fällt dir ein zu behaupten, dass ich gestört bin?

»Es fiel mir schwer, ihn richtig einzuschätzen. Ich bekam keine klaren Antworten von ihm, und er tischte mir ständig neue Geschichten auf.«

Sie erzählt von der Unterführung und dass sie danach eine Freundin angerufen hat. Dass sie nicht wusste, wie sie über den Bach kommen soll. Aus ihrem Mund hört sich das alles total merkwürdig an. Und so anders. Richtig unheimlich, wie ruhig sie da hinten im Zeugenstand sitzt und alles genau erklärt.

»Was dachten Sie zu diesem Zeitpunkt über den Jungen?«

»Anfangs fand ich ihn nur sonderbar, und ich glaube, er ging mir ein bisschen auf die Nerven.«

Er ballt die Fäuste.

»Aber zu diesem Zeitpunkt bekam ich es allmählich mit der Angst zu tun. Ich begriff nicht, warum er mir die ganze Zeit nachlief.«

Dämliche Schlampe. Geschieht dir recht. Was rennst du auch allein im Park herum. Du und deine tolle Ausbildung und das Buch, das du dabeihattest. Hat dir das etwa genützt?

*

Bis jetzt hat sie sich im Griff. Die Worte gehen ihr leicht über die Lippen, auch wenn sie ihre Panik niederringen muss. O'Learys Fragen sind wie eine Rettungsleine, an der sie sich durchs Dunkel hangelt. So weit, so gut.

»Was haben Sie gesehen, als Sie oben auf dem Steilhang standen?«

Sie schließt die Augen und ruft sich den Moment ins Gedächtnis: der herrliche Blick auf die sonnige Berglandschaft. Sie hatte eine Pause eingelegt, sich fälschlicherweise in Sicherheit geglaubt.

»Den Angeklagten haben Sie nicht gesehen?«

»Nein. Ich dachte, ich wäre ihn endlich losgeworden, und war sehr erleichtert.«

»Warum waren Sie erleichtert?«

»Ich ... wusste nicht, was er von mir wollte, aber ich fühlte mich unwohl in seiner Gegenwart. Also war ich froh, dass ich endlich allein war.«

»Sie wollten in Ruhe ihre Wanderung fortsetzen?«

»Ja, das ist richtig.«

O'Leary hält inne. Sie atmet tief durch, denn sie weiß, was jetzt kommt.

»Erzählen Sie uns bitte, was dann geschah, Ms Tan.«

»Ich ...« Der Weg taucht vor ihrem inneren Auge auf, und ihr stockt die Stimme. Die Geschworenen bemerken es, das ist nicht zu übersehen.

Ihr Atem geht schneller, ihr Hals schnürt sich zusammen.

O'Leary nickt ihr zu, nicht mitfühlend, sondern eher wie ein nachsichtiger, leicht ungeduldiger Onkel. Können wir dann weitermachen?

Die Bäume. Der Rand der Schlucht.

»Einen Augenblick lang dachte ich also, er wäre endlich fort, und ich genoss die tolle Aussicht. Ich freute mich, dass ich zum ersten Mal an diesem Nachmittag allein war. Dass ich den Jungen und die Stadt hinter mir gelassen hatte und endlich ungestört wandern konnte.«

»Und dann?«

»Ich ging weiter, war begeistert von der Landschaft um mich herum. Aber dann sah ich den Hang hinunter und entdeckte ihn.«

»Sie haben den Angeklagten gesehen?«

»Ich sah seinen weißen Pullover, er leuchtete zwischen dem Grün der Bäume. Der Junge kam den Hang hinauf, aber er schien darauf bedacht zu sein, dass man ihn nicht sieht.«

Sie denkt an die Panik zurück, die sie bei seinem Anblick überkam, und die Angst hat sie erneut im Griff. Der Saal verschwimmt vor ihren Augen, und sie klammert sich unbemerkt mit beiden Händen am Stuhl fest.

»Und was ging Ihnen durch den Kopf, als Sie ihn entdeckten?«
»Mir wurde schlagartig klar, dass er mich verfolgte.«
»Und wie haben Sie reagiert?«
»Ich wollte ihn so schnell wie möglich abschütteln. Also rannte ich los ...«

Sie schildert, wie sie versucht hat, offenes Gelände zu erreichen. Dass sie sich plötzlich in einer Art Niemandsland befand und jede Flucht aussichtslos war. Und dann erzählt sie, wie er aus dem Wald kam und sie ihm entgegentrat, weil sie genug von seinen Spielchen hatte.

»Sie haben ihm also erneut den Weg nach Andersonstown erklärt?«
»Ja. Obwohl ich bereits ahnte, dass das Ganze nur ein Trick war.«
»Was meinen Sie mit Trick?«
»Na ja, wenn er wirklich nach Andersonstown gewollt hätte, wäre er doch schon beim ersten Mal in die entsprechende Richtung gegangen. Ich hatte also den Verdacht, dass er sich gar nicht verlaufen hatte, sondern auf etwas anderes aus war, und das machte mir Angst. Ich glaube, ich ... ich wollte ihn zur Rede stellen.«
»Und wie haben Sie das gemacht?«
»Nachdem ich ihm ein zweites Mal den Weg erklärt hatte, sagte ich zu ihm: ›Ich habe dir schon vorhin gezeigt, wie du nach Andersonstown kommst. Was willst du?‹«
»Wie haben Sie sich dabei gefühlt?«
»Natürlich hatte ich Angst. Aber ich war es leid, mich von ihm an der Nase herumführen zu lassen. Ich wollte wissen, was er im Schilde führte.«
»Was hat er darauf geantwortet?«

Lass dir Zeit. Vergiss nicht zu atmen. Bis jetzt war alles harmlos, du hast nur von deiner Wanderung erzählt und von dem merkwürdigen Jungen, der dir gefolgt ist. Aber was jetzt kommt, wird alles ändern.

Die Abscheu und die Angst von damals brechen wieder über sie herein. Wenn sie die Worte – seine Worte – jetzt ausspricht, durchlebt sie die Vergewaltigung ein zweites Mal. Nur dieses Mal vor Publikum.

Sie nimmt sich zusammen. Sag es. Zwing die Leute im Saal, sich all die schrecklichen Dinge anzuhören.

»Er sagte: ›Stehst du auf Sex im Freien?‹«

Sie bringt es nicht über sich, die Geschworenen anzusehen. Die Scham ist zu groß.

*

»Stehst du auf Sex im Freien?«

Das hat er völlig vergessen. Das war, als die Ich-habe-mich-verlaufen-Masche nicht mehr zog. Als ihm nichts mehr einfiel und er sich sagte: jetzt oder nie.

Er hat sie gefragt, und sie hat Nein gesagt, genauso aufgeblasen, wie sie jetzt da vorn redet. Und da ist er wütend geworden.

*

Er hat sich auf sie gestürzt. Sie hat sich gewehrt und versucht wegzulaufen.

»Und was geschah dann?«

»Ich bin ausgerutscht und gestürzt. Vielleicht hat er mich auch niedergestoßen, ich bin mir nicht sicher. Auf jeden Fall lag ich plötzlich am Boden.«

»Sie lagen am Boden?«

»Ja. Oder nicht ganz, ich lag auf meinem Rucksack ... und dann ... dann saß er auf mir und ... und ...«

In ihren Ohren rauscht es, ihr Herz rast wie verrückt, und sie kann nicht weitersprechen.

Alle Blicke sind auf sie gerichtet. Das waren sie die ganze Zeit, aber nicht so eindringlich wie jetzt. Die Geschworenen, der Richter, die Leute im Publikum, die Gestalt hinter der Glaswand – alle starren sie an.

Sie findet ihre Stimme wieder.

»Und er schrie mich an, Dinge wie: ›Halt's Maul, Schlampe‹ und ›Kein Mucks, oder ich schlitz dir die Kehle auf‹. Dann griff er nach einem großen Stein und drohte, mir damit den Schädel einzuschlagen.«

Es hat etwas Gespenstisches, die Wut ihres Angreifers wiederzugeben, und es kostet sie unendlich viel Kraft, die furchtbaren Dinge, die er zu ihr gesagt hat, laut auszusprechen.

»Was hat er noch getan?«

»Ich habe mich gewehrt, versucht, vom Boden hochzukommen und zu fliehen, aber er ließ es nicht zu. Er ... er schlug mir auf den Kopf. Das hat unglaublich wehgetan. Dann griff er zwei von meinen Fingern und bog sie nach hinten. Und dann ...«

Die Stimme versagt ihr, und sie setzt von Neuem an, aber es kommt nur ein ersticktes Schluchzen. Sie spürt, wie ihr die Tränen in die Augen steigen, und sie drängt sie zurück. Es wäre zu erniedrigend, vor den Geschworenen zusammenzubrechen.

Und dann fällt ihr ein, dass sie genau das sehen wollen. Das weinende Vergewaltigungsopfer.

Also gibt sie ihnen, was sie wollen, kämpft nicht mehr gegen ihre Gefühle an.

»Und dann hat er mich gewürgt. Er drückte mir die Kehle zu, und ich bekam keine Luft mehr.«

Tränen strömen ihr übers Gesicht, aber das ist ihr egal. Die Leute sollen es ruhig sehen. Wie erbärmlich man sich fühlt, wenn man vergewaltigt wurde. Die Scham, die man empfindet, wenn man in einem Gerichtssaal sitzt und vor lauter Menschen darüber sprechen muss.

In der Therapie bricht sie an dieser Stelle jedes Mal zusammen. Seit Wochen muss sie Dr. Greene immer wieder den gesamten Tathergang schildern. Zu Hause muss sie sich dann die Aufzeichnung der jeweiligen Sitzung ansehen und bestimmen, was sie besonders peinigt. Welcher Teil der Geschichte sie seelisch am meisten mitnimmt.

Der Augenblick, als er mich gewürgt hat.
Und warum nimmt Sie das so mit?
Weil ich dachte, ich muss sterben.
Aber Sie sind nicht gestorben. Sie sind noch am Leben.
Ja, das stimmt. Ich bin noch am Leben.
Und weil ich noch am Leben bin, bringe ich diesen Jungen dorthin, wo er hingehört. Hinter Gitter.
»Ms Tan.« Das ist der Richter.
Sie blickt auf und weiß nicht, was sie sagen soll.
»Sollen wir die Verhandlung für zehn Minuten unterbrechen?«
»Nein«, sagt sie mit belegter Stimme.
»Sind Sie sicher?«
»Ja, vielen Dank.«
»Wir können wirklich gern eine Pause einlegen, das ist ...«
»Nein. Keine Pause. Ich möchte das gern hinter mich bringen.«

*

Buh-huh, das arme, feine Mädchen tut uns ja sooo leid. Heult sich da die Augen aus. Und der ganze Saal geht ihr auf den Leim. Aber so sind die Weiber – wenn sie ihren Willen nicht bekommen, fangen sie an zu flennen. Sie hätte es besser wissen müssen. Eine scharfe Braut wie sie sollte eben nicht allein durch die Gegend laufen, erst recht nicht dort, wo meinesgleichen unterwegs ist.

Sogar Dad und Michael lassen sich von ihr einwickeln.

Einmal reißt Dad sich kurz von ihr los und guckt zu ihm rüber.

Sein Blick ist nicht wütend, aber auch nicht freundlich. »Verdammt, was hast du dir bloß dabei gedacht?«, steht darin.

*

Sie ist zusammengebrochen, und jetzt kommt der schlimmste Teil. Die eigentliche Vergewaltigung.

»Was geschah, nachdem sie beschlossen hatten, sich ihm gewissermaßen zu fügen?«

»Ich wollte unbedingt verhindern, dass er ... dass er mich unten leckt. Ich dachte, wenn du es zulässt, dass er dir die Unterwäsche herunterzieht, will er ganz bestimmt mehr.«

Sie spürt förmlich, wie die Leute im Saal verlegen auf ihren Stühlen herumrutschen.

»Also habe ich versucht ... ich habe versucht, mit ihm zu handeln. Ich bot ihm an, ihn oral zu befriedigen. Ich dachte, wenn du es schaffst, dass er dabei kommt, gibt er sich vielleicht zufrieden und lässt von dir ab.«

O'Leary hakt nach. »Mit ›kommen‹ meinen Sie ...«

»Ich wollte, dass er ejakuliert.«

O'Leary nickt.

Sie versucht, ruhig und tief zu atmen, um das flaue Gefühl in ihrem Magen in Schach zu halten. Wie lange wird sie noch hier sitzen? Stunden wahrscheinlich. Also lass dir Zeit, erzähle ihnen jedes erniedrigende Detail. Sie sollen dieselbe Scham empfinden wie du.

»Und was geschah dann?«

Sie beschreibt den misslungenen Versuch, ihn oral zu befriedigen. Dabei denkt sie daran, wie ekelhaft säuerlich sein Schwanz geschmeckt hat. Der Schwanz des Jungen, der nur ein paar Meter weiter hinter der Glaswand sitzt. Ihr kommt es fast hoch.

»Und was geschah dann?«

O'Learys Fragen sind unerbittlich.

Sie muss schildern, welche Stellung der Junge zuerst verlangt hat, welche Stellung er dann wollte und welche danach. Seine lächerlichen pubertären Befehle wiederholen.

Die Schilderung der unterschiedlichen Stellungen und Sexualpraktiken ist allen im Saal peinlich, aber O'Leary seziert jede einzelne mit chirurgischer Präzision. Sie weiß, er erledigt nur seine Arbeit. Trotzdem hasst sie ihn dafür, dass er sie vor allen Leuten so erbarmungslos bloßstellt.

»Um es noch einmal festzuhalten: Es kam während der Vergewaltigung zu oraler, vaginaler und analer Penetration. Und zu wie vielen sexuellen Stellungen hat er Sie gezwungen, was würden Sie sagen?«

Sie ist die einzelnen Stellungen in den vergangenen Monaten immer wieder durchgegangen, hat sich sogar kleine Strichzeichnungen gemacht, damit sie bloß keine vergisst. Aber jetzt muss sie unter dem Tisch die Finger zu Hilfe nehmen.

»Mindestens fünf. Sechs vielleicht.«

»Der Angeklagte hat also immer neue sexuelle Stellungen von Ihnen verlangt. Hat er noch etwas anderes gesagt, während er Sie vergewaltigt hat?«

»Einmal sagte er ...« Sie verstummt. Es widerstrebt ihr, diese unerhörte Kränkung laut auszusprechen, aber sie weiß, dass es der Anklage helfen wird. »Einmal sagte er: ›Geile enge Asiamuschi.‹«

Sie hat den Eindruck, als ginge ein stilles kollektives Schaudern durch den Saal. Eine Welle der Abscheu und des Mitleids. Aber vielleicht starren die größtenteils weißen Gesichter sie auch bloß weiter an, komplett ungerührt, weil sie gar nicht erkennen, wie rassistisch diese Beleidigung ist.

»Und wie haben Sie sich gefühlt, während all das geschah?«

»Ich hatte Todesangst, und ich tat alles, um zu überleben. Also versuchte ich ihn besänftigen. Ich dachte, gib ihm, was er will, vielleicht tut er dir dann nicht so weh.«

Ihr wird bewusst, dass sie ihr eigenes Verhalten nicht verschweigen darf. Über die Dinge sprechen muss, die sie gesagt und getan hat, um ihm weiszumachen, dass sie mit allem einverstanden ist. Dass sie es genauso will wie er, obwohl das zu keiner Sekunde zutraf. Das könnte die Geschworenen gegen sie einnehmen, denn in diesem Punkt ist sie nicht das unschuldige, hilflose Vergewaltigungsopfer, sondern eine Frau, die gezielt ihren Verstand eingesetzt hat, um ihr Leben zu retten.

»Ich sah mich gezwungen, ihm zu schmeicheln. Ich dachte, wenn dieser Junge seine kranken sexuellen Fantasien an dir auslebt, ist es das Beste, du lässt dich zum Schein darauf ein. Ich wollte ihm nicht den Eindruck vermitteln, dass ich mich weiterhin wehre.«

O'Leary nickt. »Und Sie sahen keinen anderen Ausweg?«

»Nein, ich hielt es für meine beste Überlebenschance. Ihm sexuell zu Willen zu sein, damit er nicht wieder gewalttätig wird.«

Sie ist sich nicht sicher, ob die Jury ihr das abkauft, aber es ist die Wahrheit.

»Also sagte ich zu ihm ... ich sagte so etwas wie: ›Du kannst bestimmt die ganze Nacht.‹«

In den Gesichtern der Geschworenen verändert sich etwas. So redet kein unschuldiges Vergewaltigungsopfer. Das macht nur eine schamlose, durchtriebene Frau.

Aber O'Leary und Simmons haben ihr eingeschärft, alles zu erzählen, woran sie sich erinnert. So genau wie möglich.

Sie fragt sich dennoch, ob das vielleicht ein Fehler war.

*

Er hört gespannt zu. Der Wärter ruft ihn ständig zur Ordnung: Stirn von der Glasscheibe, anständig hinsetzen.

An das meiste, was die Frau erzählt, kann er sich nicht mehr erinnern. Denkt sie sich das alles nur aus?

Egal. Es geht nur darum, ob die Geschworenen ihr glauben. Und im Moment sieht es so aus, als würde ihnen das bei manchen Sachen ziemlich schwerfallen. Zum Beispiel, als sie gesagt hat: »Du kannst bestimmt die ganze Nacht.« Die Frauen haben jedenfalls alle komisch geguckt.

Dabei hat sie das wirklich gesagt. Daran erinnert er sich noch.

Und als sie das mit den fünf oder sechs Stellungen erzählt hat, gingen bei den Männern die Brauen hoch.

Davon könnt ihr mit euren Weibern zu Hause nur träumen, was?

O nein, der Sex mit ihr war kein gewöhnlicher Fick.

*

O'Leary befragt sie zu den Ereignissen, die sich unmittelbar nach der Tat abgespielt haben. Sie schildert die sonderbare, lächerliche Unterhaltung, die der Junge ihr nach der Vergewaltigung aufgedrängt hat. Wie er sie schließlich gehen ließ, dass sie Barbara angerufen und dann auf die Polizei gewartet hat.

Sie ist erschöpft, aber O'Leary gibt sich noch nicht zufrieden. Er legt dem Gericht die Kleidung vor, die sie am Tattag getragen hat, und breitet sie auf einem Tisch aus. Beweisstücke TM 8-13. Das blaue Wandershirt. Ihren schwarzen, zerrissenen BH. Den matschbeschmierten Slip. Schon beim Anblick möchte sie sich übergeben. Die Sachen sehen aus, als hätte man sie vor Ewigkeiten einer Leiche vom Körper gezogen. Aber sie nickt. Ja, sie hat diese Kleidungsstücke am 12. April letzten Jahres getragen.

O'Leary überschüttet sie weiter mit unangenehmen, pedantischen Fragen. Er bittet sie, noch einmal alle körperlichen Verletzungen aufzuzählen, die ihr der Täter zugefügt hat. Will wissen, ob sie klar und deutlich zum Ausdruck gebracht hat, dass sie *keinen* Geschlechtsverkehr mit ihm wollte.

»Ja, mehrmals sogar. Zum ersten Mal, als er mich fragte, ob ich auf Sex im Freien stehe. Also noch bevor er über mich herfiel. Dann noch einmal, als ich versuchte zu fliehen und um Hilfe schrie. Und noch einmal, als ich ihm vorschlug, ihn oral zu befriedigen.«

Na, wie war ich, O'Leary?

Sie erkennt ein leichtes Glitzern in seinen Augen. Als wollte er sagen: »Gut gemacht.«

»Ich glaube, ich habe im Moment keine weiteren Fragen an die Zeugin, My Lord.«

O'Leary verneigt sich vor dem Richter und kehrt auf seinen Platz zurück.

Im Saal herrscht Stille.

»Vielen Dank, Ms Tan«, sagt Richter Haslam schließlich. »Ich weiß, das war nicht einfach für Sie, und Sie sind nach der langen Befragung sicher müde. Wir sind Ihnen jedenfalls sehr dankbar, dass Sie die weite Reise auf sich genommen haben, um in diesem Verfahren auszusagen.«

Sie weiß nicht, warum, aber seine Worte bringen sie wieder zum Weinen.

Richter Haslam wirkt leicht verblüfft über ihre Tränen, doch er fährt mit sanfter, väterlicher Stimme fort.

»Aber Sie wissen ja, es ist noch nicht vorbei. Auch die Verteidigung möchte Sie noch befragen. Ich schlage jedoch vor, dass wir die Sitzung für heute beenden. Gehen Sie nach Hause, ruhen Sie sich aus, und morgen früh rufen wir Sie dann als Erste in den Zeugenstand. Sollen wir das so machen?«

Sie wischt sich nickend eine Träne von der Wange.

»Okay, Euer Ehren.«

Aber dann merkt sie, wie falsch und unangemessen ihre Worte klingen, und sie sagt noch einmal deutlich: »Ja.«

*

Die Geschworenen und der Richter verziehen sich, und er kann endlich abschalten. Dad und Michael kommen an die Glasscheibe.

»Mach dir keinen Kopf wegen der«, sagt Michael. »Dein Anwalt nimmt sie morgen auseinander.«

Später sitzt er mit Dad, McLuhan und Quilligan, dem prozessführenden Anwalt, in einem winzigen Gerichtszimmer. Gibt es noch etwas, womit Quilligan ihr morgen früh auf den Zahn fühlen kann? Hat sie irgendwas verschwiegen?

Aber das Problem ist, ihr Gedächtnis ist besser als seins. Seine Erinnerungen sind nur verschwommen – Bäume, Matsch, Geschrei, ihre Muschi. Sie dagegen hat sogar ihren Spruch »Du kannst bestimmt die ganze Nacht« erwähnt. Sogar daran hat sie sich erinnert.

McLuhan nimmt die Brille ab und reibt sich die Augen.

»Da Sie sich entschieden haben, auf nicht schuldig zu plädieren, erinnere ich Sie noch einmal daran, dass Ihre Version der Ereignisse bombensicher sein muss. Sie müssen ganz genau wissen, in welchen Punkten Ihre Geschichte von der Version der Zeugin abweicht.«

»Es war alles so, wie ich gesagt habe. Soll ich es noch mal wiederholen?«

Quilligan schüttelt den Kopf. »Nein, nein. Aber denken Sie daran, dass die Anklage bei Ihnen dieselbe Strategie verfolgen wird wie ich bei ihr. Der Staatsanwalt wird versuchen, Ihre Aussage als unglaubwürdig darzustellen, wenn Sie im Zeugenstand sitzen. Haben Sie das verstanden?«

Er nickt. McLuhan starrt zwischen ihm und Dad hindurch an die Wand.

»Also seien Sie gewappnet. Sie müssen Ihre Geschichte in- und auswendig können.«

Er lächelt still in sich hinein.

*

Sie geht direkt zurück ins Hotel und legt sich hin. Barbara, die als Zeugin aussagen muss, ist vorhin aus Washington angekommen und will sie in ein paar Stunden zum Essen treffen. Jen und Erika sitzen unten in der Hotelbar, telefonieren, trinken Cocktails und versuchen, den aufwühlenden Tag im Gerichtssaal zu vergessen.

Aber für sie ist ein Gang in die Bar völlig ausgeschlossen. Schon der Gedanke an die vielen Menschen und das Geräusch von klirrenden Gläsern überfordert sie. Nein, sie muss allein sein, sich unter ihrer Decke verkriechen.

Sie zieht die Vorhänge zu, zündet ein paar Duftkerzen an, schaltet den Fernseher ein und zappt ziellos durch die Sender. Dann stellt sie den Ton aus und legt sich ins Bett. Ihr Kopf ist völlig leer.

Sie überlegt, ob sie ein heißes Bad nehmen soll, aber vorher checkt sie ihre SMS.

Ihre Schwester Serena:

Wie ist es am ersten Tag gelaufen? Ich denk an dich. Sag Bescheid, wenn du reden willst. xxx

Und Stefan:

Sitzt der Mistkerl schon hinter Gittern? Wäre zu gern dort, um ihm was auf die Fresse zu geben. Bitte übernimm das für mich und mach ihn mit deiner Aussage fertig. Liebe Grüße, ruf an, wenn du etwas brauchst.

Und Caroline, die sie seit Monaten nicht gesehen hat:

Ich denke an dich an diesem schwierigen ersten Tag. Hoffe, es ist alles gut gelaufen. x

Sie wird ihnen später antworten, jetzt ist sie einfach zu müde.

Ihr Zimmer steht voller Blumen. Die meisten hat sie gestern Abend schon bewundert, doch es sind noch ein paar dazugekommen, während sie im Gericht war.

Ein eleganter Strauß aus lila Tulpen und weißen Lilien von Melissa. Sie öffnet den winzigen Umschlag und liest die Karte.

Liebe Vivian, ich bewundere dich für deine Stärke. Du sollst wissen, dass ich in Gedanken bei dir bin. Ich wünsche dir von Herzen alles Gute. Hoffentlich bis bald.

Sie öffnet die nächste Karte.

Vivian, nicht auszudenken, was du gerade durchmachst, aber ich stehe voll und ganz hinter dir. Viel Kraft, Unterstützung und Liebe.

Hi, Viv, wenn jemand meiner Kleinen etwas antut, bekommt er es mit mir zu tun. Tut mir leid, dass ich nicht bei dir sein kann, ich hoffe, die Justiz arbeitet für uns. xx

Jede dieser Karten ist wie eine Offenbarung. Sie hat immer gewusst, dass sie tolle Freunde hat, aber dass sie ihr ihre Freundschaft so eindrücklich mit Aufmerksamkeiten und lieben Worten unter Beweis stellen, ist in ihrem momentanen seelischen Zustand einfach zu viel für sie.

Zum gefühlt fünfzehnten Mal an diesem Tag bricht sie innerlich zusammen. Sie hätte nicht geglaubt, dass sie noch Tränen hat, aber sie kommen, so wie das Schmelzwasser im Frühling von den Bergen hinunterströmt. Bis jetzt waren ihre Tränen stumm, aber hier, in dem geschmackvoll tapezierten Hotelzimmer mit den vielen Blumen und den weichen Kissen, kann sie so heftig und geräuschvoll weinen, wie sie will.

Und genau das macht sie. Sie sitzt zusammengekauert vor dem Bett, und ihr ganzer Körper zittert, während sie die Tränen unter lautem Schluchzen laufen lässt.

Das Blumenmeer, der laufende Fernseher und die zugezogenen Vorhänge sind ihre stummen Zeugen. In vierundzwanzig Stunden, denkt sie, ist alles vorbei. Dann ist meine Aussage abgeschlossen.

Doch sie weiß, dass das nicht stimmt. Das Ende kommt erst in Tagen oder Wochen, wenn sie sich dem schlimmsten Moment von allen stellen muss: der Urteilsverkündung.

*

Am Abend, im Gefängnis, redet er nicht viel.

Als die Verhandlung vorbei war, haben sie ihn in Handschellen in den gepanzerten Transporter mit den sauengen Zellen gepfercht, und nach der unbequemen Rückfahrt ist er froh, wieder an einem Ort zu sein, wo ihn niemand anstarrt. Hier ist er bloß einer unter vielen.

Er liegt im Bett und starrt an die Decke. Stellt sich vor, was er mit der Frau anstellen würde, wenn er sie jetzt in die Hände bekäme. Ihr den Hals zudrücken und ihren Kopf so oft gegen die Betonwand schlagen, bis das Blut spritzt. Bis sie endlich aufhört zu flennen. Das wäre ihr eine Lehre.

Aber er kommt nicht an sie ran. Morgen sitzt sie wieder da, in ihren feinen Klamotten, und er muss mitanhören, wie sie der Jury was vorheult, während er im Glaskasten hockt. Genauso gut könnte sie auf einem anderen Planeten sein.

*

»Guten Morgen, Ms Tan«, begrüßt Richter Haslam sie. Er wirkt heiterer an diesem zweiten Verhandlungstag, und sie ist froh darüber. Fast möchte sie lächeln, aber dann fällt ihr ein, wie unpassend das wäre, kurz bevor sie ins Kreuzverhör genommen wird.

Sie begnügt sich mit einem freundlichen Nicken.

»Ich hoffe, Sie konnten sich gut erholen. Vielen Dank, dass Sie heute wieder vor Gericht erschienen sind.«

Ein bisschen fühlt sie sich wie ein Gast im Frühstücksfernsehen. Richter Haslam ist der biedere Moderator mit absurder Perücke, statt gemütlicher Sofas gibt es einen Zeugenstand, und das gespannte Publikum wartet darauf, unterhalten zu werden.

Sie fragt sich, ob sie ihnen gestern eine überzeugende Vorstellung geboten hat. Heute wird ihr das nicht so leichtfallen.

Sie trägt ein wadenlanges blaugraues Strickkleid und schwarze kniehohe Stiefel. Ihr ist aufgegangen, dass ihre Schuhe nicht zu sehen sind, wenn sie im Zeugenstand sitzt, also ist es überflüssig, sich in unbequeme High Heels zu zwängen. Die Stiefel haben etwas Starkes, Kämpferisches, genau das, was sie an diesem zweiten Verhandlungstag braucht.

Die Gestalt hinter der Glasscheibe bleibt ein gesichtsloser Umriss. Sie hat sie immer noch nicht direkt angesehen. Das würde sie nur von ihrer Aussage ablenken.

Die Geschworenen geben sich demonstrativ konzentriert. Sie hat sie noch nicht überzeugt, und falls doch, kann sich das im Verlauf des Vormittags ganz schnell ändern.

Vor McLuhan sitzt Kronanwalt Quilligan, der Prozessvertreter des Jungen. Nickelbrille, deutlich kleiner als der hünenhafte O'Leary, aber wohlgenährter. Graue Locken schauen unter der weißen Anwaltsperücke hervor.

Das ist er also. Der Mann, der sie als Lügnerin entlarven soll.

Sie fragt sich, was für ein Mensch freiwillig seinen Lebensunterhalt damit verdient, ein Vergewaltigungsopfer vorzuführen. Ganz sicher niemand mit einem Gewissen.

Beherrsche dich. Lass dir deine Abscheu nicht anmerken.

Quilligan steht auf, räuspert sich und nimmt sie ins Visier. Sein Blick ist nüchtern und kalt, und sie hofft, dass sie ihn genauso emotionslos erwidert.

»Nun denn, Ms Tan.« Seine Stimme ist ruhig, fast herablassend. Ein verschlagenes Grinsen zieht über sein Gesicht. »Fangen wir an.«

*

Wetten, es ist noch voller im Saal als gestern. Alle starren sie mit großen Augen an und glotzen dann zu ihm rüber.

Glotzt nur, Leute.

Gleich reißt Quilligan ihre Geschichte in Stücke. Keine Ahnung, was der Typ draufhat. Verrückt, oder? Dein Schicksal liegt in den Händen eines völlig Fremden mit bescheuerter Perücke.

Was soll's, lehn dich zurück und genieß die Vorstellung.

Quilligan legt los. »Ms Tan, ich möchte Sie bitten, uns ein bisschen mehr über sich zu erzählen. Über Ihr Leben vor dem 12. April. Mich interessieren besonders Ihre Erfahrungen als allein reisende Frau. Können Sie uns sagen, wie oft Sie allein unterwegs sind?«

»Ziemlich oft, denke ich.«

»Wie oft verreisen Sie im Jahr?«

Sie denkt kurz nach. »Beruflich oder privat?«

»Beides, bitte sehr.«

»Ich schätze, acht bis zehn Mal.«

»Allein?«

»Meistens bin ich allein unterwegs. Teils beruflich, teils privat. Urlaubsreisen.«

»Und wie lange verreisen Sie schon allein?«

»Ungefähr seit ich achtzehn bin.«

»Würden Sie uns bitte noch einmal ins Gedächtnis rufen, wie alt Sie jetzt sind.«

»Ich bin dreißig.«

»Das heißt also, Sie verreisen seit zwölf Jahren regelmäßig allein. Acht bis zehn Mal im Jahr –«

Sie unterbricht ihn. »Es waren nicht immer so viele Reisen. Das hat sich erst in den letzten Jahren so ergeben.«

»Ich verstehe. Aber man kann sagen, dass Sie sehr erfahren sind, was das Alleinreisen betrifft, richtig?«

»Ich denke, ja.«

»Hmm.« Quilligan sieht die Geschworenen an. »Und wie verhält es sich mit Ihren Wandertouren? Gehen Sie oft allein wandern?«

»Oft nicht, aber ich bin schon ein paar Mal allein gewandert.«

Quilligan lässt es langsam angehen, so sieht's jedenfalls aus. Also mach's dir gemütlich. Das kann den ganzen Tag dauern.

*

Warum fragt er mich nach meinen Reisen und den Wanderungen? Worauf will er hinaus?

Sie beantwortet ruhig seine Fragen, aber hinter ihrer gelassenen Fassade sucht sie fieberhaft nach einer Erklärung.

»Wo überall sind Sie schon allein gewandert, Ms Tan?«

»In Deutschland, in Frankreich, in Irland und in Wales.«

Kein Grund zur Panik. Er erkundigt sich nur nach deinen Reisen ...

Ja, aber mit der Absicht, dich in ein schlechtes Licht zu rücken.

Sie blickt Quilligan fest ins Gesicht. Versucht, ihre Gedanken auszublenden, einfach nur seine Fragen zu beantworten.

»Darf ich Sie fragen, warum Sie so gern allein wandern? Hatten Sie nie Angst, es könnte Ihnen etwas zustoßen?«

»Seit Belfast habe ich Angst. Aber davor habe ich es immer sehr genossen, allein in der Natur zu sein. Ich habe das immer als ... als sehr wohltuend empfunden.«

»Empfinden Sie es auch als wohltuend, allein zu reisen?«

»Ja. Es gefällt mir, fremde Orte und Kulturen zu entdecken, neue Menschen kennenzulernen.«

Quilligan greift den letzten Punkt auf.

»Ah, Sie lernen gern neue Menschen kennen. Und lernen Sie ... als allein reisende junge Frau auch viele Männer kennen?«

»Ich würde nicht sagen, dass ich häufiger Männer als Frauen kennenlerne.«

»Aber Sie lernen Männer kennen, wenn Sie allein unterwegs sind, richtig?«

»Das lässt sich kaum vermeiden. Männer machen fünfzig Prozent der Weltbevölkerung aus.«

Vereinzeltes Kichern im Publikum. Die Leute scheinen sich über ihre Bemerkung zu amüsieren.

O'Leary und Simmons werfen ihr warnende Blicke zu, und sie begreift.

Ein sarkastisches Vergewaltigungsopfer kommt bei niemandem gut an.

Quilligan formuliert die Frage anders. »Ich meine damit, ist es schon vorgekommen, dass Sie auf Ihren Reisen einem Mann nähergekommen sind?«

Sie würde ihn gern fragen, was er unter »näherkommen« versteht, aber sie will nicht als schwierig dastehen.

»Ja, das ist gelegentlich vorgekommen.«

»Würden Sie also sagen, es birgt einen gewissen Reiz für Sie, auf ihren Reisen Männer unter diesen Vorzeichen kennenzulernen?«

Ihr gefällt diese Frage mit ihren versteckten Andeutungen nicht. Wenn sie ganz ehrlich sein wollte, müsste sie mit Ja antworten, aber sie weiß, dass das ihrer Glaubwürdigkeit schaden würde. Also wählt sie ihre Worte mit Bedacht.

»Das ist nicht der Grund, weshalb ich verreise. Ich reise allein, um mich auf fremde Welten und fremde Kulturen einzulassen, nicht auf Männer.«

Quilligan seufzt gönnerhaft. »Das habe ich nicht gefragt, Ms Tan. Birgt es einen gewissen Reiz für Sie, auf Ihren Reisen intime Bekanntschaften mit Männern zu schließen. Ja oder Nein?«

»Nein, eigentlich nicht«, lügt sie. »Ich will es nicht grundsätzlich ausschließen, aber das kommt nur äußerst selten vor.«

»Aber er ist da. Der Reiz ist da«, triumphiert Quilligan, als hätte er einen kleinen Sieg errungen.

Aber ich gehe mit diesen Männern nicht gleich ins Bett, will sie erwidern.

»Sie würden also sagen, dass Sie, rein hypothetisch, nichts dagegen hätten, wenn ein Mann, den Sie unterwegs kennenlernen und den Sie attraktiv finden, sich Ihnen körperlich nähert?«

Sie sieht ihn ungläubig an, und auch Simmons stutzt.

»Verzeihung, wenn ich das sage, aber dürfen Sie mir solche hypothetischen Fragen überhaupt stellen? Ich verstehe nicht, was das damit zu tun hat, dass ich vergewaltigt wurde.«

»Das hat sehr viel mit Ihrer mutmaßlichen Vergewaltigung zu tun, Ms Tan –«

Der Richter fällt ihm ins Wort. »Beschränken Sie sich bitte auf Fragen, die sich direkt auf den Gegenstand dieser Verhandlung beziehen, Mr Quilligan.«

Quilligan räuspert sich und setzt von Neuem an. »Sie geben also zu, dass es einen gewissen Reiz für Sie hat, auf Ihren Reisen Männer kennenzulernen, mit denen es zum Austausch von Intimitäten kommt. Und das ist vor Ihrer Begegnung mit dem Angeklagten bereits mehrmals vorgekommen, ist das richtig?«

Höchste Zeit, die Sache klarzustellen. »In all den Jahren, in denen ich allein reise, ist es noch nie vorgekommen, dass ich einen Mann kennengelernt habe und sofort mit ihm ins Bett gegangen bin. Ich bin Männern begegnet, zu denen ich mich hingezogen gefühlt habe, und die habe ich vielleicht auch geküsst, aber ich wollte in keinem Fall sofort Geschlechtsverkehr mit ihnen haben.« Das trifft auf ihre erste Rucksacktour durch Deutschland zu und auch auf alle anderen Reisen.

»Ms Tan, ich wollte nur ein Ja oder ein Nein hören.«

Sie sieht ihn ungerührt an.

»Kehren wir zu dem entscheidenden Tag zurück. Sie sind also zu Ihrer Wanderung aufgebrochen. Wie Sie uns geschildert haben, hatten Sie ein paar anstrengende Tage mit vielen gesellschaftlichen Verpflichtungen hinter sich, und am Samstagmorgen wollten Sie Ihren eigenen Worten nach all dem entfliehen. Trifft das zu?«

»Ja, das stimmt.«

»Sie wollten einfach mal loslassen, ein bisschen was erleben, und was eignet sich da besser als eine Wanderung durch einen Park, in dem Sie noch nie gewesen sind? Der Kitzel des Fremden, sozusagen. Sie sind also im Park unter lauter fremden Menschen, wollen ein wenig Stress abbauen. Sie verhalten sich sehr offen, sagen den Leuten, denen Sie begegnen, Hallo. Trifft das zu?«

»Ich habe zu den Leuten Hallo gesagt, denen ich begegnet bin, weil sie mir sehr freundlich erschienen –«

»Ja oder nein, Ms Tan. Waren Sie den Leuten im Park gegenüber aufgeschlossen?«

»Ja, wahrscheinlich. Ich habe ihnen Hallo gesagt.«

»Und dann begegnete Ihnen zufällig dieser junge Mann dort, der ganz offensichtlich interessiert daran war, Sie näher kennenzulernen. Richtig?«

»Er sprach mich an, falls Sie das meinen.«

»Laut Ihrer Aussage hat er Sie nach dem Weg gefragt. Und Sie haben ihm äußerst bereitwillig geholfen. Richtig?«

»Ich habe mich bemüht, ihm zu helfen, so gut ich konnte –«

»Ja oder nein, Ms Tan.«

»Nein. Von äußerst bereitwillig kann nicht die Rede sein. Ich half ihm, weil er mich nach dem Weg gefragt hatte. So wie es jeder Mensch tun würde.«

Sie bemerkt, dass sich ein defensiver Ton in ihre Stimme eingeschlichen hat.

»Das sehe ich anders, Ms Tan. Ich behaupte, dass Sie sich sehr gern mit dem jungen Mann unterhalten haben, der Ihnen im Park zufällig über den Weg lief. Ihnen stand der Sinn nach etwas Aufregendem. Sie wollten sich nach den anstrengenden Tagen ein bisschen abreagieren. In Wirklichkeit waren Sie sogar froh darüber, den jungen Mann kennenzulernen. Sie waren gespannt, wohin diese Begegnung führt, nicht wahr?«

»Nein, ich wollte nur in Ruhe wandern.«

»Ja, ursprünglich hatten Sie das vielleicht vor, aber dann änderten sich Ihre Pläne. Ich behaupte, Sie haben einen Hang zum Leichtsinn, Ms Tan. Hinter Ihrem kultivierten, seriösen Auftreten verbirgt sich eine Abenteurerin. Manchmal ist Ihnen einfach danach, einen netten jungen Mann kennenzulernen, mit dem sich vielleicht ganz unverbindlich etwas ergibt.«

Jetzt hasst sie Quilligan. Sie wirft ihm einen bösen Blick zu und wünscht sich, er würde auf der Stelle tot umfallen. Ja, in gewisser Weise hat er recht. Natürlich träumt sie manchmal davon, dass ihr auf Reisen ein netter junger Mann begegnet, der nicht nur eine flüchtige Bekanntschaft bleibt. Sie verschweigen nur eins, Mr Quilligan: Der Angeklagte ist kein netter junger Mann. Aber er gibt ihr nicht die Gelegenheit, die Geschworenen darauf hinzuweisen.

*

Die beiden reden jetzt schon eine verdammte Ewigkeit. Quilligan haut seine Fragen raus, und die Frau widerspricht ihm. Mit der ist nicht zu spaßen. Das weiß er noch von damals. An ihrem Blick und der tiefen Stimme hatte er gleich gemerkt, dass sie sich nichts gefallen lässt.

Hier ist sie genauso frech, obwohl sie ganz ruhig dasitzt in dem schicken Kleid. Die Leute hören gespannt zu. Klar, alle fahren darauf ab, wenn es Streit gibt. Anscheinend sind sie überrascht, dass sie sich gegen Quilligan wehrt. Keine Ahnung, was sie von einem scheuen kleinen Schlitzauge erwarten.

Komisch, aber irgendwie hat er das Gefühl, dass ihre frechen Antworten bei den Leuten nicht gut ankommen. Umso besser für ihn. Also sag schön weiter deine Meinung, dann hassen sie dich, Schlampe.

So was lernt ihr eben nicht auf euren tollen Schulen.

*

Soll er doch in der Hölle schmoren, dieser Quilligan. Aber sie ermahnt sich, dass es sich für ein Vergewaltigungsopfer nicht gehört, laut zu werden. Sie bemüht sich, ruhig zu bleiben. Ihre Gefühle sind im Moment so unberechenbar, dass alles passieren könnte.

»Sie sind also mit Mr Sweeney weitergegangen und haben sich etwa zehn, zwanzig Minuten lang mit ihm unterhalten. Es wäre Ihnen jedoch jederzeit möglich gewesen, das Gespräch zu beenden, nicht wahr?«

»Ich wollte nicht unhöflich erscheinen.«

»Unhöflich, Ms Tan? Sie machen auf mich nicht den Eindruck, als würden Sie sich davor fürchten, unhöflich zu erscheinen, wenn Sie sich bedroht fühlen.«

Sie sieht ihn kalt an. »Zu diesem Zeitpunkt fühlte ich mich nicht bedroht. Er unterhielt sich ja nur mit mir –«

Quilligan fällt ihr erneut ins Wort. »Ich behaupte, Ms Tan, dass

Sie überhaupt nicht die Absicht hatten, die Unterhaltung mit dem jungen Mann zu beenden. Vielmehr wollten Sie sehen, was sich daraus entwickelt.«

»Nein, das ist nicht wahr. Ich habe sogar telefoniert, um ihn loszuwerden.«

»Sie *wollten* telefonieren, Ms Tan. Sie haben versucht, eine Freundin anzurufen, aber laut Ihrer Aussage hatten Sie in diesem Bereich des Parks keinen Empfang. Sie hätten es jedoch erneut versuchen oder sich davon überzeugen können, ob es an einer anderen Stelle im Park besser klappt mit dem Empfang, richtig?«

»Das hätte ich, aber ich wollte meine Wanderung fortsetzen –«

»Ja oder nein, Ms Tan. Sie hätten sich mehr bemühen können, Ihren Anruf zu tätigen, oder?«

»Ja, vielleicht, wenn ich gewollt hätte, aber –«

»Sie standen nach dem gescheiterten Telefonat direkt an der Glen Road, Mr Sweeney war nicht mehr bei Ihnen. Wenn Sie gewollt hätten, hätten Sie Ihre Wanderung also problemlos abbrechen können. Wären Sie ernsthaft besorgt um Ihre Sicherheit gewesen, hätten Sie an der verkehrsreichen Straße entlang zurück in die Stadt gehen können. Niemand zwang Sie, in dem einsamen Park zu bleiben, warum also haben Sie Ihre Wanderung fortgesetzt?«

Das fragt sie sich seit zehn Monaten jeden Tag. Aber hier vor Gericht, aus dem Mund dieses geifernden Verteidigers, der sie als Lügnerin entlarven will, ist diese Frage eine ungeheuerliche Verdrehung der Wahrheit.

Sie weiß, dass ein Zornesausbruch einen schlechten Eindruck hinterlassen würde, also antwortet sie ganz ruhig. »Ich habe die Wanderung fortgesetzt, weil ich mir diese Tour fest vorgenommen hatte. Ich hatte extra meine Wanderstiefel und den Wanderführer mit der genauen Wegbeschreibung auf meine Reise mitgenommen. Und ich wollte mich nicht von einem lästigen Jugendlichen davon abhalten lassen. Es kam mir nicht einen Augenblick in den

Sinn, dass ein Junge in diesem Alter zu so einem Verbrechen fähig sein könnte.« Sie richtet den Blick auf die Geschworenen. »Ja, ich hätte die Wanderung abbrechen können, und heute wünsche ich mir, ich hätte es getan. Aber leider habe ich mich anders entschieden, und deswegen sitze ich jetzt hier und sage gegen meinen Vergewaltiger aus.«

Das sollte genügen, um Quilligan in die Schranken zu weisen.

Quilligan zieht die Brauen hoch und sieht die Geschworenen an. »Nun, so stellt es die Zeugin dar.« Sein Ton ist ironisch und gönnerhaft, und sie möchte ihm eins von seinen dicken Gesetzbüchern auf den Kopf schlagen.

Er räuspert sich. »Vielen Dank, Ms Tan, dass Sie uns so *überzeugend* dargelegt haben, warum Sie die Wanderung fortsetzten, obwohl Ihnen die Unterhaltung mit dem Angeklagten so lästig war. Ich möchte jetzt zu Ihrer zweiten Begegnung mit dem Angeklagten kommen. Das war unmittelbar bevor Sie den Bach überqueren.«

Und so geht es weiter. Er ballert sie mit den immer gleichen Fragen zu, mit den gleichen Unterstellungen, nur der Schauplatz des Geschehens hat sich geändert. Warum ist sie nicht einfach gegangen, als er am Bach auftauchte? Sie erklärt, dass außer ihnen beiden keine Menschen in der Nähe waren und dass er ihr problemlos überallhin hätte folgen können. Aber sie habe ihm deutlich zu verstehen gegeben, dass sie allein weitergehen möchte.

»Das war sehr geschickt von Ihnen, Ms Tan. Aber ich behaupte, dass Sie das gesagt haben, um den Jungen zu animieren. Sie erwähnten, er habe Ihre nackten Beine angestarrt. Aber es war Ihre Idee, sich Schuhe und Strümpfe auszuziehen, und das wohlgemerkt, obwohl er Ihnen gezeigt hatte, wie Sie trocken auf die andere Seite gelangen. Sprich, Sie haben dafür gesorgt, dass er Ihre Beine sieht. Ihnen war vollauf bewusst, dass dieser junge Bursche an Ihnen interessiert war, und Sie wollten testen, wie weit Sie mit ihm gehen können.«

Ein Raunen geht durchs Publikum. Es lässt sich nicht heraushören, ob diese Behauptung bei den Leuten Zustimmung oder Ablehnung hervorruft, aber sie schüttelt langsam den Kopf, ohne den Blick von Quilligan abzuwenden.

»Das ist wirklich das Absurdeste, was ich je gehört habe. Wie gesagt, ich zog mir Schuhe und Strümpfe aus, weil sie nicht nass werden sollten. Nichts lag mir ferner, als diesen Jungen zu irgendetwas zu animieren. Noch einmal: Ich habe nicht das geringste Interesse an Jungs, die halb so alt sind wie ich.«

Quilligan lächelt abfällig.

»Sie verstehen sich offenbar ganz ausgezeichnet darauf, in einem öffentlichen Prozess wie diesem Ihre Ehre zu verteidigen. Ich will jedoch die wahren Absichten offenlegen, die Sie an jenem Nachmittag verfolgten. Da ist ein unerfahrener Teenager, neugierig wie alle Jungs seines Alters. Ihnen muss doch klar gewesen sein, worauf das hinauslaufen würde. Sie und er, ganz allein im Wald. Eine attraktive, weit gereiste Frau wie Sie –«

»An so etwas habe ich nicht eine Sekunde lang gedacht. Ich wollte nur wandern. Allein.«

Richter Haslam schaltet sich ein. »Mr Quilligan, beschränken Sie sich bitte darauf, der jungen Dame Fragen zu stellen.«

Junge Dame. Attraktive, weit gereiste Frau. Dieselben nichtssagenden Etiketten, die man ihr überall anheftet.

»Ich glaube, Ms Tan«, fährt Quilligan fort, »ich glaube, Sie sind sehr gut darin, sich nach außen hin aalglatt und kultiviert zu geben. Vielleicht haben Sie das in Harvard oder in der Medienwelt gelernt, in der Sie tätig sind. Aber hinter der kultivierten Erscheinung lauert der Drang auszubrechen, die Sehnsucht nach Abenteuer und Nervenkitzel. Allein an unbekannte Orte zu reisen und Männer kennenzulernen. Oder aber minderjährige Jungen. Und wenn eine Begegnung wie im Fall des jungen Mr Sweeney nicht so läuft, wie Sie es sich vorgestellt haben, zeigen Sie ihn an und bezichtigen ihn der Vergewaltigung.«

Er nickt selbstgefällig, und sie begreift, dass er ihre Erwiderung gegen sie verwenden wird, ganz gleich, ob sie wütend, selbstbewusst oder wortgewandt reagiert. Im Grunde ist es zwecklos, sich zu wehren. Sie versucht es trotzdem.

Sie beugt sich zum Mikrofon vor.

»Sollte das eine Frage sein, Mr Quilligan? Auf jeden Fall entspricht nicht ein Wort von dem, was Sie gesagt haben, der Wahrheit.«

*

Quilligan nimmt sie weiter in die Mangel. Als er zur eigentlichen Vergewaltigung kommt, wird ihr Atem flach. Ihr Herz schlägt schneller, ihr wird schwindelig, und sie gräbt sich die Fingernägel in die Handflächen, weil sie irgendetwas braucht, um sich festzuhalten. Quilligan scheint sich an ihrem Unbehagen zu weiden. Er zieht seine Fragen bewusst in die Länge und stürzt sich genüsslich auf die schrecklichen Dinge, zu denen der Junge sie gezwungen hat.

»Sie sprachen von fünf oder sechs verschiedenen Stellungen«, sagt er, und es klingt höhnisch. »Das sind ziemlich viele. Und Sie haben sich die ganze Zeit nicht ein einziges Mal gewehrt?«

Aber das hat sie doch alles schon erklärt! Sie hatte zu diesem Zeitpunkt bereits zu spüren bekommen, wie gewalttätig der Junge war, und hielt es für das Sicherste, sich seinen Forderungen zu fügen.

Quilligan stellt sich dumm. »Ich komme da nicht mit«, sagt er kopfschüttelnd. »Laut Ihrer Aussage ließen Sie zu, dass der Junge in all diesen Stellungen Geschlechtsverkehr mit Ihnen hatte. Warum? Er hatte weder eine Schusswaffe, noch gibt es Anhaltspunkte dafür, dass er Sie mit einem Messer bedrohte. Er schlug zu diesem Zeitpunkt nicht mehr auf Sie ein und zeigte sich auch sonst nicht gewalttätig. Und dennoch ließen Sie ihn gewähren? Ließen zu, dass er in fünf, sechs verschiedenen Stellungen Geschlechtsverkehr mit Ihnen hatte? Mit anderen Worten, Sie gaben ihm Ihr Einverständnis? Sie beteuern, Sie hätten um Ihr Leben gefürchtet, aber womit hat er Sie zu diesem Zeitpunkt konkret bedroht? Nein, ich behaupte, dass Sie den Sex genossen haben, weil die Initiative in Wahrheit von Ihnen ausging. ›Du kannst bestimmt die ganze Nacht‹ ... Welche Frau sagt so etwas, während sie vergewaltigt wird?«

Seine hämischen Anschuldigungen prasseln auf sie nieder, und sie weiß, dass er alles daransetzt, sie als die Verführerin dastehen zu lassen. Sie will vor Empörung verstummen, eine Mauer um sich errichten, aber sie nimmt all ihre Kraft zusammen, um die Frage zu beantworten.

»Ich sage es noch einmal, Mr Quilligan. Er hatte mir zahlreiche Verletzungen zugefügt, als er über mich herfiel, und ich hatte Angst, er würde mir noch Schlimmeres antun.«

»Es will mir einfach nicht in den Kopf, wie eine unabhängige, weit gereiste Karrierefrau wie Sie es zulassen kann, dass ein minderjähriger Junge gegen ihren Willen in fünf oder sechs verschiedenen Stellungen Sex mit ihr hat.«

WEIL ICH ANGST UM MEIN LEBEN HATTE, will sie ihn anschreien, aber sie hält sich zurück.

»Es tut mir leid, dass Sie das nicht verstehen, Mr Quilligan. Vielleicht waren Sie noch nie in einer Situation, in der Sie ernsthaft glaubten, sterben zu müssen.«

Richter Haslam geht dazwischen. »Ich weise Sie erneut darauf hin, dass es sich hier nicht um ein Streitgespräch zwischen der Zeugin und der Strafverteidigung handelt. Mr Quilligan, haben Sie noch weitere *Fragen* an Ms Tan?«

Natürlich hat er die. Warum ist sie geblieben, als sie und der Junge nach dem Sex wieder angezogen waren? Warum hat sie nicht bei der ersten Gelegenheit, die sich bot, die Flucht ergriffen?

»Weil ich dem Angeklagten nicht den Rücken zukehren wollte. Ich hatte Angst, dass er erneut über mich herfällt.«

Nein, sie hatte keine Angst. Sie ist geblieben, weil sie sich weiter mit dem Jungen unterhalten wollte. Sie wollte sich überzeugen, dass sie sich keine Sorgen zu machen braucht und dass der Junge niemandem von der Sache erzählt.

»Nein, ich bin geblieben, um *ihm* das Gefühl zu geben, dass er sich keine Sorgen zu machen braucht. Er sollte nicht auf den Gedanken kommen, ich würde ihn möglicherweise anzeigen.«

»Sie haben viele Tricks auf Lager, Ms Tan. Sie haben dem Jungen etwas vorgespielt, und nun spielen Sie uns etwas vor.«

»Ich wollte nur überleben.«

»Und jetzt wollen Sie uns weismachen, dass Sie das wehrlose Opfer einer Vergewaltigung sind, obwohl Sie die Situation die ganze Zeit fest im Griff hatten.«

Sie sieht dem Verteidiger fest in die Augen und schüttelt den Kopf.

»Nein. Ihre Behauptungen sind beleidigend und absolut unwahr.«

Auch ein paar Geschworene schütteln die Köpfe, aber sie kann nicht sagen, ob sie auf ihrer Seite stehen oder sie für eine Lügnerin halten. Das gesamte Kreuzverhör ist eine endlose, quälende Farce. Wie lange muss sie diese unverschämten Fragen noch über sich ergehen lassen?

Denn jede seiner Anschuldigungen, jede Unterstellung dringt durch ihren Schutzpanzer und nistet sich wie ein Parasit in ihre Seele ein.

Jetzt stürzt sich Quilligan auf den Tag danach, ihre Rückkehr nach London. Eine Filmpremiere? Sie ist einen Tag, nachdem sie angeblich vergewaltigt wurde, zu einem glanzvollen Event mit lauter Stars gegangen? Er hat sogar das Foto dabei, das der Fotograf ihrer Pressefrau an dem Abend von ihr geschossen hat. Richter Haslam lässt es nicht als Beweis zu, aber es ist zu spät – Quilligan hat den Geschworenen bereits beschrieben, was darauf zu sehen ist: Ms Tan in einem eleganten Abendkleid, lächelnd am Arm eines gut aussehenden Mannes. Nichts deutet darauf hin, dass sie am Vortag Opfer eines sexuellen Übergriffs wurde.

Sie kocht innerlich bei diesen Worten. Niemand im Saal hat eine Vorstellung davon, wie schwer es ihr gefallen ist, zu dieser Filmpremiere zu gehen. Aber er gibt ihr nicht die Gelegenheit, die Sache aufzuklären.

»Ms Tan, ich behaupte, Sie wussten genau, was Sie taten, als Sie den Angeklagten an jenem Tag im Park ansprachen. Der Sex mit dem jungen Mr Sweeney geschah auf Ihre Initiative hin, und als das Ganze etwas aus dem Ruder lief – als er ein bisschen zu stürmisch wurde und Sie Hautabschürfungen und Blutergüsse davontrugen –, bereuten Sie, dass Sie ihn verführt hatten. Er hat Sie weder bedroht noch gegen Ihren Willen festgehalten, und wenn Mr Sweeney im Zeugenstand sitzt, werden wir hören, dass er Sie keineswegs zum Sex genötigt hat, sondern nur Ihren Anweisungen gefolgt ist.«

Sie sieht ihn traurig an. »Nichts davon ist wahr.«

»Das werden wir sehen, Ms Tan.« Er wendet sich Richter Haslam zu. »Ich habe keine weiteren Fragen, My Lord.«

Quilligan kehrt auf seinen Platz zurück, und im Saal macht sich spürbar Erleichterung breit. Sie blickt hinüber zu den Geschworenen, zum Publikum und den Journalisten, und ihr wird bewusst, dass sie alle diese Menschen dafür hasst, dass sie sich die Verhandlung ansehen wie einen Gladiatorenkampf.

Für die anderen ist das alles nur ein unterhaltsames Spektakel.

Aber ich bin mittendrin.

Mittagspause. Sie sitzt im Zeugenraum. Die Lavendelkerze brennt, und sie löffelt still Kartoffel-Lauch-Suppe.

Barbara, Erika und Jen sind bei ihr.

»Wie war ich?«, fragt sie beinahe emotionslos.

Freundliche Hände legen sich auf ihre Schultern, streichen ihr durchs Haar.

Du warst toll.
Große Klasse.
Es tut mir so leid, dass du das alles durchmachen musst.

Doch anders als Quilligans haltlose Anschuldigungen dringen die aufmunternden Worte ihrer Freundinnen nicht richtig zu ihr durch.

Simmons und O'Leary rauschen mit wehenden Roben herein.

»Sie haben sich wacker geschlagen. Quilligan war gehässiger, als ich gedacht hätte, aber es ist Ihnen hervorragend gelungen, seine Behauptungen als unglaubwürdig zurückzuweisen, ohne dabei die Fassung zu verlieren.«

Die Fassung verlieren.

»Ich hätte weinen müssen, oder?«

Simmons kommt mit einer Plattitüde: »›Müssen‹ gibt es nicht, verhalten Sie sich einfach ganz natürlich.«

Aber an dieser Situation ist nichts natürlich, will sie erwidern.

O'Leary räuspert sich und erläutert ihr die nächsten Schritte.

»Nach der Mittagspause werde ich Sie erneut kurz befragen, um Ihre Version des Geschehens wieder in den Vordergrund zu rücken. Und dann ist es für Sie erst einmal vorbei.«

Aber sie weiß, dass das nicht stimmt. Nicht, solange der Prozess läuft. Vielleicht sogar nie.

Eines Tages, sagt sie sich, wird sie wieder allein über eine Wiese gehen können. Eine Wiese unter weitem, strahlendem Himmel. Sie wird sich im weichen Gras ausstrecken, sich die Sonne ins Gesicht scheinen lassen, die Augen schließen und rundum zufrieden sein. Und sie wird keine Gefahr spüren.

Erst dann ist es vorbei.

Sie gehen wieder in Gerichtssaal acht, und O'Leary macht sich daran, den Schaden, den Quilligan angerichtet hat, so gut wie möglich zu beheben.

Vielleicht gehört das zur Show, jedenfalls sieht er sie mit

eindringlicher Besorgnis an und stellt ihr seine sorgfältig formulierten Fragen – wie ein Pokerspieler, der Karte für Karte seine Gewinnerhand aufdeckt.

»Ms Tan, ich möchte noch einmal auf einige von Mr Quilligans Andeutungen zurückkommen. Haben Sie in all den Jahren, die Sie jetzt reisen, je einen viel jüngeren Mann kennengelernt und Geschlechtsverkehr mit ihm gehabt?«

»Nein, das habe ich nicht.«

»Als der Angeklagte Ihnen gegenüber gewalttätig wurde, fassten Sie den Entschluss, alles nur Mögliche zu tun, um Ihr Leben zu retten. Und aus diesem Entschluss heraus sagten und taten Sie gewisse Dinge, während er sie vergewaltigte. Ist das richtig?«

Langsam erlangt sie ihr Selbstvertrauen und ihre Würde zurück, und es fällt ihr leicht, O'Learys Fragen zu beantworten.

»Wie geht es Ihnen seit der Tat im vergangenen April?«

»Ziemlich schlecht. Es wurde eine posttraumatische Belastungsstörung bei mir festgestellt. Ich leide unter Flashbacks und Platzangst. Ich bin unruhig und nervös und muss mich häufig übergeben. Ich fühle mich innerlich leer, bin nicht mehr ich selbst. Und ich weiß nicht, ob ich je wieder der Mensch sein werde, der ich war, bevor ich vergewaltigt wurde.«

O'Leary lässt ihre letzten Worte unkommentiert stehen und richtet den Blick auf die Geschworenen.

»Vielen Dank, Ms Tan. Keine weiteren Fragen, My Lord.«

Sie verspürt Erleichterung und ein irreales, taumeliges Glücksgefühl, aber sie lässt sich nichts anmerken. Sie sieht hinüber zu den Geschworenen, sucht in den zwölf Gesichtern nach Mitgefühl. Ja, die junge Frau, vielleicht auch die Frau mittleren Alters und der Mann, der aussieht wie ein Inder. Aber vielleicht bildet sie sich das alles nur ein.

Barbara, Erika, Jen strahlen sie stolz an, und auch Detective Morrison lächelt.

Ermutigt durch die Unterstützung, sieht sie sich unter den Zuschauern um. Nahe der Anklagebank sitzen ein paar Männer mit versteinerten Gesichtern. Vielleicht der Vater des Jungen und seine Brüder.

Und dann richtet sie die Augen auf die Glasscheibe.

Da sitzt er, mit gesenktem Blick. Sie erkennt ihn sofort an dem rotbraunen Haar und der blassen Haut.

Sie mustert ihn kühl. Er befindet sich schließlich hinter Glas, bewacht von Sicherheitsleuten. Er kann ihr nichts tun. Nicht hier im Saal mit all den Zuschauern, Polizisten, Pressevertretern, dem Richter und den Anwälten.

Sie und er. Wie damals, nur der Ort ist ein anderer.

Und dann hebt er den Blick. Sieht sie an.

Ein eisiger Schauer läuft ihr über den Rücken, aber sie wendet den Blick nicht von ihm ab, starrt ihm kalt und unbarmherzig in die eisblauen Augen. Es ist ihr gleichgültig, ob die anderen im Saal es bemerken.

*

Mit so einem Blick hat er nicht gerechnet. Was fällt der Schlampe ein?

Sie sieht ihn an, als wollte sie ihn umbringen.

Als ob eine Memme wie sie dazu in der Lage wäre. Aber ihr Blick gefällt ihm trotzdem nicht.

Quilligan hat es nicht gepackt, sie fertigzumachen.

Es ist alles glatt für sie gelaufen, und jetzt starrt sie ihm eiskalt ins Gesicht.

Ach, scheiß auf sie und scheiß auf die Leute im Saal. Seine Chance kommt noch. Und er wird es ihnen allen zeigen.

*

Belfast hat sich nicht verändert. Grauer Himmel, graue Häuser, auf den Straßen Leute mit ernsten Gesichtern.

Jen begleitet sie vom Gericht zurück zum Hotel und wundert sich vermutlich, warum sie so schweigsam ist. Aber sie kann nach dem aufreibenden Tag nicht einen klaren Gedanken mehr fassen. Sie will nur noch ins Bett, still im Dunkeln liegen, sich nicht mehr rühren, nichts fühlen.

Morgen wird O'Leary seine Show fortsetzen und weitere Belastungszeugen aufrufen: Barbara, Detective Morrison, Dr. Phelan und mehrere Leute, die sie und den Jungen im Park gesehen haben. Als Opfer darf sie nicht in den Gerichtssaal; das könnte die Aussagen der übrigen Zeugen beeinflussen. Der Täter hingegen darf die ganze Zeit zusehen. Aber Jen und Barbara werden dort sein und ihr Bericht erstatten.

Eines steht jedenfalls fest: Das Schlimmste ist überstanden.

Sie blickt über den Hafen zu den Hügeln und den tief hängenden, düsteren Wolken.

In einem Film würde sich jetzt die Wolkendecke öffnen und einen Sonnenstrahl hindurchlassen, als Zeichen für sie, dass alles gut wird, dass morgen alles ganz anders aussieht, oder was das Kino sonst so an optimistischen Botschaften bereithält.

Den ganzen Weg bis zum Hotel lässt sie die Wolken nicht aus den Augen, wartet auf den Sonnenstrahl.

Aber er kommt nicht.

Am Abend döst sie im Hotelzimmer bei gedimmtem Licht vor sich hin, als ihr Telefon klingelt. Sie blickt erstaunt aufs Display. Es ist ungewöhnlich, dass ihre Mutter sie auf dem Mobiltelefon anruft.

Sie schwindelt ihr vor, dass sie beruflich in Belfast ist, zu Gesprächen über eine Serie, die ihre Firma eventuell in Nordirland drehen will. Sie hat noch die ganze nächste Woche hier zu tun. Die Lüge sitzt ihr wie ein Kloß im Hals.

»Wie ist das Wetter?«

»Nicht viel anders als in London, ein bisschen kälter vielleicht. Grau, regnerisch, typisch irisches Wetter eben.« Wenigstens das ist nicht gelogen.

»Ist es in Belfast denn sicher?«, fragt ihre Mutter besorgt. »Ich denke immer an die Kämpfe, die früher dort stattgefunden haben.«

»Ja, hier passiert mir nichts«, antwortet sie, und erst dann bemerkt sie, wie absurd und lächerlich diese Bemerkung ist. »Der Bürgerkrieg ist lange vorbei«, fügt sie hinzu. »Erinnerst du dich? Ich war letztes Jahr hier, um an der Zehnjahresfeier zur Beendigung des Nordirlandkonflikts teilzunehmen.«

Warum musste sie das erwähnen? Woher kommt dieses morbide Vergnügen, den Finger in die eigene Wunde zu legen?

Sie plaudern noch ein bisschen. Ihre Mutter erzählt, was es zu Hause Neues gibt.

»Im Seniorentreff gibt es einen neuen Kurs. Zumba. Kennst du das?«

Ja, sie hat schon davon gehört.

»Vorgestern Nacht hatte ich einen schrecklichen Traum«, sagt ihre Mutter unvermittelt.

Sie verspürt ein Kribbeln im Nacken. »O nein! Was hast du denn geträumt?«

»Ich war wieder im Haus meiner Kindheit in Taipeh und schlief in dem Bett, das ich mir als kleines Mädchen mit meiner Großmutter geteilt habe.«

Eine dunkle Ahnung beschleicht sie, und sie sinkt tiefer in die weiche Hotelbettdecke.

»Aber meine Großmutter war nicht da. Ich wachte im Traum auf und war ganz allein. Und dann kam dieser Mann herein ... und ... und fiel über mich her.«

»Was?«

»Er fiel über mich her. Es war furchtbar.«

Sie setzt sich auf. Sie weiß, dass ihre Mutter nie das Wort »Vergewaltigung« in den Mund nehmen würde, aber sie kann zwischen den Zeilen lesen. Was für ein schreckliches Erlebnis. Sie bekommt Gänsehaut bei der Vorstellung, welche Ängste ihre Mutter ausgestanden haben muss, auch wenn es nur im Traum war.

»Hattest du den Mann in deinem Traum schon mal gesehen? War es ein Bekannter?«

»Nein. Aber es war so grauenhaft, ich muss ständig daran denken. Warum träume ich nur so etwas?«

Noch nie war die Versuchung so groß, ihrer Mutter die Wahrheit zu sagen. Ihr zu erzählen, was ihr zugestoßen ist.

Aber sie bringt es nicht über sich, es auszusprechen. Wie soll ihre Mutter die Wahrheit verkraften, wenn sie nicht einmal über einen Traum hinwegkommt?

Sie zwingt sich, ihre Stimme fest klingen zu lassen.

»Ich weiß es nicht«, lügt sie. »Es tut mir leid, dass du so schlimm geträumt hast. Aber zum Glück war es nur ein Traum.«

*

Am Wochenende ist er wieder im Bau. Das ist wie eine Erholung. Von den starrenden Leuten. Dem winzigen Glaskäfig, den Scheißnudeln aus der Mikrowelle, an denen er sich jeden Tag die Zunge verbrennt.

He, Sweeney, du bist ja ein echter Star.

Hast du schon ausgesagt?

Sind geile Weiber im Gerichtssaal?

Er hört gar nicht hin. Vor einer Woche hatte er sich noch auf die Verhandlung gefreut. Endlich mal was anderes sehen, dachte er.

Aber jetzt würde er lieber hier in seiner sicheren Zelle bleiben.

*

Dienstag. Heute muss er in den Zeugenstand. Er soll vorbereitet sein, hatte Quilligan gesagt. Seine Geschichte parat haben.

Die Scheißgeschichte. Seit Monaten kaut er sie immer wieder durch, kennt sie in- und auswendig.

Und heute kann er es den Buffern endlich zeigen.

Die Frau ist nicht mehr aufgetaucht, seit Quilligan versucht hat, sie auseinanderzunehmen, aber sie haben ihn gewarnt, dass sie vielleicht wiederkommt.

»Machen Sie sich wegen ihr keine Gedanken«, hatte McLuhan gesagt. »Konzentrieren Sie sich nur auf sich selbst. Achten Sie auf Ihr Benehmen. Sehen Sie den Staatsanwalt und den Richter an, wenn Sie ihre Fragen beantworten. Schauen Sie nicht nach unten oder woandershin, das macht die Leute misstrauisch.«

Klar, weil sie ihm sowieso nicht trauen.

Es ist wichtig, dass er im Zeugenstand einen guten Eindruck macht, haben sie ihm gesagt. Also hat er heute Morgen die steifen Schuhe und eins von den feinen Hemden angezogen, obwohl er Knöpfe nicht ausstehen kann. Hat sich ordentlich die Haare gekämmt. Und beim Blick in den Spiegel musste er zugeben, dass er wie ein neuer Mensch aussah. Fast könnte er so in einen Pub gehen, sich ein Bier bestellen und mit den Buffern quatschen.

Jetzt sitzt er in den schicken Klamotten in dem Glaskäfig, und noch nie waren so viele Blicke auf einmal auf ihn gerichtet. Alle im Saal glotzen ihn an. Seht nur, ein echter Vergewaltiger!

Sein Herz pocht, und er versucht sich zu beruhigen. Kein Grund zur Panik, alles halb so wild.

Aber der Richter guckt todernst, und die Anwälte und alle anderen im Saal auch.

Er blickt hinüber zur Zuschauertribüne, sucht Dad und Michael. Wenigstens zwei freundliche Gesichter in der Menge. Dad nickt, und Michael zwinkert ihm zu.

Und dann, ganz vorn in der ersten Reihe, sieht er sie.

Die Frau. Sie sitzt in ihren Fernsehanwältin-Klamotten neben den anderen vornehmen, ausländisch aussehenden Frauen. Nimmt ihn mit festem Blick ins Visier. So wie letzte Woche, bevor sie den Saal verließ.

Mann, das Weibsstück geht ihm echt auf den Zeiger. Er sieht woandershin. Tut so, als ob sie gar nicht da wäre.

Quilligan räuspert sich und stellt ihm eine Frage.

»Würden Sie den Geschworenen bitte Ihren vollen Namen nennen?«

Das ist leicht. »John Michael Sweeney.«

Guter Anfang, oder?

*

Der Junge wirkt wie ein Fremdkörper in dem Hemd und der grauen Anzughose. Sein Anblick irritiert sie. In ihrer Fantasie trägt er für immer den strahlend weißen Pullover und eine Jeans. Sein Versuch, vor Gericht reif und erwachsen zu wirken, ist jedenfalls absolut lächerlich.

Sie kann es immer noch nicht begreifen. Dieser Bengel hat dich vergewaltigt? Wie konntest du das zulassen?

Aber sie schiebt den Gedanken schnell weg. Es würde sie nur krank machen, weiter darüber nachzudenken.

Jen wirft ihr von der Seite einen Blick zu. *Geht es dir gut?* Diese Frage ist inzwischen so alltäglich, dass sie nicht mehr ausgesprochen werden muss.

Sie nickt ihr zu. *Ja, mir geht es gut.*

Sie ringt ihre Abscheu nieder und richtet den Blick wieder auf den Jungen.

Ich habe wenigstens die Wahrheit gesagt. Was tischt er wohl den Geschworenen auf?

*

»Erzählen Sie mir bitte der Reihe nach, was am Nachmittag des 12. April passiert ist.«

Er will die Sache hinter sich bringen, will weg von ihr. Weg von der Frau, die weiß, wie es wirklich gewesen ist. Aber Dad und Michael haben ihm eingeschärft, er soll sich bei diesem Teil Zeit lassen.

Also spult er seine Geschichte ab, beantwortet eine von Quilligans Fragen nach der nächsten. Das Blöde ist nur, dass er beim Üben in seiner Zelle nicht daran gedacht hat, dass die ganze Welt ihn dabei anstarrt.

Was soll's, erzähl es so, wie du es auswendig gelernt hast.

»Mir ist sofort aufgefallen, dass sie gut aussieht, aber sie hat mich zuerst angesprochen. Sie sagte, sie hätte sich verlaufen, ob ich ihr den Weg zeigen könnte. An der Art, wie sie sich verhalten hat, habe ich gleich gemerkt, dass sie, na ja ... dass sie etwas von mir will. Sie hat die Schuhe und die Strümpfe ausgezogen, obwohl sie gar nicht gemusst hätte. Aber sie wollte, dass ich ihre Beine sehe. Da wusste ich, worauf sie aus war ...«

Läuft doch, oder?

Trotzdem, ohne die Frau in der ersten Reihe, die ihn die ganze Zeit anstarrt, ginge es viel leichter. Aber sie wendet die Augen nicht von ihm ab, und selbst wenn er nicht hinsieht, spürt er, wie sie ihn mit Blicken durchbohrt.

*

Sie hätte nie geglaubt, dass die Worte eines anderen Menschen sie so in Zorn versetzen könnten. Am liebsten würde sie aufspringen und ihn anschreien, aber das darf sie nicht. Sie muss ruhig bleiben und sich beherrschen, während sie innerlich vor Wut kocht.

Er verzerrt jede Tatsache, jedes Detail, dreht alles so hin, dass er als Unschuldslamm und sie als die treibende Kraft dasteht. Ihr

Atem beschleunigt sich, und sie ballt die Fäuste, bohrt sich die Fingernägel in die Handflächen, bis es wehtut.

Und dann wird ihr auf einmal bewusst, wie unfair und absurd das ganze Justizsystem ist. Sie ist das Opfer; sie wollte in aller Ruhe wandern und wurde dabei vergewaltigt. Und wie behandelt man sie? Erst dauert es fast ein ganzes Jahr, bis der Prozess beginnt, dann muss sie im Gerichtssaal vor lauter fremden Menschen die demütigende Wahrheit erzählen und sich gegen einen schmierigen Verteidiger zur Wehr setzen, der sie als gewissenlose Verführerin denunziert. Und jetzt soll sie sich auch noch den Unsinn anhören, den sich der Täter aus den Fingern saugt?

Müssen wir Frauen wirklich all diese Erniedrigungen über uns ergehen lassen, damit uns Gerechtigkeit widerfährt?

Tränen verschleiern ihren Blick, und je mehr sie darüber nachdenkt, desto tiefer bohrt sie ihre Nägel in die Haut.

Die Tränen laufen ihr übers Gesicht.

Ich darf so viel weinen, wie ich will. Denn diese Tränen sprechen die Wahrheit.

*

Verdammt, jetzt flennt sie schon wieder. Diese Frau ist schlimmer als Mam.

Auf einmal sieht er Mam vor sich, damals auf der Polizeiwache in Kilkenny, als sie sich wegen Michael die Augen ausgeheult hat. Weiber. Was anderes können die nicht.

Sie flennt, damit die anderen Mitleid mit ihr haben, und guck's dir an – alle Geschworenen blicken zu ihr rüber. Aber das ist nicht gerecht. Ich bin an der Reihe! Jetzt kommt meine Geschichte. Seht gefälligst mich an, ihr Arschlöcher.

Das Verrückte ist, die Frau wendet den Blick nicht von ihm ab. Sie sieht nicht vor Scham zu Boden, nein, sie starrt ihn wütend an, mit tränenüberströmtem Gesicht.

Er wendet sich ab.

Halt dich an Quilligan.

»Um es noch einmal festzuhalten, Mr Sweeney: Haben Sie zu irgendeinem Zeitpunkt Gewalt gegen Ms Tan ausgeübt, bevor es zum Geschlechtsverkehr kam?«

»Nein, das habe ich nicht.«

»Und gab sie Ihnen zu irgendeinem Zeitpunkt zu verstehen, dass sie Angst vor Ihnen hatte? Oder dass sie keinen Geschlechtsverkehr mit Ihnen wollte?«

»Nein. Sie hat mich sozusagen aufgefordert. Sie war die ganze Zeit freundlich.«

»Dann waren Sie also erstaunt, als Sie erfuhren, dass die Polizei nach Ihnen fahndete?«

»Ja. Sie wollte Sex, das war eindeutig. Und deshalb war ich total überrascht. Ich meine, ich hatte ja nichts Schlimmes gemacht.«

»Vielen Dank, Mr Sweeney. Ich habe vorerst keine weiteren Fragen an Sie. Ich muss Sie jedoch bitten, im Zeugenstand zu bleiben, denn mein werter Kollege O'Leary hat ganz sicher welche.«

Jetzt kommt der Teil, vor dem er Bammel hat.

O'Leary räuspert sich.

Jetzt wird's haarig. Schweiß läuft ihm die Schläfen runter. Sieh ihm direkt in die Augen.

Du hast keine Angst vor seinen Fragen.

»Mr Sweeney, Sie haben uns geschildert, dass Sie sich am Abend vor Ihrer Begegnung mit Ms Tan mit ein paar Freunden getroffen und mit ihnen Marihuana geraucht haben, richtig?«

»Ja, das stimmt.«

»Kommt es oft vor, dass Sie mit Freunden Marihuana oder andere Drogen konsumieren?«

Die Geschworenen mögen keine Leute, die Drogen nehmen, auch wenn's hier eigentlich um Vergewaltigung geht. Also lüg ihnen was vor.

»Das machen wir nur ab und zu mal.«

»Würden Sie den Geschworenen bitte auch verraten, wie oft Sie Frauen kennenlernen und Sex mit ihnen haben?«

»Äh ... auch ab und zu.«

»Damit es keine Missverständnisse gibt, ich spreche von Frauen, denen Sie noch nie zuvor begegnet sind. Sie haben also in der Vergangenheit mehrfach Frauen kennengelernt, sich nett mit ihnen unterhalten und wenige Stunden oder sogar nur wenige Minuten später Sex mit ihnen gehabt?«

»Ja, das stimmt.«

Raunen im Saal, aber hör einfach nicht hin. Sollen sie doch lachen, soviel sie wollen.

»Können Sie mir ungefähr sagen, wie oft das vor Ihrer Begegnung mit Ms Tan vorgekommen ist?«

Wie oft wäre okay? Er hat keine Ahnung.

»Vielleicht vier- oder fünf Mal?«

»Vier- oder fünf Mal.« O'Leary nickt.

Quilligan steht auf. »My Lord, ich glaube nicht, dass diese Fragen hier relevant sind.«

O'Leary hält sofort dagegen. »My Lord, der Anwalt der Verteidigung durfte Ms Tan über ihr Verhalten auf den Reisen befragen, die sie vor der Tat allein unternahm. Ich halte es daher nur für fair zuzulassen, dass ich dem Angeklagten ähnliche Frage stelle.«

Der Richtertyp ist einverstanden.

Er knackt unter dem Stuhl mit den Fingern.

»Diese vier oder fünf Frauen, die Sie kennengelernt haben und mit denen Sie kurz darauf Sex hatten ... Wo sind Sie denen begegnet?«

Mit dieser Frage hast du nicht gerechnet. Egal, denk dir was aus.

»Ganz verschieden. In Clubs, auf Partys.«

»Haben Sie eine dieser vier oder fünf Frauen tagsüber in einem öffentlichen Park kennengelernt?«

Scheiße, was soll ich jetzt sagen?

»Äh, nein.«

»Dann war die Begegnung mit Ms Tan also ungewöhnlich. Richtig?«

»Ja, das war anders als bei den anderen.«

»Ich verstehe. Sie sagten, Ihnen sei sofort aufgefallen, dass Ms Tan älter war als Sie. Waren die anderen vier oder fünf Frauen auch bedeutend älter als Sie?«

Los, lass dir was einfallen ...

»Ja, die meisten schon. Ein bisschen älter.«

»Sind diese früheren Begegnungen mit älteren Frauen alle gleich abgelaufen? Wer hat die Initiative ergriffen, Sie oder Ihre neue Bekanntschaft?«

»Beide irgendwie. Meistens habe ich mich ein bisschen mit ihnen unterhalten, um abzuchecken, wie sie drauf sind, und dann kam eins zum anderen.«

»Aber wer hat vorgeschlagen, miteinander Sex zu haben, Sie oder die Frauen?«

»Manchmal sie, manchmal ich.«

Quilligan hustet.

»Und sind Sie mit diesen Frauen anschließend in Kontakt geblieben?«

»Nein, nein, darum ging es nicht. Wir wollten nur ein bisschen Spaß haben.«

O'Leary nickt. »Spaß«, sagt er und sieht sich im Saal um. »Dann wissen Sie vermutlich auch nicht mehr, wie diese Frauen hießen?«

Und ob er das noch weiß. Sarah, das dünne Mädchen, das in Dublin von der Party seiner Freundin kam, war die Erste. Aber er wird ihnen die Namen nicht verraten.

»Nein.«

Quilligan meldet sich wieder zu Wort. »My Lord, ich glaube nicht, dass –«

»Schon gut, schon gut.« O'Leary hebt die Hände. »Ich belasse es dabei und fahre fort. Obwohl Sie erst fünfzehn Jahre alt sind, hatten Sie also bereits sexuelle Erlebnisse mit vier oder fünf Frauen, deren Namen Sie uns nicht nennen können. Heißt das, die Begegnung mit Ms Tan war etwas, was Ihnen vertraut vorkam? Eine ältere Frau kennenzulernen und zu sehen, was sich daraus ergibt?«

»Ja, irgendwie schon. Ich hatte es aber noch nie in einem Park gemacht.«

»Hatten Sie Angst davor, mit einer Frau, die Sie noch nie vorher gesehen hatten, mitten am Tag in einem öffentlichen Park Geschlechtsverkehr zu haben?«

»Ein bisschen. Ich hatte Angst, dass uns jemand dabei erwischt.«

O'Leary lacht. »Das glaube ich Ihnen gern, Mr Sweeney. Denn der Geschlechtsverkehr zwischen Ihnen war weder einvernehmlich, noch ging die Initiative von Ms Tan aus. In Wahrheit haben Sie Ms Tan zum Sex gezwungen. Natürlich hatten Sie Angst, dass Sie dabei erwischt werden, denn Sie wussten, dass Sie eine Straftat begehen. Sie haben sie nämlich vergewaltigt. Richtig?«

»Das ist nicht wahr.«

»Ms Tans Aussage wird durch neununddreißig amtlich dokumentierte Verletzungen bestätigt. Meine Damen und Herren Geschworenen, ich habe hier Beweisstück TM-3, den Bericht der behandelnden Ärztin Dr. Phelan. Eine Kopie liegt Ihnen vor.«

»Sie wollte es eben ein bisschen härter.«

»Mr Sweeney, ist Ihnen eigentlich bewusst, wie lächerlich Sie sich anhören? Sie behaupten also allen Ernstes, dass Ms Tan mit Ihnen, einem Jungen, der halb so alt ist wie sie, am helllichten Tag mitten im Wald freiwillig Sex hatte und die vielen Verletzungen, die Sie ihr zugefügt haben, bereitwillig in Kauf nahm, weil sie es, um mit Ihren Worten zu sprechen, ein bisschen härter wollte?«

»Ja. Genauso war's.«

»Mr Sweeney, das ist blanker Unsinn. Sie haben Ms Tans Aussage gehört. Wie kommen Sie auf den Gedanken, dass wir Ihnen Ihre Geschichte abkaufen, obwohl mehrere Zeugen bestätigt haben, wie traumatisiert Ms Tan nach der Tat gewesen ist? Obwohl ihre zahlreichen Verletzungen auf Fotos festgehalten wurden und obwohl Ms Tan den Tathergang während des gesamten Prozesses in sich schlüssig und konsistent geschildert –«

»Sie lügt!«

»Bevor Sie wieder das Wort haben, möchte ich Ihnen eine Frage stellen, Mr Sweeney.«

Derselbe strenge Ton, in dem die Bullen und die Lehrer immer mit ihm geredet haben. Er presst die Zähne aufeinander.

»Erklären Sie uns bitte, was Sie meinen, wenn Sie sagen, Ms Tan hätte es 'ein bisschen härter gewollt'. Woher wussten Sie das? Wenn Sie sexuell tatsächlich so erfahren sind, wie Sie behaupten, sind Sie sicher in der Lage, uns darüber aufzuklären, wie eine Frau Ihnen zeigt, dass sie Sex mit Ihnen haben will.«

»Das soll ich Ihnen erzählen?«

»Ja. Genauer gesagt möchte ich gern von Ihnen wissen, auf welche Weise Ms Tan Ihnen zu verstehen gab, dass Sie Geschlechtsverkehr mit Ihnen haben wollte.«

O'Leary macht sich über ihn lustig. Wenn nicht so viele Leute hier wären, würde er dem Arschloch jetzt einen Kopfstoß verpassen.

»Na ja, sie hat mich eben angemacht. Mich angelächelt und gelacht und so.«

»Mr Sweeney, wenn eine Frau lächelt oder lacht, heißt das nicht automatisch, dass sie Geschlechtsverkehr haben will.«

»Das war ja auch nur zu Anfang. Dann ...«

Mach schon, bei den Bullen hast du es doch auch hingekriegt. Sag einfach dasselbe.

Aber hier mit den glotzenden Buffern, dem beinharten Anwalt und ihr, die heulend in der ersten Reihe sitzt und ihn mit Blicken tötet, ist sein Kopf auf einmal leer.

»Es war genau so, wie ich es der Polizei erzählt habe.«

»Ihre Aussage bei der Polizei ist uns bekannt, aber ich möchte, dass Sie hier, während Sie unter Eid stehen, einige Punkte in Ihrer Aussage wiederholen und wenn möglich genauer ausführen. Würden Sie uns bitte schildern, mit welchen Handlungen oder Äußerungen Ms Tan Ihnen den Eindruck vermittelt hat, Sie möchte Sex mit Ihnen haben?«

Am liebsten würde er kotzen. Aber er sieht hinüber zu Michael, und der nickt ihm zu.

Aussage gegen Aussage.

»Wie gesagt, am Anfang hat sie ständig gelacht und mich angelächelt. Und sie hat mich nach dem Weg gefragt. Und wenn eine Frau dich anspricht, weißt du, dass sie scharf auf dich ist. Dann hat sie sich mit mir unterhalten. Und als wir dann in einen Teil des Parks kamen, wo keine Leute waren, hatte sie kein Problem, allein mit mir dort zu sein. Wenn es sie gestört hätte, hätte sie ja gehen können.«

Er erzählt weiter: Sie hat ihm ihre Beine gezeigt, ihn gefragt, ob er sie begleitet.

»Das ist sehr interessant, denn Ms Tan sagt genau das Gegenteil. *Sie* hätten sie gefragt, ob Sie sie auf ihrer Wanderung begleiten dürfen. Woraufhin sie Ihnen erklärt hat, sie wolle lieber allein gehen.«

»Ich sage aber die Wahrheit.«

»Und weiter? Es ist schließlich ein erheblicher Unterschied, ob eine Frau mit Ihnen spazieren gehen will oder ob sie Sex mit Ihnen haben möchte.«

Mann, der Typ lässt nicht locker. Die Bullen haben ihm fast dieselben Fragen gestellt, aber O'Leary benutzt lauter komische Wörter, als wollte er die Jury zum Lachen bringen.

»Hat sie ausdrücklich gesagt: ›Ich will Sex mit dir‹?«

»Nein, aber ich meine, das sagen Frauen doch nie. Sie zeigen es dir, mit dem, was sie machen. Sie hat mich geküsst, mich angefasst, und dann hat sie mich ausgezogen.«

Bei den Bullen hat ihm das Ganze sogar Spaß gemacht. Aber

hier, mit all den starrenden Leuten, ist es gar nicht lustig. Er erzählt trotzdem weiter.

»Ich glaube, ich hab sogar zu ihr gesagt: ›Was, du meinst hier? Mitten im Wald?‹«

»Mr Sweeney, nur um Missverständnisse zu vermeiden. Sie haben explizit gesagt: ›Was, du meinst hier? Mitten im Wald?‹«

»Ja.«

»Und was hat sie darauf geantwortet?«

»Gar nichts, sie hat nur gelächelt und mich geküsst. Mich weiter ausgezogen.«

O'Leary nickt. »Wirklich hochinteressant. Das steht nämlich nicht in Ihrem Vernehmungsprotokoll.«

Scheiße. Das war jetzt zu dick aufgetragen.

»Das hatte ich wohl vergessen.«

»Sie haben diesen wichtigen Punkt Detective Morrison gegenüber nicht erwähnt, Mr Sweeney. Warum nicht?«

»Wie gesagt, ich hatte es vergessen. Ich war noch auf Drogen, als das mit ihr passiert ist, und ich kann mich nicht an alles erinnern.«

»Sie können sich nicht erinnern. Wie praktisch für Sie.«

O'Leary geht zu seinem Tisch und wirft einen Blick in seine Unterlagen. Dann will er genau wissen, wie sie sich gegenseitig ausgezogen haben. Jetzt mal ehrlich, wer merkt sich im echten Leben so einen Scheiß? Wenn man Sex hat, schert man sich nicht darum, wer wem was auszieht.

»Äh ... Ja, also, wir haben uns geküsst und uns angefasst und so. Alles im Stehen. Dann habe ich gesagt: ›Hier? Bist du sicher?‹ Sie hat nicht geantwortet, mich nur weiter geküsst. Dann fing sie an, mich auszuziehen, und da wusste ich, dass sie es will.«

»Und wie haben Sie sich in diesem Moment gefühlt? Was haben Sie gedacht?«

»Na ja, ich hatte Angst, dass wir erwischt werden, aber dann dachte ich, na schön, wenn die heiße Braut es so haben will.«

Quilligan wirft ihm einen warnenden Blick zu. Vielleicht ist er ein bisschen zu weit gegangen.

Jetzt will O'Leary wissen, wie sie auf dem Boden gelandet sind. In einem Porno würde die Hausfrau den Klempner an der Hand ins Wohnzimmer führen, sich aufs Sofa legen und ihn zu sich runterziehen. Das ist gut. Genauso hat sie's gemacht. Sie hat ihn zu sich runtergezogen.

»Sie behaupten also, Ms Tan habe sich einfach hingelegt? Auf den matschigen Boden?«

»Ja.«

»Und dann zog sie Sie zu sich runter. Wie berührten sich Ihre Körper?«

»Ich lag auf ihr.«

»Wie lagen Sie auf ihr? Mit dem Gesicht zu ihr oder mit dem Gesicht weg von ihr?«

Mann, hat der Typ noch nie Sex gehabt?

»Mit dem Gesicht zu ihr natürlich. Damit wir uns weiter küssen konnten.«

»Und dann?«

»Und dann zogen wir die restlichen Sachen aus und ... und legten los.«

»Sie sagen, Sie und Ms Tan ›zogen die restlichen Sachen aus‹. Heißt das, Sie zogen *alle* Kleidungsstücke aus?«

»Na ja, nicht alle. Nur ein paar.«

»Würden Sie uns erklären, was Sie mit ›ein paar‹ meinen? Waren Sie vollständig nackt? Haben Sie auch die Schuhe und Strümpfe ausgezogen?«

»Verdammt, Mann, ich weiß es nicht mehr!«, schreit er O'Leary wütend entgegen. »Ich war high und mit dem Sex beschäftigt. Ich hab nicht so genau drauf geachtet, was wir noch anhatten!«

Scheiße, das Schreien hätte er sich verkneifen sollen. Quilligan sieht ihn entsetzt an. Die Geschworenen auch.

O'Leary bricht fast in Gelächter aus. »Augenscheinlich erinnern

Sie sich überhaupt nicht daran, wie Sie beide sich ausgezogen haben. Gehen wir die Kleidungsstücke einzeln durch: Was war mit Ihrem Pullover?«

»Ich glaube, den habe ich anbehalten.«

»Vorhin sagten Sie, Ms Tan habe angefangen, Sie auszuziehen. Damit meinten Sie nicht den Pullover?«

»Nein, nein. Sie hatte die Hände an meiner Hose.«

»Dann hat Ms Tan Sie zu diesem Zeitpunkt also nicht ausgezogen? Ich meine, als Sie noch standen und sich geküsst haben?«

»Nein.«

»Nur für die Geschworenen: Damit weichen Sie von Ihrer bisherigen Aussage ab. Eben sagten Sie noch, Ms Tan habe Sie ausgezogen, als Sie beide sich im Stehen küssten. Jetzt behaupten Sie, dies sei erst geschehen, als Sie schon auf dem Boden lagen.«

Ja, du alter Knacker, du hast mich erwischt.

»Aber den weißen Pullover, den Ms Tan und die anderen Zeugen beschrieben haben, zog sie Ihnen nicht aus?«

»Nein, ich glaube nicht.«

»Können Sie mir sagen, ob Ihre Hose während des Geschlechtsverkehrs ausgezogen war?«

»Ja.«

»Und welche Kleidungsstücke hatten Sie noch ausgezogen?«

»Die Unterhose.« Logisch.

»Und wer zog Ihnen diese Kleidungsstücke aus?«

»Wir beide. Sie hatte die ganze Zeit die Hand an meiner Hose. Als wir dann auf dem Boden lagen, hat sie mich angefasst und mich geküsst, und dabei hat sie mir die Hose ausgezogen. Und ich habe ihr geholfen.«

»Und wer zog Ihnen die Unterhose aus?«

»Wir beide, das haben wir beide gemacht.«

»Und Ihre Schuhe und Strümpfe?«

»Also, daran kann ich mich wirklich nicht erinnern. Ich hatte andere Sachen im Kopf, verstehen Sie?«

»Denken Sie bitte genau nach. Erinnern Sie sich, ob Sie barfuß den Boden berührt haben?«

Er ist kurz vorm Explodieren, aber dann schaltet Quilligan sich ein.

»My Lord, mein werter Kollege drängt meinen Mandanten dazu, sich an Dinge zu erinnern, an die er sich nun mal nicht erinnern kann.«

»Mr O'Leary –«

»Schon gut, schon gut. Offensichtlich kann Mr Sweeney sich nicht an diese Einzelheiten erinnern. Sie zogen also Hose und Unterhose aus, nicht jedoch den Pullover. Schuhe und Strümpfe behielten Sie möglicherweise ebenfalls an, aber das wissen Sie nicht mehr. Und wie war es bei Ms Tan? Sie erinnern sich doch bestimmt noch daran, welche Stellen ihres Körpers Sie nackt gesehen haben. Können Sie mir sagen, welche Kleidungsstücke ausgezogen wurden?«

»Also, auf jeden Fall der Schlüpfer. Und die Hose.«

»Und wer hat ihr diese Kleidungsstücke ausgezogen?«

»Wir beide.«

»Was war mit der Oberbekleidung? Erinnern Sie sich noch daran?«

Und ob. Er erinnert sich an ihre Titten, die merkwürdigen braunen Nippel.

»Ja, ihr Oberteil war ausgezogen. Glaube ich. Und der BH.«

»Können Sie mir mehr über den BH sagen?«

»Er war …«

Scheiße, welche Farbe hatte er? Ha, er weiß es wieder.

»Er war schwarz.«

»Und?«

»Was wollen Sie denn noch?«

Ordentlich was auf die arrogante Fresse will er!

»Also gut, ich habe ihr den Scheiß-BH runtergerissen. Genauso, wie sie gesagt hat. Zufrieden?«

O'Leary lächelt. »Keine Fäkalausdrücke, Mr Sweeney, sonst werden Sie wegen Missachtung des Gerichts belangt. Nun, zumindest in diesem Punkt sind Ms Tan und Sie sich einig. Und warum haben Sie ihr den BH heruntergerissen, Mr Sweeney?«

»Also, es wurde gerade richtig heiß zwischen uns. Das habe ich gefühlt, und ich hatte auf einmal Lust dazu. Wie das eben so ist.«

»Sie meinen, es geschah aus der Leidenschaft des Augenblicks heraus?«

»Ja, genau.«

»Wollte Ms Tan, dass Sie ihr den BH herunterreißen? Hat sie dem zugestimmt?«

»Gesagt hat sie das natürlich nicht. Ich habe es einfach gemacht. So was passiert eben manchmal.«

Dieser Scheißtyp O'Leary lächelt immer noch. »Ich verstehe. Sie rissen ihr also den BH herunter, was ihr, wie Sie sagen, nichts ausmachte. Dann hatten Sie beide weiter Geschlechtsverkehr. Sie selbst waren untenherum nackt, trugen aber noch den Pullover, und sie ... Was hatte sie noch an?«

»Hören Sie, ich kann mich nicht genau erinnern. Aber ich glaube, sie hatte gar nichts mehr an.«

»Sie war also vollständig nackt?«

»Fast. Vielleicht. Ich weiß es nicht mehr.«

»Das Oberteil trug sie jedenfalls nicht mehr, denn Sie hatten ihr ja den BH heruntergerissen, richtig?«

»Ja, das Oberteil hatte sie aus.«

O'Leary nickt wieder. »Mr Sweeney, wir haben es hier offenbar mit einer weiteren Unstimmigkeit zu tun. Sie beide haben ausgesagt, dass Sie Ms Tan den BH heruntergerissen haben. Sie, Mr Sweeney, behaupten jedoch, dass Ms Tan ihr Oberteil, das blaue Wandershirt, während des Geschlechtsverkehrs auszog. Ms Tan hingegen sagt, Sie hätten ihr zwar den BH heruntergerissen, das Oberteil habe Sie jedoch während der gesamten Vergewaltigung anbehalten.«

»Und wie soll ich ihr dann den BH runtergerissen haben, wenn sie das Oberteil noch anhatte?«

Das erklär uns mal!

»Es existieren Fotos von der rechtsmedizinischen Untersuchung, die Ms Tan in der Kleidung zeigen, die sie während der Tat trug.«

O'Leary wendet sich an die Jury. »Ich verweise Sie auf Beweisstück TM-5, Fotos von Ms Tan, aufgenommen kurz nach der Tat in der Ambulanz für Vergewaltigungsopfer des PSNI.«

Die Geschworenen blättern in ihren Unterlagen, und das Arschloch legt ihm ein Foto hin.

Die Frau ist darauf zu sehen, total verdreckt und ehrlich gesagt ziemlich übel zugerichtet. Sie guckt starr nach vorn, barfuß und bis auf den Schlüpfer nackt. Der zerrissene schwarze BH wird nur noch von einem Faden zusammengehalten, aber er bedeckt die merkwürdigen braunen Nippel.

»Na und? Vielleicht hat sie das Shirt hinterher wieder angezogen.«

»Stimmt, das wäre möglich. Die zahlreichen Schmutzspuren und Hautabschürfungen, die bei der rechtsmedizinischen Untersuchung an Ms Tans Körper festgestellt wurden, befanden sich jedoch alle unterhalb der Taille, das heißt in der unteren Körperhälfte. Schultern, Oberarme sowie der obere Rücken waren hingegen sauber und so gut wie unversehrt. Dies lässt darauf schließen, dass Ms Tan ihr Oberteil während der Vergewaltigung anbehielt. Meine Damen und Herren Geschworenen, ich verweise Sie noch einmal auf Beweisstück TM-3, Dr. Phelans Bericht der rechtsmedizinischen Untersuchung, in dem alle Hämatome, Hautabschürfungen und Verletzungen einzeln aufgeführt sind.«

Er sieht O'Leary stumm an.

»Sie sagen, Ms Tan habe erst auf dem Rücken gelegen, worauf Sie in verschiedenen Stellungen Geschlechtsverkehr mit ihr hatten. Dabei ging es Ihnen zufolge ›ein bisschen härter‹ zur Sache.

Wenn Ihre Aussage zutrifft, dass Ms Tans Oberkörper nackt war, hätten ihre Schultern und der obere Rücken also ebenso viele Hautabschürfungen und Schmutzspuren aufweisen müssen wie ihr Unterkörper. Richtig?«

»Keine Ahnung. Ich kenne mich mit solchen Sachen nicht aus.«

»Das mag sein, aber ich behaupte, dass Sie sich das mit dem ausgezogenen Oberteil nur ausgedacht haben, denn Ms Tans Geschichte und sämtliche Beweise deuten auf das Gegenteil hin.«

»Sie kann sich eben besser an alles erinnern, na und?«

»Sie kann sich besser erinnern, weil sie die Wahrheit sagt. Und Sie haben diesen ganzen Unsinn erfunden, weil Sie gehofft haben, dass wir Ihnen Ihre erbärmlichen Lügen abkaufen.«

Klar, wir Kesselflicker lügen, wenn wir den Mund aufmachen. Er schluckt. Muss sein Bein festhalten, damit er nicht den Zeugenstand zusammentritt.

O'Leary ist sichtlich mit sich zufrieden. Er lässt sich Zeit, sieht den Richter und die Geschworenen an und wendet sich dann wieder ihm zu. Verdammt, wie lange muss er denn noch hier sitzen?

»Nur noch ein paar Fragen, Mr Sweeney. Sie haben mehrfach angegeben, Sie hätten an dem Tag unter Drogeneinfluss gestanden und Ihr Gedächtnis sei deswegen möglicherweise beeinträchtigt gewesen, richtig?«

»Ja.«

Könnte es sein, dass auch Ihr Urteilsvermögen beeinträchtigt war? Dass Sie aufgrund der Drogen, die Sie konsumiert hatten, Ms Tans Verhalten falsch interpretierten?«

Er versteht nur Bahnhof. Kann der Typ sich nicht normal ausdrücken?

»Wie meinen Sie das?«

»Ich möchte von Ihnen wissen, ob die Drogen Sie vielleicht zu dem Glauben verleitet haben, Ms Tan sei auf Sex mit Ihnen aus, obwohl das keineswegs zutraf. Waren Sie sich, wie Sie behaupten, aufgrund von Ms Tans Verhalten und der Signale, die sie aussandte, tatsächlich hundertprozentig sicher, dass sie Sex mit Ihnen wollte?«

Das hilft ihm auch nicht weiter. Irgendetwas sagt ihm, dass diese Frage wichtig ist. Dass es vielleicht gut wäre, zu behaupten, dass er nicht er selber war, die Drogen schuld an allem sind. Aber dieses schlaue Anwaltsgerede bringt ihn ganz durcheinander.

»Wir warten auf Ihre Antwort, Mr Sweeney.«

O'Leary sieht ihn hochnäsig an. Und dann ist ihm auf einmal alles egal. Scheiß auf die ganzen Schwätzer mit ihren schlauen Wörtern und den komplizierten Fragen.

»Nein«, stößt er hervor. »Hören Sie, ich bin nicht blöd. Ich habe mein Wissen vielleicht nicht aus der Schule, aber ich weiß, wann eine Frau es will und wann nicht.«

O'Learys Mund verzieht sich langsam zu einem breiten Lächeln, und er guckt mit wichtigem Gesicht zu den Geschworenen. Als er spricht, ist seine Stimme tief und voll.

»Nun, Mr Sweeney, ich und alle anderen im Saal haben den Eindruck, dass Ms Tan keinen Sex mit Ihnen wollte. Ihr Wissen ist also möglicherweise etwas lückenhaft.« Er dreht sich von ihm weg und sieht den Richter an. »Keine weiteren Fragen, My Lord.«

*

Ihre Freundinnen halten Vivian-Wache. So nennt sie es im Stillen. Sie fassen sie mit Samthandschuhen an, sorgen dafür, dass sie im Gerichtsgebäude nie allein ist. Sie begleiten sie sogar zur Damentoilette, wenn sie sich plötzlich übergeben muss, was in dieser Woche mehr als einmal vorgekommen ist. Auf den kalten Fliesen kniend, draußen vor der Kabinentür die Stimme von Jen oder Barbara. »Alles in Ordnung? Sag Bescheid, wenn du etwas brauchst.« Die mitleidigen Blicke der anderen Toilettenbesucherinnen.

Die ständige Übelkeit ist erniedrigend, aber dagegen steht ihre Wut. Das brennende Bedürfnis, dem Jungen das Genick zu brechen. Diese Empfindung ist neu für sie, doch sie hat etwas Belebendes. Sie verleiht ihr eine Energie, die sie in den Monaten der Erstarrung und Zurückgezogenheit kaum verspürt hat. Bisher waren es ihre Freunde gewesen, die Wut gezeigt und davon geredet hatten, dass sie den Jungen am liebsten verprügeln würden, ihm eine lebenslange Haftstrafe wünschen. Sie selbst aber war an einen Ort fern aller Wut geflüchtet: auf den grauen See, wo nicht eine Welle plätschert, sich nichts bewegt. Seit elf Monaten hält sie sich dort auf.

Aber jetzt spürt sie langsam wieder Boden unter den Füßen. Ihre Wut ist zurückgekehrt. Und sie richtet sich nicht nur gegen den Jungen, sondern gegen die gesamte Justiz.

An ihrem ersten Tag auf der Zuschauertribüne hatte sie sich die Familie des Jungen angesehen. Ein Mann mittleren Alters, dunkelhaarig, mit hängenden Schultern. Vermutlich der Vater. Er war fast die ganze Zeit im Saal. Daneben ein junger Mann, ein paar Jahre älter als der Junge, aber der gleiche blasse, blauäugige Typ, nur mit dunklen Haaren. Eine dicke Goldkette funkelte an seinem weißen Hals, und er verströmte etwas Großspuriges, Verschlagenes.

Das muss der große Bruder sein, dachte sie. Gab es in der Datenbank der Polizei nicht ein DNA-Profil, das teilweise mit dem DNA-Material übereinstimmte, das auf ihrem Körper gefunden wurden?

Seitdem beobachtet sie, wie er mit dem Jungen kommuniziert, ihm zuzwinkert oder aufmunternd nickt. Wie er verstohlen die Frauen im Saal abcheckt und die Jury taxiert.

Einmal hat der Vater sie ertappt, als sie ihn eindringlich musterte. Er erwiderte ihren Blick länger als erwartet, dann wandte er das Gesicht ab. Sie starrte ihn weiter an. Sie konnte den Ausdruck in seinen Augen nicht deuten – eine Bitte um Verzeihung vielleicht oder Gewissensbisse oder möglicherweise sogar Hass –, und sie wird auch nie erfahren, was sich darin verbarg, denn seitdem achtet er tunlichst darauf, in die andere Richtung zu sehen.

Der große Bruder hat kein einziges Mal zu ihr hinübergeblickt. Er tut so, als wäre sie nicht da.

Manchmal fragt sie sich, ob es der Anklage nützt oder schadet, dass sie die ganze Zeit mit finsterer Miene im Saal sitzt. O'Leary und Simmons hatten ihr erklärt, dass die meisten Opfer nur für ihre Aussage und zur Urteilsverkündung vor Gericht erscheinen. Manche kommen nicht einmal zu Letzterer.

Vielleicht ist sie zu ernst. Aber was erwarten sie von ihr? Sie ist nicht die verschüchterte kleine Chinesin, als die sie damals in der Radiosendung hingestellt wurde.

Nein, sie ist unerbittlich. So wie früher auf ihren Wanderungen, als kein noch so steiler Aufstieg sie entmutigen konnte, sie sich durch nichts von ihrem Vorhaben abbringen ließ.

Ja, das ist sie. Eine gnadenlose Frau mit einem einzigen Ziel.

»Wir bitten alle Beteiligten am Prozess ›Die Krone gegen Sweeney‹ in Gerichtssaal acht«, tönt es aus dem Lautsprecher, und sofort ist das unerträgliche flaue Gefühl in ihrem Magen wieder da.

Sie sitzt mit einem Roman von Thomas Hardy im Zeugenraum. Hardys Beschreibungen des beschaulichen Landlebens sollten ihr die Anspannung nehmen, doch ihre Gedanken sind die ganze Zeit bei den zwölf Leuten gewesen, die über den Ausgang des Prozesses entscheiden.

Sie klappt das Buch zu.

»Sieht so aus, als wären die Geschworenen so weit«, sagt Detective Morrison betont heiter und steht auf.

Jen und Barbara nehmen sie unaufgefordert in ihre Mitte und haken sich bei ihr ein. Früher hätte sie es wahrscheinlich als Schwäche empfunden, bei jedem Schritt auf die Hilfe anderer angewiesen zu sein. Jetzt aber weiß sie, dass sie ohne ihre Freundinnen nicht in der Lage wäre, den Gerichtssaal zu betreten.

»Viel Glück«, sagt Peter, der Mann von der Opferhilfe, und lächelt nervös.

»Danke«, sagt sie leise.

An der Tür schließt sie kurz die Augen. Das Herz schlägt ihr bis zum Hals.

In all den Monaten hat sie nie darüber nachgedacht, wie sie reagieren würde, wenn er freigesprochen wird.

Denn das erschien ihr immer völlig unmöglich.

*

Er hockt in seiner engen Zelle, als die Durchsage aus dem Lautsprecher kommt.

»Wir bitten alle Beteiligten am Prozess ›Die Krone gegen Sweeney‹ in Gerichtssaal acht.«

Wird auch langsam Zeit. Seit heute Morgen hört er jetzt diese Durchsagen, und gestern war es dasselbe. Für diesen Prozess, für jenen Prozess, nur nicht für seinen.

Er weiß, er hat das Kreuzverhör vermasselt. Dieser gerissene O'Leary hatte ihn von Anfang an auf dem Kieker. Er konnte es kaum abwarten, ihm mit seinen scheißkomplizierten Fragen ein Bein zu stellen.

Würden diese Typen ganz normal reden, wäre es viel leichter, ihre Fragen zu beantworten. Bei der Polizei war es besser, die haben einfache Wörter benutzt. Aber bei den Anwälten und dem Richter wird einem ganz schwindlig, wenn man versucht zu kapieren, was sie meinen. Die sprechen eine Sprache, die du nicht verstehst. Und trotzdem entscheiden sie über dein Schicksal.

Noch nie hat er sich so gefürchtet wie jetzt, wo er in den Saal muss. Wenn er irgendwelche Buffer beklaut und mit der Beute abhaut, hat er nie Schiss. Das hat etwas Echtes. Du siehst eine Handtasche und greifst zu. Du entwischst, oder du wirst geschnappt.

Aber hier beim Prozess ist alles anders. Du sitzt in einem Saal, musst Leuten mit Perücke zuhören und ihre geschwollenen Fragen beantworten, und am Ende entscheiden sie darüber, ob du jahrelang in den Bau wanderst oder freikommst.

Einfach so. Innerhalb von Minuten wird über dein ganzes Leben entschieden. Von völlig Fremden.

Die Tür wird aufgeschlossen, und ein Wärter kommt herein.

»Ich glaube, Sie sind dran.«

Er ist noch ziemlich jung, ungefähr in Michaels Alter. Blaue Augen, blonde Haare, wie aus der Milchwerbung. Er denkt kurz daran, dem Typen in den Bauch zu treten, ihm das Knie ins Gesicht zu rammen und den Gang hinunter in die Freiheit zu stürmen.

Aber er weiß, dass sich innerhalb von Sekunden fünf andere Wärter auf ihn stürzen würden. Und selbst wenn nicht, die Tür am Ende ist abgeschlossen und wird von einem Sicherheitsmann bewacht.

Vergiss es.

Diesmal gibt es kein Entkommen.

*

Leise Unruhe geht durch die Reihen, als sie den Saal betritt. Die Zuschauertribüne ist bis auf den letzten Platz gefüllt, und sie spürt, dass alle Augen auf sie gerichtet sind, als sie den Saal durchquert. Der Gerichtsdiener lächelt ihr heute freundlicher zu, als wollte er ihr zeigen, dass es ein ganz besonderer Tag ist.

Es sind dieselben drei Plätze in der ersten Reihe für sie reserviert. Es ist stickig, die Stimmung angespannt. Niemand sagt ein Wort.

Sie geht an der Anklagebank vorbei, ohne den Jungen anzusehen. Auch seinen Vater und Bruder würdigt sie keines Blickes. Als sie Platz genommen hat, hält sie die Augen starr nach vorn gerichtet, und erst als Jen neben ihr zusammenzuckt, bemerkt sie, dass sie die Hand ihrer Freundin so fest drückt, dass ihre Fingerspitzen schon ganz rot sind.

»Entschuldige«, flüstert sie und lockert ihren Griff, ohne Jens Hand loszulassen.

Barbara nimmt ihre andere Hand, und sie erinnert sich daran, was ihre Freundin damals bei der rechtsmedizinischen Untersuchung gesagt hat, als sie in panischer Angst vor dem Spekulum auf dem Behandlungsstuhl lag: *Drück so fest zu wie nötig.*

Wie oft muss sie dieses Spießrutenlaufen noch über sich ergehen lassen? Um Gerechtigkeit zu erfahren, wird sie sich öffentlich so lange entblößen müssen, bis nichts mehr von ihr übrig ist. Und trotzdem lauern alle weiter gespannt darauf, wie sie reagiert.

»Bitte erheben Sie sich«, sagt der Protokollführer streng. Alle stehen auf, und Richter Haslam betritt den Saal.

Der Richter zeigt sich heute Vormittag betont förmlich. Er nimmt die Zuschauer in Augenschein, dann wandert sein Blick zur Anklagebank, zu ihr und schließlich zu den Anwälten. Simmons, O'Leary, Quilligan und der andere Verteidiger sehen ihn an. Vier starre Köpfe mit unkleidsamen weißen Perücken.

»Können wir die Jury hereinbitten?«, erkundigt sich Haslam beim Protokollführer. Der Gerichtsdiener öffnet die Tür.

Die Geschworenen betreten den Saal. Sie haben sich lange beraten – mindestens drei Stunden gestern und heute noch mal eine Stunde. Das kann nichts Gutes bedeuten.

Die zwölf nehmen gehorsam ihre Plätze ein.

Richter Haslam beugt sich mit einem kurzen, milden Lächeln zum Mikrofon vor. »Meine Damen und Herren Geschworenen, ich mache Sie noch einmal darauf aufmerksam, dass das Urteil in diesem Verfahren einstimmig sein muss. Obmann der Jury, können Sie bestätigen, dass Sie zu einer einstimmigen Entscheidung gelangt sind?«

Der Obmann, ein älterer Mann mit grauen Schläfen, nickt.

»Dann lassen Sie uns fortfahren.«

Der Protokollführer ergreift das Wort. »Ich bitte den Angeklagten John Michael Sweeney, sich zu erheben.«

Ein Wogen geht durch den Saal, als sich alle zu dem Jungen umdrehen. Auch Jen und Barbara drehen sich um. Sie aber richtet den Blick weiter geradeaus.

Es erscheint ihr verrückt, ja fast wie ein Hohn, dass er wieder hinter ihr ist, so wie an dem Nachmittag, als er ihr den Hang hinauf zu der Stelle gefolgt ist, wo der Wald an die Wiese grenzt.

Sieh nach vorn. Dreh dich nicht um.

»Ich bitte den Obmann der Jury, sich zu erheben.«

Der Obmann steht auf und nimmt die typisch männliche »Melde-mich-zum-Dienst«-Haltung ein. Sie fragt sich, ob er früher Soldat war. Und ob das ein gutes oder ein schlechtes Zeichen ist.

»Bitte beantworten Sie die erste Frage nur mit Ja oder Nein.«

Der Obmann nickt.

»Sind die Geschworenen in allen Anklagepunkten zu einer einstimmigen Entscheidung gelangt?«

»Ja.«

Sie wendet den Blick vom Obmann ab und starrt auf die schmucklose Holzverkleidung am Richtertisch. In diesem Moment, in dem sich alles entscheidet, kann sie niemanden ansehen.

»Befinden Sie den Angeklagten John Michael Sweeney im Anklagepunkt der vaginalen Vergewaltigung für schuldig oder nicht schuldig?«

Jen und Barbara drücken gleichzeitig ihre Hand.

*

Er ist wie gelähmt, als der Protokollführer ihn auffordert aufzustehen.

Er würde am liebsten weglaufen, sich verstecken oder unter den Stuhl kriechen. Aber er kann nirgends hin, und der Protokollführer, der Richter, die Geschworenen und die Wachleute im Glaskäfig warten darauf, dass er sich endlich rührt. Die ganze verdammte Bande glotzt ihn an.

Steh auf, Schwachkopf.
Er weiß, dass Dad das jetzt denkt. Diesen Scheißspruch bringt er immer, nachdem er ihn verdroschen hat.
Seine Beine sind wie Wackelpudding. Er hat das Gefühl, er muss gleichzeitig pissen, scheißen und kotzen.
Steh auf, Schwachkopf.
Dann sieht er den Hinterkopf der Frau. Aus irgendeinem Grund hat sie sich nicht zu ihm umgedreht. Heute starrt sie ihn nicht bedrohlich an. Er heftet den Blick auf ihre glänzenden schwarzen Haare, als wollte er sich daran hochziehen.
Nicht umdrehen jetzt, dreh dich bloß nicht um. Wenn du so bleibst, mich nicht ansiehst, schaffe ich es.
Er steht langsam auf und guckt nach vorn.

»Befinden Sie den Angeklagten John Michael Sweeney im Anklagepunkt der vaginalen Vergewaltigung für schuldig oder nicht schuldig?«
Der Obmann zögert nicht eine Sekunde. Mit lauter Stimme sagt er: »Wir befinden den Angeklagten für schuldig.«

Alles andere, was der Mann sagt, kommt nicht mehr bei ihm an. Es ist, als wäre er unter Wasser, ganz allein, die Welt darüber unerreichbar fern.
Der Richter sagt etwas, und fast alle im Saal sehen ihn an, nur Dad starrt seine Schuhe an, als würde er sich schämen, oder so.
Schuldig.
Schuldig, schuldig, schuldig.
Ein paar Leute lächeln und flüstern Dinge wie: »Geschieht dem Kesselflicker recht«, aber der Richter ist noch nicht fertig.
»Hinsetzen«, zischt ihm ein Wachmann zu.
Er gehorcht.
Gleich darauf müssen erneut alle aufstehen, weil der Richter den Saal verlässt.

Aber was spielt es für eine Rolle, ob er sitzt oder steht? Er ist immer noch unter Wasser, ringt zappelnd nach Luft, obwohl er ganz genau weiß, dass er nie wieder auftauchen wird.

*

Als sie das Urteil vernimmt, schließt sie die Augen.

Tiefe Erleichterung überkommt sie und vertreibt nach einem Jahr der Verzweiflung die Angst und die Übelkeit.

Es folgt das Urteil in den Anklagepunkten anale Vergewaltigung und Körperverletzung, und sie hört das Wort noch zweimal: schuldig.

Jen und Barbara fallen ihr um den Hals und gratulieren ihr. Tränen laufen über Jens Gesicht, und Barbara hat feuchte Augen. Auch ihr kommen die Tränen, aber sie zwingt sich, nicht zu weinen. Noch nicht.

Detective Morrison sieht mit breitem Grinsen zu ihr hinüber – ist es nur Einbildung, oder hat auch er Tränen in den Augen? Simmons lächelt ihr zu, und sogar O'Leary nickt lächelnd hinüber.

Richter Haslam wendet sich an den Angeklagten.

»Mr Sweeney, wir werden uns vor diesem Gericht wiedersehen, wenn in einigen Wochen das Strafmaß verkündet wird. Bis dahin verbleiben Sie in Untersuchungshaft. Danach werden Sie in die zuständige Jugendstrafanstalt überstellt. Ich hoffe, Sie haben in den nächsten Jahren Gelegenheit, gründlich über Ihre Tat nachzudenken, und nutzen die Chance, sich während Ihrer Haftzeit zu bessern.«

Dann wendet er sich an sie. Sein Ton verändert sich, und fast hört es sich an, als wollte er sie um Verzeihung bitten.

»Ms Tan, ich danke Ihnen für Ihre Zeit und für Ihre Bereitschaft, in diesem Prozess auszusagen. Sie waren eine vorbildliche Zeugin und haben bewundernswerte Stärke gezeigt, und ich wünsche Ihnen, dass Ihnen dieses Urteil dabei hilft, die schreckliche Tat hinter sich zu lassen und wieder zurück in ein normales Leben zu finden. Sie mussten in diesem Verfahren viele unangenehme Dinge über sich ergehen lassen, doch nur auf diese Weise kann unser Strafrechtssystem ordnungsgemäß funktionieren. Und so hoffe ich im Namen des Gerichts und der gesamten Justiz, dass dieser Schuldspruch wenigstens zu einem Teil dazu beitragen kann, das schwere Unrecht, das Ihnen im vergangenen Jahr in Belfast angetan wurde, wiedergutzumachen.«

Sie nickt dem Richter zu, den sie wahrscheinlich nie wiedersehen wird.

Sie würde sich gern bei ihm bedanken, aber man erteilt ihr nicht das Wort.

Denn der Richter ist fertig. Und die Verhandlung ist geschlossen.

*

»Du hast es nicht anders verdient«, sagt irgendein Wichser im Vorbeigehen. Die anderen Leute tuscheln und werfen ihm böse Blicke zu.

Ein paar Reporter sehen aus, als wollten sie ihn etwas fragen, aber Dad scheucht sie weg, und sie rennen sofort rüber zu ihr.

Zu der Frau. Natürlich interessieren sich alle nur für sie.

Sie hat gewonnen, die Schlampe hat gewonnen, und er muss jetzt wie viele Jahre im Gefängnis schmoren?

»Tut mir leid, wie es gelaufen ist.« Michael schüttelt den Kopf. »Die haben dich von Anfang an mies behandelt. Vielleicht können wir Berufung einlegen.«

»Du hast leicht reden. Was war deine längste Zeit im Bau? Sechs Monate?«

Dad sieht ihn ernst und grimmig an, aber nicht so, als würde er gleich zuschlagen.

»Es tut mir leid, Johnny«, sagt er schließlich. »Das war einfach Pech.«

Pech? Wer ist denn auf die Scheißidee gekommen, er soll sich den Bullen stellen? Wäre Dad nicht gewesen, wäre er jetzt frei. Er wäre abgehauen, über die Grenze nach Dublin, und würde leben wie früher. Oder noch weiter weg, nach Frankreich, Spanien oder irgendwohin, wo es warm ist. Mallorca.

»Wir besuchen dich«, sagt Dad. »So bald wie möglich. Und deine Mam bring ich auch mit.«

Und dann kommt das Schlimmste überhaupt. Nicht das blöde Gelaber von Dad und Michael, sondern sie. Die Frau. Aus dem Augenwinkel nimmt er wahr, wie sie sich umdreht. Und bevor er sich eines Besseren besinnt, guckt er zu ihr rüber.

Sie sieht ihm offen ins Gesicht. Nur für einen kurzen Moment. Niemand im Saal bemerkt es. Aber da ist etwas in ihren Augen. Ein Funkeln. Vor einem Jahr oder so hätte er das sexy gefunden, hätte es in einem Pub als Einladung aufgefasst.

Aber jetzt erzählt ihm dieses Funkeln etwas anderes. *Siehst du?*, sagt es. *Ich habe dich fertiggemacht.*

*

Ein letzter Blick zu ihm, dann ist es vorbei. Er ist erledigt, fort aus ihrem Leben. Sie muss nie wieder einen Gedanken an diesen Jungen verschwenden.

Aber sie weiß, was sie vor dem Gerichtssaal erwartet. Die ersten Journalisten haben sich schon um sie gedrängt, und sie hat versprochen, draußen mit ihnen zu reden.

Tief durchatmen. Zeit, sich der Presse zu stellen.

In einem Kinofilm würden ihr jetzt aufdringliche Reporter ihre Mikrofone ins Gesicht halten. Aber die Leute hier sind Printjournalisten; sie verhalten sich respektvoll, gehen einzeln auf sie zu. Die meisten sind junge Frauen mit Notizblöcken und flachen Diktiergeräten.

Ms Tan, Ihre Anonymität bleibt selbstverständlich gewahrt …

Ms Tan, sind Sie zufrieden mit dem Urteil?
Welche Haftstrafe halten Sie für angemessen?
Was werden Sie jetzt als Erstes machen?
Wird das Urteil Ihnen helfen, über alles hinwegzukommen?
Ihr ist bewusst, wie oberflächlich und nichtssagend ihre Antworten sind. »Natürlich freue ich mich darüber, dass er in allen drei Anklagepunkten schuldig gesprochen wurde ... Der Prozess hat mich sehr belastet ... Ich bin froh, dass es vorbei ist.«

Aber was bleibt ihr anderes übrig, als auf Klischees zurückzugreifen? Welche noch so redegewandte Antwort könnte vermitteln, was sie durchgemacht hat? Nicht nur im Gerichtssaal, sondern auch außerhalb, die Einsamkeit, ihre Ängste, das zerstörte Selbstvertrauen. Selbst jetzt, trotz des Urteils, fällt es ihr schwer, daran zu glauben, dass ihr Leben irgendwann einmal wieder so sein wird wie früher.

Aber das sagt sie nicht. Die Journalisten sind nicht auf tiefsinnige Bemerkungen aus. Sie wollen ein paar griffige Statements, damit sie schnell ihre Artikel für die morgigen Zeitungsausgaben schreiben können. Also beantwortet sie geduldig alle Fragen, obwohl sich Erschöpfung in ihr breitmacht.

Als sie sich mit Jen und Barbara zum Gehen wendet, ruft ihr eine Journalistin noch eine Frage zu.

»Ms Tan, glauben Sie, Sie werden nach all dem je wieder nach Belfast kommen?«

Mit dieser Frage hat sie nicht gerechnet.

»Das ... das ist schwer zu sagen. So weit in die Zukunft habe ich bis jetzt noch nicht gedacht.«

Leises, verständnisvolles Lachen, aber erwartungsvolle Blicke. Sie wollen noch mehr hören.

»Wäre er freigesprochen worden, hätte ich ganz entschieden Nein gesagt. Aber so besteht zumindest Hoffnung, dass ich eines Tages wiederkomme.«

Sie lächelt der Fragerin trocken zu. Dann dreht sie sich um und geht mit festen Schritten den hallenden Gang hinunter.

FÜNF

Sie steht am Rand der Klippen und blickt hinaus aufs türkisblaue Mittelmeer. Der Wind und die rauschende Brandung übertönen die Geräusche der Welt hinter ihr.

Plötzlich hört sie eine Stimme. Eine Männerstimme, sie sagt etwas auf Kroatisch. Sie dreht sich um. Der Mann ist ungefähr in ihrem Alter, und er sieht unverschämt gut aus. Dunkelhaarig, blaue Augen, markantes Kinn. Er hält angemessen Abstand, aber er spricht eindeutig mit ihr, denn hier oben ist sonst niemand.

Er versucht es erneut, diesmal auf Englisch.

»Hallo, alles in Ordnung?«

»Oh, äh ...«

»Verzeihung, ich wollte Sie nicht erschrecken.«

Er hebt entschuldigend die Hand.

»Das haben Sie nicht. Ich habe gerade die herrliche Aussicht genossen.« Hinter ihr rauscht das Meer, Wellen schlagen an die Felsen.

»Meine Freunde und ich haben gesehen, dass Sie ganz allein sind, und da dachten wir ... Möchten Sie sich vielleicht zu uns setzen?«

»Ihre Freunde?«

Sie blickt sich erstaunt auf den Klippen um. Niemand zu sehen.

Es ist mitten am Nachmittag, noch zu früh, um hier heraufzukommen und sich den Sonnenuntergang anzusehen. Die kroatische Sonne taucht die Felsen in weiches Licht.

»Von hier kann man uns nicht sehen, aber wir sitzen gleich da hinten. In unserem Clubhaus.«

Der Mann zeigt nach rechts den Weg hinauf, und sofort spürt sie im Nacken ein ängstliches Kribbeln.

»Kommen Sie, sehen Sie selbst.«

Er geht in die angedeutete Richtung. Zögernd folgt sie ihm, hält bewusst Distanz, damit sie im Notfall die Flucht ergreifen kann. Nach ein paar Schritten dreht sie sich noch einmal um – weites, offenes Gelände, kein Mensch zu sehen.

Vor drei Tagen war sie noch mal in Belfast, bei der Urteilsverkündung. Sechs Wochen nach Ende des Prozesses saß sie, nur wenige Meter neben der Anklagebank, ein letztes Mal im Gerichtssaal und hörte sich an, wie der Junge von einem anderen Richter zu zehn Jahren Gefängnis verurteilt wurde.

Am Tag darauf stieß sie beim Surfen im Internet zufällig auf Kroatien und buchte spontan zwei Flüge. Hinflug nach Split, sechs Tage später zurück von Dubrovnik. Seit der Tat ist sie nicht mehr allein in ein fremdes Land gereist, aber die Entscheidung kam ihr richtig vor.

Er hat zehn Jahre bekommen. Du hast es hinter dich gebracht, jetzt kannst du entspannen.

Sie hatte genug von London und dem ewig grauen Himmel, genug von ihrer Wohnung mit den Panoramafenstern, in der sie sich fühlt wie in einem gläsernen Käfig. Sie wollte den müden Gesichtern von Fremden entfliehen, dem Meer von Menschen, die tagein, tagaus durch die Stadt hetzen, ohne einander wahrzunehmen.

Heute Vormittag ist sie in Split gelandet, einer der ältesten Städte Kroatiens. Um eine Unterkunft hatte sie sich nicht gekümmert, doch als sie bei strahlendem Sonnenschein aus dem Flughafenbus stieg, wurden sie und die anderen Touristen von einer Schar alter Leute in Empfang genommen, die auf Pappschildern mit Fremdenzimmern warben. Eine Viertelstunde später zeigte ihr ein alter Mann ein Zimmer in seiner Wohnung, in der er mit seiner Frau lebt. Sie handelte den Preis auf 350 Kuna für zwei Nächte herunter, und schon zog sie mit dem Schlüssel in der Tasche los, um sich die römischen Ruinen in der Altstadt anzusehen.

Langsam kehrte ihre Reiselust zurück. Die fast vergessene Leidenschaft, fremde Orte zu erkunden. Die alte Vivian.

Morgen fährt sie weiter nach Trogir, dann geht es mit der Fähre nach Dubrovnik. Von dort unternimmt sie vielleicht einen Tagesausflug nach Bosnien oder Montenegro.

Aber jetzt ist sie verunsichert. Der Mann steigt vor ihr den Weg über die Klippen hinauf. Vergewissert sich mit einem Blick über die Schulter, dass sie ihm folgt.

Du bist allein unterwegs, und ein fremder Mann spricht dich an. Er wirkt freundlich. Wie verhältst du dich?

Sie hat die ganze Zeit gewusst, dass diese Frage eines Tages auftauchen würde, doch sie hat sie immer wieder verdrängt, hat sich eingeschüchtert und ängstlich in ihrer Wohnung verkrochen und es vermieden, nach einer Antwort zu suchen. Ganz anders als die einstige Vivian, die es kaum erwarten konnte, sich nur mit einem leichten Rucksack und ihrem Reiseführer ins Abenteuer zu stürzen.

Sie beschließt, dem Mann weiterhin mit sicherem Abstand zu folgen.

Der Weg führt um eine felsige Landzunge. Dahinter befindet sich, halb umschlossen von den Klippen, eine flache, verandaartige Felsnische.

Der Mann bleibt vor einem reich gedeckten Tisch stehen. Darum herum sitzen fünf Männer, die meisten grauhaarig und mittleren Alters.

Sie lächeln und winken ihr zu.

»Von hier aus haben wir Sie gesehen.« Er zeigt zu der Stelle, an der sie eben aufs Meer geblickt hat. »Und weil Sie allein waren, dachten wir, wir laden Sie ein, mit uns zu essen und zu trinken.«

Die Männer nicken, und sie betrachtet die aufgetischten Speisen. Hausgemachte Fleisch- und Fischgerichte, gegrilltes Gemüse, etwas, das wie Nudeln aussieht. Ein weiterer Mann tritt aus einem Spalt in der Felswand. Er bringt eine Weinflasche und ein Glas.

»Das ist Drago«, sagt der Mann, der sie angesprochen hat. »Der Wein wird von seinem Cousin gemacht.«

Die Flasche wird geöffnet, Gläser werden gefüllt.

»Živelji«, sagt sie auf Kroatisch und hebt das Glas. Die Männer sind beeindruckt.

»Živelji«, rufen sie im Chor. *Prost. Das Leben ist schön.* Vorsichtig kostet sie den Wein.

»Den Fisch haben wir heute Morgen gefangen. Bitte nehmen Sie.«

Ein anderer Mann zeigt auf ein Fleischgericht. »Das ist Kaninchen, eine dalmatische Spezialität.«

»Und hier ist Ihr Clubhaus?«, fragt sie und staunt über all die Köstlichkeiten. Ihr Blick wandert über die schützenden Felswände, in der Ferne glitzert das Meer. »Wunderschön.«

Die Männer lächeln stolz. Der Gutaussehende, der eindeutig am besten Englisch spricht, sagt: »Wir treffen uns hier jeden Sonntagnachmittag, um mal ohne die Familie zu sein. Wir angeln, kochen und essen. Das ist sehr schön.«

»Bitte, Sie sind unser Gast, probieren Sie unsere heimische Küche.«

Die Männer holen einen Stuhl und legen ihr Teller und Besteck hin. Sie spürt die vertraute Anspannung, die sie seit über einem Jahr ständig begleitet. Aber bei Wärme und Sonnenschein löst sie sich ein bisschen.

»Haben Sie Zeit, mit uns zu essen?«, fragt der Gutaussehende.

»Entschuldigung, ich bin Tomo«, fügt er hinzu und legt sich die Hand auf die Brust. Sie sieht den Ehering an seinem Finger. Das beruhigt sie ein bisschen.

»Ich bin Vivian.« Sie lächelt verhalten in die Runde. Dann setzt sie sich an den Tisch und lässt sich die Sonne in den Rücken scheinen.

*

»Johnny-Boy, du hast Besuch«, sagt Elliot, einer von den Schließern, durch die Türklappe.

Er setzt sich auf. Seit einer Stunde liegt er auf dem Bett und starrt vor Langeweile Löcher in die Decke.

»Echt?«

Hoffentlich Michael oder Kevo, aber wahrscheinlich Dad. Er verdreht die Augen. Der schon wieder.

Elliot grinst. Das tut er sonst nie.

»Du hast Glück. Es ist eine Frau. Und gar nicht mal hässlich.«

Eine Frau? Er kennt keine Frauen. Vielleicht Nora Callahan von nebenan ...

»Hat sie ein Kind dabei?«

»Nee, dafür ist sie noch zu jung. Obwohl, bei euresgleichen weiß man ja nie.«

Also nicht Nora. Die hasst ihn sowieso, seit sie weiß, was er getan hat. Die einzigen Frauen, die er hier drin zu Gesicht kriegt, kommen die anderen Jungs besuchen.

»Da staunst du, was? Und wir genauso. Welche Frau will schon einen Perversen wie dich besuchen?«

Er wirft Elliot einen finsteren Blick zu. Den Wichser konnte er noch nie leiden.

Elliot schließt lachend die Tür auf. »Nach dir, Frauenschänder.«

Er betritt den Besucherraum, und da sitzt sie. Ein unbekanntes Mädchen. Braune Locken, gesenkter Blick. Dünn, hübscher Mantel mit Gürtel.

Er geht zu dem kleinen Tisch und räuspert sich. Verdammt, wer ist das?

»Johnny!« Sie hebt den Blick und steht auf. Er starrt sie verwundert an, und ihr Grinsen schrumpft zu einem scheuen Lächeln.

Sommersprossen, seine blauen Augen.

»Claire? Was machst du denn hier?« Er merkt, dass er lächelt. Nur weil er mit einem Menschen redet, dem er nichts vorzumachen braucht.

Ihre Stimme klingt ganz anders. Fast wie die einer Frau. »Ich bin extra nach Belfast gekommen, um dich zu besuchen. Mensch, hast du dich verändert. Du bist ja richtig groß geworden!«

»Du auch.«

»Ja, es ist lange her.« Und ob. Wie alt war sie, als er sie zum letzten Mal gesehen hat? Neun? Zehn?

»Wie alt bist du jetzt, Claire?«

»Fünfzehn.« Sie grinst. Er kann es nicht glauben. Seine eigene Schwester verwandelt sich in eine heiße Braut, die im Pub von den Kerlen angemacht wird.

»Du bist jetzt siebzehn, oder, Johnny?«

Er nickt. Sein siebzehnter Geburtstag war richtig beschissen. Michael, Dad und die anderen hatten Kuchen mitgebracht. Sie aßen ihn in einem Extraraum, bewacht von einem Schließer. Nicht mal Bier oder so durften sie trinken. Zum Schluss steckten sie ihm Pornohefte und ein paar Pillen zu, als Geburtstagsgeschenk. Die Hefte wurden ihm von den anderen Jungs geklaut, und als er vom E so richtig in Stimmung war, hatte er nicht mal was zum Angucken.

»Bist du ganz allein nach Belfast gefahren?«, fragt er.

»Spinnst du? Das würde Mam mir nie erlauben. Ich bin mit meiner Freundin Josie und ihrer Tante Pauline hier. Nur für ein paar Tage. Belfast hat sich ganz schön verändert.«

»Ja, irgendwie schon.« Als ob er das beurteilen könnte.

Echt verrückt, er sitzt hier und quatscht mit seiner fast erwachsenen Schwester. Ist das wirklich die ewig flennende Göre, die jedes Mal gequengelt hat, wenn er mit Michael losgezogen ist und sie zu Hause auf das Baby aufpassen musste? Sie drückt sich richtig gewählt aus. Als würde sie zur Schule gehen, oder so.

»Wie geht es Bridget? Und Sean?«

»Denen geht's gut. Du würdest sie kaum wiedererkennen. Bridget ist jetzt elf und Sean neun.«

Er kann sich nicht mal vorstellen, dass die beiden sprechen können. Als er sie das letzte Mal gesehen hat, sind sie noch in Windeln rumgekrabbelt.

»Und, äh ... Mam? Wie geht es der?«

Claires Blick verändert sich.

Eigentlich will er es gar nicht wissen. In den letzten Jahren hat er versucht, so wenig an Mam zu denken wie möglich. Daran, wie sie die Sache mit ihm aufgenommen hat. Sie hat ihn nicht ein Mal hier besucht.

Claire guckt an ihm vorbei. »Ich, äh ... ich soll dich von ihr grüßen. Sie arbeitet viel und muss sich auch noch um uns drei kümmern.«

»Sie arbeitet? Du meinst, sie geht irgendwohin?«

Er zuckt bei dieser Vorstellung innerlich zusammen.

»Ja, in einer Krippe. Sie kümmert sich um die Kinder anderer Leute. Die Arbeit ist gut und die Bezahlung auch. Und sie kann Bridget und Sean mitnehmen.«

»Und wie lange macht sie das schon? Auf Buffer-Kinder aufpassen?«

»Ach, schon ein paar Jahre.«

Er fragt sich, ob Dad davon weiß. »Besuchst du Michael und Dad, wo du schon mal hier bist?«

Claire druckst herum, als wüsste sie nicht, was sie sagen soll.

»Mal sehen.«

»Mal sehen? Du kommst extra aus Dublin und weißt nicht, ob du dich mit deinem Vater triffst?«

Claire sieht ihn an, als würde sie gleich platzen. »Er ist ja kaum zu erreichen. Michael ist auch nicht besser. Die beiden gehen so gut wie nie ans Telefon.«

»Wem sagst du das.«

»Und außerdem ...«

Die Sauferei, die vielen Prügel. Bestimmt hat sie nicht die besten Erinnerungen an Dad.

»Ich bin hergekommen, um dich zu sehen. Verstehst du? Zum Glück ziehst du nicht mehr so viel herum. Ziemlich sesshaft geworden, was?«

»Ach, verpiss dich!« Er schmunzelt, und sie schüttelt sich vor Lachen, zeigt ihre schimmernden Zähne. Wann hat er Claire je so ausgelassen lachen gesehen?

Und dann muss er selber lachen, zum ersten Mal seit einer gefühlten Ewigkeit.

»Und, wie ist es hier so?«, fragt Claire.

Die meisten Häftlinge sind Buffer, und sogar die Pavees geben sich nicht gern mit ihm ab. Manche haben einen richtigen Hass auf die Sweeneys und warten nur drauf, sich hinterrücks auf ihn zu stürzen. Aber das behält er für sich.

»Hast du Freunde?«

»Mmm, ein paar.«

Es hat sich schnell rumgesprochen, warum er hier ist. Die berühmte Vergewaltigung. An der chinesischen Amerikanerin. Seitdem wird er von den anderen geschnitten. Oder sie verprügeln ihn, wenn sich die Gelegenheit bietet. Manche versuchen sogar Schlimmeres, aber wenigstens, was das angeht, passen die Schließer auf.

»Was musst du denn arbeiten hier?«

Er zuckt die Achseln. »Nur langweiligen Scheiß. Wäsche waschen, putzen und so. Es gibt eine Werkstatt, da kannst du Sachen aus Holz oder Metall machen, wenn du Glück hast. Und ich muss lernen.«

»Lernen? Du?« Claire sieht ihn an, als würde sie gleich losprusten. »Und was lernst du? Rechnen, Lesen und Schreiben?«

»Ja.«

»*Du* kannst lesen?« Sie lacht. »Das muss ich Mam erzählen. Und wie weit bist du?«

Er zuckt die Achseln. »Keine Ahnung, erst mal lese ich nur Kinderbücher.«

»Zum Beispiel? Harry Potter?«

Er verzieht das Gesicht. »Nee, das ist was für Babys.«

»Ach, das ist wohl zu leicht für dich!«

»Nein, aber ...« In Wahrheit ist Harry Potter noch zu schwer. »Ich mag keine Bücher über Zauberer und solchen Scheiß.«

»Und was liest du gern?«

»Comics und so.« Comics und Pornos. Ohne die würde er die Zeit im Gefängnis nicht überstehen.

Claire nickt und wirft ihm aus den Augenwinkeln einen schlauen Blick zu.

»Aber *du* hörst dich an, als würdest du viel lernen«, sagt er. »Schickt Mam dich zur Schule, oder was?«

»Ich gehe schon seit Jahren zur Schule. Von montags bis freitags.«

Er schüttelt sich. »Beschissen, oder?«

»Überhaupt nicht. Es gefällt mir da.«

Jetzt muss er lachen. »Alles klar.«

»Ehrlich! Die Hausaufgaben nerven manchmal. Aber ich gehe gern hin. Ich kann jetzt die Briefe lesen, die Mam bekommt. Und ich will Abi machen.«

»Abi? Du verarschst mich!«

Claire kichert. »Nein, ehrlich, es sind nur noch ein paar Jahre.«

»Ich glaub's einfach nicht.« Er schüttelt den Kopf, aber er lächelt dabei. »Ist das eine Schule für Buffer oder für Traveller?«

»Die meisten sind Traveller, aber es gibt auch ein paar Buffer. Die sind ganz okay. Bleibt ihnen auch nichts anderes übrig, wir sind schließlich in der Überzahl.«

Er schüttelt wieder den Kopf. »Mam arbeitet, du machst den Abschluss auf einer Traveller-Schule. Dublin muss echt 'ne komische Stadt sein.«

»Ich bin gern dort.« Claire zuckt die Achseln. »Wir wohnen jetzt in einem schönen neuen Haus.«

»Größer als das alte?«

»Ja. Und in einer besseren Gegend. Es wäre wirklich toll, wenn ich an die Uni könnte, aber die anderen wollen bestimmt, dass ich bald heirate.«

»Wieso, hast du einen Freund?«

Das ist zu viel. Die Vorstellung, dass seine kleine Schwester mit irgendeinem schlimmen Finger zusammen ist.

»Nein.« Sie wird rot. »Noch nicht. Aber du kennst ja die Familie, alle Tanten und Onkel reden nur noch davon, dass ich hoffentlich bald einen netten Jungen finde ... Das geht mir echt auf den Geist.« Sie verdreht die Augen.

Einen Augenblick lang sitzen sie sich schweigend gegenüber. Claires Blick schweift durch den Raum. An den anderen Tischen unterhalten sich Häftlinge mit ihren Müttern und Frauen.

»War es schwierig, herzufinden?«, fragt er.

»Nein, Josies Tante hat mich gefahren. Sie, äh ... sie wartet draußen im Wagen ...«

»Oh, dann ...«

»Ja, ich glaube, ich muss los.«

»Klar, natürlich.« Er ist überrascht, dass sie schon wieder geht. Fast wünscht er sich, sie würde noch bleiben, aber er weiß nicht, was er sagen soll.

»Äh, meine Adresse hier hast du ja. Falls du mir mal schreiben willst.«

»Kannst du Briefe denn schon lesen?«, fragt Claire.

»Ich könnt es ja mal versuchen.« Er grinst. »Ich hab hier jede Menge Zeit zum Üben.«

»Na, dann schauen wir mal. Ich benutze auch keine komplizierten Wörter. Dann hast du es am Anfang nicht so schwer.«

Sie stehen einander gegenüber, und er kriegt sich kaum ein. Seine kleine Schwester, total erwachsen und tausendmal schlauer als er. Das ist merkwürdig, aber gut.

Ein sonderbarer Ausdruck erscheint auf ihrem Gesicht. »Wie ist es gewesen, Johnny?«

Einen kurzen Augenblick lang hat er das Gefühl, als wäre das Bohren wieder da. Sein alter Freund, der sich zuverlässig meldet, wenn es ihm besonders dreckig geht. »Was?«

»Der, äh, der Prozess.«

»Ach so, der.« Er zuckt die Achseln. »Total beschissen. Lauter Fragen, die ich nicht verstanden habe. Und alle haben mich die ganze Zeit angestarrt. Das war richtig ätzend.«

»Das war bestimmt hart für dich, oder?«

Mit dieser Frage hat er nicht gerechnet. Dad und Michael tun immer so, als wäre nichts gewesen, und labern irgendwelchen Mist. Ein paar von den Psychologen hier wollten dasselbe von ihm wissen, doch als er geantwortet hat, haben sie gar nicht richtig zugehört.

»Es, äh ... es war nicht leicht. Die meiste Zeit habe ich gar nicht kapiert, was die von mir wollten.«

Claire sieht ihn an, als würde sie ihn gern noch was fragen, und er ist erleichtert, dass sie es sich anders überlegt.

»Ach, das hätte ich fast vergessen, wir haben dir einen Kuchen gebacken, aber ich durfte ihn nicht mit reinnehmen. Also, äh ...«

Sie fasst an ihre Kette. Der Anhänger ist ein glänzendes Herzmedaillon, und sie macht es auf und holt etwas heraus. Ein kleines, buntes, herzförmiges Stück Papier. Sie legt es auf ihre Fingerspitze und zeigt es ihm. Es ist ein Foto von ihr, Mam und wahrscheinlich Bridget und Sean. Sie lächeln Arm in Arm in die Sonne.

»Siehst du? Das sind wir.«

Er macht ein grimmiges Gesicht, damit er bloß nicht zu heulen anfängt. Für Dad, Michael und ihn ist kein Platz mehr in dem winzigen Herz, es ist schon voll. Ein dicker Kloß sitzt ihm im Hals, und er traut sich nicht zu sprechen.

»Hier, ich schenke es dir, Johnny. Ich kann mir in der Schule ein Neues ausdrucken.«

Er schüttelt den Kopf, aber Claire besteht darauf.

»Ich sage dem Wärter, er soll es dir geben. Ich will, dass es dir gehört. Ehrlich.«

Er sieht sie an, aber er bringt keinen Ton heraus.

Als er mit dem bunten Stück Papier in der Hosentasche zurück in seine Zelle geht, kommt Elliot mit höhnischem Grinsen auf ihn zu.

»Hast du jetzt 'ne Freundin, Zigeuner?«

»Das war meine Schwester«, sagt er fast liebevoll.

»Ach nee. Umso besser. Die würde ich gern mal so richtig durchficken. Wetten, das würde ihr gefallen? Ich meine, bei dem Bruder.«

Er sagt nichts. Starrt Elliot nur wütend an und geht weiter.

*

»Dies ist also unsere letzte gemeinsame Sitzung«, sagt Dr. Greene lächelnd. Das weizenblonde Haar ihrer Therapeutin ist heute zu einem kecken Pferdeschwanz frisiert.

Sie blickt aus dem Fenster in den schönen Septembernachmittag. Fast anderthalb Jahre sind seit der Tat vergangen.

»Normalerweise sehen wir uns bei diesem Termin an, welche Fortschritte Sie in den vergangenen vierzehn Sitzungen gemacht haben, und überlegen gemeinsam ein paar Schritte, die Ihnen dabei helfen, Ihr Leben wieder voll in den Griff zu bekommen. Hört sich das gut an, Vivian?«

Das hört sich eher beängstigend an. Die Sitzungen mit Dr. Greene sind im vergangenen Jahr ihr Rettungsanker gewesen. Als sie auf dem grauen, uferlosen See dahintrieb, ihre Freunde nicht wussten, wie sie mit ihr umgehen sollten, und sie schließlich ihren Job aufgeben musste, konnte sie sich immer auf Dr. Greene verlassen. Bei ihr erfuhr sie Zuspruch, die Therapeutin verstand, wie es sich an diesem merkwürdigen, richtungslosen Ort anfühlt, an dem sie gefangen war, und wusste immer einen Ausweg. Sie würde die Therapie gern fortsetzen, aber die Krankenversicherung hat ihr nur fünfzehn Stunden bewilligt.

»Wie ist es Ihnen in der letzten Zeit ergangen?«

»Ganz gut.« Sie blickt hinüber zur Pinnwand. Dort hängen jetzt Fotos von Dr. Greenes Katzen, doch zu ihrer Erleichterung entdeckt sie dazwischen die vertraute Ansichtskarte mit der einsamen Palme.

»Ich meine, die meisten posttraumatischen Symptome sind verschwunden ... Ich habe auch keine Platzangst mehr. Und die Panikattacken sind auch weg. Und trotzdem ...« Sie hält inne. »Trotzdem bin ich sehr oft niedergeschlagen. Ich habe das Gefühl, ich komme nicht weiter.«

Dr. Greene nickt. »Dann lassen Sie uns zusammen darüber nachdenken, wie wir das ändern können. Erinnern Sie sich noch, als ich Sie bat, mir die Tat zu schildern? Immer und immer wieder?«

Natürlich erinnert sie sich daran. Woche für Woche musste sie den Tathergang einschließlich der Vergewaltigung schildern, so genau wie möglich. Sich zu Hause die Aufnahmen anhören und bestimmen, was daran ihr am meisten wehtat. Und dabei war ihr die ganze Zeit so übel, dass sie sich am liebsten im Bett verkrochen und das alles vergessen hätte.

»Und wissen Sie noch, wie wir die kognitive Verhaltenstherapie eingesetzt haben, um gegen die Gefühle vorzugehen, die Sie im schlimmsten Augenblick empfunden haben?«

Als er mich gewürgt hat …

»Was haben Sie dabei gefühlt?«

Sie erinnert sich daran, wie der Junge ihr den Hals zugedrückt hat und sie keine Luft mehr bekam.

»Ich hatte das Gefühl, ich muss sterben.«

»Und was wäre so schlimm daran, zu sterben?«

Sie sind das alles schon x-mal durchgegangen, aber es immer wieder auszusprechen, wirkt wie eine beruhigende Litanei, bei der Pastor und Gemeinde abwechselnd die Stimme erheben.

»Ich würde nicht mehr leben.«

»Und was würde es bedeuten, nicht mehr zu leben?«

»Ich … ich könnte nicht mehr an all die Orte auf der Welt reisen, die ich noch sehen möchte.«

»Und was noch?«

»Ich könnte beruflich nicht mehr alles erreichen, was ich mir vorgenommen habe.«

»Und was noch?«

»Ich würde mich nie wieder verlieben.«

»Und was noch?«

»Ich würde nie eine eigene Familie, nie Kinder haben …«

Dr. Greene nickt. »Aber Sie sind nicht gestorben. Sie sind noch am Leben. Sie können all die Dinge tun, die Sie gerade aufgezählt haben. Sie dürfen reisen, wieder anfangen zu arbeiten, beruflich erfolgreich sein, einen Mann kennenlernen, vielleicht eine Familie gründen.«

Aus Dr. Greenes Mund klingt das alles weise und ganz selbstverständlich. Aber für sie hat das nur wenig mit ihrer konkreten Lebenssituation zu tun.

Die Therapeutin geht zum Whiteboard in der Ecke und schreibt mit blauem Filzstift einzelne Wörter auf. *Reisen. Beruf. Beziehung. Familie.*

Die Wörter stehen untereinander am linken Rand. Der Rest der Tafel bleibt frei, ein weißer, leerer Raum, der gefüllt werden will.

Es macht ihr Angst, ihre Lebensziele so deutlich vor sich zu sehen wie Unterrichtsstoff, den sie auswendig lernen muss.

»Ich möchte, dass Sie sich überlegen, was Sie ändern können. Welche Schritte können Sie unternehmen, und mögen sie noch so winzig sein, um sich all das zurückzuholen, was Ihnen im Leben wichtig ist?«

Es überfordert sie, so zielgerichtet zu denken. Die alte Vivian hätte das gekonnt, hätte blitzschnell eine Lösung gefunden. Sie aber sitzt eingeschüchtert vor diesen großen Fragen und den vielen Möglichkeiten, die das Leben früher für sie bereithielt. Sie ringt mit den Tränen, drängt das vertraute Gefühl zurück, nutzlos zu sein.

»Ich ... ich weiß nicht, wo ich anfangen soll.«

Dr. Greene hilft ihr auf die Sprünge. »Reisen. Was müssten Sie tun, damit Sie wieder reisen können? Oder haben Sie vielleicht schon damit angefangen?«

Der Trip nach Kroatien. Das war viel einfacher, als sie gedacht hätte. Sie hat mit fremden Männern zusammengesessen, und ihr ist nichts passiert. Es ging ihr gut dabei.

»Glauben Sie, Sie werden irgendwann wieder ganz selbstverständlich reisen?«

»Das würde ich gern.«

Sie sprechen darüber, eine weitere Reise zu planen, vielleicht mit einer Freundin. Billige Flüge innerhalb Europas gibt es reichlich. Und wenn es erst einmal nur für ein Wochenende ist ... Einen kurzen Augenblick lang flammt die alte Begeisterung auf, und es ist, als öffnete sich irgendwo eine Tür, durch die ein Lichtstrahl schimmert. Aber dann kehrt die Angst zurück, und die Tür fällt zu. Sie ist wieder in der Dunkelheit, aber sie hat Licht gesehen.

»Und beruflich?«

Das ist schwieriger. Sie ist nicht in ihr Büro in der Old Street zurückgekehrt. Ihr war bewusst geworden, wie aufreibend der Job als Filmproduzentin ist, und dazu fehlt ihr einfach die Kraft. Letztes

Jahr hat sie sich unbefristet beurlauben lassen, und in diesem Jahr wurde Erikas Firma von einer anderen Filmproduktion gekauft. Stellen wurden gestrichen, die verbliebenen Mitarbeiter müssen wahrscheinlich noch mehr arbeiten, und ihr war klar, dass sie den Belastungen nicht standhalten würde. Dem Druck, der Welt ständig beweisen zu müssen, dass sie voller Energie und Ideen steckt. Denn in Wahrheit hat sie weder das eine noch das andere. Jedenfalls nicht im Moment.

Sie zuckt die Achseln. »Meinen alten Job gibt es nicht mehr. Rein theoretisch würde ich gern weiter in der Filmindustrie arbeiten, aber ich weiß nicht, wann ich wieder so weit bin. Und ich habe keine Ahnung, wie ich an einen neuen Job kommen soll.«

»Wie sieht es finanziell aus?«

»Noch bekomme ich Krankengeld, das hilft ein bisschen.« Aber so sparsam sie auch haushält, das Geld reicht nicht, um die hohen Lebenshaltungskosten in London zu decken. Im Moment zehrt sie von ihren Ersparnissen.

»Außerdem habe ich Anspruch auf Opferentschädigungsgeld, aber soweit ich weiß, kann es Jahre dauern, bis der Antrag bearbeitet wird.«

Ihre Eltern kann sie nicht fragen. Sie wissen immer noch nichts von der Vergewaltigung, und sie würde sie ohnehin nicht um Geld bitten. Geld ist auch gar nicht das Hauptproblem. Es geht darum, wieder nützlich und produktiv zu sein, das Gefühl zu haben, irgendetwas gut zu können. Sie will nicht mehr das traumatisierte Wrack sein, das keinen Sinn im Leben sieht.

»Was meinen Sie, wäre es vielleicht ein erster Schritt, Bewerbungen zu schreiben?«

Noch mehr Formulare.

»Wahrscheinlich, aber ...«

Der unendliche Aufwand, Bewerbungsunterlagen zu erstellen; die Enttäuschung, eine Absage nach der nächsten zu erhalten. Außerdem funktioniert der Jobmarkt in der Medienindustrie völlig anders. Es gibt keine Stellenanzeigen, alles geschieht über Mundpropaganda. Sie ist jetzt seit über einem Jahr raus aus dem Business und hat das Gefühl, nicht mehr dazuzugehören.

Sie erklärt Dr. Greene das Problem.

»Dann sollten Sie vielleicht darüber nachdenken, ob es andere Bereiche gibt, in denen Sie gern arbeiten würden.«

Wozu sich etwas vormachen? Wozu sich mit Träumen quälen, die sich nicht verwirklichen lassen? Sie wird nie wieder die alte Vivian sein, die nur für ihren aufregenden Job gelebt hat.

Dr. Greene schreibt *Denken Sie über neue Berufsperspektiven nach* auf die Tafel.

»Und zum Schluss: Beziehung.« Sie tippt mit dem Filzstift auf die Tafel. »Ich schließe das Thema Familie mit ein, da beides im weitesten Sinne zusammengehört. Würden Sie sich gern wieder auf Partnersuche begeben?«

Die Frage entlockt ihr ein unwilliges Stöhnen. Ist das nicht ohnehin aussichtslos?

»Eigentlich nicht.«

»Und warum ist das so?«

»Ich will mich nicht mit Männern treffen.«

»Und warum nicht?«

Sie seufzt. Es fällt ihr nicht leicht, ihre Gedanken in Worte zu fassen.

»Mir ist klar, dass die meisten Männer anders sind als dieser offensichtlich schwer gestörte Junge. Aber das Thema Sex macht mir zu schaffen. Dass Männer einen immer dazu drängen. Ich ... ich weiß auch nicht. Ich bin es einfach leid, darüber zu verhandeln.«

»Es muss ja nicht gleich um Sex gehen. Sie können sich auch erst mal nur auf einen Kaffee mit jemandem verabreden.«

Ja, das stimmt, aber das Thema Sex ist trotzdem immer präsent. Bei jeder Begegnung mit einem heterosexuellen Mann schwebt es unausgesprochen im Raum. Auch wenn man nur zusammen Kaffee trinkt.

Dr. Greene fährt fort: »Stellen Sie sich das Ganze einfach so vor. Wenn Sie irgendwann eine Beziehung haben wollen, müssen Sie sich mit mindestens einem Mann verabreden. Nicht wahr?«

Dieser Logik lässt sich nicht widersprechen. Sie muss lachen. »Da haben Sie wohl recht.«

»Behalten Sie das im Hinterkopf. Gehen Sie mit ein paar Freundinnen auf eine Single-Party. Ganz ohne Erwartungen. Gehen Sie einfach hin und sehen Sie, wie sich das anfühlt.«

Sie nickt. Ihr wird leicht übel bei der Vorstellung, aber es ist einen Versuch wert.

Neben *Beziehung* schreibt Dr. Greene *Single-Party mit Freundinnen?*.

Dann legt sie den Filzstift weg, und sie betrachten gemeinsam die Tafel.

»Was meinen Sie? Schaffen Sie es, ein paar dieser Dinge in der nächsten Woche anzugehen?«

Das alles erscheint ihr so schablonenhaft. Wie eine Kurzanleitung für die Rückkehr ins normale Leben. Auf der einen Seite denkt sie: Wozu Pläne machen? Du kannst dir so viel vornehmen, wie du willst, es kann jederzeit ein völlig Fremder in dein Leben platzen und es innerhalb von Minuten zerstören. Auf der anderen Seite sagt ihr eine Stimme – ihre innere Optimistin oder vielleicht der Geist der alten Vivian –, dass sie das hinkriegt.

Sie ist hin- und hergerissen.

Dr. Greene sieht sie freundlich an. »Ich weiß, das kommt Ihnen schwierig vor, aber Sie können wirklich stolz auf die Fortschritte sein, die Sie im letzten Jahr gemacht haben. Sie haben hart an sich gearbeitet. Sie haben sich immer wieder einen Ruck gegeben und sich aus Ihrer Komfortzone hinausbewegt. Wenn Sie noch ein bisschen weiter an sich arbeiten, haben Sie es bald geschafft.«

*

Seit Jahren immer dasselbe. Diese ... diese Therapiestunden. Allein mit einem Psychologen. In der Gruppe mit anderen Knackis und einem Psychologen. Reden und reden.

Weil Reden alle Probleme löst, oder?

Wir möchten, dass Sie darüber nachdenken, warum Sie hier sind. Sie sollen verstehen, welchen Anteil Sie an alldem haben. Wie sich Ihr Verhalten auf das Leben anderer Menschen ausgewirkt hat.

Wir wollen, dass Sie Fortschritte machen, Johnny.

Fortschritt ist die Treppe auf dem bunten Poster an der Wand. Die verschiedenfarbigen Stufen heißen von unten nach oben: Schuld annehmen. Reue empfinden. Einsicht zeigen. Sich ändern. Neu anfangen.

Alles Scheiße, aber er versteht, warum er da durchmuss. Es geht darum, ein neues Leben anzufangen. Ja, klar. Aber das funktioniert nur, wenn er hier rauskann.

Am Anfang hat er die Therapie gehasst.

Er erzählt die Geschichte so, wie er sie allen hier erzählt. Zum Glück fragt niemand genau nach. Er sagt, er hatte draußen Sex mit ihr, sie ist gegangen, und dann hat ganz Belfast Vergewaltigung geschrien.

Er muss sich auch die Geschichten der anderen anhören. In allen geht es um Mädchen. Bei Paddy war es das Mädchen, mit dem er immer mal wieder zusammen war. Sie waren besoffen, gerieten in Streit, er wurde wütend und wollte es ihr zeigen. Was dann geschah, weiß Paddy nicht mehr, aber zwei Tage später wurde er verhaftet. Er hatte seine Freundin grün und blau geschlagen.

Bei Dan war es eine ganz Junge, dreizehn oder vierzehn. Eine Freundin seiner Nichte, hübsch für ihr Alter. Sie lächelte ihn an und kicherte. Er wusste, dass sie es wollte, er musste sie nur in ein Zimmer schaffen, wo sie allein waren. Sie hat sich all die Male, die er es mit ihr gemacht hat, nie richtig beschwert. Die Bullen haben ihn trotzdem einkassiert.

Paul ist der stille Typ. Bei ihm waren es mehrere Frauen. Er hat sie in Bars angesprochen und ihnen was in den Drink gekippt, damit sie sich später an nichts erinnern. Hinterher hat er sie wieder angezogen und auf dem Sofa liegen lassen, damit sie beim Aufwachen keinen Verdacht schöpfen. Ein, zwei Mal hat er offenbar geschlampt. Und jetzt ist er hier.

Keiner hat Bock auf die Gruppe. Alle finden die Sitzungen zum Kotzen, aber sie müssen mitmachen. Und ohne Ende reden, über dies, über das, über Frauen.

Die beiden Gruppenleiter sind immerhin ganz nett. Aber eins lassen sie beinhart raushängen: Keiner kommt die Scheißtreppe auf dem Poster rauf, wenn er nicht redet.

»Denken Sie manchmal daran, wie die Frau sich gefühlt hat, nachdem Sie ihr das angetan hatten?«, fragt Psychologen-Sam. Alle sehen ihn an.

»Was meinen Sie?«

»Stellen Sie sich vor, Sie sind die Frau. Versetzen Sie sich in sie hinein. Sie sind zu Besuch in Belfast, es ist ein schöner Samstagnachmittag, und Sie gehen im Park spazieren. Sie wollen allein sein und die Natur genießen. Und dann begegnen Sie einem Jungen. Einem Jungen wie Ihnen.«

»Aber wenn ich die Frau bin, bin ich kein Junge mehr.«

Paddy und Dan prusten los. Den Spruch konnte er sich nicht verkneifen.

»Sehr witzig, Johnny. Sie wissen genau, was ich meine.«

»Nein, ich glaub nicht.«

»Das ist der entscheidende Teil der Therapie, Johnny. Ich weiß, das ist schwer, und es geht Ihnen vielleicht gegen den Strich, aber ich möchte, dass Sie sich ehrlich bemühen. Schließen Sie die Augen und stellen Sie sich vor, Sie sind die Frau.«

Knurrend fügt er sich. Stellt sich den Frühlingsnachmittag vor, Sonne, Schatten und das Tal. Nur ist er diesmal nicht auf Ecstasy.

Sam hilft ihm. Anscheinend hat er sich Notizen gemacht, denn er kennt die Geschichte ziemlich gut.

»Was fühlen Sie, als der Junge Sie anschreit, Sie sollen das Maul halten? Als er sagt, dass er Sex mit Ihnen haben will, und Sie schlägt?«

»Also, ich würde ihm ordentlich was auf die Fresse geben.«

»Nein, Johnny. Sie sind jetzt nicht Sie selbst, sondern die Frau. Sie haben noch nie jemanden geschlagen.«

»Das ist doch total bescheuert. Ich würde ihm eine reinhauen, egal, wer ich bin.«

»Stellen Sie sich vor, Sie hätten noch nie körperliche Gewalt ausgeübt. Sie führen ein völlig anderes Leben. Sie sind allein in einer fremden Stadt, in der Sie sich kaum auskennen, und dieser Junge bedroht Sie, will Sex von Ihnen. Sie haben Angst, große Angst.«

Darauf lässt er sich nicht ein. Er zuckt die Achseln. »Ich hätte aber keine Angst.«

Sam seufzt und sieht nicht froh aus. Ist er selber auch nicht. Er will raus hier, weg von diesen Scheißfragen.

»Versuchen wir es anders. Sie gehen spazieren, und ein Jugendlicher kommt auf Sie zu und fragt Sie nach dem Weg. Er macht einen harmlosen Eindruck, und Sie vertrauen ihm ...«

»Ich vertraue keinem!«, schreit er. »Das war ihr Problem. Das hätte sie nicht tun dürfen. Allein in dem Park rumlaufen und uns zu nah kommen. Verdammt, Sie hat es doch nicht anders gewollt!«

»Nein, Johnny, nein!«, sagt Sam scharf und sieht ihn wütend an. Schluss mit dem netten Getue. »So etwas dürfen Sie nicht sagen. Sie können nicht einfach bestimmen, was andere wollen oder nicht wollen. Erst recht nicht, wenn Sie die Person überhaupt nicht kennen. Sie haben kein Recht, so in das Leben eines anderen Menschen einzugreifen.«

Aber die anderen haben das Recht, in mein Leben einzugreifen, ja?

Aber das sagt er nicht. Stiert Sam nur finster an.

»Sie hat Sie nicht provoziert. Sie hat Sie auch nicht bedroht oder war gemein zu Ihnen. Mit welchem Recht haben Sie ihr das angetan? Sie hat deutlich gesagt, dass sie keinen Sex mit Ihnen will.«

»Dann geht's hier also um Rechte?«

»Es geht darum, andere Menschen zu respektieren. Menschen, die Ihnen nichts Böses getan haben.«

»Und die anderen … respektieren die mich?« Er lacht. »Ich glaube nicht. Sie hassen mich, wenn sie mich nur sehen. Nichtsnutziger Pavee, das denken sie über mich.«

»Das ist nicht wahr, Johnny.« Sam schüttelt den Kopf. »Wir denken nicht so über Sie. Wir wollen Ihnen helfen.«

Sam sieht die anderen an. »Wollen wir Johnny nicht genauso helfen wie jedem in der Gruppe?«

Die anderen drei gucken Sam ratlos an.

»Ja«, sagt Paul schließlich, und Paddy und Dan nicken.

»Na klar.«

»Logisch.«

Alles nur blödes Gequatsche.

»Ich scheiß auf eure Hilfe!« Er schlägt in die Luft. »Ich komm allein klar.«

»Wir können nicht ganz allein durchs Leben gehen, Johnny«, sagt Sam. »Manchmal brauchen wir die Hilfe von anderen.«

»Mann, ihr Psychospinner habt doch alle keine Ahnung.«

Sam wirkt richtig geknickt. »Johnny, ich mache das hier jetzt seit vielen Jahren …«

»Dann machen Sie es bei den anderen. Wieso sitzt mein Dad nicht hier? Oder Michael? Wieso ich? Andere haben viel schlimmere Sachen gemacht, und die kommen damit durch!«

»Auch die trifft es irgendwann, Johnny. Ganz sicher. Glauben Sie mir.«

Nein, glaubt er nicht. Und überhaupt, er hat jetzt genug von diesem albernen Scheiß. Er starrt Sam grimmig an, steht auf und geht.

Weit kommt er nicht. Die Tür ist zu, und von draußen glotzen die Schließer durchs Sichtfenster.

Sind diese Typen blind, oder was? Glauben, es geht gerecht zu, dass alles klappt und jeder irgendwann kriegt, was er verdient. Und wenn du dich anstrengst und nett zu anderen bist, bla, bla, bla, ist das Leben gut zu dir. Und als Beweis zeigen sie lächelnd auf die Scheißtreppe.

Verdammt!

Was wissen die schon?

»Wie geht es mit dem Schreiben, Johnny? Davey sagt, Sie begreifen schnell und kommen gut voran. Sie können schon richtige Sätze schreiben.«

»Läuft ganz gut, glaube ich.«

Harry und Ciaran, die beiden anderen in der Klasse, sind echte Vollspasten. Zum Glück stellt er sich nicht so dämlich an wie die.

»Was halten Sie davon, wenn wir das Reden heute mal sein lassen und etwas Neues ausprobieren?«

Kein Scheißgelaber? Das ist ein Anfang.

»Und was haben Sie?«

Sam setzt sich rittlings auf den Stuhl gegenüber. Er hat die Beine weit gespreizt und beugt sich über die Lehne zu ihm vor.

Er schreckt zurück. Der Typ soll bloß nicht auf die Idee kommen, ihn anzumachen. Das haben hier schon zu viele Schwule bei ihm versucht.

»Wie wäre es, wenn Sie heute einen Brief schreiben?«

Soll er jetzt einen Freudenschrei ausstoßen, oder was? Er starrt Sam stumm an.

»Versuchen Sie es einfach, auch wenn es nicht gleich gelingt. Der Brief soll an eine ganz bestimmte Person gerichtet sein.«

»Und was für ein Brief soll das sein?«

»Keine Angst, Sie müssen ihn nicht abschicken. Aber ich möchte, dass Sie an die Frau aus dem Park schreiben. An die Frau, der

Sie etwas Schlimmes angetan haben und wegen der Sie jetzt hier sind.«

Mann, was soll das denn? »Und warum soll ich ihr schreiben?«

»Wie gesagt, wenn Sie nicht wollen, wird Sie den Brief nicht erhalten. Aber schreiben Sie ihn und sagen Sie ihr, was Sie über Ihre Tat denken.«

»Was bringt es, ihr zu schreiben, wenn sie den Brief sowieso nicht kriegt?«

Sam seufzt. »Dieser Brief ist eine Möglichkeit für Sie, die Gefühle auszudrücken, die Ihre Tat in Ihnen auslöst. Wenn Sie wütend sind, schreiben Sie über Ihre Wut. Und wenn Sie sich mies deswegen fühlen, schreiben Sie ihr das.«

»Ich verstehe trotzdem nicht, was das bringen soll.«

»Sehen Sie das Ganze so: Wenn Sie den Brief schreiben, ist das ein großer Erfolg, schulisch und auch für Sie persönlich. Davey und ich werden dafür sorgen, dass Sie ein paar Privilegien erhalten. Vielleicht können Sie sich ein neues Videospiel kaufen oder bekommen sogar einen DVD-Player für Ihre Zelle.«

Er denkt darüber nach. Ziemlich öde, immer dieselben Spiele zu spielen.

»Und sie wird ihn ganz bestimmt nicht lesen?«

»Nein, den lesen nur Davey, Ihr Kontaktbeamter Conor und ich.«

Das sind drei Leute zu viel, aber was soll's, scheiß drauf. Besser als die ewige Langeweile.

Er nickt. »Okay, ich mach's.«

»Sehr gut, Johnny. Das ist toll. Ich hole Ihnen Bleistift und Papier.« Sam steht auf und klopft ihm auf die Schulter.

Er sackt zusammen und verzieht das Gesicht. Der Frau Briefe schreiben. Und als Nächstes muss er ihr einen Kuchen backen, oder was?

Liebe Frau,

Sam geht gleich dazwischen.

»Nein, Johnny, reden Sie sie mit ihrem Namen an. Wissen Sie ihn noch?«

»Ja.«

»Dann schreiben Sie ihn hin.«

Der Bleistift verharrt über dem Papier.

»Wie heißt sie, Johnny?«

»Sie ... sie heißt Vivian.«

Natürlich weiß er, wie sie heißt. Komischer Name. Den hat er noch nie gehört, irgendwie altmodisch. Britisch. Welcher Idiot nennt sein Kind heute noch Vivian?«

»Und wissen Sie auch, wie man das schreibt?«

»V ...«

Sam sieht ihn an, mit demselben hoffnungsvollen, treudoofen Blick, den alle diese Typen kriegen, wenn sie mit ihm reden.

»Viv, also V ... I ... V ...«

Sam nickt. »Super, gleich haben Sie es.«

»Vivi-an ... V-I-V ... Viv-ee-un ... E?«

Sam schüttelt den Kopf. »Wie in dem Männernamen ›Ian‹ ... Viv-Ian.«

»V-I-V ... I-A-N?«

Breites Grinsen von Sam. »Genau! Das ist es! Und jetzt schreiben Sie es hin.«

Er gibt es nicht gern zu, aber er ist richtig stolz, dass er die Buchstaben rausgekriegt hat.

Er drückt den Bleistift aufs Papier und schreibt den Namen in Großbuchstaben hin.

Liebe VIVIAN,

Nicht zu fassen, er sitzt hier und freut sich wie blöd, dass er ihren Namen schreiben kann. Das Highlight der ganzen Scheißwoche. Michael würde sich darüber kaputtlachen. Aber Michael braucht es nicht zu erfahren. Keiner muss es erfahren. Nur die drei, die den Brief lesen. Er klopft mit dem Bleistift auf den Tisch. Denkt nach.

Liebe VIVIAN,

Ich schreihbe ihnen weil die hier gesagt haben ich muss. Was ich ihnen sagen will?

Ich glaube ich hätte das nicht mit ihnen machen solln. Darum bin ich jezt hier im Gefengnis. Ich bin jezt 3 Jahre hier. Fast 4. Es gefellt mir hier nicht aber das ist wohl OK so. Ich will wieder raus.

An dem Tag wo ich das mit ihnen gemacht hab. Ich war hei. Auf Drogen. Ich fand sie hüpsch, wie manche Mädchen die ich in Pornos gesehn habe. Das hat mich zum nach denken gebracht. Und ich dachte sie wollen mich villeicht kennen lernen. Nicht viele Läute wollen mich kennen lernen. Aber sie haben nett mit mir geredet und darum wollte ich schreihben.

Warscheinlich hätte ich sie nicht schlagen solln aber da bin ich gut drin. Im schlagen. So komm ich manchmal an Sachen. Manche sagen, ich benehme mich oft wie ein Monsta aber das pasiert einfach so.

Ich weiß nicht wo sie sind aber da ist es bestimmt besser als hier im Gefengnis. Ich hoffe es geht ihnen gut. Die anderen sagen es hat ihnen sehr weh getan was ich mit ihnen gemacht habe. Ich glaube es tut mir leid. Jezt bin ich hier. Und ich kanns kaum ehrwarten das ich hier raus komme.

Ich hab gesehen wie sie mich im Gerricht angekuckt haben. Warscheinlich hassen sie mich. Aber sie haben gewonnen und ich bin hier drin. Tut mir also leit was pasiert ist.

Tschüs
Johnny

Jetzt fällt es ihm wieder ein. Als sie nach der Tat am Wegrand saßen, beide mit Matsch beschmiert. Da hatte er sich bei der Frau entschuldigt. Das war ihm so rausgerutscht. Aber jetzt tut es ihm wirklich leid. Das tut es jedem nach vier Jahren im Bau.

Er faltet den Brief in der Mitte und gibt ihn Sam. Der sieht ihn an, faltet das Blatt auseinander und geht zum Lesen ein paar Tische weiter.

Verdammt, der ganze Kopf tut ihm vom vielen Denken und Schreiben weh.

Scheiß auf die Treppe.

*

Gleich ist seine Anhörung. Seit Monaten schon gibt Michael ihm kluge Ratschläge. Was er sagen soll, jetzt, wo es um seine vorzeitige Entlassung geht.

»Du weißt, was die von dir hören wollen. Du musst ganz bestimmte Dinge sagen, sonst lassen sie dich nie raus.«

Das Übliche also: *Ich habe Mitleid mit dem Opfer, ich habe ein schlechtes Gewissen, ich weiß, es war falsch, was ich getan habe ...*
Ich sehe meine Fehler ein.

Darüber muss er immer lachen. Welcher Idiot redet denn so?

Kein Mensch würde ihm diesen Satz abkaufen.

Also hat er geübt. Ist in der Zelle auf und ab gegangen und hat sich den Text vorgesagt. *Ich bin jetzt seit fünf Jahren im Gefängnis, und es ist schade, dass ich hier sein muss. Aber das war nötig. Weil ich sonst so weitergemacht hätte. Mich weiter geprügelt und Drogen genommen hätte und auf andere Leute losgegangen wär, bloß weil ich sie nicht kenne.*

»Keiner darf merken, dass du den Text auswendig gelernt hast«, hat Michael ihm eingetrichtert. »Es muss sich so anhören, als ob du es ernst meinst.«

Meint er es ernst?

Ja, schon. Verdammt, hätte er sie bloß in Ruhe gelassen, dann wär er jetzt nicht hier. Er hätte sich eine Dümmere aussuchen sollen, sie nicht gehen lassen dürfen. Und was, wenn er heute in demselben Park derselben Frau oder einer ähnlichen begegnen würde … Würde er es wieder tun? Schwer zu sagen. Auf alle Fälle weiß er jetzt, wie es ist, geschnappt zu werden.

Als der Wichser Elliot heute früh seine Zelle aufschloss, hat er das weiße Hemd angezogen, in dem er so erwachsen aussieht. Das hatten sie ihm erlaubt. Sich für die Sitzung gut anzuziehen. Dann kam Conor zu ihm in die Zelle. Lächelte ihn an, gab ihm die Hand, ganz ernst, von Mann zu Mann.

»Die werden staunen über Sie, Johnny. Ich weiß es, Sie haben das drauf.«

Er warf noch einen Blick auf die Karte von Claire auf seinem Bett. Eine große fröhliche Karte mit gemalten Bäumen und einem kleinen Haus auf einem Hügel.

Wir wünschen dir viel Glück, Johnny. Du schaffst das! Bis ganz bald. Liebe Grüße von uns allen.

Alle haben unterschrieben: Claire, Bridget, Sean und ganz unten steht (in Claires Handschrift) Mam.

Letzte Woche hat er sogar mit Mam telefoniert. Das war ein komisches Gefühl. Sie klang total anders, glücklicher irgendwie.

»Ich bin unheimlich stolz auf dich, wenn du rauskommst, Johnny.«

Seine eigene Mutter hat das gesagt. Seit Jahren hatte er ihre Stimme nicht mehr gehört.

»Komm nach Dublin, du kannst bei uns wohnen. Es wird dir hier gefallen. Es tut dir bestimmt gut, mal aus Belfast rauszukommen. Hier wird viel Gutes für uns Traveller gemacht.«

Daran denkt er jetzt, als er mit Conor und Elliott den Gang hinuntergeht.

Komm zu uns nach Dublin.

Conor erzählt irgendwas, aber er hört nur mit halbem Ohr zu.

»Vergessen Sie nicht zu erwähnen, wie fleißig Sie in der Sozialtherapie mitgearbeitet haben. Sam wird von Ihren Fortschritten berichten, und ich werde ihm natürlich beipflichten, aber es ist am besten, wenn Sie selber davon erzählen.«

Auch Dad, sein beschissener Dad, hatte geglaubt, seinen Senf zu der Anhörung abgeben zu müssen.

»Streng dich an, damit du es nicht versaust.«

Das war sein Rat.

»Wir sorgen dafür, dass du es gut hast, wenn du rauskommst. Wir haben ein Haus gefunden, da kannst du wohnen, vielleicht mit Michael oder Kevo. Es gehört einem Traveller, wir können es mieten.«

Er denkt darüber nach. Nie mehr im Wohnwagen leben. Keine im Wind klappernden Wände mehr, nie mehr raus in die Kälte stapfen, um den Generator anzuschließen. Nie mehr von den Hügeln runter auf Belfast gucken, nie mehr den Wasserfall sehen, nie mehr frei und ungestört sein.

Stattdessen in einem Haus wohnen. Feste Mauern, Treppe, fließend Wasser. Überall Buffer-Familien. Alle stecken ihre Nase in deine Angelegenheiten. Er weiß nicht recht.

Und jetzt ist es so weit. Conor klopft an eine unscheinbare Tür, zwinkert ihm zu und reibt sich aufgeregt die Hände. Dann gibt er ihm ein Zeichen, und er betritt vor Conor und Elliot den Raum.

Im Raum steht ein langer Tisch. Drei Leute sitzen daran. Alle alt, alle mit ernsten Gesichtern.

»John Michael Sweeney?«, fragt ein Mann, den er noch nie gesehen hat.

»Ja, das bin ich.« Er bleibt stehen und sieht sie an, so wie Conor es ihm gesagt hat.

Auf dem Tisch türmen sich Ordner und Papiere. Alle drei haben die gleiche Akte aufgeschlagen vor sich liegen.

»Bitte nehmen Sie Platz, Mr. Sweeney.«

*

Vier Jahre nach der Tat wandert sie allein im Oman. Durch ein Tal. Bei Dunkelheit. Das war nicht geplant, auch wenn sie wusste, dass dieser Tag irgendwann kommen würde. Die ganze Zeit hatte die alte Abenteuerlust in ihr geschlummert, doch die Angst war stärker gewesen. Und dann, in einem fremden Land, in dem sie sich nur mit Händen und Füßen verständigen kann, war es plötzlich so weit, und sie beschloss, zum ersten Mal seit Jahren allein wandern zu gehen.

Eine Verkettung von Entscheidungen hat sie mit ihren inzwischen dreiunddreißig Jahren mehr oder weniger zufällig in dieses Tal geführt. Anfangs wollte sie einfach nur weg aus London, weg von den Jobabsagen und ihren Freunden, in deren Leben es stetig voranging, während in ihrem eigenen Stillstand herrschte. Und dann kam nach jahrelanger Arbeitslosigkeit plötzlich das Angebot für eine befristete Stelle beim Filmfestival in Dubai. Gleich nach Abschluss des Festivals war sie aus dem künstlich wirkenden Dubai mit seinen protzigen Türmen in den Oman geflüchtet. Hier in Matrah, einer Hafenstadt an der Nordküste der arabischen Halbinsel, ertönen Gebetsrufe von den Minaretten, und die Ausläufer der kargen Hügel ziehen sich bis zum Meer. In ihrem Reiseführer ist eine leichte, vier Kilometer lange Wanderung durch die Hügel beschrieben. Sie beginnt am Fuße einer steilen Felstreppe in einem Dorf am Rande der Stadt und führt durch ein kleines Wadi.

Um fünf Uhr nachmittags stand sie am Fuß der Treppe und sah nach oben. Die Stufen führten hinauf zu einem kleinen Einschnitt in den Felsen. Der Anblick war verlockend, aber die unheimlichen Parallelen zur Situation damals war ihr durchaus bewusst. Wieder ein Samstagnachmittag, wieder eine Wanderung aus dem Reiseführer.

Der Nachmittag war schon fortgeschritten, als sie sich endgültig dazu durchgerungen hatte, das Wagnis einzugehen, und als sie bei der Treppe ankam, sank bereits die Sonne, und ihr kamen Zweifel, ob sie die Wanderung bei Tageslicht würde beenden können.

Vielleicht gehst du nur hinauf und genießt die Aussicht, sagte sie sich.

Also stieg sie die den schroffen Felshang hoch. Ihr Herz pochte vor Anstrengung, als sie oben ankam. Der Blick Richtung Küste war atemberaubend. Die alten Festungen von Maskat leuchteten weiß im Nachmittagslicht, dahinter das tiefblaue Meer. Auf der Küstenstraße herrschte reger Verkehr. Aus dem Dorf, aus dem sie gekommen war, drang Babygeschrei herauf.

Sie hätte dort verweilen und dann die Felstreppe wieder hinuntersteigen können, aber es war zu spät. Neugier und Begeisterung hatten sie gepackt. Was hätte die alte Vivian getan, die Vivian von vor vier Jahren? Die wäre ganz sicher nicht umgekehrt.

Also überquerte sie den Hügelkamm, fest entschlossen, die Wanderung fortzusetzen.

Jetzt, knapp eine halbe Stunde später, ist es schon fast dunkel. Sie hatte vergessen, wie schnell die Sonne in den Tropen untergeht. Und sie hat keine Ahnung, wohin der Weg sie führt. Auf dieser Seite der Hügel ist der Boden felsig und unfruchtbar wie eine urzeitliche Landschaft, und das Gestein strahlt die Hitze des Tages ab. Aber das Tal hat etwas Beruhigendes, ein verwunschener Ort, abgeschlossen von der Welt jenseits der Hügelkette.

Sie leidet noch immer unter ihrer gescheiterten Beziehung in London. Nach achtzehn Monaten kam das Aus, grausam und unerwartet. So schön die gemeinsame Zeit auch war, ihre Vergangenheit stand unüberwindbar zwischen ihnen. Immer wieder versuchte sie ihm die innere Leere zu erklären, mit der sie seit der Tat kämpfte, aber letztlich konnte oder wollte er nicht das nötige Verständnis aufbringen. Das Trennungsgespräch hatte ihre geheimen Ängste nur bestätigt. »Glaubst du vielleicht, es ist angenehm für einen Mann, mit einem Vergewaltigungsopfer zusammen zu sein?« Das waren seine Abschiedsworte.

Sie hat ihren Schmerz mit in den Oman genommen und beschlossen, ihn hier zu begraben. Mit Tränen in den Augen folgt sie den gelben und weißen Wegmarken durch das verlassene Tal. Doch je weiter sich die Dunkelheit herabsenkt und alle Farben auslöscht, desto schwieriger sind die Markierungen zu erkennen. Ihre Anspannung wächst. Sie ermahnt sich innerlich, dass es keinen Grund gibt, sich zu fürchten. Bis jetzt haben sie immer nur andere Menschen in Bedrängnis gebracht, und hier ist niemand. Und selbst wenn, sie ist im Dunkeln nicht zu sehen.

Vergiss die Trennung. Vergiss London. Tauch einfach in die Landschaft ein.

Das Tal geht in ein weiteres über, und der Weg verliert sich. Vorsichtig geht sie über Schotter und Geröll, bewegt sich auf die kauernden Umrisse zu, die sich aus der Nähe als Ruinen entpuppen. Irgendwo muss der Weg sein, aber sie kann ihn nicht sehen. Panisch greift sie zur Taschenlampe, aber ihre Augen haben sich bereits an die Dunkelheit gewöhnt, machen in all dem Schwarz und Grau einzelne Formen aus. Wenn sie jetzt mit der Taschenlampe leuchtet, ist sie anschließend wieder blind. Der Mond steht am Osthimmel, und er spendet genug Licht, um Bäume von Felsen und Steine von ebenem Untergrund zu unterscheiden. Und dann kommt ihr plötzlich eine Idee, noch packender als ihr Entschluss, sich in dieses Tal zu wagen. Wie wäre es, wenn sie die komplette Wanderung im Dunkeln absolviert, nur mithilfe des Mondlichts?

Sie ist fasziniert von diesem kühnen Plan. Wann hätte sie wieder die Gelegenheit, allein im Mondschein im Oman zu wandern?

Wahrscheinlich nie. Also wird sie es versuchen. Im Notfall hat sie immer noch die Taschenlampe.

Wenn sie ganz genau hinsieht, erkennt sie die weißen Markierungen an den Bäumen und Felsbrocken, aber der steinige Boden weist ihr keinen eindeutigen Weg, und sie muss sich mühsam vorantasten. Ihr Herz schlägt immer schneller, und sie spürt die ersten Anzeichen der vertrauten Panik.

Nein, ermahnt sie sich. Sei nicht albern. Es kann dir nichts passieren. Es gibt nicht einen vernünftigen Grund, dich zu fürchten.

Trotzdem schlägt ihr Herz wie verrückt, und sie weiß, dass ihr gleich die Tränen kommen.

Reiß dich zusammen. Du darfst jetzt nicht den Kopf verlieren.

Sie setzt sich auf einen Felsblock und kämpft mit dem alten Gefühl der Sinnlosigkeit, das wie eine Welle über sie hereinbricht. Sie ist kurz davor, die Taschenlampe anzuknipsen, nur um sich zu beruhigen. Aber das hieße, sich der Angst zu beugen, aufzugeben.

Plötzlich durchbricht ein Geräusch die Stille.

Sie erkennt es sofort. Es ist der Gebetsruf des Muezzin. Ein Stein fällt ihr vom Herzen bei dem Gedanken, dass nicht weit von hier Leute zum Beten zusammenkommen. Leute, die sie nicht kennt, völlig Fremde, aber Menschen. Sie sind gleich hinter den Hügeln.

Sie muss also nur den Weg zu Ende gehen, dem Gebetsruf folgen, dann wird alles gut. Ihr ist bewusst, wie klischeehaft diese Szene in einem Film wirken würde. Die verirrte Wanderin, die beim Vernehmen dieses Zeichens von Zivilisation dankbar auf die Knie fällt ...

Und dann kommt ihr wie aus dem Nichts ein ganz pragmatischer Gedanke: Wenn du den Prozess überstanden hast, dann überstehst du auch das hier.

In den vergangenen vier Jahren hat sie kaum an jene zwei Wochen im Belfaster Gericht gedacht, weil die Erinnerungen jedes Mal Empörung und Übelkeit in ihr auslösen. Aber jetzt sind diese

Erinnerungen eine deutliche Mahnung: Ich habe das alles nicht durchgestanden, um in irgendeinem Tal im Oman vor Angst zusammenzubrechen.

Sie steht auf und macht sich mit neu erwachtem Selbstvertrauen auf die Suche nach der nächsten weißen Markierung.

Konzentriere dich nur darauf, was du siehst. Irgendwann findest du den Weg.

Ein-, zweimal folgt sie Zeichen, die sie für Wegmarken hält, und landet an einem hohen, unwegsamen Hang. Bei der Rückkehr ins Tal tritt sie prompt in eine große Pfütze, aber sie setzt ihren Weg fort, tastet sich vierzig, fünfzig Minuten lang weiter durch die Dunkelheit. Die felsigen Hügel zu beiden Seiten werden höher, und Adrenalin rauscht unablässig durch ihren Körper. Als der steinige Untergrund einem breiten, ebenen Schotterweg weicht, wähnt sie sich kurz vor dem Ziel. Bestimmt liegt der Ausgang gleich hinter der nächsten Biegung.

Stattdessen gelangt sie zu einer riesigen Betonmauer, die das gesamte Tal abschließt: Ein Staudamm, der es vor Überschwemmungen schützen soll. Wieder verlässt sie der Mut, und sie ist kurz davor, einfach aufzugeben. Sie kehrt um, späht in der Dunkelheit nach weiteren Markierungen. Irgendwo muss es aus dem Tal hinausgehen.

Sie richtet den Blick auf die Hügel, hält verzweifelt Ausschau nach etwas, das wie ein Weg aussieht, und ... da. Eine dunkle Linie zwischen den Felsen, und als sie genauer hinschaut, glaubt sie einen Weg zu erkennen, der sich den Hang hinaufschlängelt.

Sie geht zum Fuß des Hangs, nimmt die Hände zu Hilfe und steigt hinauf. Der Weg macht eine Kurve, dann noch eine, und dann ist sie fast oben.

Sie ringt nach Luft. Zögert. Was, wenn sich auf der anderen Seite noch ein dunkles, leeres Tal befindet? Das würde sie nicht verkraften. Sie setzt sich in eine Felsnische, bereitet sich innerlich auf das Schlimmste vor.

Jetzt sieh schon nach. Warten bringt nichts.

Und da, am Fuß des Hanges funkelt das nächtlich beleuchtete Matrah. Die in bläuliches Licht getauchte Corniche schmiegt sich sichelförmig um die Bucht, dahinter schimmert das Meer. Die Zivilisation, nur einen Steinwurf entfernt.

Sie bricht vor Erleichterung in Tränen aus.

Jetzt ist es nicht mehr weit.

Sie überquert den Kamm und geht bergab durch ein Feld. Auf halber Strecke erkennt sie, dass es sich um einen Friedhof handelt. Grabsteine erheben sich aus dem Gras, und sie entschuldigt sich bei den Toten, dass sie auf ihre Gräber tritt. Nach ihrer Odyssee durch die einsame Steinwüste sind ihr selbst diese Spuren der Zivilisation willkommen.

Am Ende des Feldes passiert sie ein rostiges Tor und dreht sich noch einmal um. Der Friedhof zieht sich bis zum zerklüfteten Hügelkamm hinauf, doch weiter reicht der Blick nicht. Von dem dunklen Tal, durch das sie sich eben gekämpft hat, ahnt man von hier nichts. Niemand hätte sie gefunden, wenn ihr dort etwas zugestoßen wäre. Ihr graut bei diesem Gedanken, aber die Freude über ihren Sieg ist größer, und sie geht beschwingt Richtung Stadt.

Der unbefestigte Weg weicht einer asphaltierten Straße. Häuser, in denen Licht brennt, in einem Hauseingang schlägt ein kleines Kind mit einem Besen nach einer Katze. Zwei alte Männer sitzen auf Stühlen am Straßenrand und spielen mit ihren Gebetsketten. Sie nicken ihr zu, als sie vorbeigeht. Vielleicht wundern sie sich darüber, was sie in der Dunkelheit hierher verschlagen hat, aber sie lassen sich nichts anmerken.

Ein paar Kreuzungen weiter ist sie wieder mitten in der Stadt. Und dann betritt sie die belebte Corniche. Touristenpärchen schlendern eng umschlungen über die Promenade, Omaner unterhalten sich angeregt in Gruppen. Sie kann nicht fassen, wie normal das alles wirkt. Die Leute gehen seelenruhig ihren Vergnügungen nach, während sie selbst noch vor einer halben Stunde um ihr Leben bangte. Niemand ahnt, was sie gerade durchgemacht hat.

    Sie blickt auf die Uhr. Viertel vor sieben. Sie hat genauso lange gebraucht, wie im Reiseführer angegeben. Und was fängt sie mit dem restlichen Abend an? Sie hat keinen Schimmer. Aber sie ist unendlich froh, wieder unter den Lebenden zu sein. Sie hat das dunkle Tal und ihre Ängste hinter sich gelassen, und nun ist sie hier, inmitten der vielen Menschen. Der Rest des Abends ist ein Geschenk. So wie alle Abende, die noch folgen.

EPILOG

»Was ging Ihnen durch den Kopf, als Sie erfuhren, dass John Sweeney abgetaucht ist, Vivian?«

In Wahrheit hat sie es erst vor ein paar Minuten erfahren, kurz vor diesem Liveinterview im Radio. Sie ist geschäftlich in Singapur und muss von einer Journalistin erfahren, dass ihr Vergewaltiger verschwunden ist! Sie weiß selbst nicht so genau, warum sie in dieses Interview eingewilligt hat. Jedenfalls sitzt sie jetzt allein in ihrem Hotelzimmer und spricht am Telefon mit einer Moderatorin in Belfast über einen Menschen, den sie seit Jahren vergessen will.

John Sweeney hat gegen seine Bewährungsauflagen verstoßen.

Ihr Herz schlägt schneller, die Übelkeit ist wieder da, und sie ärgert sich, dass die Tat auch nach über fünf Jahren noch so viel Macht über sie hat. Noch immer beeinflusst dieser Junge ihr Leben, obwohl sie viele Tausend Kilometer trennen. Sie hat eine lange Therapie hinter sich, hat London verlassen und sich auf einem anderen Kontinent eine neue berufliche Existenz aufgebaut. Und trotzdem lassen ihr Körper und ihre Emotionen sie im Stich.

Aber das behält sie für sich.

»Ich bin natürlich entsetzt, dass er den zuständigen Behörden entwischt ist. Es ist die Aufgabe von Justiz und Polizei, ihn im Auge zu behalten, und wenn er tatsächlich untergetaucht ist, haben beide versagt.«

Sie fragt sich, ob sie zu kühl, zu intellektuell rüberkommt.

»Aber was fühlen Sie, wenn Sie daran denken, dass Ihr Vergewaltiger irgendwo da draußen frei herumläuft? Haben Sie Angst, Vivian?«

»Ich lebe und arbeitete inzwischen in einem ganz anderen Teil der Welt. Ich fühle mich also nicht persönlich bedroht. Aber es ist ein beunruhigender Gedanke, dass er vielleicht eine Gefahr für andere Frauen und Mädchen sein könnte, falls er nicht erfolgreich resozialisiert wurde.«

»Der Täter war damals erst fünfzehn und hat eines der schlimmsten Verbrechen überhaupt an Ihnen begangen. Er hat Sie, eine völlig Fremde, ins Gebüsch gezerrt und Sie vergewaltigt. Empfinden Sie überhaupt keine Wut?«

Ich weiß, was er mir angetan hat, will sie der Frau sagen. Vielen Dank, dass Sie mich daran erinnern.

»Ich glaube, Wut bringt einen nicht weiter. Wut hat etwas sehr Destruktives«, sagt sie.

»Der Täter soll sich während der Therapie im Gefängnis selbst als Monster bezeichnet haben. Was sagen Sie dazu? Halten Sie ihn auch für ein Monster?«

»Was soll ich dazu sagen, ich kenne ihn ja kaum. Ich hatte vielleicht dreißig Minuten mit ihm zu tun. Ja, er hat mir etwas Entsetzliches angetan, aber ich würde einen mehr oder weniger fremden Menschen nie als Monster bezeichnen.«

Einen Augenblick lang herrscht Stille, als wäre die Moderatorin enttäuscht.

»Trotzdem ist dieser Junge sehr gefährlich, und er läuft jetzt frei herum. Meinen Sie nicht, dass die irischen Frauen und Mädchen um ihre Sicherheit bangen müssen, Vivian?«

Es stört sie schon die ganze Zeit, dass diese Frau sie Vivian nennt, als wären sie alte Freundinnen.

»Ich halte nicht viel von solcher Panikmache. Schließlich kommen auf jeden Vergewaltiger, der geschnappt und verurteilt wird, viele, viele andere, die ungestraft davonkommen. Er ist also keineswegs der einzige Sexualstraftäter, der frei herumläuft.«

»Sie gehen sehr gnädig mit dem Jungen um, der Ihnen etwas so Entsetzliches angetan hat. Wie geht es Ihnen heute? Haben Sie die Tat verarbeitet?«

»Das ist jetzt über fünf Jahre her, und es hat lange gedauert, bis ich mein Leben wieder einigermaßen im Griff hatte. Letztlich habe ich Europa wegen eines Jobangebots verlassen. Ich würde sagen, dass ich dieses traumatische Erlebnis weitgehend hinter mir gelassen habe. Dennoch wird es immer zu meinem Leben gehören.«

»Das freut uns sehr und wird vielen betroffenen Frauen Mut machen, Vivian. Was empfinden Sie, wenn Sie heute an das Verbrechen denken?«

»Natürlich werde ich immer traurig sein. Die Vergewaltigung und auch der Prozess waren psychisch sehr belastend und mit großen Ängsten verbunden. Wenn ich heute daran zurückdenke, ist ... ist all das wieder da. Wie ein Phantomschmerz.«

»Finden Sie, John Sweeney wurde zu früh aus der Haft entlassen? Immerhin hat er von zehn Jahren nur fünf abgesessen.«

Detective Morrison hatte ihr das gleich nach dem Urteil erklärt, und verschiedene Opferberatungsstellen hatten es ihr bestätigt. Die meisten Straftäter sitzen nur die Hälfte ihrer Haftstrafe ab. So läuft das nun mal.

»Es erscheint mir schon ungerecht, dass er die Strafe, die das Gericht für angemessen hielt, nicht voll verbüßen musste. Ich meine, wer weiß, wie lange ich noch unter seiner Tat leiden muss? Das lässt sich nicht sagen, aber ... Ich kann jedenfalls nicht behaupten, dass ich nach fünf Jahren seelisch und psychisch wieder völlig gesund bin. Und er offensichtlich auch nicht, wenn er tatsächlich abgetaucht ist.«

»Interessant, dass Sie das sagen. Wussten Sie, dass es vor einigen Monaten vor John Sweeneys Haus in Westbelfast zu Anwohnerprotesten kam, nachdem die Leute herausgefunden hatten, wer er ist?«

Auch das ist neu für sie, und sie ist überrascht.

»Nein, das habe ich nicht gewusst.«

»Als in der Nachbarschaft bekannt wurde, dass er ein verurteilter Vergewaltiger ist, kamen über hundert Demonstranten vor seinem Haus zusammen. Sie warfen den Behörden vor, dass man sie als Anwohner darüber hätte informieren müssen. Ich wüsste gern, wie Sie darüber denken. Haben Anwohner ein Recht darauf zu erfahren, dass ein Sexualstraftäter in ihrer Nähe wohnt?«

Darüber hat sie sich noch nie Gedanken gemacht. Was soll sie darauf antworten?

»Ich, äh ... das ist eine schwierige Frage. Einerseits glaube ich daran, dass man Straftäter wieder in die Gesellschaft eingliedern kann. Zumindest sollte man ihnen die Chance geben. Andererseits habe ich natürlich Verständnis dafür, dass die Leute gern wissen möchten, wenn ein verurteilter Vergewaltiger in die Nachbarschaft zieht.«

»Kann man seine arglosen Kinder denn überhaupt noch auf der Straße spielen lassen, wenn ein verurteilter Vergewaltiger um die Ecke wohnt?«

Nicht alle Kinder sind arglos, denkt sie verärgert. Es gibt Fünfzehnjährige, die alles andere sind.

»Wie gesagt, ich kann die Besorgnis der Anwohner nachvollziehen. Aber ich möchte noch einmal darauf hinweisen, dass auf jeden gefassten und verurteilten Vergewaltiger sehr viel mehr Täter kommen, die unentdeckt bleiben. Selbst wenn Sie gegen einen einzelnen demonstrieren, es laufen immer noch jede Menge Sexualstraftäter frei herum, die sich unbehelligt weiter an Frauen vergreifen. Darum ist es auch so wichtig, jede Sexualstraftat anzuzeigen.«

»Dann würden Sie allen Opfern, die uns jetzt zuhören, dazu raten?«

»Unbedingt. Behalten Sie die Tat nicht für sich. Es macht Sie seelisch kaputt, wenn Sie eine solche Last allein mit sich herumtragen. Vertrauen Sie sich jemandem an, und wenn es nur am Telefon ist, zum Beispiel bei einer der Beratungsstellen für Opfer von sexueller Gewalt. Außerdem ist es enorm wichtig, die Tat anzuzeigen. Nur so kann die Polizei den Täter daran hindern, erneut zuzuschlagen.«

Sie ist sich bewusst, dass ihre Worte einstudiert klingen. Aber ... all das ist wahr. Das weiß sie aus den vielen Erzählungen, die sie in der Zeit nach ihrer eigenen Vergewaltigung gehört hat. Es sind viele, und es kommen immer noch neue hinzu.

»Ich bedanke mich für das Gespräch, Vivian. Wir wünschen Ihnen alles Gute und hoffen, dass John Sweeney bald gefasst wird.«

»Vielen Dank. Das hoffe ich auch.«

Und damit ist das Interview beendet. Sie wird aus der Leitung gekickt, und die Moderatorin geht nahtlos zum nächsten Thema der Sendung über.

Sie bleibt unschlüssig in dem fliederfarbenen Sessel am Fenster sitzen. Gerade eben hat sie vor lauter fremden Menschen im fernen Nordirland offen über ihre Vergewaltigung und die schwierige Zeit danach gesprochen. Und jetzt sitzt sie allein in ihrem unpersönlichen Fünf-Sterne-Hotelzimmer und hat niemanden, mit dem sie reden kann. Sie tritt ans Fenster, legt die Stirn an die Scheibe und blickt hinaus auf die futuristische Skyline Singapurs.

Er ist irgendwo da draußen, in einem regnerischen, düsteren Teil der Welt. So weit weg, dass es sie kaltlassen könnte. Aber das tut es nicht.

Er ist auf der Flucht. So wie sie.

Sie greift zum Telefon und überlegt, wen sie spontan anrufen könnte. Ihre Eltern sind immer noch ahnungslos. Auch ihre Bekannten in Dubai wissen von nichts. Ihre Londoner Freunde sind wahrscheinlich viel zu sehr mit ihren eigenen Leben beschäftigt und nicht scharf darauf, die jüngsten Neuigkeiten über eine Person zu erfahren, die sie lieber aus ihrem Gedächtnis streichen würden.

Man darf es nicht für sich behalten, hat sie eben im Radio gesagt. Und jetzt sitzt sie hier und ignoriert ihren eigenen Rat.

Was führen wir nur für ein sonderbares Dasein? Immer darauf aus, erfolgreich zu wirken und die dunklen Kapitel unserer Vergangenheit zu verbergen. Zusammen würden all diese Kapitel ein ganzes Buch füllen. Eine ganze Bibliothek. Dazu kämen all die Menschen, die darauf hoffen, die alten Geschichten loszuwerden, sie endlich zu vergessen.

Sie dreht der Skyline von Singapur den Rücken zu und denkt an einen anderen Ort. Eine Stadt, in der es nach Kuhscheiße riecht, wenn man aus dem Flugzeug tritt. In der man am riesigen Rathaus vorbei zum Gerichtsgebäude gelangt, im Hintergrund der Hafen und die fernen Hügel.

Im Westen von Belfast gibt es einen kleinen Park, ein grünes, baumbestandenes Tal, durch das sich ein schmaler Fluss schlängelt. Irgendwo dort liegt eine Wasserflasche im Gestrüpp.

Sie kennt diesen Ort, aus einem anderen Leben. Als sie noch die andere Vivian war, die sich an jenem Nachmittag für immer veränderte … und jetzt vielleicht ein Stück weit wieder die alte geworden ist. Sie stellt sich die zwei unterschiedlichen Vivians vor, die dabei sind, sich wieder anzunähern und zu einem Menschen zu verschmelzen.

Zu dem Menschen, der sie jetzt ist. Der sie trotz allem sein kann. Der sie immer war.

DANKSAGUNG

Die Idee zu diesem Roman kam mir nur wenige Wochen nach meiner eigenen Vergewaltigung, doch es dauerte neun schwierige Jahre und kostete mich viel harte Arbeit, um mein Projekt zu verwirklichen. Das wäre nicht möglich gewesen ohne den Eifer und die grenzenlose Unterstützung des Teams der Pontas Agency, allen voran Maria Cardona und Anna Soler-Pont. Vielen Dank an Jessica Craig, die immer an mein Talent geglaubt hat.

Ich danke meinen Lektoren Lauren Parsons bei Legend Press und Jason Pinter bei Polis Books für ihren Einsatz und das Vertrauen, das sie in *NEIN* gesetzt haben. Ebenso danke ich Gunilla Sondell bei Norstedts und Lisanne Mathijssen bei HarperCollins Holland.

Als ich mit *NEIN* begann, studierte ich Kreatives Schreiben am Goldsmiths College, wo mir Ros Barber, Rachel Seiffert, Maura Dooley und Blake Morrison mit all ihrem Wissen und ihrer Erfahrung zur Seite standen. Herzlichen Dank auch an meine Goldsmiths-Kommilitonen für ihre Freundschaft und ihr Feedback – und an Bernadine Evaristo, die mich all die Jahre immer wieder ermutigt hat, mich ernsthaft dem Schreiben zu widmen.

Danke an die Literary Consultancy für die kostenlose Lektüre meines Manuskripts, an die Crime Writers' Association und an die

Leute vom SI Leeds Literary Prize, die sich so engagiert für diesen Roman eingesetzt haben. Außerdem danke ich dem Economic and Social Research Council und dem Fachbereich Medien- und Kommunikationswissenschaften der London School of Economics, ohne deren Hilfe ich *NEIN* nicht hätte zu Ende schreiben können.

Trina Vargo und Mary Lou Hartman von der US-Ireland Alliance sind meine »Barbara« aus dem echten Leben. Ihre moralische, logistische und sonstige Unterstützung unmittelbar nach meiner Vergewaltigung und in der Zeit danach war unschätzbar wichtig für mich.

Durch das Verbrechen, dem ich zum Opfer gefallen bin, und das Schreiben dieses Romans habe ich in Belfast viele Freunde und Helfer gefunden – zuallererst Geraldine McAteer und Monica McWilliams. Auf Stuart Griffin und den Police Service of Northern Ireland war vom ersten Tag an Verlass. Für ihre Freundlichkeit und ihre Unterstützung danke ich außerdem Karen Smith (geb. Eagleson), Dr. Patricia Beirne, Fionnuala O'Connor, der Opferhilfe Nordirland, Jennifer McCann, Eileen Chan-Hu und Máiría Cahill. Für ihre Hilfe bei den Recherchearbeiten bedanke ich mich bei Professor Jackie Bates-Gaston, Mairead Lavery und Simon Jenkins von der Staatsanwaltschaft Nordirland, der Kommission für Straftäterresozialisierung und Bevölkerungsschutz Nordirland (PBNI), Carol Carson, Paul Dougan, Claire Campbell, Nick Robinson, Danny und Liam Morrison sowie Karen Douglas vom Rowan-Zentrum für Opfer von sexueller Gewalt. Für ihre große Hilfe bei den Recherchearbeiten außerhalb Belfasts bedanke ich mich bei Dianne Chan, Lynne Townley, den Mitarbeitern am Crown Court Blackfriars, Niamh Redmond, Catherine Ghent, Tom Tuite, John McKale, Sarah Leipciger und Dr. Nina Burrowes.

Die Mitarbeiter von An Munia Tober, vom Pavee Point und The Traveller Movement haben mir wertvolle Einblicke in die einzigartige Kultur und das schwierige Leben der Irish Traveller gegeben. Bis heute kursieren viele falsche Vorstellungen und Vorurteile über Traveller. Mein Roman beruht ausschließlich auf eigenen autobiografischen Erfahrungen. Es war nicht meine Absicht, darin eine ganze Volksgruppe zu porträtieren oder sie zu verleumden.

Ohne die Hilfe von vielen wunderbaren Freunden wäre es mir nicht gelungen, ein neues Leben anzufangen. Leider kann ich hier aus Platzgründen nur einige wenige nennen: Anne Bowers, Lene Bausager, Annie Gowanloch, Catherine Hogel, Elizabeth Frascoia, Saukok Chu Tiampo, Jessica Montalvo, Arlene Dijamco Botelho, Margalit Edelman, Wiebke Pekrull, Tamara Torres McGovern, Deborah Foster. Danke auch an Dr. Jennifer Wild, das Riverside Medical Centre und Judy Faulkner.

Es gibt noch viele andere Menschen, die auf unterschiedlichste Weise zu meinem Heilungsprozess beigetragen haben und die mich bis heute unterstützen und an mich glauben.

Ich bedanke mich bei Jessica Gregson, Marti Leimbach, Sharon Jackson, Siún Kearney, Kelda Crawford-McCann, Pam Drynan und allen anderen, die die verschiedenen Fassungen meines Manuskripts gelesen haben.

Danke an meine aktuellen Mitbewohner Anna Kovacs, John deWald und John Curtis und an alle meine ehemaligen Mitbewohner. Ihr seid meine Familie, wo immer ich auch bin.

Aber die Familie hat noch mehr Mitglieder. Dazu gehören meine Freunde vom Clear Lines Festival und bei On Road Media und die große Gemeinde der Opfer und ihrer Unterstützer. Ich habe diesen Roman für euch geschrieben.

Ohne meine Schwester Emmeline, meinen Vater und meine Mutter – die mich immer dazu angehalten hat, zu lesen, zu schreiben und mit Neugier und Anteilnahme durchs Leben zu gehen – wäre ich nicht der Mensch geworden, der ich heute bin. Danke für alles.

Wenn dieses Buch Sie betrifft, gibt es viele Anlaufstellen, an die Sie sich wenden können, u. a.:

bff: Frauen gegen Gewalt (Bundesverband der Frauenberatungsstellen und Frauennotrufe in Deutschland):
https://www.frauen-gegen-gewalt.de/der-bundesverband.html

Das Hilfetelefon Gewalt gegen Frauen: 08000 116 016 oder online unter: https://www.hilfetelefon.de/das-hilfetelefon/angebot-im-ueberblick.html

LChoice App kostenlos laden, dann Code scannen und jederzeit die neuesten Arche-Titel finden.